U0483698

对联论

文化语言学视野下的研究

杨大方 / 著

中央民族大学出版社
China Minzu University Press

图书在版编目（CIP）数据

对联论：文化语言学视野下的研究/杨大方著．—北京：中央民族大学出版社，2011.11

ISBN 978－7－5660－0082－8

Ⅰ.①对…　Ⅱ.①杨…　Ⅲ.①对联—文学研究—中国　Ⅳ.①I207.6

中国版本图书馆 CIP 数据核字（2011）第 221220 号

对联论：文化语言学视野下的研究

作　　者　杨大方
责任编辑　舒　松
封面设计　布拉格
出 版 者　中央民族大学出版社
　　　　　北京市海淀区中关村南大街 27 号　邮编：100081
　　　　　电话：68472815（发行部）传真：68932751（发行部）
　　　　　　　　68932218（总编室）　　　68932447（办公室）
发 行 者　全国各地新华书店
印 刷 厂　北京宏伟双华印刷有限公司
开　　本　787×960（毫米）　1/16　印张：21
字　　数　280 千字
版　　次　2011 年 11 月第 1 版　2011 年 11 月第 1 次印刷
书　　号　ISBN 978－7－5660－0082－8
定　　价　38.00 元

序

在我的博士研究生的学位论文中，我反复阅读次数最多的大概就是杨大方的这篇论文了。不能说这是论文中最好的一篇，而是它的内容太吸引我了。因为对联对仗工整，思想深刻，语句优美，例句中处处有闪光的火花，最完美地体现汉族人的思维特点。本书拿对联作为研究对象，有全面的材料，有系统的叙述，有新的视角，有新的观点，五年前的初稿就觉得难能可贵，现在作者又进行了修改加工，自然更引人入胜了。

在文化语言学视野下研究对联，第一是把语言看作是一种文化现象，把对联作为语言文化来研究；其次是用浑沌学的方法研究对联现象，这在以往的对联研究中实属罕见。我们说语言是一种文化现象，对联作为语言的精品更是一种文化现象。汉语、汉字为对联这种现象造就了先天的条件，这是汉民族特有的文化珍品。自然界存在着无数平衡对称的现象，对联最巧妙地体现了这种平衡对称现象。事物在平衡与平衡破缺中运转，事物在平衡破缺之后又达到新的平衡，这就是和谐与稳定，这是事物运转的规律，也是人们心理的追求，对联就是人们心理的这种满足。杨大方的著作从汉字汉语的环境出发，从对称的关系切入，回顾历史，追踪传播地域，考察分布范围，揭示对联的性质和特点，从多个角度加深了人们对对联的认识。

我们认为文化是各民族对特定环境的适应能力和适应成果的总和，杨大方抓住了对联的文化性质，指出对联是适应汉字汉语和对偶观念这两个环境的结果。没有汉字汉语和汉族人长期形成的对偶观念这样的环境，就不可能产生对联这种现象。这是从对联的产生和生存条件来说的。对于这样的环境产品来说，我们就顺理成章地越出对这种语言现象的结构分析，而看到对联的表达功能。杨大方把对称表达、简短表达和诗性表达看作对联的突出特点，事实上也就突出了对联的文化性质。有了这样的认识基础，作者就能纵横捭阖，自由驰骋，得以步步深入了。

由于有了文化语言学的视角，作者看到对联不仅仅是一种文学现象或者文字游戏，而是一种由对偶修辞发展而来的言语模式。这种模式是一个民族的文化积淀，还体现一种具有民族特点的语言气质。语言的文化气质是对语言进行整体观察的一个收获，是浑沌学应用于语言文化研究的一个成果。整体观是浑沌学观察事物的基点之一，浑沌学帮助我们发现事物许多原来看不到的性质。

将浑沌学应用于人文科学并不是机械地把浑沌学的模型构建，数值计算和实验观察以及 KAM 定理、Logistic 方程等原封不动地搬到我们的文学研究、社会学研究、人类学研究或者语言学研究中来，而主要是把浑沌学的基本原理有效地应用于具体人文科学的研究。例如，浑沌学重视顿悟，重视整体观察，这对人文科学的研究就十分有用；浑沌学原理中的对初值的敏感依赖性，以及分叉，分形，奇异吸引子，非线性，自相似性，平衡与平衡破缺等等，还有人们常说的“蝴蝶效应”，都是人文现象中的常态，人文科学完全可以应用这些原理分析各种人文现象。杨大方正是在这个意义上考察对联与文化整体的自相似性，阐述简短表达中对顿悟的重视，分析对联的对称与平衡，研究文化传播中的奇异吸引子，这是一种新的思路，其结果是对对联提供了许多新的认识。一般的可以说，研究对象决定了研究方法，而研究方法的更新又加深了对研究对象的认识，这是一般的科学规律，它也体现在杨大方对对联的研究之中。这里可以引用书中所引的故宫里的一副对联：“转谛在语言而外，悟机得真实之中”，这副对联的意思可以理解为：由于方法论的转变，在对联的具体材料中，悟得了新的认识。真是切中要害！

杨大方的书是将浑沌学应用于语言文化研究的又一新的成果，我看他这几年的努力是成功的。为此写了上面这些话，以与作者共勉。

张公瑾

2011年10月22日

目　录

导　论

一、论题缘起及基本思路

（一）对文化的关注：文化语言学在中国迅速发展的直接动因

20 世纪初，瑞士语言学家索绪尔提出了区分“语言”和“言语”的学说。这一学说奠定了现代语言学的基础。尽管索绪尔首先发现了“言语”，但他在自己的研究中却对“言语”弃之不顾。言语成了索绪尔的“弃婴”。有意思的是，事实因发现而存在，存在的事实无法不引起人们的注意。“言语”这一概念的提出，为语言学的研究开辟了新的途径。乔姆斯基把“言语”发展为“语言运用”（和“语言能力”相对）后，人们似乎突然明白，没有“语言运用”（即“言语”），也就没有“语言”。于是，言语规律的研究越来越被人们所重视，言语由“弃婴”变成了“宠儿”，不再被排斥在语言研究之外。与此同时，随着“语言运用”研究的日益深入，就不可避免地要涉及环境因素，涉及社会文化因素，因而研究语言和社会、语言和文化之间关系的社会语言学、文化语言学便应运而生。

20 世纪 80 年代，文化语言学在中国得到了异常迅速的发展。之所以出现这种现象，是因为中国在这一时期兴起了一场“文化热”。这场“文化热”，被誉为一次“新的思想启蒙运动”、“又一次新文化运动”。“在这场文化问题的讨论中，出现过两种互相对立的偏向，一是传统主义；一是反传统主义。反传统主义崇奉着全盘西化，而传统主义则固守儒学的传统。”[①] 两种偏向代表两种观点并激烈碰撞。反传统主义认为外族文化优越；传统主义则认为本族文化优越。碰撞的结果是更多的人认识到，不同民族的文化，其实都有自己的优势和劣势，而相对于其所处的环境而言，却都是别无选择的结果。而且，由于环境的多元格局，必然导致文化的多样性，这就是文化相对论产生的现实基础。在文化碰撞和冲突中，汉文化其实和中国其他少数民族文化有着非常一样的经历，作为一种文化的汉语和其他少数民族语言一样，都曾经历过备受责难的境况。曾几何时，对汉语言的批评和指责不绝于耳，说它是一种繁难的、模糊的、散漫的、主客体不分的、时态少变化的、概念不清晰的、逻辑欠周密的语言，说它是“非科学模式”的语言，说它是一种阻滞中国经济发展、技术进步的语言，因此要“彻底改造汉语言”乃至“废除汉语言”。[②] 尤其是汉字，几十年的拼音化运动和取消汉字的呼声几乎将其推到了消失的边缘，但它居然挺过来了，而且还经受住了信息时代的考验。这样，就促使人们对汉字汉语进行重新审视，考察其和汉文化的内在联系，研究其生命力的源泉。于是文化语言学在中国潮涌而起。民族语的文化研究也正是在这样的大背景下，蓬勃地发展起来。“现在大家已逐步认识到，民族文化中最鲜明的标志是语言，民族文化的盛衰与本族语言的存亡是直接相关的。维护自己的语言和文化，是民族独立和发展的标志。在这种社会思潮推动下，将语言与文化联系起来，从文化的视角来看语言，把语言看成是主要的文化现象，就成了我国文化语言学的催生剂……文化语言学只能产生在东方、产生在中国这样的发展中

---

① 朱红文：《人文精神与人文科学》，中共中央党校出版社，1994 年，第 255—257 页。

② 鲁枢元：《超越语言》，中国社会科学出版社，1990 年，第 245 页；何九盈等：《简论汉字文化学》，载邵敬敏主编、史有为审订《文化语言学中国潮》，语文出版社，1995 年。

国家。”①

（二）语言是一种文化：现代文化语言学的基本观点

人类创造最原始工具的同时，还创造了一个重要的东西——语言符号。语言符号被创造出来之后，“人不再生活在一个单纯的物理宇宙之中，而是生活在一个符号宇宙之中。”② 一方面，语言作为一种符号体系，不仅是人们用来交际的重要工具和记录传承其他文化信息的载体，而且也是反映民族精神、民族思维方式和对世界进行认识的一种“全息块”③，是一种特殊文化。各种文化共同体的特色，首先而且主要表现在民族语言上。在语言的交往中，我们能明显地感觉到不同文化形态的区别，也能明显感受到文化传统对个人的制约作用。人创造了语言，语言也创造了人。另一方面，语言跟文化整体有一种自相似性。语言与文化同构，语言是凝缩了的文化。由于语言系统和文化系统具有自相似性，研究中就有系统平衡原则，这样就有可能从语言方面来研究文化。但它不是表现为简单的线性关系，而是表现为一种复杂的非线性关系。④ 语言的结构性、语言的制度性、语言的集体性、语言一代一代的传递性、语言在传递时候的强制性，都是人类文化整体特征的特殊体现。语言既是文化整体结构特点的一个记录、一个对应、一个外显、一个内存，同时，它本身也是文化的一个重要组成部分。从语言深藏的结构中，我们可以找到文化整体的深藏结构。

文化语言学虽然有各种流派，但在对语言的文化本质的认识方面，却有着基本一致的观点，都认为文化包括语言，语言是一种文化现象，是历史上各种因素积累起来的综合体系。语言是在社会共

---

① 张公瑾：《文化语言学发凡》，云南大学出版社，1998 年，第 10—11 页。

② ［德］恩斯特・卡西勒著，甘阳译：《人论——人类文化哲学导引》，台北桂冠图书股份有限公司，1990 年，第 37 页。

③ 莫彭龄：《汉语成语新论》，载《江苏社会科学》，2000 年第 6 期。

④ 张公瑾：“语言文化研究方法论”（博士生课程）课堂笔记，2001 年。

同理解基础上形成的社会共同现象：作为文化代码是一种符号系统；跟其他文化现象平行发展，是一个自成体系的特殊文化。

需要说明的是，我们说语言是文化现象，并不是想否认语言的符号性质，只不过我们认为，语言符号不仅仅是巴甫洛夫所称的第一信号系统中的那种纯粹导致生理上的条件反射的信号，它还储存着人类的种族记忆、历史知识，“凝聚着人对客观世界的认识和感受”，而“人对世界的认识和感受的积累，就是文化。”[①] 因此，语言符号“不仅是意义的代码，而且是文化的代码”，语言符号系统，也是“文化系统”。[②] 同时，我们也承认语言的工具性，但应该看到，语言的工具作用只是它作用的一个方面，它还是文化的载体，文化的凝聚体。我们说语言是人类特有的一种能力，但这种能力并不是完全先天的，正相反，虽然语言有一定的生理、物理基础，但它并不是人的本能。从根本上讲，语言不是天生的，也不是遗传的，而是后天习得的，是在人的认识活动中形成和不断完善的，是必须经过学习才能掌握的，具有文化最基本的特性：习得性。从这个意义上讲，人具有句子的再生能力，并不是什么人脑的先天机制在起作用，而是人们在语言学习中所得到的对语言的认识在起作用，这里面有模仿、类推的过程，而模仿、类推显然是一种社会和文化现象。“语言不是无机物，语言是生物之一的人的行为方式和行为结果。”[③] 把语言仅仅看成是交际工具、符号系统，都有其局限性。因为交际工具、符号系统虽然也是人的一种创造物，但这种创造物，似乎是可以评判优劣的，是可以统一的。而作为一种特殊的文化现象，它不同于一般的物质文化，没有高低优劣之分。“世界并不仅仅只有西方；普天下适用的科学因素也并不仅仅存在于西方。曾经超越西方的东方文明几千年来成为地域文化发达的源泉，

---

① 张公瑾：《文化语言学发凡》，云南大学出版社，1998 年，第 43 页。

② 张公瑾：《文化语言学发凡》，云南大学出版社，1998 年，第 44 页。

③ 史有为：《汉语如是观》，北京语言文化大学出版社，1997 年，第 6 页。

这一事实本身已经意味着该种文明或文化有值得吸收、继承的合理养分。”①

“文化是各个民族对特定环境的适应能力及其适应成果的总和。”② 语言作为人类对环境的适应能力之一和适应成果之一，也是一种文化，这本来是应该没有疑义的。但是对于语言的研究来说，事实上存在两种不同的选择：或是把语言当作一种文化现象来研究，或是把语言就当作语言现象来研究。虽然通过语言来研究社会与文化，在中外学术界都有悠久的传统，但与经典的传统语言学相比，这种研究始终没有达到学科性的规模。这一事实从一个侧面反映出：长期以来，人们的语言观念在实质上并未“文化”化。科学语言学产生以后，对于语言的界定主要有以下观点：1. 语言是一种机械现象；2. 语言是一种有机体；3. 语言是一种有“自在的特殊结构”的符号体系；4. 语言是人脑的一种先天机制；5. 语言是交际工具、思维工具。这些观点都只看到了语言物理、生理的一面，而忽略了语言和社会、历史、文化的关系，因此是片面的。如前所述，这种现象直到20世纪80年代中期，才真正开始改观。此时兴起的中国文化语言学这门新兴学科，促使人们对语言本质进行重新审视。

（三）言语模式：一种语言文化

“语言文化”这一术语是史有为先生首先提出来的，用以指称语言这种特殊的文化现象。他说：“我们可以将语言视作一种特殊的文化，是与人类创造自身一起创造出来的文化，是从动物本能演变为创造活动时刻的首批文化。这种特殊文化可以称作‘元文化’。

① 史有为：《汉语如是观》，北京语言文化大学出版社，1997年，第97页。

② 张公瑾：《文化语言学发凡》，云南大学出版社，1998年，第23页。张先生的文化定义不仅简练概括，具有普适性和涵盖性，内涵比一般文化定义的内涵更本质、更具体，而且突出了环境因素，强调了环境价值理念，符合现代环境伦理学新理论——深生态学（Deep Ecology）的多样性和共生原则，因此本书采用之。

元文化有数种，而语言则是其中最重要的一种，可以称之为‘语言文化’”。[①] 史有为先生之所以这样来定义语言，是因为他试图在揭示语言的文化本质的同时，将语言这种文化现象与其他文化现象加以区分。他说：“语言是一种特殊的文化现象，因此将它称作‘语言文化’，以与一般文化相区别。在语言文化中，又可以有显性与隐性之别，显性文化是词汇和语言运用，隐性文化是语音和语法。”[②] 他还认为：“语言就选择论而非决定论的意义上说，在一定时期与一定程度上对其他文化有某种解释力，因而也是一种元文化。元文化是人类最初脱离野兽状态时首批创造的文化。至少有四种是具有元文化性质的，即语言、音乐、对人体和两性关系的观念、对天人关系的观念。它们是与人共生的，是与人类创造自身一起创造的文化。”[③] 陈保亚也有类似的提法，并著成《语言文化论》一书探讨了相关问题。[④] 将语言看做是文化现象，并将其作为文化的一个重要组成部分来看待，与将语言称作“语言文化”以区别于其他文化，本无本质上的不同，但“语言文化”这个术语更加突出了语言与文化的关系以及语言作为一种文化的组成部分的独立性，表征了与其他文化现象的本质差异，同时也便于从研究角度对语言这种文化系统的子系统进行再划分。因此，“‘语言文化’的提法更贴近文化语言学学科研究规范或习惯，也符合‘特定环境适应说’的文化定义。”[⑤]

语言是由运用而创造出来的。从这个角度讲，文化语言学意义上的语言——人类的一种创造物——一种文化，从一开始就是一种

---

① 史有为：《异文化的使者——外来词》，吉林教育出版社，1991 年，第 14 页。

② 宋永培、端木黎明：《中国文化语言学辞典》，四川人民出版社，1993 年，第 75 页。

③ 宋永培、端木黎明：《中国文化语言学辞典》，四川人民出版社，1993 年，第 26 页。

④ 陈保亚：《语言文化论》，云南大学出版社，1993 年。

⑤ 丁石庆：《双语族群语言文化的调适与重构》，中央民族大学博士学位论文，2003 年，第 10—11 页。

言语的形式。也就是说，言语从一开始就是文化的。既然言语是文化，那么言语模式也就是文化。既然言语是语言的一部分，言语模式这种文化也就是一种语言文化。通过对一种语言言语模式的考察和研究，可以了解和发现使用这一语言的民族文化的某些特点，并藉此探讨民族文化特点与言语表达模式之间的关系。

（四）浑沌学理论：文化语言学研究中的新方法

任何学科的创立和完善，都不仅需要产生的条件和理论的源泉，而且也需要方法论的支撑，文化语言学也不例外。事实上，正是因为不同流派的文化语言学的研究者在这方面的持续努力，才使文化语言学得以在中国蓬勃发展。这其中，张公瑾先生是比较突出而且特色鲜明的一位。他认为，语言学发展史上的一个流派对另一个流派的否定，实际上都是转换思维框架后产生的一场语言学革命，同样，今后语言学的发展，如果要想有新的根本的突破，也必须实现思维框架的转换。基于这种认识，他在自己的文化语言学理论和研究实践中，引入非线性科学中浑沌学的理论和方法，作为对现有思维框架的转换和突破。通过转换，张先生试图使文化语言学成为具有普遍意义的思维科学，成为一种具有普适性的语言学科。我们认为，张先生所介引的浑沌学理论与方法中，至少有这样几个方面对文化语言学的研究是非常有意义的。

其一，整体观。很多事物只有从远处才能看得清楚，所谓"不识庐山真面目，只缘身在此山中"，就是因为离观察的事物太近，或是身居所考察事物之中，而被视点、视角所局限。因此，我们研究认识事物，就要想方设法避免孤立地去看问题，而应把事物当作一个整体来进行考察。过去那种以局部之和代替整体的观念和做法，在浑沌学看来是不正确的。浑沌学理论认为，整体并不等于局部之和。从整体入手对语言文化进行把握，与把语言分成几大要素分别进行孤立的考察之间，显然存在着本质的区别。前者是直觉性的、连续性的，是一种直指事物性质的认知方式，后者则是分析性的、孤立性的，是一种试图通过各部分量的计算达到把握事物总体性质目的的一种认知方法。

其二，非线性思维。非线性思维的基础是非线性现象的存在。“一个和尚挑水喝，两个和尚抬水喝，三个和尚没水喝”，就是一种典型的非线性现象。它没有遵循线性规则：一个和尚两桶水，两个和尚四桶水，三个和尚六桶水，而是出现了超乎线性规则之外的让人意想不到的结果。这种非线性现象，既然无法用线性思维去解释，那么我们就只能用非线性的思维去寻求答案。语言是一种开放性的文化体系，其中存在着大量的无法用现有线性逻辑解释的现象，简单如一个词，也并不是单一意义上的符号，而是经验的、历史的、艺术的等各方面所共同构成的一个复杂单位，可见非线性思维对于研究语言文化的重要性。

其三，对初值的敏感依赖性。任何一个微细的初值或起始状态，往往都会引起某种巨大的，深刻的变化，这就叫对初值的敏感依赖性，浑沌学中称为“蝴蝶效应”。汉语成语“失之毫厘，谬以千里”，为对初值的敏感依赖性做了一个很好的中国注解。正如一只蝴蝶扇动翅膀足以引起大洋彼岸的一场暴风雪一样，恰是人类语言发展中的许许多多的“初值”，规定了人类语言的不同“沿流”。

其四，奇异吸引子。奇异吸引子是浑沌运动得以进行的基础，它代表着系统的一种稳定状态，对周围轨道有一种吸引作用。正是这种奇异吸引子，使浑沌运动成为一种复杂的、高级的有序状态。任何一种语言，都存在着它的“奇异吸引子”。无论该种语言中出现多少随机性和不确定性现象，呈现如何复杂的变化，但它正如河水一样，最终总要被汇聚到河床之中，而导致汇聚的力量，无疑就是民族语言文化中所存在的某种“奇异吸引子”。这种“奇异吸引子”成为语言发展的“沿流”和“底座”。

语言学的发展，是伴随着语言研究视野的拓宽、研究方法的创新和思维框架的转换以及对语言性质认识的不断深化而得以实现的。据此可以断言，文化语言学必将大大推动语言学的进步。文化语言学对语言的认识，是在吸收前人语言认识成果基础上的一次深化。它拓宽了语言研究的范围，使语言研究不再局限于语言的内部结构及其生成规律或自身发展变化规律。它利用新的研究方法和新的研究理念对语言的文化性质、文化价值、文化功能、文化气质等进行探讨，使语言研究更接近语言本身的实际状况。但是，正如张公瑾先生在论及语言文化气质时所指出的那样："我们还需要作很大的努力，使似乎虚无缥缈的这种文化气质得到更科学、更合理的解释。"①

文化语言学作为一门新兴学科，其中的诸多思想观念、理论体系还有待于具体的实际的语言研究去证明、去检验、去丰富、去完善。基于这种认识，我们决定以文化语言学理论和方法为指导，对中国对联这种言语模式进行初步探讨。一方面，借此检查我们对文化语言学理论和方法的掌握程度与运用能力；另方面，也是想通过这种个案研究，考察言语表达模式与民族文化之间的关系等问题，进而证明文化语言学理论及方法的理论意义和实践意义。我们认为，汉语研究如果放在一个文化的大视野中进行，其性质和研究任何一种民族语言是完全一样的，目的都是为了分析语言的文化性质，发掘语言的文化价值和文化功能，考察语言和文化之间的关系及其相互作用的规律，探究语言模式和思维模式之间的对应关系，发现语言独特的文化气质。

二、研究价值

（一）对联现象和以往的对联研究

很早以来，对联就以其简短优美的形式、庄谐并举的风格、丰富多彩的内涵及对汉字汉语多方面的完美体现，赢得了人们的普遍

① 张公瑾：《文化语言学发凡》，云南大学出版社，1998 年，第 76 页。

青睐，成为一种应用广泛、雅俗共赏、充满智慧和趣味的文体。特别是从明太祖朱元璋以九鼎之尊提倡写春联后，对联的应用更是迅速地普及开来，出现了不少著名的联家，创作了大量的对联作品。有清一代，更是对联发展史上的巅峰时期，联家辈出，联作浩如烟海，以至于有人提出了这样的观点：汉文、唐诗、宋词、元曲、清联。[①] 这种提法虽然未必确切，但它从一个侧面反映了清代对联的盛行。这种盛行的势头，一直延续到民国时期，至今仍见余威。历朝历代遗留下来的不计其数的对联作品，和今天正在不断创作出来的对联作品一起，不仅形成了一种独特的文学品类，而且由于对联几乎从一开始便和人们的日常实际生活联系在一起，因此也成为一种特殊的民俗现象的核心。对联、写对联、欣赏对联，拿对联说事（对联故事），共同构成为一种对联民俗文化。

对联文化是地地道道的中国特产。它产生于中国本土，和中国传统观念息息相关，和中国使用人口最多的汉语言天衣无缝地相匹配，在中国这块土地上不断地成长发展，并且影响波及整个汉字汉语文化圈。每逢春节，家家户户贴春联，仍是中国大多数地方的一种习俗；不少地方，其他节日也有贴联的习惯。结婚要贴喜联，祝寿要做寿联，有人去世要写挽联，为中国一个普遍习俗。住的地方有门联、堂联、书房联、卧室联、书画联；娱乐的地方有戏台联、灯联、谜联；教化的地方有学校联、寺庙联；游览的地方有名胜古迹联、风景联；营业的地方有行业联；交际时要写交际联；文艺创作时要写书画联、文学作品联；鼓动时要写宣传联；宴乐时要作巧对；斗智时要作谐趣巧智联；教育时要写格言联；家教时要写姓氏联；游戏时要作集字联、集句联；如此等等，不一而足。总之，在中国，日常生活有对联，文学艺术有对联，宣传教育有对联，旅游

---

① 赵雨：《走向对仗的汉语言文学》，载《对联》，2000年第5期。另外，陈图麟先生也认为，对联“与明清小说同为时代的典型文学样式”（详见陈图麟主编：《实用楹联大全》，前言）。

娱乐有对联，婚丧嫁娶有对联，交际应酬有对联，工作学习有对联。因此，问到中国的国粹，很少有人不知道对联。

以往的对联研究如同中国其他语言学方面的研究一样，刚开始也是一些零星的点评式言论，多散见于唐宋人的笔记中。这种状况延续了很长一段时间，直到清朝康熙五十一年（1712）左右，一个叫汪陞的人编写了《评释巧对》，才出现了可以算得上是专门谈论对联的第一个专集。它按内容对对联进行了分类，同时对所收录的对联进行了注释和评述，可惜影响不大。[①] 道光庚子年（1840），梁章钜的《楹联丛话》刊行，它主要讲述楹联的故实和楹联作者的轶事，对楹联作品的得失进行评论，进一步完善了后人称之为“联话”的对联研究模式。这种模式作为对联研究的主流，一直持续到新中国成立前。在这个阶段，产生了一批研究成果，除梁章钜的《楹联丛话》、《楹联续话》、《楹联三话》、《楹联剩话》、《楹联丛话补遗》、《巧对录》、《巧对补录》以及他儿子梁恭辰的《楹联四话》、《巧对续录》外，著名的还有清人李廷鉽的《楹联补话》、林庆铨的《楹联述录》和《楹联续录》、李承衔的《自怡轩楹联剩话四卷》、王堃的《自怡轩对联缀语》、朱应镐的《楹联新话》、赵曾望的《江南赵氏楹联丛话》、李伯元的《南亭联话》和《南亭联话补遗》、林宗泽的《平冶楼联话》、陈方镛的《楹联新话》、民国时人吴恭亨的《对联话》、窦镇的《师竹庐联话》、雷瑨的《楹联新话》和《文苑滑稽联话》、范笵的《古今滑稽联话》、董坚志的《滑稽联话》、孙肇圻的《箫心剑气楼联语》、周宗麟的《疚存斋联语汇录》以及李澄宇的《未晚楼联话》，等等。但这期间，也出现了一种系统研究的苗头，并产生了一些研究成果，如向义的《六碑龛贵山联语》（1922）、刘大白的《白屋联话》（1929—1931 在

① 《评释巧对》刊行之前，有明人赤心子的《奇联摭萃》和冯梦龙的《金声巧对》，但它们都不是专集，前者见于明代话本小说总集《绣谷春容》，后者则是作为《燕居笔记》的第六卷。

《当代诗人》和《世界杂志》上分别刊出）等，都有一些系统论述对联的文字。到了陈子展的《谈到联语文学》（1948 年刊于《论语》杂志），就完全是现代论文的性质了。《谈到联语文学》分三个部分：联语与文学；联语的起源和发展；属对的方法。可以说，陈子展的这篇论文开创了我国对联研究的新局面。1949 年以后的对联研究基本上都是围绕这几个方面的内容来进行的。当然，除此之外，也还有一些或传统或现代的研究内容。

从广义的研究角度看，我国以往的对联研究可以归纳为以下八个方面：1. 对联的定义和范围；2. 对联的种类和作用；3. 对联的性质和特点；4. 对联的产生和发展；5. 对联的构架和创作规律；6. 对联评论；7. 对联选编；8. 对联故事。应该说，1949 年以后，在对联的汇选以及对联的格式、结构规律和创作规律总结方面，都有了不小进展，出了不少的成果。但是一般都跳不出"文学"的圈子，因此视角的局限一直存在，妨碍了对对联的多角度观察，也就谈不上对联的文化研究。有的研究者也曾提出过应把对联纳入语言学范畴，有的研究者也曾声明要从语言的角度对对联进行研究，但实际的研究仍没有跳出传统研究的圈子，即只是从语言艺术的角度入手，这实际上就是文学研究，而没有把对联这种语言形式纳入文化的范畴来考虑问题。有人也提出过"对偶文化"、"对联文化"的概念，但其文化的含义也就是一般的大文化概念，并没有把对联当作一种语言文化来看待。因此，有的是仅把对联当作一种文学作品来研究，只见语言（实际就是作品），不见文化。有的则是仅停留在一种简单的文化口号（所有人化的东西都是文化，精神产品更是文化），只见文化，不见语言。

程抱一说，应该"把中国诗歌本身当作一种语言，并探问其基本结构所含意蕴"，"这种结构是建筑在中国思想的基本法则之上的。"[①]

① 程抱一：《关于中国诗歌语言及其与中国宇宙论关系的几点看法》，载阎纯德主编《汉学研究》（第三集），中国和平出版社，1999 年，第 552 页。

我们也可以把对联当作一种语言，当作一种语言模式，并探讨这种语言模式所蕴含的文化内容；同样，对联这种语言模式也是建立在中国思想的基本法则之上的。这个基本法则就是阴阳太极思想。

（二）文化语言学视野中的对联研究及其意义

研究对象决定研究方法。我们认定对联是一种古老的话语形式，认定对联是一种语言性质的文化，是一种语言文化现象，那么我们就应该寻找一种适合这种研究对象的研究方法。我们找的方法是我们称之为文化语言学的研究方法。我们认为，用文化语言学的方法研究对联，就是把对联放到文化语言学的视野中进行研究。换句话说，我们的对联研究，是一种文化语言学视野中的对联研究。文化语言学视野中的对联研究的特点主要在于：

首先，它不同于一般的对联文化研究。因为对联文化包括的范围很广，我们认为可分为三个大的方面：1. 对联创作及其作品；2. 对联研究；3. 和对联有关的故事。简言之，就是传统的所谓联语、联话和联故事。但联语中实际上又还包括了许多相关的问题，如汉字书法问题、民间风俗问题等。各种形式的、各种用途的对联，散见于中国乃至世界的各个地方，充斥于华人世界的社会生活中，形成最显见的对联文化实体。联话，作为中国传统文论中的一种样式，与文话、诗话、词话相并列，辑录对联作品，讲述对联故实及联作者的趣闻轶事，评论对联作品的得失，为促进对联创作的繁荣发展、传播对联文化，起了巨大的作用，而其自身也属于对联文化的一个重要组成部分。联故事是联话的一部分内容的发展和民间化、口头化。如前所述，联话中有一部分内容是讲述对联故实和联作者的趣闻轶事，这部分内容后来由于联话自民国时期开始侧重点转向联论（即对联作的品评），因此从联话中独立出来并走向民间，形成了对联故事这种民间故事。这些故事，有讲神童巧慧聪颖的，有讲名人谈机争锋的，有讲才子显能斗智的，有讲因对联而缔结姻缘佳话的，有非常幽默诙谐的，有讽刺贪虐针砭时弊的，虽然不一定事出有信，但作为故事，它不仅丰富了民间故事的宝库，同时也成为对联文化的一个非常重要的组成部分，在传播对联文化，弘扬对联文化，使对联雅俗共赏方面，功不可没。陈图麟先生曾主编过《中国对联故事》[①]。作为中国楹联协会会刊的《对联·民间对联故事》杂志，每期也刊有不少联故事。文化语言学视野中的对联研究，主要是研究对联作品即联语，而且把联语主要当作一种言语模式看待，当作一种语言文化看待，研究联语和民族文化之间的关系。

其次，对联的文化语言学研究，也不同于一般的对联研究。一般的对联研究，即典型的传统对联研究。典型的传统对联研究大体包括两类研究：一是传统联话中的对联研究，二是现当代的对联研究。总的看来，一般的对联研究多为内部研究，即研究对联本身的特点、结构、种类、历史发展、一般用途、创作规律等内容者较多，而对其文化性质、文化价值、文化功能等方面的研究关注较少。但对联的文化语言学研究又是在广泛吸取这些研究成果的基础上进行的，而且也是在大的对联文化背景下进行的，会涉及许多对联文化的问题。只不过强调：对联是一种话语形式，是一种言语行为模式，所以它完全可以纳入语言学的研究范畴，更严格地讲，可以对其进行语言学角度的研究，但并不否认把它当作文学作品进行研究，许多传统的研究也是有益的；作为一种言语行为模式，作为一种特殊的话语方式，它不仅是一种泛泛的文化种类，而且是一种语言文化，这种语言文化具有特殊的文化价值和文化功能。它可以反映出便于使用对联话语形式的汉语的一些特点（包括表达特点），也可以反映出使用汉语、喜欢使用对联话语形式的人们的内心世界的一个方面，比如其对世界的看法、审美情趣、价值标准等。

以文化语言学的理论和方法研究中国对联，我们认为主要具有以下几个方面的学术价值。

---

① 此书由北方妇女儿童出版社于1996年出版。

第一，加深人们对对联的认识和理解。对联在中国虽然家喻户晓、人人皆知，但由于对联本身的特殊性和对它研究的不足，人们对对联的认识是相当肤浅而且模糊的。我们试图通过对对联性质的进一步探究，让人们对司空见惯的对联有更深入和清晰的认识和了解，让人们认识到中国对联是一种国粹，是一种地地道道的中国特产，是一种话语形式、言语模式。

第二，拓宽对联研究的视野。以往的对联研究除了一般性的分类汇集外，主要就集中在对联是否具有文学性质、对联包括的范围、对联的起源早晚、对联的格律等问题上，研究的视野一般局限于文学领域，而且由于研究者大多为对联爱好者，因此研究的目的几乎都是一个，即对对联声誉的维护。具体说来，无非就是为了证明对联高度的文学性、较早的起源、格律的严格、形式的独特等结论。研究人员缺乏专业学术背景，因此研究大多就事论事，缺乏方法论指导，上升不到理论高度，形不成科学体系。我们试图通过把对联当作一种语言文化来进行相关的系统研究，拓宽对联研究的视野，改变以往研究的随意性和局限性。

第三，揭示对联在中国兴盛的深层次的文化原因。对联作为一种言语表达模式，之所以能在中国兴盛，而且广泛流行于汉语汉字文化圈中，其实并不仅仅是因为它具有高度的文学性、被广泛运用、有巨大作用、具有庄谐并举和雅俗共赏的特点等表层原因，而是还因为有着其他一些更深层次的原因。我们试图通过一些事实的考察，揭示出对联这种独特的言语模式在中国兴盛的几个深层次原因：1. 切合汉语特点；2. 强化对称文化；3. 融入民俗风情；4. 迎合简短喜好。

第四，揭示言语模式与民族文化之间的关系。通过对联这种对称言语模式在中国兴盛的深层次原因的发掘，进而揭示言语模式与民族文化之间的关系。言语模式作为一种表达文化，它和一个民族的其他文化必然有着紧密的内在联系，与其他文化共同构成一个文化的有机整体。如果这种表达文化和其他的民族文化不相匹配以至于格格不入、相互冲突，那必定不为该民族的成员所接受；相反，如果这种表达文化能够很好地“应和”这个民族的其他文化，和民族的其他文化融合为一个整体，那么它就会成为一种普遍的文化现象。

第五，揭示语言表达的某些性质、特点和规律。语言表达既是一个一般性概念，指用语言文字表达思想感情或传递知识信息；又是一个专门性的概念，指语言学中的表达技巧，即传统所谓的修辞。我们试图通过对对联这种表达形式个案的考察，间接说明：作为一个专门性的语言学概念。语言表达不应仅仅理解为传统的修辞学内容，它应有更加广泛而具体的内涵，它应是语言学、特别是文化语言学的一个重要内容，它是语言学中言语研究的一个重要组成部分。从语言表达中，我们可以窥见一个民族的思维模式、特殊喜好、文化气质等。语言表达，离不开民族文化的规约，离不开对初值的敏感依赖性，同时也有自己发展变化的规律。

第六，证明文化语言学的普适性。我们试图从言语表达这种新的角度，通过对对联这种既具普遍性又具特殊性的言语模式的探析，进行一次文化语言学理论和方法的具体运用和阐释，以证明文化语言学的普适性。文化语言学和以往的主流语言学相比，一个重要特点就是它把观察的目光投射到语言的所有方面，而且注意语言产生、发展、使用、变化的条件和环境，并对任何语言一视同仁。从这个意义上讲，文化语言学是真正的普通语言学。鉴于国内文化语言学各主要流派的研究范围的限定性，张公瑾先生所倡导的普通语言学性质的文化语言学也就只能权且称之为“普通文化语言学”。我们正是想借对联研究证明普通文化语言学的存在价值。

第一章　对联：一种表现为言语模式的语言文化

以前人们对对联性质的认识，大致不外乎这样几种：或认为对联是一种文学体裁；或认为对联是一种实用文体；或认为对联是一种游戏文字。我们认为，这些认识都有一定的道理，但又都只反映出了对联的某个侧面，没有抓住对联的本质。那么，对联的本质到底是什么呢？下面我们就在分析讨论对联的名与实、对联的发展及成因、对联的功能和分类、对联的性质等问题的基础上，对这个问题展开一些探索。

第一节　对联概说

一、对联名与实

对联又称“对”、“对子”、“对句”、“句对”、“对语”、“对锦”、“对类”、“对偶”、“偶对”、“对偶语”、“对偶文”、“应对”、“柱对”、“韵对”、“联对”、“联”、“联语”、“联文”、“联句”、“联偶”、“联子”、“联壁”、“楹联”、“偶联”、“柱联”、“柱铭”、“楹句”、“楹贴”、“楹帖”、“楹语”、“楹书”、“楹镜”、“抱词”、“帖子”、“俪语”、“俪言”、“俪句”、“连语”、“偶”、“偶句”、“偶语”、“偶题”、“偶文”、“类偶”、“成双”、“双文”、“两行诗”（二行诗）、“诗中诗”、“袖珍诗”、“碎金”、“片锦”、“片玉”、“片羽”等。名称的多寡通常可以说明该事物的普遍程度或重要程度。例如，爱斯基摩人关于雪的名称特别多，牧业民族关于牛马的名称特别多，沙漠民族关于骆驼的名称特别多，等等。从对联众多的称谓中，我们也可看出它在我们生活中的应用范围之广，普及程度之高。这其中，有些名称的含义是相当的，它们只是看问题的角度不同，有些则可能显示出不同对联之间的细微差别，有些则涉及对联观。但使用最多的还是“对联”，因此我们采取从众原则，称自己的研究对象为对联。

现代一般人心目中的对联，实际仅指严格意义上的楹联，即书题、张贴、悬挂或镌刻的对联。简单地说，对联等于楹联。而事实上，长期以来，论联者大多是把对句和联语也包括在对联之内的。所谓对句，又称应对，是一种口语形式的对联，往往是两人联袂的创作，一人出句，一人对句。所谓联语，是指书面形式的对联即书册上的对联，它和楹联的区别在于没有用书法形式书题并张贴、悬挂起来。因此在理论上，对联是属概念、上位概念；而对句、联语和楹联是种概念，下位概念。对联包括对句、联语、楹联。[①] 显然，与“对联等于楹联”相比，我们所称的对联是一个更加广义的概念。

需要指出的是，楹联字面意思虽然是指柱子上的对联，但我们不妨让它把悬挂张贴在其他地方的对联也包括进来，它实际是一种标贴语形式的对联。[②] 这种对联因为受众多，所以流传下来的很多。

---

① 然而在实际的概念使用中还是比较混乱的。除了前面提到的一般人把对联理解为狭义的楹联之外，有的人则把楹联认为是对联的旧称或雅称，也有人把联语和对联相等同，还有人把对句和对联相等同。北京大学教授吴小如先生则把对句和联语称为对联，把书题并悬挂张贴起来的偶句称作楹联。而梁章钜在《巧对录》自序中认为，巧丽骈词类的巧对不是联，而是对。也就是说，在他看来，对联包括联语和楹联，而不包括对句。

② 标贴语，是我们提出的一个概念。和有人称之为“标题语”的内涵接近。但“标题语”容易引起误会，而且所谓“题”，既可以题于楹壁，也可以题于书册。我们认为，根据汉语使用的实际情况看，语言除了口头形式和书面形式之外，其实还有一种标贴形式，它不是用口头传达，也不是用书册传达，而是用悬挂、张贴、镌刻等形式标示于人，起到传情达意交际交流的作用。因此，语言除了口头语、书面语之外，还有一种标贴语。

我们发现，三种对联正好和语言的三种形式形成一种对应关系。这种对应关系如下：

对句——口头语形式
联语——书面语形式
楹联——标贴语形式

三种语言形式，就是三种言语活动方式。因此，从广义的对联情况而言，对联这种言语活动囊括了所有的言语活动方式，可见对联的普及性和广泛性。

二、对联发展简史

对联的起源问题是一个众说纷纭、莫衷一是的问题，至今尚无定论。主要有汉代说、晋代说、南朝说、唐代说、五代说等。汉代说认为，中国自黄帝以来就有设桃板、画二神像在元日置之门户以避邪驱灾的习俗，后来于神像之下左边书写“荼”、右边书写“郁垒”的字样。自汉代始，文献都称荼为“神荼”。加一“神”字，无疑是为了在门户上产生文字均衡的效果。右“郁垒”，左“神荼”便形成了中国的第一副对联，它是一副相当于春联的门联。[①]吴同瑞等所编的《中国俗文学概论》（北京大学出版社，1997年）也持这种看法。晋代说认为，对联起源于西晋时期的一副应对。《晋书·陆云传》载：“云与荀隐素未相识，尝会华坐，华曰：‘今日相遇，可勿为常谈。’云因抗手曰：‘云间陆士龙。’隐曰：‘日下荀鸣鹤。’”南朝说是谭嗣同的主张，他在《石菊影庐笔识·学篇》中说：“考宋（实为‘梁’——笔者注）刘孝绰罢官不出，自题其门曰：‘闭门罢庆吊，高卧谢公卿。’其三妹令娴续曰：‘落花扫仍合，丛兰摘复生。’此虽似诗，而语皆骈俪，又题于门，自为

① 参见《神荼郁垒论》一文。此文载《楹联界》1994年创刊号。引自常江、王玉彩《中华对联大观·自序》，中国青年出版社，1997年。

联语之权舆矣。”唐代说的证据有三个方面：一是酒令和应对，酒令为：“鉏麑触槐，死作木边之鬼；豫让吞炭，终为山下之灰。”应对是：“金步摇，玉条脱”；“远比赵公，三十六年宰辅；近同郭令，二十四考中书。”[①] 二是近些年来在福建、湖北等地的地方志中发现的唐代对联。[②] 三是敦煌遗书中的唐代对联。[③] 五代说是长期以来最流行的、也是最正统的说法，即认为中国的第一副对联是五代后蜀主孟昶所做的那副春联：“新年纳余庆，嘉节号长春。”

之所以出现争论，除了对对联格律上的认识不尽一致的原因外，主要是对对联概念的意见有分歧。我们看到，汉代说、南朝说、五代说其实都是认为对联必须是题写在门上等地方的，我们姑且称之为题写说。晋代说则是应对说。唐代说从具体情况看，则相对复杂，即口头应对、题写标贴和书面形式都有。而口头应对、题写标贴早于唐代者皆有之，所以我们可以不予考虑。问题是，书面形式的联语是不是有比口头应对和题写标贴早的？换句话说，书面形式是否早于汉代？如果我们认定对联就是对偶联句，那么书面形

① 《全唐诗话》（卷四）记温庭筠事，前句为李商隐说，下句为温作。

② 方东：《“余庆、长春”第一联之说应否定》，载《对联》，1988 年第 1 期。该文中说福建《霞浦县志》、《福鼎县志》刊载有唐代咸通、乾符两朝的堂室对联三副：“大丈夫不食唾余，时把海涛清肺腑；士君子岂依篱下，敢将台阁占山巅”、“竹篱疏见浦，茅屋漏通星”、“石头磊落高低结，竹户玲珑左右开”。刘福铸《又发现二副唐五代联》（载《对联》，1990 年第 1 期）说，《福建通志》名胜志中载有一联：“壶公山下千钟粟，延寿溪头万卷书”，伶官传中有一联：“草中误认将军虎，山上曾为道士羊”。沈宝贵《对联的兴起与唐代对联创作的实证》（载《对联》，1994 年第 1 期）中举出颜真卿等人的联语，如颜真卿的“人心无路见，时事只天知”。程春华《黄梅县发现唐代对联》（载《对联》，1996 年第 1 期）说湖北省黄梅县有一族谱中发现唐穆宗长庆年间的御笔亲书：“麒麟阁上精神爽，虎豹关前胆气豪”。徐玉福：《唐朝摩崖石刻对联》，载《对联》，1996 年第 1 期。该文中说在广东省潮阳县城东郊之东山有唐大历年间的大颠和尚的一副对联：“一柱擎天千古壮，独瓶挂壁万年春”。闻楚卿：《楹联唐早有，后蜀岂能先》，载《对联》，2001 年第 5 期。该文也举了一些例子。而最新的说法是“李宗道联”为中国目前发现的第一联，详见黎凌云：《中国目前发现的第一联》，载《对联》，2003 年第 6 期。

③ 谭蝉雪：《敦煌遗书中的唐代对联》，载《对联》，1991 年第 4 期。

式的联语古已有之。正如有些人大胆断言的那样，对联出现在商周以前。有人经常用平仄问题和重字问题来判断是否对联，但他们忘记了，其实就是在对联非常盛行或成熟的时候，也还会出现类似的问题，因此有了宽对之说，平仄和是否重字只是判断形式上是否严对的一个标准，而并非是否为对联的一个标准。即便是在今天，我们还说，只要内容精彩，形式上不一定要苛求，以免以辞害意，以律害意，那我们为什么要以此去要求古人的对联创作呢？为什么不允许古人有宽对的自由呢？有人也许要问，诗赋辞章中的对偶句也算对联吗？回答是肯定的。原因在于：1. 我们认定对联是一种话语形式。所谓话语形式，既可以独立存在，也可以处于一个文本之中；2. 从句子的角度看，无论它是独立存在，还是处于一个文本之中，它都有相对完整的意义，都是一定思想情感或信息的表达和传递。

对联作为一种言语方式和修辞手法，其源头可以追溯到殷商以前的说法是有根据的。《尚书·夏书》是记载殷商以前的政治文件和追述古代事迹的文献汇编，基本上反映了当时口语的情形。刘勰在《文心雕龙·丽辞》中说明人们进行语言表达运用对偶句形式的必然性时，就曾援引《尚书·大禹谟》中所追记的皋陶及益有关对句的言论。“唐虞之时，辞未极文，而皋陶赞云：‘罪疑惟轻，功疑惟重。’益陈谟云：‘满招损，谦受益。’岂营丽辞，率然对尔。”由此可知，对偶句形式，作为对联的前身，是产生于殷商之前的。

综上所述，说对联产生于五代，有过于保守之嫌。虽然现在还无法确定对联到底正式产生于何时，但我们完全可以说：对联发展到唐代，已趋于完善。

随着宋朝统治者对孟昶“新年纳余庆；嘉节号长春”联的广泛宣传，对联开始正式在各个领域崭露头角，书斋联、胜迹联、灯联、门联、寿联、挽联纷纷问世。而且，由于宋人开始将对联题之于楹柱，因此有了“楹联”之称。苏轼挽韩绛联：“三登庆历三人第；四入熙宁四辅中。”[①] 开挽联之先河。吴叔经寿黄耕庾夫人：“天边将满一轮月；世上还钟百岁人。”[②] 则为寿联之先声。至南宋，“欲写其钦慕颂祷之忱，则有庆；欲写其凄凉悱恻之情，则有挽。”对联品类，所缺已无多。宋元两代，对联在民间广泛流行，应用范围、内容、种类、形式都大大扩展。而且由于许多对联大家，如苏轼、黄庭坚、赵孟頫等都擅长书法，集联艺、书艺于一身，所以大大丰富了对联独特的审美功能，从而使对联的制作和推广成为一种时尚，大大促进了对联的发展。有学者指出的一个现象，则从另一方面说明了宋代对联文化相对于唐的进一步发展。“《文镜秘府论》所列盛唐的二十九种对看起来名目不少，但大多是肤浅而表面的，宋代则提出了以汉人语对汉人语、大物对小物、情景对、意远对等名目，而且还作了深入的理论阐述。”[③] 诗歌句法理论特别是对偶理论在宋代的鼎盛发展，无疑对对联在宋代的广泛流行创造了一个重要条件。

明清以降，更是四时八节，无时不联；庆吊题咏，无事不联；宫廷溷厕，无处不联；天地虫芥，无物不联。对联在自身发展过程中，普及到千家万户。在明代，有“对联天子”之称的明太祖朱元璋曾大力提倡过贴春联，并使之成为一种制度。清人陈尚古《簪云楼杂说·春联》中说：“春联之设，自明太祖始。帝都金陵，除夕传旨公卿士庶家，门上须加春联一副。”朱元璋还自题春联书赠中山王徐达。明人周晖《金陵琐事·春联》中说：“太祖御书春联赐中山王徐达云：‘始余起兵于濠上，先崇捧日之心；逮兹定鼎于江南，遂作擎天之柱。’此二十六字，乃初封信国公诰中语也。又一联云：‘破虏平蛮，功贯古今人第一；出将入相，才兼文武世无双。’”朱元璋赐阉猪户的春联“双手劈开生死路，一刀割断是非

① ［宋］叶梦得：《石林燕语》。

② ［宋］孙奕：《履斋示儿编》。

③ 王德明：《中国古代诗歌句法理论的发展》，广西师范大学出版社，2000 年，第 17 页。

根”，更可谓是神来之笔、家喻户晓。由于统治者的提倡，明代贴春联之风盛行。从王公贵戚，到平民百姓；从宫廷王府，到蓬门荜户，贴春联成为除旧布新的礼俗之一。以至于不设春联，便难免为人所讥诮。即使是丧户，春联也专设有黄色或绿色的。至此，对联完成了与桃符门神历史性的分化，走上了独立发展的道路。明代的对联品类齐全，数量众多，技巧走向成熟，并涌现出了以解缙、徐渭、杨慎、祝允明等为代表的一批出色的对联作者。

清代为中国对联艺术的鼎盛时期。康熙、雍正都崇尚对联，并亲自撰写了不少对联作品。乾隆更是不愧为对联圣手，紫禁城内的一百多副楹联，多出自“御笔”。在帝王们的带动下，有清一代，对联妙手灿若群星，纪昀、俞樾、梁章钜、彭元瑞、林则徐、曾国藩、彭玉麟、左宗棠、郑燮、康有为、梁启超、何绍基、邓石如、翁方纲、袁枚、阮元、钟云舫、孙髯等对联大家，都有至精至巧的楹联佳品传世。对联风行全国，学士儒人，不精此道者，难以入仕；百工商贾，有忘于义者而鲜有不知联者；市井小民，可以不读书，而没有不知道对联的。因此，才如前文中所提到的，有人认为中国文化在文学的境界上有这样一个发展演变的大致过程：汉文、唐诗、宋词、元曲、明小说、清对联。虽然这种提法不无值得商榷之处，但有一点是值得肯定的，那就是它非常清楚地提醒人们注意清代对联的鼎盛。清乾嘉间人沈复所著《浮生六记》的“闲情记趣”中记载“考对为会”的盛况，也从一个侧面证明了对联在清一代的流行程度。清代对联的鼎盛除了上面提到的对联大家、妙手层出不穷，对联佳作举不胜举，对联活动颇为盛行之外，还表现在以下五个方面。

（一）对联普及到各行各业、千家万户，应用范围更加扩大

从皇帝的宫殿到农家的茅棚，从官署的衙门到文人的书斋，从风景名胜的楼阁亭台到三教九流的招牌门面，从贺婚祝寿到哀挽悼亡，以至庙宇古刹、碑塔陵寝、城垣桥堡、贡院学堂、店铺房馆，

无处不见长短不一、情趣各异的对联。对联已进一步从宫廷王府和少数文人的“雅趣”中解放出来，成为广大群众喜闻乐见的俗文学形式。

（二）对联种类更加多样化，各种各样的对联争奇斗胜

除流行最广的春联外，胜迹联、寿联、挽联、婚联、行业联、应制联、交际联、集联、课联和文艺作品联都在社会上广泛流行。特别是由于清代手工业和商业的发展，促使行业联风靡天下，各类店堂通用联、专用联、嵌字联，比比皆是。

（三）对联的内容广泛深刻

抒情言志、哲理格言、述史记事、状物写景、歌颂升平、批判讽刺、斗智斗巧、游戏嘲谑，社会生活的各方面的内容都在对联中得到了反映。同时还出现了赞美进步思想，讴歌劳动人民，鞭挞和反抗封建势力、封建迷信等内容的对联作品。

（四）对联的形式丰富多样，不拘一格

清代对联进一步突破了五、七言为主的传统对联格局，创造出了许多新的形式。有诗句，有散句；有短联，有长联，还有超长联。号称“海内第一长联”、“古今第一长联”的昆明大观楼长联，有180字，已属洋洋大观。而钟云舫拟题江津临江楼长联，竟达1612字，曾在很长一段时间内被人称为“长联之最”。① 可以说，在清代，对联的艺术性已达到了纯熟完美的境界，特别是胜迹联，艺术成就尤为辉煌。我们今天所能见到的遍布全国的许多脍炙人口的胜迹名联，大多都出自清代人之手。其构思之巧妙、行文之典雅、技法之高超、意境之深远，几乎都达到了登峰造极的地步。

---

① 现在已有更长的长联面世。详见第七章第三节。

（五）大批对联书籍问世，为对联的发展推波助澜

将对联汇集印行，始于宋。但我们今天所能见到的，如周守忠的《姝联》和钱德范的《玉堂巧对》，都是作为一本书的附录出现的，还算不得专门集子。朱熹的《联语》也是附载于《朱子全集》中。明代杨慎的《谢华启秀》和《群书丽句》被认为是中国最早的对联专集。但在明代，还未曾有论对联的专书。清代则不仅出了一批集印对联的书籍，而且开始有了论联专著。做出这一划时代贡献的是梁章钜。他的《楹联丛话》、《楹联续话》、《楹联三话》、《楹联丛话补遗》、《楹联剩话》、《巧对录》、《巧对补录》等著作开创了联话体例，确立了对联的一些分类原则，总结了对联的创作成果，积累了许多珍贵史料，至今仍是对联研究者的必读书。

流风所及，在中国近代史上，也曾出现过对联的高潮。如孙中山去世时，全国各地乃至海外，都有人撰联哀悼，挽联达数万副之多。又如，不少著名文化人士像蔡元培、于右任、陶行知、郭沫若、郁达夫，政治活动家孙中山、黄兴、李大钊、董必武、毛泽东、周恩来、刘少奇、陈毅、朱德、贺龙等，也都有对联佳作传世。

20 世纪 80 年代以来，在中国思想解放、文化复兴的大背景下，中国大地再次出现“对联热”，其标志主要是：建立了以中国楹联学会（1984 年成立）为代表的各级楹联组织；对联的学术研究、创作、搜集、整理、编辑、出版工作取得了可喜的成绩，《对联》杂志、《中国楹联报》等专业报刊相继创刊发行并在全国受到广泛欢迎，出版的对联集、对联理论专著、对联工具书，数以百计，发表的研究对联的论文数以千计；创作对联成为一种群众性的文化活动，通过办刊办报、征联、函授、电台讲座、拍电视剧、举办展览、深入城乡基层书联赠联等多种形式、多种渠道，进行对联宣传普及活动，促进了对联创作和对外文化交流，产生了广泛而深刻的社会影响；在今天的一些电视节目（如央视的“交流”）中，对对

联仍是其中的一个项目；一批有代表性、有影响的楹联作家脱颖而出。

以上就是中国对联发展的简要历史。值得一提的是：到了近现代，随着生产力的发展和科技的进步，对联的载体越来越丰富，比如信封、邮票、请柬、贺卡、钟表、纪念张、月份牌（年历）、床单、火柴盒、水车、算盘、头发、茶叶盒、香烟盒、名酒盒、卫生香盒、月饼盒等上面都出现过对联；而进入新媒体时代后，对联也出现在了互联网上，而且还有专门的对联网站。

三、对联盛行的原因

对联的盛行，不是没有原因的。从最表层的原因讲，首先是因为它独特的形式，其次是因为它丰富简捷的内容，再次是它庄谐并举的风格，最后是创作和接受群体的大众化。

对联独特的形式主要包括这样几个方面：其一，短小精悍的形制；其二，整齐对称的布局；其三，音韵和谐的节律。

对联的特点就是短制，就是小。虽然也有几十字以上的长联，但常见的对联还是以上下联各四、五、六、七字的居多，尤其以五字、七字的为主，而每联十来个字的对联，在人们的印象中，也还算是短联。对联虽短，但因为其多以诗词句式入联，所以在内容表达上非常凝练，言短而意长，言简而意深。如朱熹的几副题白鹿洞书院联：

傍百年树　读万卷书

泉清堪洗砚　山秀可藏书

日月两轮天地眼　诗书万卷圣贤心

其中的诗趣、理趣交相辉映，相得益彰，融为一体，让人如品香茗，如饮甘泉，神清气爽，回味无穷。

有些对联，比如白话对联，虽以口语入联，但同样形制短小，内容简捷，既给人以简洁明了、干净利索之感，又让人得到美的享受。如：

好猫不叫　笨鸟先飞

舞台小天地　天地大舞台

大大方方做事　简简单单过年

水中有月原无月　世间无神却有神

两间东倒西歪屋　一个南腔北调人

今年种竹，来年吃笋　前人栽树，后人乘凉

本利轻微，捐税请抽少点　生命宝贵，自由该放宽些

整齐对称，更是对联一目了然的一个特点，也是对联首先必须具备的一个基本条件。要做到整齐对称，首先就要字数相等。除了特殊用意的对联外（如“袁世凯千古；中国人民万岁”之类），如果上下联字数不相等，那就不是对联。对于用方块汉字书写的对联来讲，只要上下联字数相等，形式上便自然做到了整齐。当然要在外形上做到整齐，书写方面也应讲究，即两联的书写应该对称，字体、字的大小、书写风格等，都应具有一致性，书写位置应该讲究两两相对。如果各联需要换行，一般也应写成所谓的“门”形对。形式上的对称还包括语言形式上的对称，即上下联中相同位置上的语言单位应做到词性相同、结构相同，即名词对名词、动词对动词、形容词对形容词、数词对数词、量词对量词、虚词对虚词，主谓结构对主谓结构、动宾结构对动宾结构、状中结构对状中结构、定中结构对定中结构，等等。

对联的音韵和谐包括三个方面：第一，上下联的节奏应相同；第二，上下联的平仄要相对；第三，各联内部的平仄需讲究。所谓上下联的节奏应相同，是指一副对联的上联和下联在诵读时的音顿（音步）必须一致。比如上联是二三节奏，那么下联也应是二三节奏，如“欲知千古事”，对“须读五车书”。所谓上下联的平仄要相对，是指上联和下联同一位置的字应是一平对一仄或一仄对一平，以造成音律和谐、富于变化的效果。如这样一副对联，上联“柳线莺梭，织就江南三月景”，平仄情况是仄仄平平，仄仄平平平

仄仄，下联“云笺雁字，传来塞北九秋书”，平仄情况是平平仄仄，平平仄仄仄平平。上下联的平仄是完全相对的，即上联是仄声处，下联是平声，上联是平声处，下联是仄声。所谓各联内部的平仄需讲究，是指上下联各自的内部，平仄需要按照一定的规律交替出现，不能一平到底，也不能一仄到底，以避免音韵上的单调乏味。反之，如果做到了平仄交替，就能使联语声调铿锵，有抑扬顿挫之美，达到音律和谐的效果。

对联虽然体制短小，但内容却很丰富，而且和其短小的形式相适应（为其短小的形式所决定），形成简捷的特点。有人说，对联是“短短小文，洋洋大观”。[①] 这种说法非常准确地道出了对联的丰富内涵。虽然就每副对联而言，它的内涵容量有限，但由于对联的“轻骑兵”性质，使用非常广泛，表现力非常强，所以就对联整体而言，其内涵就无可限量了，你一联，我一联，如众流成河，百川到海，洋洋乎大观。在古今汇聚而成的汗牛充栋的对联作品的海洋中，我们能找到人们所需要的各种各样的精神营养，即便说古今多少事，尽在对联中，大概也不为过。那里有现实生活的写照，有历史故事的讲述，有各种情怀的抒发，有美好善良的祝愿，有语重心长地告诫，有冷嘲热讽的批评，有入木三分的针砭，有热情真挚的讴歌，有巧慧幽默的展示，当然也有肉麻庸俗的陈列，有风景名胜的描写，有物理人事的品评，有对死者的纪念凭吊，有对生者的祝福赞美，有对行业的介绍，有对产品的宣传，等等，不一而足。我们只要大致看一看对联的分类，只要随便翻一翻对联的集子，就

① 范叔寒：《中国的对联》，台湾省政府新闻处，1982 年。该书出版前言中说：“我们读时人杜负翁联话曾经见到一段很能好的评论，他说：‘某一联也，冠冕重裳，雍容华贵。某一联也，文笔犀利，犹之老吏断狱。某则如雄狮怒吼，某则如巫峡猿啼。浩荡若长江大河，清莹似小桥流水。突兀类云外奇峰，壮丽等崇楼杰阁。粗豪直大刀阔斧，飘逸疑长裾临风。他如美人香草之词，或别有寄托；平淡无奇之作，尽多弦外之音。汇而聚之，可觇一代之兴衰、一时之风尚，亦间有零星史料，可供专家摭撷。虽短短小文，实亦洋洋大观。’”

完全可以领略到对联内容的宏富和浩博。因此，在这里，我们无须举例。至于对联内容简捷的特点，是就对联个体而言的。已在上面提到，这里不再赘述。

对联在表现风格上总的来说是庄谐并举，但具体来说，其实有两层意思：第一层意思是，对联在风格上具有庄和谐的两端；第二层意思是，在庄谐两端中间还有不少中间状态，我们可以称之为亦庄亦谐，有的是庄多一些，有的是谐多一些，总而言之是庄谐并举。风格庄重的对联莫过于格言联，而节日喜庆联、交际应酬联等应用对联也多以庄重风格为主。格言联如：

古今来许多世家，无非积德　天地间第一人品，还是读书

处事须留余地　责善切戒尽言①

厚德载物　雅量容人②

笋因落箨方成竹　鱼为奔波始化龙③

这种庄重的风格，和格言联金科玉律、暮鼓晨钟的身份非常契合，使格言联能起到“正言昭人，砺志融心，催人警醒，促人上进”的作用。节日喜庆联、交际应酬联等虽因用诸实务而风格多庄重，但处理实际事务也并不都需要一本正经的，所以也有非常俏皮幽默的喜庆联如婚联、寿联出现。诙谐的情调增添了喜庆的气氛。如沈尹默曾做过一副贺熊希龄与毛彦文婚联：

且舍鱼取熊，大小姐构通孟子　莫吹毛求疵，老相公重作新郎

此联除采用了谐音双关、融用典叙事为一体、隐嵌主人公之姓“熊”、“毛”外，字面上就给人以诙谐幽默的感觉，可谓谐中有趣。④

风格诙谐的对联自然莫过于谐趣联。谐趣联以应对为多，这些

---

① 以上两联见［清］金缨：《格言联璧》。

② 此联见田耀南：《中国格言对联》。

③ 此联见［清］汪陞：《评释巧对》（卷十八）。

④ “鱼”在此联中谐音吴方言中的“吴”，指吴宓，字雨僧。吴宓在熊、毛结婚之前也曾追求过毛彦文。

以追求巧妙、追求趣味、追求幽默风趣效果为能事的应对，被人们称作“巧对”，历来被大家所重视。这里我们不想多说，仅举两例：

两猿伐木山中，这小子也会对锯　匹马陷身泥内，此畜牲怎能出蹄

人曾是僧，人弗能成佛　女卑为婢，女又可称奴

就是一些文字对联、书面对联也有极为风趣的。如民国时期人刘师亮的对联：“民国万岁（税）；天下太平（贫）”、“有条有理；无法无天”①（讽旧法院），都是以不露声色的幽默达到了对现实的冷嘲热讽。又如“心如九曲黄河；面似千层铁甲”（讽黑厚之人）、“妹妹我思之，哥哥你错矣”②（讽不学无术之人）。

前面讲的都是本体论意义上的对联盛行的原因，下面我们再从创作主体和接受主体的角度谈谈这个问题。应该说，在汉语文化圈中，没有哪一种言语表达形式比对联这种表达形式更普遍地为人喜闻乐用了。无论是文人学者、社会名流，还是村夫野老、下里巴人，都可能成为对联的爱好者、创作者或欣赏者。正是因为创作主体和接受主体的多样性，形成了对联多种多样的风格。以前人们往往用雅俗共赏来表述对联接受主体的多样性特点。严格讲来，这种表述是不恰当的。因为其中存在两个问题：首先雅俗的标准是什么？其次由谁来定这个标准？按照文化学的观点，文化是没有高低优劣之分的。定出所谓雅俗之分，实际是文化等级观念在起作用，一些自以为是“精英”、“上层”、“知识分子”或诸如此类的人往往把自己的行为举止及其结果称之为高雅的，而把“大众”、“下层”、“打工仔”、“打工妹”、“工人农民”等的行为举止及其结果称之为低俗的。殊不知，无论什么样的文化，都是适应环境的表现和结果。正是由于环境不同，才造成了各种各样各具特色的文化。

---

① “条”指金条。

② 一考生将源于《尚书·泰誓》中句子“昧昧而思”的作文题目“昧昧我思之”看成了“妹妹我思之”，下笔千言，离题万里，阅卷者于是在那位考生写的作文题目旁对上一句：“哥哥你错了。”

由于对联这种表达形式普遍地适用于不同环境下的人们，因此它才具有了普泛性的创作特点和接受特点。对联作者中，有社会名流，文学巨匠，也有民间艺人、农夫村姑、文盲粗人，有长者成人，也有幼童稚子。接受者中，情况亦大致如此。

四、对联的功能

对联由于其短小精悍的形制，音韵和谐的节律，整齐对称的美感，集文学性、趣味性、欣赏性、实用性于一体和用广涵丰的特点，便于览诵的接受优势，广众普结的人缘，庄谐并举的风格，曾有过辉煌的历史，而且直到今天，对联仍然是中国汉文化圈中人们喜闻乐见的一种话语形式，广泛应用于各行各业、各种场合，继续为中国的精神文明建设发挥着巨大的作用。

事物的流行，取决于人们的普遍喜好，而之所以喜好，是因为被喜好对象有价值在。对联的盛行，如前所述也是由于人们的广泛喜好所造成的，而人们之所以普遍地喜好它，也是因为对联对人们具有非常大的价值。对联的价值表现为它的功能，我们这里把对联的价值主要概括为对联的九大功能。

（一）文艺审美功能。在浩如烟海的对联作品中，确有许多是堪与诗词曲赋等经典文学作品媲美的，它们优美的文辞、深邃的意境、悠长的韵味，都让人产生一种只有在欣赏文艺作品时才会产生的审美愉悦感，言简、意深、体美、质醇，能让人反复品味，反复揣摸，反复体会。

万壑烟云留槛外　半山松竹拂窗来
余地三弓红雨足　荫天一角绿云浓
几点梅花归笛孔　一湾流水入琴心
昼永琐窗闲，竹边棋墅　日迟帘幕静，花外琴声
一径竹荫云满地　半帘花影月笼纱

云卷千峰色　泉和万籁吟

龙峰疏柳笼烟暖　潭水劲松锁月寒

邻碧上层楼，疏帘卷雨，幽槛临风，乐与良朋数晨夕　送青仰灵岫，曲涧闻莺，闲亭放鹤，莫教佳日负春秋

卧石听涛，满衫松色　开门看雨，一片蕉声

月来满地水　云起一天山

烟雨一湖，野艇半篙春水绿　柳榆千树，鳌山终古夕阳红

云带钟声穿树出　月移塔影过江来

钟磬出林和石籁　风泉绕屋送秋声

草亭闲坐看花笑　竹院敲诗带月归

三顿饭，数杯茗，一炉香，万卷书，何必向尘寰外求真仙佛　晓露花，午风竹，晚山霞，夜江月，都于无字句处寓大文章①

白日寒林孤管静　青霄野卉寺门低

千秋怀抱三杯酒　万里云山一水楼

春水船如天上坐　秋山人在画中游

两树梅花一潭水　四时烟雨半山云

雨气忽来千嶂外　泉声遥在万山中

天上何曾有山水　人间岂不是神仙

百道湖光千树雨　万山明月一声钟②

一峰天半闻鹦语　万籁松间只马蹄

天语有声人独听　仙槎无路客难来③

这些对联，都是题于名胜之处的名胜风景联。“桃符诗句好，恐动往来人”，这些名胜风景联除了作为名胜古迹、寺观庙宇、亭台楼阁等去处不可缺少的装饰之外，还由于它们大多出自墨客骚人

① 以上联例选自苏渊雷：《绝妙好联赏析辞典》，上海辞书出版社，1994 年。

② 以上联例选自王运生：《评点云南名胜名联》，云南教育出版社，1999 年。

③ 以上联例选自向义：《六碑龛贵山联语》，载龚联寿主编《联话丛编》，江西人民出版社，2000 年。

之手，写景生动，寄情遥深、笔致隐曲、用典活脱、构思巧妙、意境新奇、文字工巧、笔法简练、风格独到，而引起人们无穷无尽的遐想和不由自主的审美冲动，让人在凭吊古迹、欣赏名胜、陶醉于自然美景的同时，得到许多人文、艺术的熏陶。这些优秀的名胜风景联，即便是脱离了原景原境，我们也还是可以体会到它们的文字艺术之美、诗文意境之美的。也就是说，我们完全可以单独把它们拿来作为文学作品进行欣赏。这也是为什么很多喜爱对联的人认为对联是文学的一种体裁的原因。因为它的文学之美，是那样显明，那样昭然。

名胜风景联的文艺审美功能使对联对于名胜风景的装饰作用提高到了一个更高的层次，很多名胜风景联事实上成为名胜风景的一个看点甚至是一个灵魂，成为名胜风景之“景眼”。因为风景名胜联多融历史、地理、宗教等知识和文学、书法、篆刻等艺术于一炉，可丰观瞻、长知识、增情趣、激游兴，没有这些对联，有的名胜古迹甚至可以说无从看起。即便是纯粹的风景区，也正如《红楼梦》作者曹雪芹借其作品主人公之一贾政所说：“若大景致，若干亭榭，无字标题，也觉寥落无趣，任是花柳山水，也断不能生色。”① 对联给风景名胜带来生气，带来人文的气息，带来艺术的氛围，增加人们的审美享受。“名胜的楹联用短小的篇幅字句，高度评价景色，给人以新鲜巧妙的美感快感，令人叹赏。它的效果比一首律诗或绝句还好，更非一篇游记散文所能及。”② 这里，我们不妨以湖南岳阳楼的一副对联作为一个具体例子来加以说明。

岳阳楼“诗文若山”，对联也很多，自古至今，数以千计，何金培先生在其《岳阳楼楹联荟萃》一书中，就收集了比较著名的岳阳楼对联 300 多副（民国以前 150 多副，1949 年以后 170 多副），1984 年岳阳楼大修时征集到的对联则多达 2123 副，而现存于岳阳

---

① 曹雪芹：《红楼梦》，人民文学出版社，1982 年，第 224 页。

② 朱星：《中国文学语言发展史略》，新华出版社，1988 年，第 138 页。

楼景区、真正称得上“楹联”的也有20多副，其中由清人窦垿所撰、清代著名书法家何绍基所书、现悬挂于岳阳楼一楼《岳阳楼记》雕屏两侧金柱上的对联最让人印象深刻。它是这样写的：

一楼何奇？杜少陵五言绝唱，范希文两字关情，滕子京百废俱兴，吕纯阳三过必醉。诗耶、儒耶、吏耶、仙耶？前不见古人，使我怆然涕下

诸君试看：洞庭湖南极潇湘，扬子江北通巫峡，巴陵山西来爽气，岳州城东道岩疆。潴者，流者，峙者、镇者，此中有真意，问谁领会得来

对于这副对联，联书多有记载，对于联作者也基本没有什么争议[①]，而且人们一致给予了较高评价。如清代李廷鉽所著的《楹联补话》[②] 就认为此联是岳阳楼“甚佳”之联，清末民初人吴恭亨所撰的《对联话》认为此联“大气驱迈”、“用典有大珠小珠琤落玉盘之流利”、“一时无两”，民国时期雷瑨所著的《楹联新话》则评价此联是“硬语盘空，起结尤超妙”，何林福《岳阳楼史话》中则称“这副对联情景交融，浑然一体，对仗工整，气魄极大，谈古论今，借景抒情，寓情于景，引人遐思，堪称一绝”。我们非常赞成这些评价，但同时又觉得前人的评价和分析或过于简括，或多少还有些意犹未尽，特别是对此联在岳阳楼景区中的作用缺少具体说明。岳阳楼有奇山、奇水、奇楼、奇诗、奇文，岳阳楼之奇处，窦垿联如数家珍，一一道来，而且其中表达出了联作者的内心世界，艺术上也堪称一流。于是，这副楹联本身又成为岳阳楼新的一奇，可谓“言奇者又添新奇”，并且因为是“说奇者奇”，故宜称为岳阳楼奇中之最奇者。

---

① 只有在清光绪年间自修山人刊刻的《岳阳楼黄鹤楼铭楹联诗赋》中，把作者误为何绍基。详见何金培《岳阳楼楹联荟萃》中的该联条。

② 该联书内封镌有“同治乙丑新刊”字样，早于《岳阳楼黄鹤楼铭楹联诗赋》，似为最早记录此联者。

1. 独特的解读角度

窦垿联把岳阳楼的奇伟之处，从人文历史和山川地理两个方面进行了重点介绍。在这一点上，它比其他任何诗、文、联都更全面。在上联中，联作者从人文历史的角度向观游者介绍岳阳楼的经典部分：中国诗圣、唐代最伟大的现实主义诗人杜甫晚年曾经怀着得尝夙愿的愉快心情登上岳阳楼，并写下了雄浑壮阔、抑扬顿挫、千古传诵的《登岳阳楼》——“昔闻洞庭水，今上岳阳楼。吴楚东南坼，乾坤日夜浮。……”刘辰翁在其《批点千家注杜诗》中称此诗颔联“吴楚东南坼，乾坤日夜浮”是“气压百代，为五言雄浑之绝”；北宋初年的政治家、军事家、文学家范仲淹在力主改革受挫之后应同是“迁客”的好友滕子京之请写下了亦骈亦散、对仗工整、韵律铿锵的千古名文《岳阳楼记》，其中的“不以物喜，不以己悲”、“先天下之忧而忧，后天下之乐而乐”，表现出“处江湖之远”的文正公“一肚皮圣贤心地”[①]，不以一己的悲喜为意，而是心系国家生民的忧乐，这“忧乐”两字体现了范公的大情怀、大感情；同样是北宋初年进士出身的官员滕子京（滕宗谅）知岳州时颇有政绩，“治最为天下第一”，他趁着“百废俱兴”的机会，重修岳阳楼以体现自己的志向和抱负；吕洞宾作为神仙也每每陶醉于岳阳楼的奇妙美景，据说曾经三次醉倒于岳阳楼，以至“元曲四大家之一”的马致远还专门写过一个杂剧，就叫《吕洞宾三醉岳阳楼》。诗人的缘情吟唱，文人的借景抒怀，人臣的进取儒雅，神灵的逍遥浪漫，诗文人神，皆高奇无匹。在下联中，联作者再从山川地理角度对岳阳楼的高迈气势进行描述，他登上岳阳楼，环顾四周：向南下瞰洞庭，是直接潇湘一望无边的水域，让人联想到整个的潇湘大地也许就都是这样的水乡泽国；向北眺望长江，但见其通连巫峡，让人似乎听到了猿鸣的声音，听到了江水的怒吼；向西遥

---

① 金圣叹《天下才子必读书》卷八有云：“中间悲喜二大段，只是借来翻出后文忧乐耳……一肚皮圣贤心地，圣贤学问，发而为才子文章。”

对着巴陵山，你会感受到清朗开豁的连绵青山所送过来的阵阵沁人肺腑的爽气；向东凝视岳州城，你会看到城边那高峻险要的关隘要塞。水、山、城，同样是豪迈冲天，高奇无匹。最值得玩味的是，联作者说岳阳楼之奇，是先从人文历史说起的，这是否是在暗示，岳阳楼的奇，首先是奇在它浓厚的人文色彩呢？

2. 对岳阳楼历史人文和山川地理的思考

窦垿撰联没有停留在仅仅介绍情况上，而是更进一步对所介绍的东西进行深入思考。换句话说，联作者之所以要罗列这些东西，既有客观的必然性，但同时也是一种源于内心需要的主观选择。上联中，作者用问句的形式进行了自己的思考："诗耶、儒耶、吏耶、仙耶？"表面上是在问，实际上却是在说：岳阳楼之所以称奇，是因为它既有山水之胜，又有人文之美，既有现实主义风格，又有浪漫主义色彩，既有人的活动足迹，又有神的逸闻传说。下联中，作者则是直接表明自己的思考：此湖、江、山、城者，实乃潴、流、峙、镇也，它们构成一种奇境，一种蕴含着世界人生真意的境界（如果再回头联系上联，又觉得岳阳楼的"真意"不仅蕴含在这些景象中，更体现在那些人文历史中）。

3. 借对联表情达意

作者在联中表达了自己的人生志向和对现实的失望。"我手写我心"，"一切景语皆情语"。我们发现，联作者对岳阳楼人文历史和山川地理的描述和思考，无非都是为了表达自己的人生志向和对现实的看法。上联中，作者有感于如此美好的人文历史，不禁心向往之，对古代圣贤和神灵的仰慕之情油然而生，效法古人，取法乎上，成了作者此时的一种急迫心情，但"前不见古人"，历史是不能重复的，机遇也并非随处可见，无论是诗人，还是儒者、官吏，他们都是凡人，人死不能复生，又如何得以与他们相见？即便是神灵，其仙迹也是可遇而不可求。此种情势，"念天地之悠悠"，又怎不叫人"怆然涕下"？下联中，作者对无人"领会得来"岳阳楼山川地理所构筑的"真意"颇感懊丧。如今现实中的人们已经物化异化了，过于功利化了，眼中只有“名利”二字，因而忽略甚至于忘却了自然、社会和人生中其他许多更加美好的东西，精神匮乏，心灵空虚，缺少审美和浪漫的情怀，缺少精神享受的能力。面对赏心悦目的美景、面对足以触发人们感悟的景象，都变得麻木不仁、无知无觉，更不要说是面对那些附着于景观、给景观以更多灵动气息文化底蕴的人文痕迹了。由此我们可以看出，上联中的“前不见古人”实际是言有尽而意无穷，隐含着“后不见来者”的悲哀。让作者“怆然涕下”的原因不仅仅是欲见古人而不得，更重要的是现实中无法找寻到与自己志同道合者。

4. 一览众山小的艺术高度

岳阳楼有不少艺术上可谓优秀的对联，但我们认为此联在艺术手法上也是众多优秀岳阳楼对联中的最上乘者。

（1）联中有相对，有自对。上联中的“杜少陵五言绝唱，范希文两字关情，滕子京百废俱兴，吕纯阳三过必醉”和下联中的“洞庭湖南极潇湘，扬子江北通巫峡，巴陵山西来爽气，岳州城东道岩疆”，前者纯用典写事，后者皆临场写景，两相对照而又自成体系。

（2）有工对，有宽对（求意工，不以辞害意）。“洞庭湖南极潇湘，扬子江北通巫峡，巴陵山西来爽气，岳州城东道岩疆”之间、“诗耶、儒耶、吏耶、仙耶”与“潴者，流者，峙者、镇者”之间，可谓工对；“杜少陵五言绝唱，范希文两字关情，滕子京百废俱兴，吕纯阳三过必醉”之间、“一楼何奇”与“诸君试看”之间，有严有宽；“前不见古人，使我怆然涕下”与“此中有真意，问谁领会得来”之间当属宽对。

（3）有叙述描写，有抒发情怀。“杜少陵五言绝唱，范希文两字关情，滕子京百废俱兴，吕纯阳三过必醉”和“洞庭湖南极潇湘，扬子江北通巫峡，巴陵山西来爽气，岳州城东道岩疆”为叙述描写，“诗耶、儒耶、吏耶、仙耶？前不见古人，使我怆然涕下”与“潴者，流者，峙者、镇者，此中有真意，问谁领会得来”为抒发情怀。

(4) 有排比，有引用。“杜少陵五言绝唱，范希文两字关情，滕子京百废俱兴，吕纯阳三过必醉。诗耶、儒耶、吏耶、仙耶”和“洞庭湖南极潇湘，扬子江北通巫峡，巴陵山西来爽气，岳州城东道岩疆。潴者，流者，峙者、镇者”是排比，“前不见古人”和“此中有真意”是引用，前者引自开创了诗坛新风的初唐诗人陈子昂的《登幽州台歌》，后者引自魏晋南北朝最伟大的诗人陶渊明的代表作之一《饮酒》诗第五首。①

(5) 有问，有答。“一楼何奇”，以疑问顿起全联，让浑朦的人们精神为之一振、为之一爽；接着是“奇”之初步答案——“杜少陵五言绝唱，范希文两字关情，滕子京百废俱兴，吕纯阳三过必醉”；正当人们从联中得到了一些清晰的答案时，又是一问——“诗耶、儒耶、吏耶、仙耶”，引起人们更加深入的思索；联的结尾也是一个诘问——“潴者，流者，峙者、镇者，此中有真意，问谁领会得来”，让人们进行更深刻的反省。

(6) 有历史，有现实。“杜少陵五言绝唱，范希文两字关情，滕子京百废俱兴，吕纯阳三过必醉”和“前不见古人”是历史，“洞庭湖南极潇湘，扬子江北通巫峡，巴陵山西来爽气，岳州城东道岩疆”和“此中有真意”是现实。

(7) 有人事，有景观。“杜少陵五言绝唱，范希文两字关情，滕子京百废俱兴，吕纯阳三过必醉”是人事，“洞庭湖南极潇湘，扬子江北通巫峡，巴陵山西来爽气，岳州城东道岩疆”是景观；上联基本上是人事，但人事中有景观的缘由，下联基本上是景观，但景观中含人事的成分。

(8) 有开心欣喜，有郁闷痛苦。向人们公布岳阳楼之奇处的答

① 事实上，“滕子京百废俱兴”和“洞庭湖南极潇湘，扬子江北通巫峡”中也有部分引用，其中的“百废俱兴”和“南极潇湘”、“北通巫峡”都引自范仲淹的《岳阳楼记》。

案和感悟到岳阳楼山川地理中所蕴藏的真意时，作者欣喜开心和自豪骄傲之情溢于言表，想到“前不见古人”而现实中又找不到志同道合者时，作者的失落伤心和郁闷痛苦则是直白和含蓄并用。

（9）感情丰富。疑问、陈述、感叹三种语气更替出现、集于一联，不仅使联语形式上富于变化，声韵上抑扬顿挫，更重要的是充分体现了作者丰富而复杂的情感世界。

（10）意境深远。两次引用，用古人语说今我心，含蓄蕴藉，用意深刻；首尾皆用问句，一设问，一反问，显者自显，但显中有隐，隐者自隐，但隐中有显，再三吟咏，让人回味无穷。

通过以上的分析，我们完全有理由这样认为，岳阳楼在人文景观上也有“三绝”：唐代杜甫的《登岳阳楼》诗、北宋范仲淹的《岳阳楼记》文、清朝窦垿的《一楼何奇》联。和岳阳楼自然景观之“三绝”（岳阳楼、洞庭湖和君山）单纯构成一种空间上彼此依存、相得益彰的关系不同，它们不仅表面上同现于岳阳楼中，形成一种横向联系，供人们欣赏吟哦，而且以一种接力跑的形式，构成一种纵向联系，形成了岳阳楼一种时间上的连续性、历史生命上的延续性，形成了岳阳楼一种内在的文化积淀和深层的精神传承。除此之外，岳阳楼景区人文景观和自然景观还有一点明显的不同。自然景观之“三绝”相对而言足以满足人们的自然审美要求，而人文景观之“三绝”虽然分别是诗、文、联的杰出代表，但它们并不因此就能完全“以点代面”，单独充分满足人们的人文审美要求，特别是楹联。无论一副楹联如何出类拔萃，在作用上也是无法代替全部作品的。所以，在讲到楹联对于岳阳楼景区的作用时，我们就不得不回到岳阳楼楹联这个整体概念。那么，楹联对于岳阳楼景区到底有哪些作用呢？

1. 增加了景区显性的景观内容。前面我们讲到，岳阳楼景区不仅有水、山、楼和诗与文，还有联，这是就显性景观内容而言的。这些楹联，已经和景区成为一体，成为景区的一个有机组成部分。它们还不像诗一样大多隐藏在景区之外，形式上与景区相剥离，是隐性的。因此它们是游客游览时观赏的一种显性对象。人们在游山玩水登楼之际，通过吟哦名联妙对，可以获得更多的感观享受。

2. 增加了景区的美感。现存岳阳楼景区的楹联大多出自名家之手，且经受了历史的检验，是大浪淘沙之后留下的真金，因此兼具书法之美、文辞之美和意境之美。现存窦垿联和清人熊少牧所撰的“十五年胜地重游，云外神仙应识我；八百里长天一览，湖边风月最宜秋”，都是由清代大书法家何绍基所书写，清人张照所撰的联语“南极潇湘千里月；北通巫峡万重山”则分别有刘海粟和魏传统的书法展示。古今书法家的作品给游客提供了一次欣赏中国汉字书法之美的机会。在欣赏书法之美的同时，游客也不禁要仔细阅读这些楹联的文辞，领略其文辞之美。应该说，岳阳楼的楹联文辞上都是十分优美的。除了上面已经引出的三副楹联外，我们不妨再来看看其他一些。如：“洞庭天下水；岳阳天下楼”、“洞庭西下八百里；淮海南来第一楼”，文辞何其壮美；“四面湖山归眼底；万家状乐到心头”等，对仗何其工严；“湖上朗吟，是几时浪静波恬，入眼湖山兴旧感；楼头凭眺，幸此日民安岁稔，关心忧乐仰斯人”、“乾坤吴楚双开眼；廊庙江湖一倚楼”用典用事何其活脱。特别是有些对联不仅上下联对仗工整，而且联中自对也极见功力，如在“鲁肃兵轻，范公文远，万般气象观今日；滕王歌歇，黄鹤踪杳，十西湖山上此楼”中，上联的“鲁肃兵轻，范公文远”和下联的“滕王歌歇，黄鹤踪杳”，既句中自对甚严又彼此相对得非常工稳。再如在“湘灵瑟，吕仙杯，坐揽云涛人宛在；子美诗，希文笔，笑题雪壁我重来”中，不仅“湘灵瑟，吕仙杯”与“子美诗，希文笔”形成极工的对仗，而且“湘灵瑟”与“吕仙杯”之间、“子美诗”与“希文笔”之间也各自形成谨严的对仗，让人赏心悦目。岳阳楼的楹联，大都是即景生情，有感而发，发怀古之幽思，发人生之感慨，依托于美景、古事，因此情景交融，兴致淋漓，意境深远，即使看上去是纯粹写景的楹联，在此也真正是“一切景语皆情语”，让人体会出其中的意境。如“洞庭天下水；岳阳天下楼”这副用来描写“巴陵胜状”的楹联，因为有了《岳阳楼记》，所以就很容易让人联想到它的出处——明人魏允贞的《岳阳楼》诗，想到它的后两句“谁为天下士，饮酒楼上头”。一想到这两句诗，谁人不会浮想联翩，沉浸于一种忧国忧民、感慨万千的情境中呢？更不要说像“四面湖山归眼底；万家忧乐到心头”、“呼来风月，招来神仙，诗酒重逢应识我；流尽兴亡，淘尽豪杰，江湖放荡此登楼”、“乾坤吴楚双开眼；廊庙江湖一倚楼”、“杜诗范记高千古；山色湖光共一楼”、“对月临风，有声有色；吟诗把酒，无我无人”等联语了。

3. 延伸了景区的时间长度。岳阳楼景区的楹联作为一种“称记”文字[①]，不仅使岳阳楼传之久远，而且也使岳阳楼有了一种历史厚重感。人们在欣赏玩味这些楹联时，自然就会联想到与岳阳楼相关的历史，体会到岳阳楼从过去到现在的生命历程，岳阳楼不再仅仅是一个现实的平面的无生命的景点，而成为一个有着自身成长历史的立体的活生生的事物。“湖景依然，谁为长醉吕仙，理乱不闻惟把酒；昔人往矣，安得忧时范相，疮痍满目一登楼”、“鲁肃兵轻，范公文远，万般气象观今日；滕王歌歇，黄鹤踪杳，十面湖山上此楼”、“闲云野鹤自来往，沅芷澧兰无古今”，这些楹联，通贯古今，紧紧地把岳阳楼的现实游观与历史掌故联系起来，让人们或感慨历史的伟大之处现实的某些无奈，或以古衬今歌颂今天现实生活的美好，或生发古今一瞬根本不发生什么时间问题的生命感慨。“无古今”首先必须是有古今，必须是从深邃的历史中走来，否则也就无法达到“无古今”的境界。“无”必须是从“有”到无，而不能是从“无”到无。“一楼何奇”？的确，如果不是岳阳楼有丰

① 滕子京重修岳阳楼时，盛情约请范仲淹写一篇“记”，他在写给范仲淹的《求记书》中这样说道：“楼观非有文字称记者不为久，文字非出于雄才巨卿者不成著。”我们认为，对于岳阳楼而言，诗与联也可算是一种称记文字。

富的历史生命："杜少陵五言绝唱，范希文两字关情，滕子京百废俱兴，吕纯阳三过必醉"，等等，那岳阳楼又怎么可能如此称奇著名，如此具有吸引力？人们游览岳阳楼，不仅仅是要来看看楼观景色，更重要的是想来会会古人的风范与情思。因此，窦垿才会发出"前不见古人"的幽怨而怆然涕下。

4. 拓展了景区的空间宽度。岳阳楼景区的楹联不仅给景区增加了看得见摸得着的实实在在的景观内容，增强了美感，增加了历史厚重感，而且也给景区带来了空间上的拓展。这种空间上的拓展在这里不是指的物理空间，而是指的精神空间。通过这些楹联，岳阳楼景区弥漫着浓浓的一层思想氛围、人文氛围。忧乐观："眼前忧乐谁无意"、"万家忧乐到心头"，"范希文两字关情"、"关心忧乐仰斯人"、"廊庙江湖一倚楼"、"安得忧时范相"、"每眼前望吴楚东南，辄忧防海"[①]；山水观："洞庭湖南极潇湘，扬子江北通巫峡，巴陵山西来爽气，岳州城东道岩疆。潴者、流者、峙者、镇者，此中有真意，问谁领会得来"、"八百里长天一览，湖边风月最宜秋"、"呼来风月，招来神仙，诗酒重逢应识我；流尽兴亡，淘尽豪杰，江湖放荡此登楼"、"水天一色；风月无边"、"南极潇湘千里月；北通巫峡万重山"、"对月临风，有声有色；吟诗把酒，无我无人"。"忧乐"与"山水"表面上风马牛不相及，但实际却是中国古代传统知识分子一个钱币的两面，达则进取于仕途，兼济天下，穷则寄情于山水，独善其身。因此，弥漫于岳阳楼景区的这两大人文主题实则是一个东西，它们浑然统一于这些楹联之间，贯穿于岳阳楼整个景区和游人的整个心灵。

---

① 唐意诚先生在《岳阳楼楹联概述》（何金培所著《岳阳楼楹联荟萃》代序）一文中说："大概由于中华民族的子孙都有一颗关注国家兴亡和人民疾苦的赤子之心，岳阳楼所蕴含的忧患意识、为国为民的人生价值观，一经杜甫在《登岳阳楼》诗、范仲淹在《岳阳楼记》中率先喊出，便取得了'登高一呼，四方景从'的效应。岳阳楼楹联，无论古人、今人之作，绝大多数都紧扣着这一主题，或借杜、范二人之口而兼寓议论，或援引此典而寄托某种感慨。"是为的论。

总之，以窦联为代表的岳阳楼楹联不仅使岳阳楼景区的自然景观增色，而且在自然景观之外为岳阳楼景区增添了另外一种景观——人文景观。其中的美学内涵、历史内涵和哲学内涵，其中的诗情画意、高雅幽深和思想境界，构成一种古楼文化，成为岳阳楼景区历久弥新的一道亮丽的风景线。如果说“三湘名秀地，楼中别有天”，那“别有”之“天”便是这种人文底蕴。岳阳楼的楹联和范仲淹的《岳阳楼记》一样，既见证了岳阳楼的历史，同时也创造了岳阳楼的历史；既道出了岳阳楼的美，同时也增加了岳阳楼的美。这种历史的和美学的作用以及由这两种作用所产生的思想的作用，正是岳阳楼楹联的价值所在。

（二）道德教化功能。许多对联都具有道德教化功能，它们或是人生经验的总结，或给人以警策劝勉，或讲接人待物、修身养性之道，或述事业技艺之法。对联中很大一部分都是极有思想性的，而且有一类专门的对联，被人们称作格言联。格言联早为人们所注意，许多联集都有格言一门。格言联使用灵活，既可以悬挂于公共场所，也可以作为“赠人以言”的物品。格言联形式简短，寥寥数字，却字字沁人心脾，短短几言，却言言入人肺腑。总之，它以对联特有的精练简短的形式，直指人心，起到振聋发聩、指明方向、提高境界、启迪智慧、开阔视野、顿悟人生等作用。它虽然具有直接的道德宣传、道德教化功能，但因为它所特有的传递信息的方式或是“润物细无声”式，或是“友情传递”式，所以它不像老生常谈式的唠叨和劝导，也不像厉言厉色的批评和指责。还有一种对联，就是堂联、书房联，它们也大多被当作格言、座右铭来对待，因此也可见其道德教化的功能。让我们看看下面的这些对联：

正身以俟时　守己而律物（吴敬梓）

知足知不足　有为有弗为（谢子修）

天下奇观看去，不如书本　世间滋味尝来，无过菜根（于伍云）

有关家国书常读　无益身心事莫为（徐特立）

铁肩担道义　妙手著文章（李大钊）[1]

一志金可铸　多闻道不穷

君子通大道　古人惜寸阴

无情岁月增中减　有味诗书苦后甜

海纳百川有容乃大　壁立千仞无欲则刚

同是肚皮，饱者不知饥者苦　一般面目，得时休笑失时人

莫言草木委冬雪　会应苏息遇阳春

[2]动心忍性，反求诸己　察言观色，薄责于人

敏于事而慎于言　持其志无暴其气

可以说，每一副对联，都在宣传着中华民族的传统道德文化，都在进行着对人们的教育工作，在道德教化方面，语录式的、箴言式的、格言式的、座右铭式的对联往往比长篇大论的教化文章更能触动人们的心灵，更能收到显著的效果，在这方面对联功莫大焉。

此外，宗教联的教化作用也不可小觑。在中国，佛教寺院的对联最多，伊斯兰教的清真寺、基督教的教堂，也经常出现对联，这些对联，显然都是为了宣传宗教教义的。在这里，对联成了教化的一种方法和工具（参见第八章）。

（三）游戏娱乐功能。利用汉字汉语的特点，把汉字汉语作为工具进行娱乐游戏活动，是中国的一种文化传统，也是中国人的一种生活方式，有着悠久的历史。因此有“文字游戏”或“游戏文字”之说。把对联的一些特殊技法和口头应对作为一种文字游戏形式，是伴随着对联的产生而产生的。前面提到的最早的应对：“云间陆士龙，日下荀鸣鹤”，其实就是一种文人的游戏。对联的游戏功能还特别体现在一种特殊的对联——诗钟的创作活动中。许多口头应对，那些以特殊技法见长的对联（包括诗钟），都有一个共同的特点，就是作品本身并无什么“微言大义”，有的甚至可以说没

① 以上联例选自苏渊雷：《绝妙好联赏析辞典》，上海辞书出版社，1994 年。

② 以上联例选自田耀南：《中国格言对联》，山西教育出版社，2000 年。

有什么实际的内容，如无情对。大家喜欢作这种对联的目的，无非就是为了在这种文字游戏中得到身心的愉悦和满足，得到生命的快乐和价值，既自娱又娱人，何乐而不为！当然有的对联在表面的游戏文字里，实也含有其他的意味。这样，游戏娱乐的同时，达到了寓教于乐、陶冶情操的目的，一石二鸟，自然更是好事。

应对流传下来的往往是一些巧对，其中有些是作为酒令出现的。而所谓巧，也就是在应对中使用了一些饶有趣味的特殊方法，使其妙趣横生，回味无穷。而所谓诗钟，实际上也就是一种嵌字联的游戏，只不过它要限时而已。所以，用特殊技法所作的对联、口头巧对、诗钟这三类东西，人们往往把它们归为一种，即谐趣联。例如：

冰（氷）冷酒，一点两点三点　丁香花，百头千头万（萬）头（同偏旁）

南通州，北通州，南北通州通南北　东当铺，西当铺，东西当铺当东西（复沓、回环、借用）

一湾西子臂　七窍比干心（比喻、隐射——藕）

烟锁池塘柳　炮镇海城楼（或“茶烹鑿壁泉”）（五行）

二猿伐木深山中，小猴子岂敢对锯　一马陷足污泥内，老畜生怎能出蹄（谐音双关）

因荷而得藕　有杏不须梅（谐音双关）

两船并行，橹速不如帆快　八音齐奏，笛清难比箫和（谐音双关）

画上荷花和尚画　书临汉帖翰林书（谐音、回文）

二人土上坐　一月日边明（析字）

冻雨洒窗，东二点，西三点　切瓜分客，上七刀，下八刀（析字）

此木为柴山山出　因火成烟夕夕多（析字）

寸土为寺，寺旁言诗，诗曰：明月送僧归古寺　双木成林，林下示禁，禁云：斧斤以时入山林（析字）

三光日月星　四诗风雅颂（无情对）

五风十雨梅黄节　二水三山李白诗（无情对）

屋北鹿独宿　溪西鸡齐鸣（同韵）

保俶塔，塔顶尖，尖如笔，笔写五湖四海　锦带桥，桥洞圆，圆似镜，镜照万国九州（顶针）

一叶小舟，载着二三位考生，走了四五六日水路，七颠八倒到九江，十分来迟　十年寒窗，读了九八卷诗书，赶过七六五个考场，四番三往到二门，一定要进（数字）

投水屈原真是屈　杀人曾子又何曾（应答）

水底月为天上月　眼中人是面前人（应答）

天上月圆，人间月半，月月月圆逢月半　今朝年尾，明日年头，年年年尾接年头（复字）

三尺天青褂　六味地黄丸（应对）

文言难免之乎者也　白话不过的吗了呢（戏对）[①]

鸿是江边鸟　蚕为天下虫（析字）

少水沙即现　是土堤方成（析字）

湛江港清波滚滚　渤海湾浊浪滔滔（同旁）

迎送远近通达道　进退迟速游逍遥（同旁）

人过大佛寺　寺佛大过人（回文）

贾岛醉来非假倒　刘伶饮去不留零（谐音）[②]

马歇尔歇马　华来士来华（回文）

公门桃李争荣日　法国荷兰比利时（无情对）[③]

此老平生最倔强　乃兄无处不流通（板不倒·钱——分咏体诗钟）

吹嘘便得三霄路　坐守徒窥一角天（风筝·井——分咏体诗钟）

---

① 以上联例选自苏渊雷：《绝妙好联赏析辞典》，上海辞书出版社，1994 年。

② 以上联例选自肖潜主编：《中国实用对联》，山西教育出版社，1998 年。

③ 以上联例选自李文郑、杨灿编：《精彩对联》，中州古籍出版社，2001 年。

艳容霜染三秋树　轶事风闻四岁梨（红·让——分咏体诗钟）

七五图开长治世　二千年建小康家（二·七一唱——嵌字体诗钟）凤顶格

岂有文章惊海内　断无富贵逼人来（有·无二唱——嵌字体诗钟）燕颔格

艳体次回疑雨集　美人如是绛云楼（次·如三唱——嵌字体诗钟）鸢肩格

射虎斩蛟三害尽　房谋杜断两心同（蛟·断四唱——嵌字体诗钟）蜂腰格

隔院风香飞紫燕　卷帘人瘦比黄花（飞·比五唱——嵌字体诗钟）鹤膝格

黄河冰块兼天下　白岳云绵夹马飞（天·马六唱——嵌字体诗钟）凫胫格

驿语骇如山魅答　灯光知有野人居（居·答七唱——嵌字体诗钟）雁足格①

（四）交际应酬功能。很多对联，如祝寿联、贺婚联、哀挽联、题赠联等，都是交际的一种物质形式，通过写联，增进彼此之间的友谊和情感。当然有些交际也并不都是发自内心的自愿，而是迫于某种情势而不得不为的事情，这在中国叫应酬。应酬也是一种交际，为应酬而写的对联当然也不在少数，因此对联也具有应酬的功能。对联的交际应酬功能很容易理解，不再举例。

（五）抒情言志功能。文章不是无情物，文字也不是无情物。对联无论是实用的，还是非实用的，其中都带有作者自己的感情，而且有许多对联本身就是直抒胸臆的，表达志向抱负的，讽刺联、格言联、题赠联、哀挽联、祝寿联、贺婚联等理应有各自特定的情感内容自不必说，就是那些写景状物、记事写史以至于游戏娱乐的对联，也往往有自己的寓意在，蕴藏着自己的褒贬爱憎。所谓一切

① 以上联例选自吴同瑞等：《中国俗文学概论》，北京大学出版社，1997 年。

景语皆情语也，一切事语皆情语也。

（六）写景状物功能。很多对联是通过写景状物来抒发胸臆、表达情感的，这样，就出现了写景状物的对联，许多名胜联都是写景状物的佳制，当然也不排除有些写景状物的对联就是单纯的写景状物。这些单纯的写景状物联除了描写景物的功能外，还有文艺审美功能。这一点已于前述，而且举例已多，兹不再赘。

（七）记事写史功能。记事写史往往是抒发情感的一种手段，在对联中也如此。在对联中，我们可以看到很多的历史典故、历史事实、历史人物，特别是在名胜联、姓氏联、寺庙祠堂联中，记事写史往往是一个重要内容。通过这些对联，人们可以了解很多历史知识和传统文化。这里我们不妨举一些姓氏联的例子。

乃祖曾将半部论语治天下　后人当以千秋俎豆祭堂前

此联说的是北宋大臣赵普的故事，他曾对宋太宗说，自己是以半部《论语》帮助太祖夺取政权、平定天下，现在要再用半部《论语》辅佐太宗治理天下。

江上峰青，才藻何如太白　洲中蟹紫，啸歌不让次山

上联是说唐代诗人钱起和北宋文学家钱易。相传钱起在参加科举考试时，夜里曾听到过这样的歌声："曲终人不见，江上数峰青"，于是他把它们用到了考场上，并被考官认为有神功。钱易十七岁考进士，因为交卷太快，被认为不重视考试，所以未被录取，但他也因此而出了名，诗人苏易简更是称他有李白之才。下联是说钱易的哥哥钱昆和明代人钱薇。钱昆喜欢吃螃蟹，曾说做官的地方只要是有螃蟹而没有"通判"就行。钱薇曾做官至礼部给事中，后因谏阻世宗南巡而被罢官。他从此便以讲学为业，不再涉足官府。因此钱姓后代便把他和由于不肯执行勒索百姓的命令而被贬官的唐代文学家元结（字次山）相比。

兵家之祖　循吏之宗

上联是说著有《孙子兵法》的春秋齐国人孙武，下联则是说春秋时的楚国人孙叔敖，他曾为相三个月，其间吏无奸邪，盗贼不

起，被《史记·循吏列传》列为一号人物。

经传道德 名重谪仙

此联一看便知是李姓的姓氏联。因为大家知道著《道德经》创道家学说的老子姓李名耳。而唐代诗仙李白因蔑视权贵而离开京城，且好行侠，被贺知章称为“谪仙”。

（八）说明揭示功能。对联中有一种实用联，叫做行业对联。行业对联的主要作用就是为了对各行各业所从事的业务、所遵循的宗旨、所持的文化理念等进行揭示说明，从而达到广告宣传、吸引顾客的目的。比如下面的这些对联：

充饥不必描画饼 止渴何须望梅林（饭店）

有名店，店有名，名扬四海 迎客楼，楼迎客，客满一堂（酒店）①

虽然毫末技艺 却是顶上功夫（理发店）

六书传四海 一刻值千金（刻字店）

只望世间人无病 何愁架上药生尘（药铺）

虚心成大器 劲节见奇才（竹器店）

不愁夕阳去 还有夜珠来（灯业店）

笔拂纸云看凤舞 砚翻墨浪有龙飞（文具店）②

敞信访门言路畅通天下 开心灵锁真情温暖人间（信访局）

为人称典范 治学作良师（师范学校）

情系人间冷暖 心连居室炎凉（空调器厂）

笑迎南北东西客 巧做春秋冬夏衣（缝纫店）

妙手舒张鹤放三江外 匠心独运花馨四海中（花鸟店）

古色古香古为今用 旧瓷旧器旧可新翻（古董店）③

（九）渲染气氛功能。许多对联都有渲染气氛的功能，其中尤

① 以上联例选自梁石、梁栋：《中国实用对联大全》，上海文化出版社，1998 年。

② 以上联例选自苏渊雷：《绝妙好联赏析辞典》，上海辞书出版社，1994 年。

③ 以上联例选自赵强：《新编行业对联》，广西民族出版社，2003 年。

以春联等节日联、结婚时的喜联、建房乔迁联、戏台联等的渲染气氛作用突出，除此而外，像祝寿联、灯联、名胜联等，也有渲染气氛的作用。另外，挽联也有渲染气氛的作用，只不过它渲染的气氛是悲伤哀婉的气氛罢了。让我们来看几副春联：

新年纳余庆　嘉节号长春

春风放胆来梳柳　夜雨瞒人去润花

春山春水春意浓，春色醉我　新天新地新景象，新风宜人

十里春风，长安两路　千年晓月，永定一桥（1985 年央视征联）①

平安即是福　劳动便成春

天增岁月人增寿　春满乾坤福满门

吉祥草发向阳院　幸福花开和睦家

丽日祥云承盛世　和风福气载新春

门对千山景　窗含万木春

百花香大地　双燕舞新春

花香春正好　鸟语福常临

千古江山增秀色　万家人面映桃花

羊踏雪霜地　猴攀桃李枝②

这些春联虽然各有其特殊的内容，或描写新春的气象，或表达辞旧迎新的喜悦心情，或抒发自己的美好感受，或反映祈福求吉的心愿，虽然也得切合环境，但有一点是共同的，那就是和红纸（过去为桃板）一起，渲染喜庆祥和的春节气氛，它是春节的装饰品，是春节的吉祥物，它使春节的节日气氛更浓，使新年的年味更足。结婚时的喜联、建房时的对联等，和春联的情况有异曲同工之妙，这里不再举例。

---

① 以上联例选自苏渊雷：《绝妙好联赏析辞典》，上海辞书出版社，1994 年。

② 以上联例选取自梁石、梁栋：《中国实用对联大全》，上海文化出版社，1998 年。

五、对联的分类

对联的分类问题，联界讨论颇多，视角各异，有按内容分的，有按形式分的，有按功能分的，有按艺术风格分的，有按使用场合分的，有按文体分的，有按上下联之间关系分的。其中，按文体分类不太引人注意，而且也有不同的角度，因此，在这方面还有深入探讨的必要。

按字数把对联分为短联、中联、长联三类，应该说是对联文体意识的最先觉醒。这种分类虽然简单，而且在字数标准上见仁见智，但标准一旦确定，便可使分类泾渭分明，短体、中体、长体，不容混淆。

有人把对联分为记叙联、议论联、抒情联①。这种分类着眼于对联写作的表达方式虽不确切，但表明了一种文体分类的意图，对人们认识对联有启发作用。

李耀宗先生提出作家书面联（楹联）与口碑联（谚联）的分别，② 意图把对联分为书面语体和口语体，显然是一种文体分类的尝试。

李必才把对联分为文型联和诗型联两大类③。赵辉志分对联为格律联、自由联两种④。他们都立足于诗格和非诗格的角度，看到了对联格律上的问题，可说是对联文体意识上的再一次觉醒。

---

① 苍舒：《中国对联艺术》，山西教育出版社，2000 年，第 192 页。

② 王庆新主编：《中国当代联坛千家论典》，中国民族摄影艺术出版社，2002 年，第 349 页。

③ 王庆新主编：《中国当代联坛千家论典》，中国民族摄影艺术出版社，2002 年，第 192 页。

④ 王庆新主编：《中国当代联坛千家论典》，中国民族摄影艺术出版社，2002 年，第 376 页。

有一种观点，认为对联是赋、诗、词、曲中最精华部分的浓缩[①]。这对于对联的分类很有启发作用：我们为什么不能把对联分为诗联、赋联、词联、曲联、文联呢？

前文提到，关于对联的起源，有先于诗歌的，有齐于诗歌的，有后于诗歌的。为什么总以诗为参照？原因是中国传统诗歌讲究对偶修辞艺术，而且诗到了近体，出现了“联”的概念。但事实是，对偶修辞艺术不仅诗歌讲究，其他文体也讲究；对联不仅借鉴了诗歌的一些创作方法，也借鉴了其他各种文体的创作方法。根据借鉴的不同，分为不同的种类，应是一个视角。

在这方面，有人已做过一些尝试。熊剑文就提出对联的“句格”概念，并将对联分为诗格、词曲格和赋格等[②]。而山木则提出过散句联的概念[③]。还有人提出“打油联”的概念。[④] 在此基础上，我们通过对对联比较全面而系统的考察，认为可以从文体上把对联分为诗联、词联、曲联、赋联和文联几种。

诗联，是指按照格律诗联句的写法要求创作出的对联。其中有两点是必须的：首先它们必须是五言或七言的；其次必须严格讲究平仄规律。

词联，是指按照词的格律形式创作出的对联。句式长短不齐，注重工辞丽句，讲究比兴寄托、含蓄蕴藉。

曲联，是指模仿曲的形式创作出的对联。它和词联的不同在于：通俗化，有方言、口语甚至俗语出现，内容上丰富多彩，没有人为的限制。

---

① 王庆新主编：《中国当代联坛千家论典》，中国民族摄影艺术出版社，2002年，第673、679页。

② 王庆新主编：《中国当代联坛千家论典》，中国民族摄影艺术出版社，2002年，第680页。

③ 见《楹联界》总第6期，引自王庆新主编《中国当代联坛千家论典》，中国民族摄影艺术出版社，2002年，第816页。

④ 王庆新主编：《中国当代联坛千家论典》，中国民族摄影艺术出版社，2002年，第835页。

赋联，是指模仿赋的写法、注重铺陈描写的对联。篇幅一般都比较长，内容以写景、叙事为主。

文联，是指用散文化的写法创作出的对联。篇幅可长可短，内容以议论和抒情为主。

第二节　对联的性质

一、前人观点述评

生活中经常会发生这样的情况，越是司空见惯的事物，就越是说不清它的性质，对联便是一个例子。虽然在中国，对联几乎无人不知，但要问对联到底是一种什么性质的东西，恐怕就很难有人说得清楚。就是在联界，关于对联的性质，至今也还是一个经常被人争论不休、尚无定论的问题。在对联的性质问题上，大致说来，前人有如下几种观点。

（一）文学样式说。这种观点认为，对联是一种文学艺术形式，是一种文学体裁、文学样式。这种观点具体来说包括以下四种不同的意见。

1. 对联是一种特殊形式的诗。把对联称为“两行诗”、“袖珍诗”，就是这种意见的反映。明确持这种意见的人不少。张伯驹说：“对联即律诗中之腹联也。”[①] 刘大白在其《白屋联话》开篇就讨论“联语是什么东西”的问题。他的回答是：“联语是律体的文字，是备具外形的律声的文字。它备具整齐律，参差律，次第律，抑扬律，反复律，当对律和重叠律；凡是中国诗篇底外形律，它无一不可以备具。所以单就外形而论，它实在可以说完全是诗的。至于它底内容，虽然一部分是教训式的格言和颂扬式的谀词等，但是大部

① 张伯驹：《春游社琐谈·素月楼联语》，北京出版社，1998 年，第 359 页。

是写景的和抒情的，合诗篇底内容一致；所以它总不出诗篇底范围，可以说是诗篇底一种。”[①] 殷启生则认为，对联是从文学母体中繁衍出来的，具有诗的特性。[②]

2. 对联是一种骈体文。很多学者持这种看法。梁启超就说过：“楹联在骈体文里，原不过是附庸之附庸”。刘麟生则把楹联写进了《中国骈文史》，书中的第十一章标题便是“骈文之支流余裔——联语”。白化文说：“对联是骈体文领域中在实用范围内的又一次扩展，是一次趋向精练化和精密化的极端的发展。”[③] 余若瑔在向义《六碑龛贵山联语》中题词云：“天地有辟阖，物性有奇偶。文章穷百变，骈散随天受。而于骈俪文，尤为世所右。远自六经出，下达百氏后。触目便琳琅，采掇皆莹琇。今于骈俪中，独响联语取。”[④] 题词中的最后两句，有一层意思就是说对联属于骈体文范畴。

3. 对联是民间文学的一种。持此论者根据楹联在民间和人民群众中广泛普及运用的特征，认为它和民歌弹词一样，属民间文学范畴。苏渊雷说：“楹联……乃我国特有之民族、民俗文学形式”[⑤]《中国俗文学概论》的作者们认为，对联是我国汉民族独特的一种文学艺术形式，是我国璀璨辉煌的民族文化遗产的组成部分。它根植于我国古老的汉文化和俗文学的沃土中，具有根深蒂固的群众基础、民族文学的突出特色、雅俗共赏的对偶格律、喜闻乐见的艺术形式，千百年来畅行于文坛，应用于社会，显示出经久不衰的生命力。[⑥]

---

① 刘大白：《白屋联话》，载龚联寿主编《联话丛编》，江西人民出版社，2000 年，第 4863 页。

② 殷启生：《摒弃世俗观念，确立对联的文学史地位》，载《对联》，1993 年第 4 期。

③ 白化文：《学习写对联》，上海辞书出版社，1998 年，第 8 页。

④ 龚联寿主编：《联话丛编》，江西人民出版社，2000 年，第 4485 页。

⑤ 苏渊雷：《绝妙好联赏析辞典》（序一），上海辞书出版社，1994 年。

⑥ 吴同瑞等编：《中国俗文学概论》，北京大学出版社，1997 年。

4. 对联是中华民族传统文化中独有的艺术形式，蕴含着中国语言文学的独特艺术魅力，是一种完全独立的文学样式。可以说，把对联认定为一种文学样式的人中，绝大多数是持这种意见的。李登宇《未晚楼联话》说："联有若经者，有若史者，有若文者，有若诗者，有若词与曲者，有若莲花落者。相料裁衣，是在作者。"①事实上，联还有若口语者。因此，一定要论证对联是某一种类型的文学作品，实在是件费力不讨好的事。陈图麟说："对联的内容及其表现形式在其自身的发展过程中完善。五代产生了对联，其句式单一，从律诗脱胎的痕迹浓重。但是，当对联一旦成为独立的文学新样式后，又几乎从每一种文学样式中吸取精华，表现出极其强大的凝聚力。它可以径直集诗、集词成联，又可以集文、集赋成对。成语、俗语、谚语、歇后语、酒令、应对，只要能作对联，也被它囊括、合并。风格上，典雅与通俗共兼，庄重与谐趣并存。字数上，它从最初的单联四、五、七言，衍绎绵长，以至于成百上千。句式上，它在律诗对句的基础上又增添了骈文对句，还发展了排偶对句（出句对句均在两句以上）。它像诗、词、曲、赋，但它更注重文字的修饰锤炼，更追求譬喻引典的繁富与灵活，因而，它包孕的内容尤为深刻，开拓的意境也极为广远。"② 这段话，在关于对联的产生、发展及对联与其他文学样式的关系等方面的观点上都有可商榷之处，但在认定对联是一种"独立的文学新式样"方面，却是有达见的，所以具有一定的代表性。马万程认为，对联是我国源远流长的传统艺术，它既是古典文学的组成部分，又具民间艺术的通俗品格。③ 熊剑文认为，对联是一种中国独有的格律文学形式，起源可能比诗早，并兼具众体之长。④ 诗人臧克家也曾说，对联是

① 龚联寿主编：《联话丛编》，江西人民出版社，2000 年，第 5097 页。

② 陈图麟：《实用楹联大全》（前言），上海古籍出版社，1997 年。

③ 马万程：《〈对联〉绽奇葩》，载《对联》，1985 年第 2—3 期（合刊）。

④ 熊剑文：《我的大楹联观》，载《对联》，1998 年第 3 期。

一种中国“特有文学品类”。[①] 常江说：“我们承认，律诗中间对仗的两联，对七言对联的联律有极重大影响；宋词的长短句变化，使对联长句的句型得到借鉴；元曲的领字、衬字，使对联更为格式化、口语化。这是对联善于吸收其他文体长处的韧性，自身发展的灵活性，并不表示直接的渊源。人们不禁要问：‘创造’格律诗时，怎么会想到要安排对仗的两联呢？可能是民族性均衡思维方式，可能源于历代文体的对偶表现，也可能受到汉赋、应对美学价值的启发，但决不会是有意为以后的对联树立‘样板’。不管怎样，对联与律诗至少是‘同源’的兄弟，无非是由于各种原因，律诗‘少年得志’，而对联‘大器晚成’罢了。”[②] 林庆铨在其《楹联述录记》中说：“先严芗溪公尝谓联语所施至广且大……又云，凡作长短联，但要有法，能脱制艺谰词语为妙。若为之不合法程，即五字七字，直两句律诗耳。”[③] 这段话，说明对联和律诗是不同的。刘益民把对句与律诗中之联句进行了比较，得出的结论是，对句有诸多长处：一是字数不定，且亦可为长短句；二是用词较自由；三是词句更加凝练；四是内容更加集中，意境更加悠远；五是更贴近生活，更具实用价值。[④] 言外之意也是说对联不是律诗。有人更清楚地指出：“楹联基本上具备诗歌的一些重要特征，如集中地反映生活，语言具有概括力和音乐性等，但它也有诗歌所没有的通俗性、游戏性、实用性、单一性及不可翻译性等特点。现在我们可以这样给楹联定义：它是广义诗歌的一种，是以汉语言文字为专用材料，以对仗为基本规则，由上下联两部分形成一种二元固定结构，兼具有实用性、游戏性的特殊文学形式。在整个文学殿堂中，它别具一

---

① 梁石：《老诗人谈楹联和诗》，载《对联》，1992 年第 5 期。

② 常江、王玉彩：《中华对联大观》（自序），中国青年出版社，1997 年。

③ 林庆铨：《楹联述录·楹联述录记》，载龚联寿主编《联话丛编》，江西人民出版社，2000 年，第 967 页。

④ 刘益民：《对联的产生发展与民俗》，载《对联》，2000 年第 3 期。

格，自成一体，理应占有比较重要的地位。"[①] 陆伟廉曾对对联下了一个这样的定义：两组互相对仗之等长汉文词句组成联合体的文艺形式的独立文体。[②] 这个定义虽然有些绕口，但它凸显了对联的独特性。白化文在《联话丛编》序中也称，联语"足为韵府附庸，要是文坛别调"。另外，《中国文学史话》称对联"它用毛笔书写，融汇了书法的美；张挂于庭园，又沟通了建筑之美。它兴起于文人的清趣，又流广于市井的门槛，把上层文化和底层文化联成了一个整体。"对联不单是一种文体，还是一种文化传统。它具有"大道容众"的品格，是一种"边缘文体"。[③]

事实上，把对联当作文学作品看待，可以说是联界历来的传统。只不过过去的人不大愿意给事物进行确定性分析，而是更愿意用类比的方法让人心领神会罢了。

古稀老人为李伯元的《南亭四话》作序云："《南亭四话》，一诗话，一联话，一词话，一丛话……诗联庄谐分部，而词话丛话则谐话为多……其庄者固足为词章家之圭臬，即谐者亦可为酒后茶馀之消遣。"[④] 胡介昌序窦镇《师竹庐联话》云："宋杨守斋先生云：'作诗难，填词尤难。'殊不知诗有古体今体之别，词有小调中调长调之分，格律可考而求也，腔谱可按而得也，或专集，或选刻，几于汗牛充栋，择善而从者，莫不步亦步、趋亦趋矣。至于楹联，则长短随心，无格律、腔谱之可言，又无专集、选刻之可师。"[⑤] 范笵《古今滑稽联话》自序云："诗词联对，文章小道，余自幼喜之特甚。"[⑥] 丁照普序向义《六碑龛贵山联语》云："辞尚骈偶，典谟

① 傅小松：《中国传世名联三百副》，北京燕山出版社，1998 年，第 343 页。

② 一贯三：《〈对联经〉评略》，载《对联》，1996 年第 5 期。

③ 赵隆生：《清代楹联在文学史上的地位——读〈中国文学史话·清代卷〉关于对联的描述》，载《对联》，1999 年第 4 期。

④ 龚联寿主编：《联话丛编》，江西人民出版社，2000 年，第 2347 页。

⑤ 龚联寿主编：《联话丛编》，江西人民出版社，2000 年，第 3455 页。

⑥ 龚联寿主编：《联话丛编》，江西人民出版社，2000 年，第 4281 页。

可征，文言尤著。楹联偶文中之最整肃者……诗赋格律虽严，不少回旋余地。联则辞色匀称，乃称合作。神情飞动，别具化工。”[①]何又雄序林庆铨《楹联述录》云：“文词诗赋，作者多，选者亦多。楹联作者多，选者弗逮也。然文词诗赋庋于架，藏于笥，秘于巾箱行箧中，非其人索弗与也。联则颜于柱、挤于壁，署于门枋左右之分，人无老少贵贱皆见之，识字者读之、记之、哦之。述焉而若有余芳，问焉而若有余味。”[②] 向义《六碑龛贵山联语》中王敬彝的题词说：“汉家流略梁家选，孟蜀楹联更滥觞。一艺之微皆入圣，几朝属对擅词场。文心吐露无今古，过耳飘风孰短长？迁客骚人怅零落，千年二十一红羊。”[③] 周宗麟《疢存斋联语汇录》开篇说：“对联词调，每多于诗词外创一新格，恒使人玩味不尽。”[④] 他们的话虽都未点明对联的属性，但将其与文辞诗赋等文学作品相并列或相对照而言，已显见言者的观点：对联是一种文学体裁。一直到了晚近，才有人开始对对联加以定性分析，并且把对联定性为文学作品之一种。例如：胡君复在其《古今联语汇选初集》自序中说：“联语者，论其性质特对偶文之绪余。”[⑤] 彭作桢在其《古今联语汇选再补》自序中认为：“联语亦文学之支流。”[⑥] 向义在《六碑龛贵山联语·论联杂缀》中称：“楹联虽起于晚近，实出偶文之绪余，亦君子所弗弃也。”[⑦] 又说：“联语中五、七字者，诗体也。四、六字者，四六体也。四字者，箴铭体也。长短句之不论声律者，散文体也。其论声律者，骈文体也……夫既为词章之绪余，自以诗词句法较易出色。”[⑧]

---

① 龚联寿主编：《联话丛编》，江西人民出版社，2000年，第4480页。
② 龚联寿主编：《联话丛编》，江西人民出版社，2000年，第965页。
③ 龚联寿主编：《联话丛编》，江西人民出版社，2000年，第4485页。
④ 龚联寿主编：《联话丛编》，江西人民出版社，2000年，第5007页。
⑤ 胡君复编，常江点校：《古今联语汇选》（一），西苑出版社，2002年，第1页。
⑥ 胡君复编，常江点校：《古今联语汇选》（一），西苑出版社，2002年，第8页。
⑦ 龚联寿主编：《联话丛编》，江西人民出版社，2000年，第4687页。
⑧ 龚联寿主编：《联话丛编》，江西人民出版社，2000年，第4693页。

（二）笔墨游戏说。这种观点认为，楹联只是一种语言文字游戏，是一种雕虫小技，不算文学正宗。它否定了楹联的文学性，因此一般对联爱好者都不大赞同这种观点。这种观点虽然在联界之外很有市场，但见诸笔端的却很少，几乎难觅踪迹。大概是不屑吧，因为对联乃小品、小道，何足挂齿，不值一提。也许是碍于情面或怕得罪人或怕引起争端，心中“明镜”似的，而嘴上却不说，更不愿白纸黑字授人以柄。这都是我们中国人的传统，不用多言。

（三）实用文体说。这种观点认为：楹联广泛应用于社会生活，是我国一种富有民族特色的日常生活应用文。1936 年版的《辞海》就把对联解释为“简单易为如同公文一般的应用文”。陈以鸿称：楹联“经过发展，逐渐形成一种应用文体。”① 陈方镛的《楹联新话·故事》中说：“古今诗词丛话，刊行于世者最多，独联话则除梁章钜《楹联丛话》外，不概见。殆以联为小品，无当学问耶。实则应酬往来，亦社会上需要之一种也。”② 在这里，作者也似乎认为对联为应用文，是文学中的“小品”。对于对联的实用性，联界是有目共睹的，即便是那些文学样式论者也承认这一点。白化文从对联的普遍功能角度认为，“严格地说，所有的对联全有实用性。非实用的对联是没有的。”③ 刘育新则从对联起源的角度认为“最初的楹联是为了实用”。④ 谭大江说：“春节贴对联门联是中国人民的传统习俗。这种习俗最早起源于古代人的精神实用主义，而后逐渐发展成为一种独具风采的文学艺术形式。”⑤

对联的应用范围是多方面的，宽广的。从种类说，由春联一种逐渐发展到贺婚祝寿，交际装饰，吊丧悯死等十多个种类；从阶层爱好说，先有皇帝至将相，逐步扩大到平民百姓，三教九流，七十

---

① 苏渊雷主编：《绝妙好联赏析辞典》（序二），上海辞书出版社，1994 年。
② 龚联寿主编：《联话丛编》，江西人民出版社，2000 年，第 2693 页。
③ 白化文：《学习写对联》，上海辞书出版社，1998 年，第 87 页。
④ 刘育新：《漫谈长联》，载《对联》，1999 年第 2 期。
⑤ 谭大江：《春联、门画门外谈》，载《对联》，1987 年第 1 期。

二行，不分阶级阶层，不分贫贱富贵，人人都喜欢使用情趣各异的对联；从张挂场所说，由皇帝的宫殿苑囿到监狱牢门，由富户的高堂华厦到民众的小庐茅舍，以至祠庙寺观，亭台楼阁，名山大川，名胜古迹，清泉仙窟，门房书室，卧室案头，商场工肆，店铺坊馆，甚至戏台神座，香炉花灯，箱柜仓库，猎栏牛舍等处莫不悬挂长短不一，千姿百态的对联；从实际效果看，多种多样，如新年时用了它，人们就觉得春色满园，生机勃发；新婚时用了它，人们就感到喜气满堂，美满幸福；新居时用了它，使人感到吉祥永驻，安居乐业；游览时见了它，使人感到江山多娇，胜景越常；悼亡时有了它，使人悲中受慰，思承美德。由此可见，把对联视为一种实用文体，是有它的道理的。

常江先生认为，实用性是对联的生命力所在。他说："对联是中国诗歌传统不应忽视的一部分，它与诗词曲一样，具有高度文学性和美学意义，而它的实用性，又是诗词曲及其他文学样式所无法比拟的。作为独立的文学形式，晋代已有应对，直接介入了人们的社交活动，五代的春联及门联，又开了喜庆和装饰这样更广泛实用意义的先河。继而，宋代出现的名胜联为山河增色，娱人心目，哀挽联用于寄托哀思、缅怀亲友，明清时代的行业联遍及城乡，近代的节日宣传联又有更广大的读者。至于其他的故事联、谐讽联、赠答联，也都是人们文化生活中必不可少的，尤其春联的普及和发展，使对联这一文学形式，保持了民族化和群众化，具有极强大的生命力……对联永远不会消亡……其实用性不失为一个重要原因。"[①] 的确，人们发现，对联的文艺审美性和实用性是并具的。对联审美价值和实用功能并具这一特点，"反映在社会的各个阶层和生活的各个方面，远远不止装饰之一途……诚然，从浩繁的楹联作品中可以窥见中华文明的发展足迹，历史上风云敛散的雪爪泥

① 常江：《实用对联大全》（序），见张过主编《实用对联大全》，陕西人民出版社，1987年。

鸿；它记下了历代英彦的功绩，也为人世沧桑、鱼龙变幻作出了发人深省的评说。同中华民族传统文化的其他种种物质载体（如建筑、绘画、雕塑、书籍）一样，楹联也直接反映了中华文明的长期积淀和民族的审美心理定势（如崇尚对称和谐），以及不同历史时期上层建筑各个领域里群体观念的聚向。如风行于明清的文士楹联普遍反映出清高脱俗、洁身自好的品格与恪守儒道、忠君乐仕观念之间的矛盾统一。”①

现在有些人总喜欢把审美性和实用性割裂开来甚至对立起来，不免失之肤浅与片面。邹戴尧在《楹联续录》跋中云：“德清俞荫甫太史，当今鸿儒，海内无两，而其全集于经史词笔外，楹联仍不割爱。可知碎金片羽，诚足宝贵。”② 这段话表明，古人对文字的东西，其实并不像我们现代人那样，定要分出个文学与非文学的泾渭来。经史词笔，加上对联这样的“小玩意儿”，其实都是“经国之大业，不朽之盛事”，既可经世致用，亦兼玩味吟咏，作人，为文，为事，其实是浑然一体的。

最有意思的是陈子展的观点，他在其《谈到联语文学》开篇中说：“联语文学连为一词，这是我杜撰的。联语原是文字游戏之一种，不成其为文学。假若依照章太炎关于文学之定义那样广泛的说法，只要写在纸上，印在书里，而有意义，不论其有韵无韵，成句读不成句读，都可以称为文学，那么，联语之得称为文学，虽是杜撰也未尝不可以了。”③ 这里有两层意思，一是联语严格讲来，是一种文字游戏；二是联语也可算一种广义意义上的文学。在谈到联语的雅俗问题时，陈子展说：“联语为世俗应用文字，须求雅俗共赏，与其失之雅，毋宁失之俗。”④ 这里，作者又认定对联为一种世俗应用文字。从陈子展的游移不决的论断中，我们可以看出，某

① 沙雁：《窥楹联而知豹　献心香以续貂》，载《对联》，1990年第2期。
② 龚联寿主编：《联话丛编》，江西人民出版社，2000年，第1357页。
③ 龚联寿主编：《联话丛编》，江西人民出版社，2000年，第5105页。
④ 龚联寿主编：《联话丛编》，江西人民出版社，2000年，第5125页。

个事物从不同的角度去看，会有不同的认识。因此，我们取某种更笼统的说法，似乎更具概括力一点。

上面提到的这些对对联的看法和认识，虽然有些可能难免“盲人摸大象”的嫌疑，但它们客观上都指出了对联的某些特点，因此不能简单地一笔抹杀。如果把这些不同的看法和观点加以整合，就可形成一个完整的对联形象。这也就是为什么我们要不厌其烦地尽量多地介绍一些观点的原因。我们站在前人的肩膀上，现在看清楚了：对联有时候是优美的文学作品（或为严谨的格律诗，或为两段对称的口语化散文，或为其他风格的文学作品），有时候是地道的实用文字，有时候或许仅仅就是一种因时因地制宜的文字游戏，有时候也可能是二者兼而有之，或三者兼而有之。

总之，对联就好像一个小精灵，虽小，但灵活善变，有时单纯得如同一张白纸，似乎不足以引起任何人的注意，有时又复杂得让人玩味不止、欲罢不能。正因为其小，所以适应性强，适用面广，普及性高，无形中能量倒反而大了。然这样一来，是不是我们就无法对这个小精灵作整体的把握呢？我们认为还是可以的。如果我们全面研究各种观点，同时又不陷入种种的钻牛角尖式的争论之中，就会清晰地看到，万变不离其宗，无论你把对联往什么范畴推，实际上对联的本质不会因此而发生改变。所谓性质，就应该是本质的东西，我们不能舍本逐末。

我们认为，对联的本质就是：一种对称话语形式。这种对称话语形式，既可以纯粹用来做文字游戏，也当然可以用来服务于实际事务。而无论是游戏还是实用，其成品只要被人们认为美，认为有意蕴，让人产生审美愉悦，让人回味深思，也就自然成为文学作品。事实上，历来都有许多实用文章被人们当作文学作品来读，换句话说，我们所读的文学作品中，有许多是实用文章。相反，倒是有不少所谓的文学作品，由于其艺术性不高，而被人们淡忘了。由此可见，实用文章和文学作品之间，并没有什么绝对的界线。

我们中国有一个传统，不愿把玩和工作分得很清楚，有时甚至玩即工作，工作即玩，有的甚至完全把玩和工作融为一体。这应当说是一种生活态度、生活境界，从多元化的角度讲，没有什么不可以，无可厚非。实用，欣赏，二者合而为一：生活的艺术，艺术化生存，在生活中领略艺术，在艺术中进行生活。这就是中国人的生活方式，这就是东方人的生存方式，这就是中国人的生活智慧，这就是东方人的生命哲学。对联正适合这种情况，艺术和实用混沌不分、合而为一。

有人认为，只有让人承认对联是一种文学艺术形式，才能保持对联的“崇高”地位，其实这种想法和那种认定对联仅仅是游戏文字或低俗的应用文字的观点并无二致，都是把文学和游戏文字、实用文字完全对立起来。因此我们不大赞同这种狭隘的对联文学性质论者的观点。我们能说像下面这样的游戏文字不是让人寻味的文学作品吗？

晴波碧柳春归燕　细雨红窗晓落花（回文联）

趣言能适意　茶品可清心（回文联）

此木为柴山山出　因火成烟夕夕多（拆字联）

閒（闲）看門（门）中月　思耕心上田（拆字联）

我们能说像下面这样的应用文字不是让人寻味的文学作品吗？

何止于米，相期以茶　论超白马，道高青牛①

将雪论交人尽热　与梅相对我犹肥②

对联文学性质论者应豁达一些，风物长宜放眼量，站得高，自然也就眼无障碍，看得更远，看得更清，所谓高山眺远无丸地，曲径寻幽有洞天。把对联局限于文学末座，其实是一叶障目，不见泰山，委屈了对联。试看鲁迅的杂文，有些体制虽小，但实博大精

---

① 此为冯友兰祝金岳霖先生八十八寿辰联。米，指八十八岁；茶，指一百零八岁；白马，公孙龙有《白马论》；论、道，指金岳霖有《论道》；青牛，指青牛道士，即汉代道士封君达，传说其道行很高，修道一百五十多年后返乡还像三十岁的人，常乘青牛，故有此别号，后来也用作道士的通称。

② 张伯驹：《春游社琐谈·素月楼联语》，北京出版社，1998 年，第 374 页。

深，至少汇集而成大海，只要耐读，谁不把它们当文学作品看。对联是一种话语形式、一种表达形式。话说得好，表达得好，便成为艺术，成为文学。许多史书，许多政论，作者原本并不是进行什么文学创作，只是因为其表达得好，所以被人们称为文学作品。即便不被人当作文学作品，只要有人看，那又何妨？而只要我们平心静气地发现对联，探索对联，我们就会知道，其中的天地是何其大、何其美了。大可不必作茧自缚，自我牢笼，自我封闭，走独木桥，认定对联就是一种文学体裁，更不能把对联纯化为仅仅是文学作品。什么是文学作品？难道必须是文学作品，才有价值？我们认为，有审美价值才是文学作品。但对联除了此价值外，还有其他价值，而这正是对联的伟大之处。而且，如果把对联定位于文学体裁，还有可能导致其走进象牙之塔（专事格律），这跟对联雅俗共赏，适应面广的特点，恰恰是相悖的，因此实事求是地、客观地还对联以本来面目是非常重要的。人为拔高并不一定对对联有好处。贬（压）低对联的地位和作用当然也不好。但只要我们把对联的本真给揭示出来，那我们不就是对贬压的一种最好反击么？

我们倒是可以仅仅把对联看成是应用文，但是请注意，没有哪一种应用文像对联那样强调艺术性，也没有哪一种应用文像对联那样涉及如此多的文化内涵。它是一种继承了中国传统文学形式的、艺术化的应用文，是一种饱含着汉语汉民族诸多文化特质，非常符合汉民族审美心理的应用文，是一种应用范围极广的应用文。

我们也大可不必忌讳对联的“小”。客观而论，对联总的特点就是小，虽然也有上千字的长联，但那不是对联的常态，不能代表对联的整体。然而，它虽小，却实在是中国一种普泛性的特有文化。一个民族，一个国度，总有许多自己的特有文化，但特有文化又可分为普泛性的和地方性的。例如中国的京剧，应该说是地方性的、区域性的、层级性的。京剧如此受到文化学者的重视，而对联却相反没有如此殊荣。这恐怕是由于制小的缘故吧。但即便其小，可它面大，大到全国，大到各行各业、雅俗高低。这是一方面。另一方面，短小正是对联之“长”。由于其短制，由于其小巧，所以便于人们览诵讽咏，便于人们广泛应用，无论抒情议论，文告宣传，点缀装饰，渲染造势，游戏娱乐，都可很方便地使用对联这种形式。“联语于文学，虽属小道，但上至庙堂，下迄社会，以及名山胜迹、吉凶庆吊，均不可少。足见用途之广，自有可以成立之质干，故能历劫不磨。为辞章之附庸，文人余事，自应兼通。昔人谓一艺之微，可以入圣，讵可因其小而忽之。”①

二、对联是一种言语行为模式的语言文化

对联是一种话语形式，是一种言语行为模式。作为一种言语行为模式，作为一种特殊的话语方式，对联不仅是一种一般意义上的文化种类，而且是一种语言文化。这种语言文化具有特殊的文化价值和文化功能，它可以反映出便于使用对联话语形式的汉语的一些特点（包括表达特点），也可以反映出使用汉语，喜欢使用对联话语形式的人们的内心世界的一个方面，比如其对世界的看法，审美情趣，价值标准等。

我们觉得，把对联的性质界定为一种对称的话语形式的意义还在于以下几点：1. 其他三种说法都是以此为基础的，都只是其不同的表现形式；2. 作为一种话语形式，其历史可以追溯到很远的时代，可以说和汉语的产生同时，可以说是汉语与生俱来的一个特点；3. 正是这个与生俱来的特点，提供给了我们对其进行文化语言学研究的切入点。一种语言代表一种文化，从某种意义上说，就是说一种语言就有一种语言的特点。对称表达就是汉语的一个突出特点。

对联是一种话语、言语形式，如果从文化的角度看，它是一种

① 向义：《六碑龛贯山联语·论联杂缀》，载龚联寿主编《联话丛编》，江西人民出版社，2000 年，第 4704 页。

语言性质的文化。与此同时，它作为一种话语、言语模式，又和中国的某些文化模式有密切联系，它既受某些文化模式的影响制约，又反过来反映这种文化模式。对联，一种典型（经典）的对称话语(形式)，一种典型的对称文化，一种对称文化模式。

对称的话语形式在汉语中自古有之，诗词曲赋，骈文散文，都有用到，但最典型的，是对联。因为一副对联，从整体上是严格对称的。古代的中国诗歌（尤其是格律诗）也基本是整体对称的，两句两句字数相等，句数一般都是偶数，但并不像对联那样严格。“楹联总是设法从两个方面、两个角度去观察和描述事物，并且努力把语言‘整形’规范到二元的对称结构之中去。”①

对联作为一种话语形式，它首先是语言文化的一部分，而且可以仅仅认为是一种语言文化。理由有二：其一，虽然对联被人当作一种文学形式，是一种艺术文化，但好的文章（语言表达）即文学，所以对联的这种艺术文化是包含在语言文化中的（因为好的对联作品是语言的艺术）；其二，虽然对联普遍地用于民间，如春联、挽联、婚联等，有人有理由认为它是民俗的一部分，是一种民俗文化，但同样，这种民俗仍是和语言表达有关的民俗，仍然是一种民间的话语形式，因此这种民俗文化同样是包含在语言文化中的。

可以认为，把对联当作语言文化来看待，是抓住了对联的本质，因为不管对联是一般的应酬文字，还是优秀的文学作品，甚或只是一种游戏文字，但它终究是一种语言表达；也不管对联是书面书写悬挂、镌刻的，还是口头应对的，甚或只是随便集集字、集集句，改改诗，但它终究还是一种语言表达行为；也不管对联是文人雅士、专家学者创作和使用，还是下里巴人、村夫野老创作和使用，不管是官府众臣使用和创作，还是民间百姓使用和创作，但它终究还是一种语言表达行为。

对联是一种语言文化现象，这就是对联的文化性质。

---

① 傅小松：《中国国传世名联三百副》，北京燕山出版社，1998年，第338页。

对联的文化价值在于，对联可以反映出汉语表达的一些突出特点和表达模式，通过这些特点和模式，可以了解汉族文化乃至中国文化的一些特点和模式，这是一种深层的语言与文化的关系。从对联中，我们可以看出汉语的一种气质、风格，可以看到中国文化气质在汉语结构特点、模式上的反映和表现。“每一种语言本身都是一种集体的表达艺术。其中隐藏着一些审美因素——语音的、节奏的、象征的、形态的——是不能和任何别的语言全部共有的。”①“英语能容忍，甚至要求，散漫的结构，在汉语里这会是淡而无味的。而汉语，由于不变的词和严格的词序，就有密集的词组、简练的骈体和一种言外之意，这对英语天性来说，未免太辛涩，太刻板……我相信今天的英国诗人会羡慕中国即兴凑句的人不费力气就能达到的那种洗练手法。”②

① ［美］爱德华·萨丕尔著，陆卓元译，陆志韦校订：《语言论：言语研究导论》，商务印书馆，1985年，第201页。

② ［美］爱德华·萨丕尔著，陆卓元译，陆志韦校订：《语言论：言语研究导论》，商务印书馆，1985年，第203—204页。

第二章　对联：文化——适应环境的一个成果

一种表达形式是为某种文化所模铸的，它的表达规范、特点、审美趣味、原则、表现手法等都带有种族性标记。它存在于一种特定的“制度布局”中。这种“制度布局”我们可理解为环境。对联既是对称观念在人们言语行为上的体现，同时也是汉语、汉字的一种必然结果。

第一节　对联是适应汉字汉语环境的一个成果

“因荷而得藕，有杏不须梅”，是一副以谐音之妙而著称的对联。有人问新郎是因为何种原因和新娘结成了配偶，新郎俏皮地回答说是因为有这种幸运的缘分，所以不需要媒人牵线搭桥。我们可以把它稍作改动，变为“因荷而得藕，有杏也须梅”，用来概括表述文字语言媒体对对联这种言语表达模式形成发展所起的引发作用。对联，作为一种言语模式，并不是突然从天上掉下来的，而是适应汉字汉语这种语言环境的一种结果。在这个意义上，对联是一种不折不扣的文化，是一种语言表达文化。

所谓汉字汉语环境，简单地说，主要是指汉语自身的特点以及用来记录汉语的工具——汉字的特点。关于汉字汉语的特点，语言文字学界、人类学界、民俗学界、文学艺术界、文化学界、自然语言理解和信息处理界、哲学界等，都有非常多的深入探讨，论者从各自的角度出发，对汉字汉语特点的揭示做出了各自独特的贡献。经过学者们的努力，汉字汉语的特点越来越变得清晰起来，越来越凸显出来。所谓特点，都是比较的结果，没有参照物，没有比较的对象，也就无所谓特点。因此，目的不同，比较的对象不同，得出的结论也就不同。如果以研究语言的表达特点为目的，拿没有对联这种表达形式的语言来和汉语比较，我们会发现汉字汉语具有一些突出特点，正是这些特点构成了适宜于对联生长发育的语言环境。

一、汉字环境

说到汉字环境，让我们首先引入一个概念：汉字体制。所谓汉字体制，就是汉字的结构组织制度，是汉字体系经过长期的历史选择，为适应汉语特点，通过约定俗成和不断规范而形成的结构特点、组织方式。据我们所见到的资料，这个概念是由赵丽明最先提出来的。她在《试论汉字体制》① 一文中，把汉字体制归纳为这样六个方面：（一）字符的语素（词）表意制。从汉字与汉语的关系来看，一个汉字字符对应的基本上是一个意义单位，即汉字字形本身就表达概念的某层信息和与之相对应的词或语素，古代汉字主要是词文字，现代汉字主要是语素文字。（二）字符的音节标音制。从汉字和汉语语音的对应单位来看，一个汉字字符标记的语音单位不是音素而是一个音节，汉字主要是一种单音节文字。（三）字符的笔画式方块制。在外观形体上，汉字是以直线为主的笔画所组成的方方正正的一个个孤立的文字符号，不能连写，不管笔画多少都占同样大小的方块面积。（四）字符的部件拼形制。汉字的构造过程是由笔画组成部件，再由部件组成汉字字符，即由五种基本笔画（横、竖、撇、点、折，或横、竖、撇、捺、折）及其变体，通过

① 赵丽明、黄国营主编：《汉字的应用与传播》，华语教学出版社，2000 年，第 286—295 页。

相交、相连、相离等方式，构成四五百个部件，然后再用左右、上下、包围、穿插等方式拼组部件构成数万个大小相同的方块汉字。（五）字符的结构意音制。由于汉字一个字符就是一个语素或词，一个字符就是一个音节，所以它是既表音又表意的，是一种字符意音制文字。汉字的这种意音制，体现在绝大多数汉字上，而90%以上的形声字对这一体制体现得更加明显。（六）字符的书写排列横竖制。由于汉字是一个一个的方块结构，占有宽和高的两度空间，可以从前后和上下两个角度进行认知，因此既可以从上到下书写，也可以从左到右书写，形成排列上的横竖皆可现象。

在这些汉字体制中，我们发现，汉字的方块形状和它的书写特点，对对联的形成和发展尤为重要。中国汉字的形状从篆书开始就趋于方块化，所以汉字又称方块汉字。

现行汉字，无论是独体字，还是合体字，无论是笔画多，还是笔画少，每个汉字都是一个方块。与此同时，一个汉字的笔画不是无限多的，一个汉字的部件也往往不会超过五六个，而且最多只由三至四个单元组成，如左中右结构、上中下结构、“品”字形结构等，最常见的是由两个单元组成，如上下结构、左右结构、包围结构、穿插结构等，另外还有一些由一个单元组成，即独体字。这样，就保证了每个汉字都能在一个规定的方块空间中写下，即保证了汉字与汉字之间能做到所占空间大小一致，形成非常整齐的对称美。

如果汉字之笔画数量悬殊太大，或部件单元数量没有限制，那就和拼音文字一样，无法控制其所占空间，形不成均衡的空间序列。正如卢遂现博士所说：“方块字阔高相等，具有两个对称性（Symmetry），因而写的形式可由上至下，由左至右，对写街招标语，报纸标题，对联等都有较大的伸缩性和灵活性。”① 汉字的书

① 卢遂现：《拼音汉字》，引自黄建中、胡培俊《汉字学通论》，华东师范大学出版社，1990年，第23页。

写特点，除了是书写在一个一定的方块空间之外，还具有便于灵活排列的特点，即竖排和横排皆可。特别是有几千年传统的竖行书写，可以使文字的对称性毕现无遗，这就使对联首先在形式上成为可能。当然，现在的汉字书写已普遍改成横排，但这也仅仅是改变了表面形式而已，并未因此而从根本上改变对联的对称性。因为它的字数相等，所以长度也就仍然相等，而且音节数、结构关系、韵律等也并不因此而改变，所以从诵读的角度看，是没有任何改变的，与竖排的差别仅仅在于减少了一些对称的直观性而已。如在我们中国的甲 A 赛场上曾出现过这样的两条横幅：

文明观赛事　理智对输赢

显然，这就是对联的横写形式，是对联的现代版、现代形式。虽然直观上不具备传统对联的竖写形式，但只要一念，大家便会确认其还是一副对联。当然，这是从用来悬挂粘贴或镌刻的对联来讲的，如果从书面对联、口头对联看，则无所谓竖排横排的区别，或者说其区别意义不大。

此外，汉字的部件拼形制，也为一些特殊对联的发达创造了条件。因为不少可用于拼字的部件本身就是一个有意义的汉字，所以不少汉字拆开来就是两个或两个以上汉字，或者说，几个汉字又可以拼合成一个汉字。这样一来，析字对联（细分包括拆字对联和组字对联）就形成了，并且发展为一种饶有趣味的谐趣巧联。

汉字这种语素音节文字，在音的特点上，是代表一个音节，在义的特点上是代表一个语素，在形的特点上是一个由笔画组成的方块。简言之，汉字，一字一音节，一字一语素，一字一方块，音节的长短是大致相同的，方块的面积是相等的，音节之间的停顿是明显的，概念意义的转换是明确的，方块是一个一个独立的整体，形、音、义三个方面，都为一种语言的对称表达创造了得天独厚的条件，使汉语的对称表达如同天造地设，丝毫没有斧凿之痕，丝毫不会因追求形式上的对称而损害内容上的表达，为形成独特的汉语文学形式（如对联、回文诗）和文学审美传统（如整齐、对称、排偶等）提供了一个前提条件。没有这种文字基础，就无法发展、保持这种文学传统。

除此之外，汉字还有一个非常重要的特点，那就是以形示义、侧重表意。所有文字都是既表音又表意的，但各自的侧重点不同，所以出现了所谓的表音文字、表意文字的区分。表音文字相对于表意文字更重视以文字之形（文字符号）来表明该文字符号的读音；表意文字相对于表音文字更重视以文字之形来表明该文字符号所代表的意思。汉字显然属于重视表意的一类，因为它注意在表意上下工夫，所以造成了汉字之形与义联系紧密的特点。

汉字造字法中的象形、指事、会意，都是遵循以形示义的原则，因此人们对许多汉字可以因形而索义，见形而知义，如“人”、“牛”、“木”、“一”、“二”、“三”、“析”、“歪”、“明”等，即便是从发展到今天的楷书字体中，人们仍然能轻易地见字明义。见字明义，使汉字记录汉语时，在人们通过汉字接受汉语信息时，产生一种直观性的效果。这种直观效果，能帮助人们更快地理解语言，同时也能产生书面语言表达的一些特殊视觉效果，使对联的对称不仅形式上一目了然，而且内容上即意义单元（义素）上也异常清晰，意思上的对偶、对仗以及一些特殊意思的表达都能在视觉上找到感觉，有时甚至形成一种文字语言或文字语言游戏。对联中的同旁联就是一个典型。因为其同一偏旁代表着同一意义范畴，所以极易形成一种意趣，再加上上下联相对称，两组意义范畴、两种意趣，再合而为一构成一种意境，一种形式和内容上的相得益彰，美不胜收。这是汉字的独特魅力所在。

日本学者宫崎市定曾这样说过：“中国文化是汉字的文化，汉字的使用使中国文化受到巨大而又深刻的影响，具有自己的特色。”① 话虽说得有些绝对，而且用意可能见仁见智，但也从一个

① 宫崎市定：《中国文化的本质》，载中国社会科学院历史研究所翻译组编译：《宫崎市定论文选集》（下卷），商务印书馆，1965年，第312页。

侧面反映出汉字对中国文化形象特别是中国语言文化形象的深刻影响。

二、汉语环境

就汉语而言，对对联的形成和发展产生重要作用的主要是三个方面：一是汉语的单音节语素特点；二是汉语的完全词根语特点；三是汉语的有声调音节构造。

（一）汉语的单音节语素特点。从语音和意义的关系上看，汉语有一个非常重要的特点，就是绝大部分语素都是一个音节，反过来讲，就是在通常情况下，一个音节单位就是一个语素，即一个最小的意义单位。在古代汉语中，单音节词占绝大多数，因此一个音节就是一个词。汉语的这种单音节语素特点，为以音节为单位形成汉语语义上的对称创造了条件，使汉语的对称不仅表现在形式方面，而且也表现在内容方面。如："闲为水竹云山主，静得风花雪月权"，上下联各七个音节，同时也是各七个语素（词），不仅音节上相对称，七音节对七音节，而且语素上也相对称，"闲"对"静"、"为"对"得"、"水"对"风"、"竹"对"花"、"云"对"雪"、"山"对"月"、"主"对"权"。

音节上相对称，是对联音律和谐的一个前提基础，没有音节数量上的相等，所谓的节奏相同、平仄相对等就无从谈起。语素上的对称表现在意义单位数量的相同，而意义单位数量的相等为对联上下联的语意相称提供了一个有利的客观条件。赵元任先生说："如果汉语听词像英语听词那样节奏不一，如 male 跟 female（阳/阴），heaven 跟 earth（天/地），rational 跟 surd（有理数/无理数），汉语就不会有'阴阳''乾坤'之类影响深远的概念。两个以上的音节虽然不像表对立两端的两个音节那样扮演无所不包的角色，但它们也形成一种易于抓住在一个思维跨度中的方便的单位。我确确实实相信，'金木水火土'这些概念在汉人思维中所起的作用之所以要比西方相应的‘火、气、水、土’（‘fire，air，water，earth’或‘pur，aer，hydro，ge’）大得多，主要就是 jīn-mù-shuǐ-huǒ-tǔ 构成了一个更好用的节奏单位，因此也就更容易掌握。”① 虽然赵先生在这段话中没有明说汉语的单音节节奏易于形成对称，但我们认为其中的“更容易掌握”，理应包括易于形成对称的内容。现代语义学讲义素分析，如果我们把对联的上下联当作一个大的意义单位，当作一个大“词”，进行意义上的解构，首先就会发现：它们的“义素”数量是相等的，而“义素”数量相等正是语义对称的一个前提。

（二）汉语的完全词根语特点。因为汉语的语法构造以词序和虚词为主要手段，而不是以词的形态变化为主要手段，无论实词、虚词，都基本上是一个一个的词根，即便是像“阿”、“老”、“子”、“儿”、“化”等，实际上也不是严格意义上的词缀，何况它们也都是由实词经过长期演变而成的，所以汉语可以说是一种完全词根语。这种完全词根语的特点，使对联在形式上的对称（包括字形和音节）不受语法范畴的变化（如构词法中由于前缀后缀的使用而引起的变化，造句法中时、体、态的变化）影响，从而能保证始终如一的全方位的对称。这正是对联只能在汉语类型的语言中发达的一个重要原因。

需要指出的是，汉语的单音节语素特点以及完全词根语特点，决定了汉字的性质、特点和命运。因为古代汉语单音节词占优势，一个音节就是一个词，因而有大量同音词存在，所以适合于用主要表意的文字，适合于用一个符号表示一个词，这样便产生了汉字这种一字一音节、一字一词的文字。一个汉字既是一个音节，又是一个语素（词），所以有人称汉字为语素音节文字，有人称汉字为词

---

① 赵元任：《汉语词的概念及其结构和节奏》，载《赵元任语言学论文集》，商务印书馆，2002 年。引自徐通锵《语言学是什么》，北京大学出版社，2007 年，第 166 页。

字文字[1]或音节文字。汉语完全词根语的特点，使得汉字完全和汉语相适应，使得汉字完全不必担心其方块形的受到挑战和破坏。每一个汉字都是独立不受影响的。如果联系到日语的情况，这一点就会看得更清楚。日语曾一度完全借用汉字来记录。但日语和汉语并不是同一种类型的语言。它的词既有不变化的词根，同时也有丰富的表示语法意义的附加成分，汉字只适于表示日语的词根，对于记录那些附加成分则显得笨拙，因此，日本人后来又创造了假名（一种音节字母）来表示记录词语的附加成分。总之，汉字和汉语的关系，不仅仅只是单纯语言和记录符号之间的关系，而且也是一种共生共存互为条件的关系。

（三）汉语的有声调音节构造。这一点很重要，马林诺夫斯基说："语言是文化整体中的一部分，但是它并不是一个工具的体系，而是一套发音的风俗及精神文化的一部分。"[2] 关于这方面的问题，史有为先生在有关文章中曾做了非常细致深入的探讨。他在《汉语文化语音学虚实谈》[3]、《续〈汉语文化语音学虚实谈〉》[4]、《再续〈汉语文化语音学虚实谈〉》[5] 系列论文中，重点探讨了汉语语音在广义文化意义上的相关问题，即有声调音节构造对汉语语法、语汇的影响。因为其中的有些论点对说明"对称表达是对汉语特点的适应"的观点颇有启发，故将有关内容概要引述如下：

史有为先生说："语言中最有关键意义的是音节构造，在汉语中尤其是音节的声调。音节构造是整个语言文化在形式上的生长点。"从汉语构造来看，声调是音节中有意义的部分。"声调是条锁

① "词字文字"是前苏联学者 B. A. 伊斯特林在其《文字的发展》一书中提出的一个概念。引自黄建中、胡培俊《汉字学通论》，华中师范大学出版社，1990 年，第 8 页。

② ［英］马林诺夫斯基著，费孝通等译：《文化论》，中国民间文艺出版社，1987 年，第 7 页。

③ 此文载《世界汉语教学》，1992 年第 4 期，后收入《文化语言学中国潮》，语文出版社，1995 年。

④ 此文载《世界汉语教学》，1994 年第 2 期。

⑤ 此文载《世界汉语教学》，1995 年第 4 期。

链，是个框箍，对音节起着锁固作用。声母、韵母、声调三部分都是作为区别意义的要素加入音节结构之中的。而由于声调的作用才使音质部分被锁固，从而只允许整个音节（而不是一个辅音或元音）成为语素的形式。在古代汉语，单音节语素基本上就是词。语句从一个角度看是由语素或词组成的，而从另一个角度看则是受到音节的某种程度控制。”“汉语的声调还决定着汉语诗歌格律的另一主要取向。”律诗的平仄格律“不过是汉语声调在节拍影响下必然选择的排列组合。平声（阴平、阳平）和仄声（上、去、入声）必须在一定现次后交替出现，这才使人在生理上协调松快，也才能避免听觉上单调乏味。”“汉语的孤立特点或非形态特点的根源或许可以归结为区别意义的声韵调音节结构。”“汉语汉字在形式上甚至可以说是一种声韵调文化及其衍生。”“汉语特有的音节性”是汉语的“根”。

对汉语特有的“音节性”是汉语的“根”，我们还可以如此理解：所谓的“音节性”，即指汉语的一个语素就是一个音节的特点，而其中的声调则对汉语的“音节”起了锁固作用，从而使音节语素无论是在构词和造句时，都不会改变，不会让原有的词素（或词句的构成要素）因相互影响而发生内部曲折和形态的变化，相反，语序和虚词则显得非常重要。也正是因为汉语的这个一音节一语素的特点，使得汉民族的先人们创造出来了方块汉字这种记录汉语的工具。用不同的方块字记录不同的音节，或是用不同的汉字记录同一个音节，这些不同的方块字代表不同的意思，这样就造成了非常整齐的一字一音节的局面，使汉语无论是在听觉上还是在视觉上，都是非常规整匀称的。因此一般认为，汉字和汉语是非常匹配适应的。

张公瑾先生则从更宏观的视角上注意到汉语音节结构的特点及其所具有的意义。他在为文化语言学研究方向的博士生开设的课程“语言文化研究方法论”中指出，在汉语的音节结构中，有声韵对称，韵母有开合和洪细的对称，声调有高低、平仄、舒促的对称。

对称、平衡美，从音节结构，一直到修辞应用，都有所体现。这种对称观念还常常体现在汉语文化的各个方面。

"中国语的单音（节）在孤立的特性的文学里所产生的影响是：（一）文章简洁，（二）便于造对语，（三）音韵谐协。"① 真可谓旁观者清，说这话的日本学者盐谷温不仅看到了汉语的特点对汉语文学的具体影响，而且早在他上个世纪二十年代写的《中国文学概论讲话》的第二章（文体）中就附录有对联，其中还包括曾国藩望湖亭的对联真迹照片②。并说"对联亦是中国文学的特产物。"而国内专攻文章、文学的学者相反却长期对汉语特点与汉语文章、文学的血肉联系视而不见，对随处可见的对联作品熟视无睹。出现这种现象，除了对"形式"的机械理解，对形式和内容的辩证关系缺乏正确深刻认识，对"形式主义"讳莫如深，死守"高大全"标准等原因外，"不识庐山真面目，只缘身在此山中"大概也是另一个重要原因。

第二节　对联是适应对称观念的一个成果

对称现象是自然界的一种普遍现象，因此，善于取法自然、讲究天人合一的中国传统文化中便形成一种显著的对称观念和强烈的对偶冲动。正是这种显著的对称观念和强烈的对偶冲动，为对联在中国的产生、发展与繁荣提供了一种生存环境和原动力。而科学研究特别是现代物理学研究对对称的探索与发现，则为对联这种言语表达模式的存在合理性提供了有说服力的科学证据，表明对联与我们所赖以生存的客观物理世界有着一种深度的适应与契合。简言

---

① ［日］盐谷温著，孙俍工译：《中国文学概论讲话》，上海开明书店，1929 年，第 11 页。

② 联文为：五夜楼船曾上孤亭听鼓角　一樽浊酒重来此地看湖山。

之，对联作为一种言语表达文化，正是适应对称、对偶观念的一个成果。

一、中国的对偶观念

对偶观念是一种典型的、极端的对称观念。所谓观念，是人们对客观世界（包括自然、人类和社会）固定化了的认识和看法。它源于客观世界，是对客观世界的主观反映。其中有些被历代的人们所持续接受，成了可以传流的、理念化了的东西，这就是所谓的传统观念。中国有很多传统观念，其中又有很多成为中华民族的优秀文化传统为今人所继承。对偶观念是这些传统观念中的一个，它代表了中华民族对世界的一种看法、一种印象、一种认识。

对者，相对，对称；偶者，成双，双数。对称现象普遍存在于自然界中，具有多种多样的形式。最直观的是形象对称，浑沌初开，人们首先看到了天与地、日与月，昼与夜；进而知道自己有两只手、两只脚、两只眼睛、两只耳朵，又发现鼻子有两个孔，嘴唇有上下两片，如此等等；再进而知道人分男女老少、地分东西南北、位分左右上下，时分春夏秋冬。事物内部结构也存在对称性，称为结构对称，如地壳、星系、分子、晶体等的内部结构。另外，与结构对称相联系，事物又具有功能对称、时间对称等。而客观事物的对称，反映到人们的头脑和意识中，又形成了概念的对称，如正电和负电、正粒子和反粒子等。师法自然，天人合一，是中国人的重要思想传统，这种传统也反映到了中国人的审美观中。对称在中国人的审美实践中，成为一种重要的形式美因素，如空间上的和谐布局、声音流的节律协调。前者主要体现在建筑与造型艺术方面，后者则主要体现在音乐艺术方面。这种审美观念，也渗透到了语言表达和语言修辞中，造成了汉语这种语言艺术的对称美特点。它既有字形体积上的对称和谐，又有语音平仄上的对称呼应，即既有空间上的对称，又有时间上的对应。

中国古人有感于自然界的对称，很早便形成了一种朴素的辩证法思想：宇宙万物无不处于对立统一的状态之中。无论是自然界，还是人类自身，无论是客观物象，还是社会人事，都存在着相反相对、相辅相成的特性。在此基础上，中国古代的阴阳太极学说便形成了。这种学说最初典型地反映在《周易》中。在《周易》的作者们看来，人事再繁复，但分析到最后，不外两大系统。一属男性的，一属女性的。人事全由人起，人有男女两性之别，无论在心理上生理上均极明显。《周易》的卦象，即以此观念作基础。“—”代表男性，“- -”代表女性。而“☰”（乾）、“☷”（坤）、“☳”（震）、“☴”（巽）、“☲”（离）、“☵”（坎）、“☱”（兑）、“☶”（艮）又都是两两相对的。不仅如此，由八卦演而推之的六十四卦，也都由两卦叠成，在时间上象征前后两个阶段，在空间上象征高下两个地位。《周易》中的这种“阴阳之象”被古人称之为“天地之道”。这表明，二元对立观念在中国也古已有之。

中国古代文化中“阴阳”、“八卦”的重要意义，就在于它表明人类最初是以二元对立的方式来把握世界的。而二元对立这个人类思维的基本法则中，显然是包含着对称观念的。传统八卦是远在中国象形文字产生之前的伏羲时代就产生了的符号。有人认为它是中国文字符号的最初萌芽。八卦就是一阴爻、一阳爻，就是一正、一负。依靠这一阴一阳，一正一负，首先就区分了天下一系列对立统一事物的两个方面：天为阳，地为阴；热为阳，寒为阴；积极为阳，消极为阴；等等。在阴爻、阳爻组成的系统中，我们看到了人类从二元对立的基础上、从对立统一的基础上概括世界万千事物的思维逻辑。周汝昌先生曾经说过：“我们民族的思想方法，从来有独到之处，就是善于观察、理解和表达一个真理：世界万物具有两面性……骈俪的根源不仅仅是个文字问题，也在于哲学观点和思想方法，人的神理（神智）运裁百虑（各种思维活动）时，就看到‘相须’、‘成对’这一条矛盾统一的客观真理。以'阴'、'阳'来概括宇宙万物的认识，几千年来就成立了，是最好的明证，讲我国的诗文，不懂得这一点是不好办的……"[①] 诚哉斯言！

二、科学中的对称观念

事实上，对称观念不仅中国有，外国也有。对对称观念的反应，不仅文学艺术上有，科学上也有。美籍华裔物理学家、诺贝尔物理学奖获得者（1975 年）杨振宁先生对对称可以说情有独钟，他多次讲"自己这一生在物理上的见识、视野、鉴赏能力，以及对物理的基本态度"，都受到包括古代文学在内的中国传统文化的影响，如他从小喜爱对子，由对子联系到对称，而且正是物理结构中对称的"美和妙"吸引了他，以致对称原理成了他一生研究的主要方向之一。[②] 不仅他的许多研究和对称有关（包括其获得诺贝尔奖的研究项目），而且还对对称做过许多精辟的阐述。[③] 下面就其对对称的一般性论述做一个简单的概括。

对称观念（概念）像人类文明一样古老，生物世界和物理世界中令人惊奇的对称结构，必定给先人们留下深刻的印象。人体的左右对称也不会不激起先民们的创造天性。随着文明的发展，对称逐渐蔓延到人类活动的各个领域，如绘画、雕塑、音乐、建筑、文学等。对称既然完全符合我们日常生活的经验，对称既然在人类历史上占有非常重要、非常基本的地位，哲学家、科学家就很自然地想到要研究它、运用它。"古代哲学家曾经试图把对称性同宇宙的结构联系起来。在古希腊，泰梅和柏拉图把四种基本的自然实体即火、气、水、土分别同规则的四边形、八面体、

① 周汝昌：《当代楹联墨迹大赛选集》（序言），见四川省楹联学会编印《当代楹联墨迹大赛选集》，1991 年。

② 郭兴良、周建忠主编：《中国古代文学》（前言），高等教育出版社，2000 年。

③ 相关论述见《杨振宁文集》中的有关文章，华东师范大学出版社，1998 年。

二十面体和立方体联系起来。古代中国的易经把三线形及六线形的符号同自然现象联系起来。当然，今天我们所指的对称性同古代哲学家所指的不是同一码事，但在概念上它们有着普遍的联系，这是不争的事实。”① 希腊人对于对称很注意，所以，他们后来有一个学问，就是觉得世界一切的规律都是从对称来的，他们觉得最对称的东西是圆，所以他们把天文学的轨道画成圆的，后来圆上加圆，这一来就发展成为希腊后来的天文学，一直到中世纪的天文学。到了开普勒（Kepler），他也要用对称，可是他后来不画圆，因为圆上加圆是不行的，变成椭圆就行了。他是受了希腊人想要把东西变成极端对称的影响，“希腊人对对称概念是如此着魔入迷，以致他们用‘球之和谐’与‘圆之和谐’的观念为主导思想。按照这种观念，天体必须遵守最对称的法则，而圆和球是最对称的形式”。②

到了近代，对称观念成为晶体学、分子学、原子学、原子核物理学、化学、粒子物理学等现代科学的中心观念，对称在科学界开始产生重要的影响。进入 20 世纪，“当 Einstein（爱因斯坦）在 1905 年创立狭义相对论时，他也为空间和时间在抽象的数学涵义上是对称的这一概念铺设了道路。”③ 随着研究的深入，人们发现守恒定律与对称之间存在密切的联系。近年来，对称更变成了决定物质间相互作用的中心思想。④

杨振宁先生曾把对称观念在基本物理学中的作用图 2－1 进行了概括，并得出“对称决定力量”（Symmetry dictates interaction）的结论：

---

① 《杨振宁文集》，华东师范大学出版社，1998 年，第 317 页。

② 《杨振宁文集》，华东师范大学出版社，1998 年，第 690 页。

③ 《杨振宁文集》，华东师范大学出版社，1998 年，第 694 页。

④ 所谓相互作用，是物理学的一个术语，意思就是力量，质点跟质点之间的力量。有关内容参见《杨振宁文集》，华东师范大学出版社，1998 年，第 356—357 页。

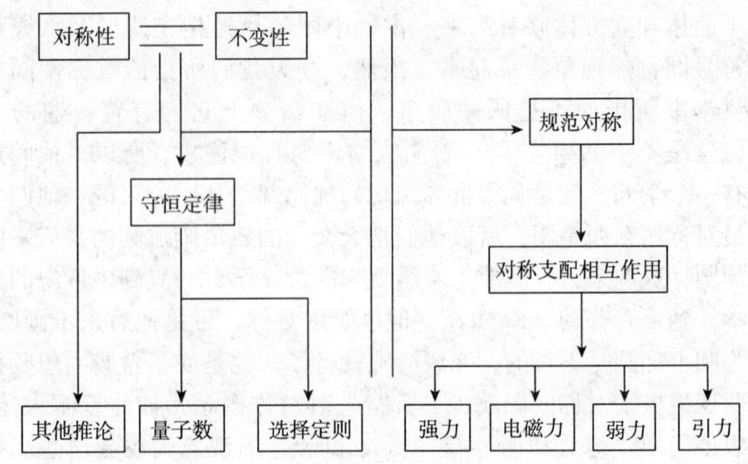

图 2 – 1：对称观念在基本物理学中的作用

杨振宁先生指出，超对称理论，超引力理论和超弦理论这些最近发展，都是在场论和场论的推广中探索和开拓对称的各种新方向的尝试。另外，他还提到了其他一些科学家对对称的看法，如韦耳和泡利。韦耳1952年在《对称性》一书中说到："与东方艺术形成对照的西方艺术，如同生活本身一样，倾向于减低、放宽、修改，甚至于去破坏严格的对称性。但是，不对称在罕见的情况下才等于没有对称。即使在不对称的图像中，人们仍感觉到对称是一个准则。"① 泡利在1957年则称：最使他震惊的并不是"上帝是个左撇子这个事实，而是他强烈地表现自己时，显示出是左右对称的。"②

从以上的概括中，我们可以看到，对称现象、对称观念是自然界的一种普遍现象，很早以前便被人们所注意，对称审美、对称实践也在不断地进行。对称实践表现在人类生活的各个方面，而像中国这样，普遍而明显地用于语言表达方面，却是很少见的。对称审

① 《杨振宁文集》，华东师范大学出版社，1998年，第486页。
② 《杨振宁文集》，华东师范大学出版社，1998年，第70页。

美和对称实践，作为人类的一种文化现象，不同民族之间既具有某些共性，又具有不同的个性。科学上的对称研究在中国并不发达，但对于对称的实际运用，则并不亚于其他民族。特别是对称在语言上的运用，则更是世界上的其他语言所无法比拟。当然，这并不是说，世界上的其他语言中就不存在对称的实际运用。贝塔朗菲指出："至少在西方语言中，也可能在所有人类的语言中，我们基本是用对立的思想方法来进行思维的。就如赫拉克利特说过的那样，我们是按照热和冷，黑和白、白天和黑夜、活和死、存在和变化这样的措词来进行思维的。"[①] 这种说法是有根据的，因为即便是在像英语这样的语言中，也有 couplet（对句）、symmetry（匀称、对称）以及 balance（平衡）等概念，只不过英语中的对称（对立），由于受到语言文字本身的限制，只能是局限于词、从句、概念等方面的大致对称上，无法做到汉语这种音形义等全方位对称罢了。

科学研究发现，对称有时也存在破缺现象，杨振宁先生就发现了在弱力[②]作用下，宇称守恒定律[③]不成立，即在弱力时，左右不对称。浑沌学认为，现实世界的普遍存在形式是有序和无序的统一，是一种浑沌运动。所有的文化现象，包括语言，其面貌是多样变化的，我们通过对联来探讨汉语的特点，探讨汉文化的特点，目的是想了解、说明汉语汉文化的一个历时的侧面，而并非要认定汉语汉文化就只有这样一个侧面。汉语汉文化也是丰富多彩的，也是发展变化的，前者说明文化的多元性，后者暗含着变化的不可预测性、浑沌性。总之，世界不以一种文化模式而存在，而文化模式也是不断变化发展的。正是由于这个原因，我们才需要不断地去发现，去探索，去打破现有的思维范式和框架，运用新的视角和方法研究新的问题。

---

① 朱红文：《人文精神与人文科学》，中共中央党校出版社，1994 年，第 254 页。

② 弱力作为一个现代物理学概念，特指控制中微子相互作用的力量，并被认为是自然界中四种基本力量之一。又称弱力量。

③ 宇称守恒定律，现代物理学中指与左右对称定律相联系的一种守恒定律。

第三章　对联：语言对称表达文化的一个标本

表达是人们思想观念的外化，它需要某种媒介，也需要一定的手段方式。人的身体本身就是一种表达媒介，但除此之外，人类发明和利用了自身身体之外更多的表达媒介，如绘画、雕刻、建筑、服饰、语言、招贴、音乐、信号、自然物体等，其中语言无疑是人类迄今为止利用得最为频繁、最为普遍、最为便利的表达媒介。“言为心声”这种说法，已被人们普遍接受。

表达具有民族性，原因举其大端者有三：一是人们对外部世界的观照，由于所处客观环境的不同、观察事物角度的不同、天生气质性格的不同、传统文化的不同以及其他偶然因素的不同，会有所不同，因而导致人们所要表达的内容本身就具有某种程度的民族差异性。二是表达的媒介具有民族性。虽然表达媒介各民族大体相同，都不外乎是上述的那些，但这各种表达媒介都具有各民族的特点，也是不争的事实。每个民族都有自己不同于别的民族的独特的音乐、美术、建筑、服饰，各民族语言之间的差别更是明显，就是自然物体，也被各民族赋予了不同的含义。如颜色，有的民族以白色为吉祥纯洁的象征，但有的民族则视为不吉利的颜色。红色，有的民族认为是吉祥的象征，而有的民族则认为它代表着暴力。三是表达的手段、方法具有民族性。有的民族崇尚简洁明快的表达方法，有的则崇尚迂回曲折的表达手法。有的欣赏大胆泼辣的表达方式，有的欣赏含蓄内敛的表达技巧。中华民族的表达自然也具有自己的民族性。汉语作为中华民族的一种表达媒介，因其自身各方面的独特性，更是有其浓厚的民族特色。

在这一章里，为了讨论对联的对称特点，我们将涉及汉语的一个重要特色，即汉语这种表达媒介极好地体现了汉民族的对称、对偶观念。如前章所述对称观念作为一种深入人心的意识，它体现在中国人的各种形式的表达中。如中国的园林艺术、建筑艺术都讲究对称、均衡，这就是对对称观念的体现。其他表达形式也或隐或显或多或少地体现出这一观念。但我们认为，最能体现对称观念的莫如汉语。按照美国著名语言学家爱德华·萨丕尔的话说，每种语言都有它的“底座”和“沿流”。汉语表达形式上的对偶对称特点，是不是也有汉语自己“底座”和“沿流”的影子呢?

第一节　汉语对称表达的一般表现

让我们先来对汉语的对称表达特点、对称表达文化进行一些一般性的考察。考察从静态、动态和历时表现等角度进行。

一、静态考察

从静态方面进行考察，我们发现，汉语的对称形式表现在各级语法单位中，从连绵语素，到词，到短语，到句子，到句段，到语篇，我们都可以随便找到对称的形式。例如：

语素：参差、仿佛、尴尬、玲珑、枇杷、崎岖、忐忑、蜘蛛；窈窕、从容、叮咛、哆嗦、翩跹、彷徨、逍遥、蟑螂；蝙蝠、芙蓉、蛤蚧、蝴蝶……

词：帮助、波浪、恶劣、出现、动作、道路、裁判、劳动、群众、停止、声音、选择、优良、做作、笔墨、尺寸、风浪、眉目、骨肉、口舌、方圆、矛盾；窗户、干净、国家、人物、质量；动静、反正、冷暖、始终、忘记、兴废、雅俗、长幼……

短语：按部就班、贵远贱近、厚今薄古、眉来眼去、上蹿下跳、舍近求远、龙争虎斗、斗转星移、移山倒海、海阔天高、兴旺发达、进进出出、坑坑洼洼、来来回回、高高兴兴……

句子：风里来雨里去。| 千岩竞秀，百舸争流。| 古道西风瘦马，小桥流水人家。| 鸡声茅店月，人迹板桥霜。……

以上是传统所谓语法单位的例子。汉语传统语法单位中的这种对称形式，其实早为我国一些语言学家所观察到，只不过没有引起人们足够的注意而已，更不要说被提到一个汉语特点的高度来认识了。因此下面特做一些引述整理。①

王力先生在《汉语语法纲要》中，把“东西”、“利害”、“横竖”、“左右”、“好歹”、“大小”、“多少”、“上下”、“长短”、“是非”、“早晚”、“买卖”等称之为“对立语”——“本来是意义相反的两个词，后来人们利用它们来表示一个单独的意义，就等于把两个词合成一个词看待了。”

吕叔湘先生在《中国文法要略》中论及复句中分句间的关系时提出“对待句”的概念，并且指出：对待句是“含有对待关系的偶句”；“有真正对待和似相反而相成的两类，前者和转折关系相近，后者又接近联合关系。”真正的对待句，“指上下两小句的意义相背，两事互相映发，构成一种对照。”如（1）“他自做他家事，我自做我家事。”（2）“外面牌子不同，里面可是一样”。“似相反而相成的对待句，只是字面上对待，意思是互相补充的”，如（3）“车儿向东，马儿向西。”（4）“不应该问的话，人家要问；可以讲的话，我们不能讲”。

我们认为，吕先生举的四个例句，从形式上讲，也可分为两类：完全对称和非完全对称。所谓完全对称，是说对称的两部分字数相等，并且各对称单元词性相同，如例句（1）、（3）。否则就是所谓非完全对称，如例句（2）、（4）。例（2）虽然对称的两部分字数相等，

① 陈高春主编：《实用汉语语法大辞典》，职工教育出版社，1989 年。

但“牌子”和“可是”这两个对称单元的词性不同。例（4）虽然对称的两部分的总的字数相等，但对称单元“不应该问的话”和“可以讲的话”、“人家要问”和“我们不能讲”字数都不相等。

丁声树等先生在《现代汉语语法讲话》中，则把吕先生所谓“真正对待句”称之为“对比句”。他指出：“对比句，其中各分句的意思是对立的，前头的分句用来衬托后头的分句。比方说，‘话好说，事难办’，‘话好说’是衬托‘事难办’的。有陪衬没有陪衬大有关系，单说‘事难办’就显得没有力量。”

我们认为，丁先生在这里实际上指出了语言对称中一个重要事实，即语言中所对称的两个部分，有的是真正的对称——形式和内容都“对待”，形式上是对称的，内容上是分量相当的；有的则是表面的对称——形式上对称，内容上分量则是不相当的。丁先生所谓的对比句，就是一种表面的对称。

杨伯峻先生在《文言文法》中也提出了“对比句”的概念。他指出：“对比句是两个内容相对待的分句的并列。如果分句短，可以两句合为一读，其中用‘而’字相接。”例如（1）“秦强而赵弱，不可少许”中，“秦强而赵弱”是对比关系；（2）“秦以城求璧赵不许，曲在赵；赵予璧而秦不予赵城，曲在秦。”分号前后是对比关系。

如果我们引入前述完全对称和非完全对称、真正对称和表面对称两对概念，那么杨先生所举的两个例子中的例句（1）就是真正完全对称，例句（2）则是真正非完全对称。

综上所述，我们可以从内容和形式两方面对汉语对称表现类型归纳如表3－1：

表3－1：汉语对称表现类型

内容／形式	完全对称	非完全对称
真正对称	真正完全对称	真正非完全对称
表面对称	表面完全对称	表面非完全对称

由于受当时语言学特别是当时语法学整个理论框架的制约，前辈语言学家们没有专门论述过句段、语篇中的对称形式问题。实际上，句段的对称形式，我们从古代的词分上下两阕、新诗的分节对称以及文章中的对照性段落中，是可以显见的，这里也就不再举例。而语篇中的对称形式，我们可以把开头和结尾作为一个典型的例子。请看刘广起的《男娘们儿》① 一文的开头和结尾：

（开头）青年时读书至《论语·阳货》，得孔子一句名言："唯女子与小人为难养也！近之则不逊，远之则怨。"

（结尾）某哲人说过，妇女的解放是社会解放的天然尺度。我要补充一句：男人的退化正是社会退化的先兆。

文章开头引孔子名言，结尾引哲人话语，这是对称。开头明里是在骂女人，暗里却更是在骂小人（男娘们儿）；结尾先是以妇女解放作铺垫，然后则是把重点落到男人的退化，这也是对称。因此，文章开头和结尾既是文章结构形式上的对称，更是文章内容表达上的呼应。如果说结构形式上的对应是一种外在的对称，那么文章内容表达上的呼应就是一种内在的对称。

二、动态考察

如果说，从语法单位这个角度考察汉语对称形式的特点，是一种对现象的静态分析的话，那么下面我们再从语言运用的角度做一些考察，对汉语表达中的对称要求进行一下动态的分析。

所谓汉语表达中的对称要求，实则就是一种修辞要求。我们知道，消极修辞就是平实的炼字炼句，目的是要求语句平匀稳密，而对称则是平匀稳密的一个重要内容。如下面这样几组句子：

1. A、她这哪里是在请客，这明明是在当别人的客人。

   B、她这哪是在请客，简直就是在做客。

① 原文见赛德选编：《20世纪中国杂文百篇》，群言出版社，1994年。

2. A、这件毛衣既是优质量的又是便宜的。

B、这件毛衣既是优质的又是便宜的。

3. A、我不喜欢那件毛衣的式，更何况那个颜色。

B、我不喜欢那件毛衣的式样，更何况那种颜色。

以上各例中的A式都是学汉语的外国学生在表达时造出的句子，母语是汉语的人都会觉得这些句子不大得体，在说话时一般都会采用B式。具体地说就是，母语是汉语的人一般都会使“请客”跟“做客”、“优质”跟“便宜”、“式样”（或“款式”）跟“颜色”构成对称的形式。

如果说消极修辞所体现的对称要求还比较宽泛的话，那么在与之相对的积极修辞中，就有明确体现严格对称要求的一个个具体辞格了。这些辞格主要是对偶、对比、对照、排比、仿真等。其中，对对称要求最严的是对偶。可以这样说，对偶是对称的一种特殊形式，是一种最严格的对称形式，是对称的极端形式。为什么？原因很简单，双项并列才能构成一种严格对称关系，对称中其实就包含了偶数概念。

众所周知，我国很早就有了对偶这种修辞手法。早在南朝时期，文论家刘勰就说过：“造化赋形，支体必双；神理为用，事不孤立。”[①] 王力先生在《汉语诗律学·导言》中也指出：“自从有了语言，也就有了排偶。因为，人事和物情有许多是天然相配的。”[②] 在被称之为中国最古老的诗歌《弹歌》中，“断竹、续竹；飞土、逐肉”就已经使用了对偶这种修辞手法。

翻开任何一篇汉语文字，无论是诗词曲赋，还是散文随笔，无论是古典章回小说，还是当代纪实报道，对偶修辞都可谓府拾即是。不要说对联、俗语、谚语、成语这些象征着中华民族某种特质

① 刘勰：《文心雕龙·丽辞篇》，见范文澜《文心雕龙注》，人民文学出版社，1998年，第588页。

② 王力：《汉语诗律学》（增订本）（导言），上海世纪出版集团、上海教育出版社，2002年。

的文化活化石、精神凝聚物、观念沉积岩，就是旧体小说的标题、时下许多新闻的标题，也把对偶形式作为一种极普通的表达方式。例如：

《三国演义》标题

发矫诏诸镇应曹公　破关兵三英战吕布（第三回）

蔡夫人议献荆州　诸葛亮火烧新野（第四十回）

假投降巧计成虚话　再受禅依样画葫芦（第一百十九回）

《水浒》标题

林教头风雪山神庙　陆虞侯火烧草料场（第十回）

梁山泊义士尊晁盖　郓城县月夜走刘唐（第二十回）

没羽箭飞石打英雄　宋公明弃粮擒壮士（第七十回）

《红楼梦》标题

甄士隐梦幻识通灵　贾雨村风尘怀闺秀（第一回）

西厢记妙词通戏语　牡丹亭艳曲警芳心（第二十三回）

得通灵幻境悟仙缘　送慈柩故乡全孝道（第一一六回）

《西游记》标题

八卦炉中逃大圣　五行山下定心猿（第七回）

三藏有灾沉水宅　观音救难现鱼篮（第四十九回）

寇员外喜待高僧　唐长老不贪富贵（第九十六回）

《儒林外史》标题

王孝廉村学识同科　周蒙师暮年登上第（第二回）

爱少俊访友神乐观　逞风流高会莫愁湖（第三十回）

假官员当街出丑　真义气代友求名（第五十回）

《拍案惊奇》标题

酒下酒赵尼媪迷花　机中机贾秀才报怨（卷之六）

丹客半黍九还　富翁千金一笑（卷十八）

《二刻拍案惊奇》标题

硬勘案大儒争闲气　甘受刑侠女著芳名（卷十二）

田舍翁时时经理　牧童儿夜夜尊荣（卷十九）

《野叟曝言》标题

好友忽逢共酌十觥言志　狂风猝起终成两地相思（第九回）

六口曲团栾有兆　二木林点逗无心（第六十一回）

上林堡小设计　临桂县大交兵（第一百零一回）

《孽海花》（修订本）标题

避物议男状元偷娶女状元　借诰封小老母权充大老母（第八回）

疑梦疑真司农访鹤　七擒七纵巡抚吹牛（第二十五回）

报纸标题

索贿受贿　钱也要　物也要　唯独廉耻不要　执法犯法　刚上台　就下台　乃是丑剧一台（《人民日报》）

新娘接新郎　乐坏丈母娘

把式当家　枯树开花　（《工人日报》）

三只老母鸡　换个收音机（《新华日报》）

不要说成段成篇的文字，就是一个婚礼喜庆用的喜字，也反映出一种对偶修辞的色彩，反映出一种对对偶的偏好与迷恋——人们总是用两个“喜”字左右对称相连构成一个“红双喜”。在这里，双喜字已经不再是一般的记录语言的文字，而是成为一种语言了，我们称之为“文字语言”。

对偶对称形式，不是单纯为了追求形式上的对称，不是为形式而形式，它的根本任务是为内容服务的。因此对称的各个部分，从内容上讲都是有联系的。或一喻一本，譬称以喻，连类而及；或一虚一实，虚实相形，互为参证；或一正一反，正反对照，分别以明；或不同角度，辐辏轮毂，共指主旨；或反复强调，重以申之，突出道理。总之，对称形式有助于受众更容易、更好地理解语言的内容。对称形式还可以增强语言表达的说服力。如前所述，至少是双项并列才能构成一种对称关系。也就是说，对称的基础是数量上的多于一。因此，如同双引擎飞机的功率肯定比单引擎飞机的功率大一样，简单从语言表达的气势上讲，对称形式的表达肯定比单个散句要大，从而造成对人更强的刺激。这样在事实上，往往就会增强语言表达的说服力，这是一方面。另一方面，上面说到的对称各部分内容上紧密联为一体的各样方法，在使听读者好懂的同时，还具有增强语言表达气势的重要作用，也是不言而喻的。

三、历时的表现

对称表达文化不仅可以从共时中考察到，而且也可以从历时中发现其一贯的表现。清人阮元说："《文言》数百字……不但多用韵，抑且多用偶。即如：乐行，忧违，偶也；长人，合礼，偶也；和义，干事，偶也；庸言，庸行，偶也；闲邪，善世，偶也；进德，修业，偶也；知至，知终，偶也；上位，下位，偶也；同声，同气，偶也；水湿，火燥，偶也；云龙，风虎，偶也；本天，本地，偶也；无位，无民，偶也；勿用，在田，偶也；潜藏，文明，偶也；道革，位德，偶也；偕极，天则，偶也；隐见，行成，偶也；学聚，问辨，偶也；宽居，仁行，偶也；合德，合明，合序，合吉凶，偶也；先天，后天，偶也；存亡，得丧，偶也；馀庆，馀殃，偶也；直内，方外，偶也；通理，居体，偶也。凡偶，皆文也。于物，两色相偶而交错之，乃得名曰'文'，'文'即象其形也。然则千古之文，莫大于孔子之言《易》。"① "偶"是对称的基础，没有"偶"就无所谓对称，所以"偶"又叫"对偶"，是对称的一种典型形式。通过孔子释《易》的文言的用偶事实，我们可以窥见对称表达文化在孔子时代的表现之一斑。另一个清代名人曾国藩在《湖南文征·序》中则指出了汉唐以来对称表达文化的相因成习："自东汉至隋，文人秀士，大抵义不孤行，辞多俪语，即议大政，考大体，亦每缀以排比之句，间以婀娜之声，历唐代而不改，

---

① 阮元：《文言说》，见胡朴安《清文观止》，岳麓书社，1991 年，第 437—438 页。

虽李韩锐志复古，而不能革举世骈体之风，此皆习于情韵者类也。”① 骈体就是俪语，就是对称的双文表达方式，因为是属于人之“情韵”即一个民族的文化习性的事情，所以历代相沿、难以革除。

能够证明中国一贯具有对称表达文化的另一个事实材料是中国传统的启蒙读物——蒙书的编写体例。“从最早的蒙学起，一直到办洋学堂，所有的蒙书都充分运用了汉语、汉字的特点。”② 这些汉语、汉字的特点是哪些呢？张志公先生没有说，但我们从传统蒙书的运用语言实际情况看，有一点是肯定包含在其中的，那就是汉语、汉字便于形成整齐对称表达的特点。首先，几乎所有流传至今的蒙书，都是以整齐的语言编写而成的。如，《三字经》是每句三字的韵文，《百家姓》是每句四字的韵文，《千字文》也是每句四字的韵文，等等。其次，几乎所有流传至今的蒙书的语句都是大体对称的，如明人朱用纯所写的《朱子家训》：

黎明即起，洒扫庭除，要内外整洁；既昏便息，关门锁户，必亲自检点。

一粥一饭，当思来处不易；半丝半缕，恒念物力维艰。宜未雨而绸缪，毋临渴而掘井。自奉必须俭约，宴客切勿流连。器具质而洁，瓦缶胜金玉；饭食约而精，园蔬愈珍馐。勿营华屋，勿谋良田。三姑六婆，实淫盗之媒；婢美妾娇，非闺房之福。童仆勿用俊美，妻妾切忌艳妆。

祖宗虽远，祭祀不可不诚；子孙虽愚，经书不可不读。居身务期质朴，教子要有义方。莫贪意外之财，莫饮过量之酒。与肩挑贸易，毋占便宜；见穷苦亲邻，须加温恤。刻薄成家，理无久享；伦常乖舛，立见消亡。兄弟叔侄，须分多润寡；长幼内外，宜法肃辞严。听妇言，乖骨肉，岂是丈夫；重资财，薄父母，不成人子。嫁

① 刘麟生．《中国骈文史》，商务印书馆，1937 年，第 45 页。

② 张志公：《蒙学全书·序》，见乔桑、宋洪主编《蒙学全书》，吉林文史出版社，1991 年。

女择佳婿，毋索重聘；娶媳求淑女，勿计厚奁。

见富贵而生谄容者，最可耻；遇贫穷而作骄态者，贱莫甚。居家戒争讼，讼则终凶；处世戒多言，言多必失。勿恃势力而凌逼孤寡；毋贪口腹而恣杀牲禽。乖僻自是，悔误必多；颓惰自甘，家道难成。狎昵恶少，久必受其累；屈志老成，急则可相依。轻听发言，安知非人之谮诉，当忍耐三思；因事相争，焉知非我之不是，须平心再想。施惠无念，受恩莫忘。凡事当留余地，得意不宜再往。人有喜庆，不可生妒忌心；人有祸患，不可生喜幸心。善欲人见，不是真善；恶恐人知，便是大恶。见色而起淫心，报在妻女；匿怨而用暗箭，祸延子孙。

家门和顺，虽饔飧不继，亦有余欢；国课早完，即囊橐无余，自得其乐。读书志在圣贤，非徒科第；为官心存君国，岂计身家。守分安命，顺时听天。为人若此，庶乎近焉。

我们曾对乔桑、宋洪主编的《蒙学全书》中所辑录的19种蒙书进行了相关考察，大体情况见表3－2：

表3－2：蒙书相关情况考察

书名	每句字数	韵(＋)散(－)	内容	年代
三字经	3	＋	思想教育、知识传授、历史讲述	宋
百家姓	4	＋	姓氏集字	宋前
千字文	4	＋	名教思想	梁
常用杂字	4	＋	日常生活，思想理念	?
朱子家训	杂言	－	劝人勤俭持家	明
弟子规	3	＋	释《论语·学而》中"弟子"等句子	清
小儿语	4、6杂言	白话/＋	安分守己，明哲保身、与世无争，回避矛盾	明

续表

书名	每句字数	韵(+)散(-)	内容	年代
名贤集	4、5、6、7言	-	为人处世经验,人生道德规范	南宋后
增广贤文	杂言	+	人生哲学,处世之道	明
性理字训	4	+	理学教育、四书及注,一部大《尔雅》	南宋
蒙求	4(诗联)	+	历史典故、人物轶事	唐
历代蒙求	4	-	历史知识	元
幼学琼林	大体对仗之赋体(联)	-	综合知识	明清
龙文鞭影	4	+	史事、人物掌故	明清
名扬蒙求	4	+	自然常识	宋
神童诗	五言绝句	+	进行思想和知识训教	南宋
千家诗	七、五言今体诗	+	进行诗歌教育	宋/清
笠翁对韵	杂言	+	对课教材,熟悉对仗、用韵、用典等	清
声律启蒙	杂言	+	属对训练教材(对偶、对仗)	清

从表中可以看出，这些蒙书大致可分为四大类：第一类是识字类；第二类是训诫类；第三类是典故名物类；第四类是诗歌知识类。但实际上，语言文字，思想观念，各种知识，在蒙书中都是融为一体的。之所以要分类，仅是为了说明：无论主要是用来做什么的，都有一个共同特点，就是寻求整齐对称的表达。这 19 种蒙书中，有 12 种的语言是绝对整齐的（因为《千家诗》实际是七言近体诗和五言近体诗的合本，从各自情况看，语言也是绝对整齐的，所以也算在其中）。其中有三言的，有四言的，有五言的，有七言

的。其他 7 种，虽然不是全篇一律多少字成句，但都是用局部齐整的对句连属而成的，即局部的言语表达都是采用整齐的句式，像《声律启蒙》、《笠翁对韵》，则更是一种局部整齐的模式化语流，即每一韵的各段文字都是这样的：

□对□，□对□，□□对□□。□□对□□，□□对□□。□□□，□□□；□□对□□。□□□□□，□□□□□。□□□□□□□，□□□□□□□。□□□□，□□□□□□□（□）；□□□□，□□□□□□□（□）。

如《声律启蒙》中的开头一段（一东的首段）：

云对雨，雪对风，晚照对晴空。来鸿对去燕，宿鸟对鸣虫。三尺剑，六钧弓；岭北对江东。人间清暑殿，天上广寒宫。两岸晓烟杨柳绿，一园春雨杏花红。两鬓风霜，途次早行之客；一蓑烟雨，溪边晚钓之翁。

如《笠翁对韵》中的结尾一段（十五咸的末段）：

袍对笏，履对衫，匹马对孤帆。琢磨对雕镂，刻画对镌　。星北拱，日西衔；卮漏对鼎馋。江边生桂若，海外树都咸。但得恢恢存利刃，何须咄咄达空函。彩凤知音，乐典后夔须九奏；金人守口，圣如尼父亦三缄。

像《声律启蒙》、《笠翁对韵》这样的声律、对韵作品，还有不少，至今仍有人写作。周渊龙先生就曾编注过《对韵合璧》一书，书中收录了明清、民国和当代的 21 部作品，其中包括上说的两部。现将另外 19 部作品的相关情况按时期分类概述如下：

（一）明清时期作品

明人司守谦编著的《训蒙骈句》，其每段格式特点没有“对”字，依次是一联三字对，一联四字对，一联五字对，一联七字对，一联十一字对（上、下联各由两个分句组成，前四后七，即和《笠翁对韵》相同）。

明人（作者不详）编著的《对类》，其特点是按字数分类，二字、三字、四字、五字、六字、七字、八字（上、下联各由两个四字分句组成）、九字（由前五后四或前四后五的两个分句组成）、十字（由前四后六或前六后四的两个分句组成，也有由三个分句组成的，分句字数分别是三、三、四或四、三、三）、十一字（由前四后七或前七后四及其变化形式的两个或三个分句组成）、十二字、十三字、十四字、十五字、十八字、十九字等16种类型。

明人杨林兰编著的《声律发蒙》，体例是《笠翁对韵》和《训蒙骈句》的结合，但都稍有变化。每韵两段，前一段有“对”字，后一段无“对”字。

（二）民国时期作品

熊颖湄编著的《声律指南》，体例完全沿用了《声律启蒙》。

苏友章编著的《中药对韵》，体例沿用《笠翁对韵》，但只有六韵。

《时古对类》（作者不详），体例沿用《对类》，从二字到十七字，共16类。

（三）当代作品

陈华棠编著的《韵律例对》，按《中华新韵》十八部分韵撰写，体例大体沿用《笠翁对韵》，但增加了每韵的段数。

熊尚鸿编著的《对韵初阶》，体例也是沿用了《笠翁对韵》。

刘亦山编著的《新编通俗对韵》，体例大体沿用《声律启蒙》。

杨天材编著的《对韵全璧》，体例沿用《声律启蒙》和《笠翁对韵》，并有所拓展，增加了四言、六言、八言、九言和十言对。

杨天材编著的《对韵全璧续编》，体例同前。

严家骏、胡术林编著的《声律初步》，体例沿用《声律启蒙》。

靳中人编著的《新声律启蒙》，体例沿用《声律启蒙》。

肃玉仓编著的《新编韵对》，体例沿用《声律启蒙》和《笠翁对韵》。

蒋兰实编著的《联韵新编》，体例沿用《声律启蒙》、《笠翁对韵》。

郁犁编著的《新四声对韵》，体例沿用《笠翁对韵》。

徐平编著的《药学联韵》，体例沿用《笠翁对韵》。

陆伟廉编著的《对仗练习辞》，一共只有两段，体例沿用《声律启蒙》和《笠翁对韵》，但增加了四言对。

李云蔚编著的《红豆情深鼓子歌》，以月份为题，体例沿用了《对韵全璧》。

前述的19种蒙书，除了《神童诗》、《千家诗》是诗体，有自己更严格的格律外，其他17种，有的是韵语，有的是赋体，有的是文言，有的是白话，格律上并不非常严格，但在语言上都追求对仗或大体对仗。这种成言韵语，对语偶句，简要精炼，声律和谐，朗朗上口，易记易背，非常适合以机械记忆见长的儿童，因此，一千多年的时间内，中国一直采用这种语言形式对儿童进行启蒙教育，是有它的道理的。它既让少儿学童学会了识字断句，了解了文物知识，受到了道德教化，又让他们掌握了汉语的表达特点和技巧，可谓一举多得。20世纪后半叶，先是由于接受苏联模式进行教育改革，后是由于学习西方教育模式，再加上一些政治方面的原因，导致中国教育传统的中断，导致对中国传统文化的鄙薄甚至抛弃。文史哲德分而治之，相互脱节，是其中最典型的表现。文史哲德合而为一的蒙学读物几十年（几近半个世纪）绝迹于中国内地，殊为可惜。好在经历过曲折之后，不少有识之士已经认识到了许多中国传统的教育方式的可取之处，除了重新出版一些旧的蒙学读物外，有些地方还新编了一些简单的“韵语”类小学辅助教材（如浙江省，见附录），有些地方编出新的“三字经”，对人们进行思想道德教育和行为规约。有些地方制定的规范人们行为的章程和条例，也采用整齐的四字句进行表达，如《首都市民文明公约》是这样的：

一、热爱祖国　热爱北京　民族和睦　维护安定

二、热爱劳动　爱岗敬业　诚实守信　勤俭节约

三、遵守法纪 维护秩序 见义勇为 弘扬正气
四、美化市容 讲究卫生 绿化首都 保护环境
五、关心集体 爱护公物 热心公益 保护文物
六、崇尚科学 重教尊师 自强不息 提高素质
七、敬老爱幼 拥军爱民 尊重妇女 助残济困
八、移风易俗 健康生活 计划生育 增强体魄
九、举止文明 礼待宾客 胸襟大度 助人为乐

据《公约》公布者称，此《公约》是1995年末“经公众参与讨论修订而成”的。一般来讲，这说的是《公约》的具体内容参考了群众（公众）的意见，是不是《公约》的形式也参考了公众的意见呢？不得而知。但有一点是肯定的，即《公约》照顾到了中国教化语言形式的传统。这种传统虽然在正规的学校教育中消失了几十年，但在社会实践中，却并没有完全绝迹。这也说明，制度可以很容易地改变，但文化传统却并不能轻易地切断。

说到教育，过去学习语言表达文化的一门课程不能不说。这门课程就叫“对课”。对课是传统私塾学子们的必修课之一，课程内容就是先生教学生对对子。通过对课，让学生打下汉语表达的良好基础。陈寅恪先生1932年在给清华大学入学考试出了对对子的题目后，曾对为什么要出这样的题目作过解释。他说：“（甲）对子可以测验应试者能否知分别虚实字及其应用……（乙）对子可以测验应试者能否分别平仄声，此节至关重要。声调高下，与语言变迁文法应用之关系，学者早有定论。中国之韵文无论矣，即美术性之散文，亦必有适当之声调。若读者不能分平仄，则不能完全欣赏与了解，竟与不读，相去无几，遑论仿作与转译？又中国古文句读，多依声调而决定，若读者不通平仄声，则不知其文句起迄，故读古书，往往误解。（丙）对子可以测验读书之多少，及语藏之贫富。若出一对子，中有专名或成语，而对者能以专名或成语对之，则此人读书之多少，及语藏之贫富，可以测知。（丁）对子可以测验思想条理。凡上等之对子，必具正反合之三阶段。凡能对上等对子

者，其人之思想，必通实而有条理，故可藉之以选拔高才之士。”[①] 对课历史悠久，有人据《大唐新语》关于《初学记》的记载，认为至迟不晚于唐代开元年间。[②] 对课经过唐宋的发展，到了元明时期，开始进入了比较盛行的阶段，到了清代，对课在私塾中就成为一门极普遍的课程了。鲁迅先生《从百草园到三味书屋》中的记载，证明这种情况直到清末还是如此。[③] 对课采取循序渐进的教学方法，形式从单字对到多字对，再到句对；内容从眼前常见的事物到表现深厚的思想情感；要求从词性、结构相同，到做到平仄合律，注意艺术性和思想性的相得益彰。正是因为对课的开设，一般学生到了十五六岁，对对仗平仄便有了相当的了解和掌握，能做出不错的对联。对课的教材就是前述的那些蒙书和“对韵”类读物，特别是《声律发蒙》、《声律启蒙》、《笠翁对韵》等，可以说是专为对课编写的专门教材。这些教材追求偶句成对，且多为韵文，容易诵记，在诸多方面发挥了积极的作用，其中也包括在语言表达上对学生的潜移默化的影响。

第二节　语言对称表达文化的发展阶段

汉语表达中对称文化的发展，有一个由追求简单偶对到讲究对仗工整再到要求既对且联、水平标准不断提高的过程，有一个由仅仅表现为诗文中的一种修辞手法到广泛独立应用于各种社会生活、作用范围不断扩大的过程，具体讲来，其间经历了以下五个阶段。

---

① 陈寅恪：《与刘叔雅论国文试题书》，引自刘麟生《中国骈文史》，商务印书馆，1937 年（1998 年影印），第 162—163 页。

② 余德泉：《对联通》，湖南大学出版社，1998 年。

③ 鲁迅这样写道：“我就只读书，正午习字，晚上对课。先生最初这几天对我很严厉，后来却好起来了，不过给我读的书渐渐加多，对课也渐渐地加上字去，从三言到五言，终于到七言。”

一、在诗文中（或一般言语中）追求字数相等、句式相同的表达

这一阶段时间很早，可以说自从有了汉语，就有了这种对称表达，因为在我国的汉语谣谚、诗文、典籍中，一开始就出现了对称的语句。请看下面的一些例子：

断竹，续竹；飞土，逐肉。（《弹歌》）

出晨之；入惧之。（铭文《书户》）

直而温，宽而栗，刚而无虐，简而无傲，诗言志，歌依永，律和声…（《尚书·尧典》）

图难于其易，为大于其细。（《老子》）

智者乐水，仁者乐山。（《论语·雍也》）

锲而舍之，朽木不折；锲而不舍，金石可镂。（《荀子·劝学篇》）

鼓之以雷霆，润之以风雨。（《易·系辞》）

士之耽兮，犹可说也；女之耽兮，不可说也。（《诗经·卫风·氓》）

屈心而抑志兮，忍尤而攘诟。（《楚辞·离骚》）

这些是比较典型的例子。除了这些典型的例子之外，其实人们在看《诗经》、《楚辞》以及其他先秦诸子散文时，都会有一个印象，即语言表达上追求大体对称。虽然它们之间有同有异，但总体特点差不多，都喜用相同或大体相同的句式，各句的字数都差不多，而且都不惜使用重复的字词。另外，对称中也多有“鼎足对”的形式。这种“鼎足对”当然只是对称的一种变形，一种相对复杂的对称，按照数学上的排列组合原理，从 A、B、C 三者的对称中，我们可以得出三种简单对称的可能性，即 AB、AC、BC。①

① 张思齐：《诗文批评中的对偶范畴》，台北文津出版社，1995 年。

对于这一个阶段，有论者甚至认为，当在殷周之前就开始了，而如《诗经》中的“山有扶苏，隰有荷花”、“青青子衿，悠悠我心”、“昔我往矣，杨柳依依；今我来思，雨雪霏霏”。《周易》中的“同声相应，同气相求”、“水流湿，火就燥”、“女承筐无实，士刲羊无血”、“乾道成男，坤道成女”，等等，其句式句法，其实就可以算是楹联的雏形。这种楹联句式、句法，既然出现在殷周时期的书面语中，那必定有一个发展的过程，也就是说，应当远在殷周之前就出现在人们的口头语中了。除了逻辑上的推理外，论者还认为此说也是有事实根据的。如前所述（见第一章第二节），刘勰在《文心雕龙·丽辞》中论说了人们在言语中运用对偶句式、句法的必然性后，紧接着援引了《尚书》“大禹谟”中所追记的皋陶和益的言语中的“对句”。①

到了秦汉，特别是汉代，由于赋的兴起和成熟，就更多地重视对称句式的运用，以铺陈其事。进入骈体文形成发展的魏晋南北朝，对称句式则逐步趋于精雕细刻和工致完美的地步了。马积高先生说：“由于楚骚、汉赋多用排比对称的句法，从而影响到文，产生了以对偶句为主体的骈文。”② 可见在汉赋、骈文中，对称句式是一种特色。这种特色，我们随便翻阅哪一篇赋、哪一篇骈文，都是显而易见的，因此这里就不举例了。

二、把诗文中句式相同、字数相等的句子拿出来，单独使用

这种做法，有人称之为“摘句”，也有人称之为“诗板”。我们见到的最早的资料是东汉末年，孔融将其诗中的一联单独写出，悬挂在客室。诗是这样两句：

---

① 汪少林、吴直雄：《中国楹联鉴赏辞典》，百花洲文艺出版社，1999 年，第 563—564 页。

② 马积高：《赋史》，上海古籍出版社，1987 年，第 13 页。

座上客常满；杯中酒不空。

有人认为它应是中国最早的宅室联。①

另据载，诸葛亮也曾以“淡泊以明志，宁静以致远”题堂室。②

三、完整、独立地使用对联形式，并讲究技巧

这一阶段的特点是，在原有“摘句”的基础上追求对仗工整，在唐代近体诗成熟后，格律严格按照律诗来要求。《晋书》所载“日下荀鸣鹤，云间陆士龙”，是这个阶段的开端。后随着沈宋诗律的出现，自然也影响到对联的更加讲究格律。这一阶段的有关具体情况，详见第一章第二节。

四、春联等对联形式出现

春联的出现，对中国语言对称表达文化的发展影响很大，在对联文化的发展中更是一件大事。它使中国的对联文化制度化、普及化、生活化、风俗化、民间化了。这一阶段的有关具体情况也详见第一章第一节。一般认为春联和贴桃符的习俗有关，这当然是不错的。但我们认为，不独春联的起源受桃符的启发，就是其他一些对联也未尝不受其启发。

五、各种实用对联广泛运用

在春联等对联得到了充分发展后，中国的语言对称表达文化进入了一个新的发展阶段。其标志是对联得以广泛运用于社会生活的

---

① 尹贤：《对联写作指导》，花城出版社，2001 年，第 3 页。

② 李海章：《古今名人联话》（自序），中国文联出版公司，1996 年，第 1 页。

各个方面，发展出其他各种实用对联。这一阶段的有关具体情况同样详见第一章第一节。

以上五个阶段，显示了对称文化在语言表达中的发展轨迹，是一个由简单到复杂再到简单的过程。如果从发展成果来看，或者说从对称文化的形态来看，可以有简单的对称表达与复杂的对联形式之分，有实用与非实用之分，有口语与书面语之分。也就是说，到了第五个阶段，对称文化在语言表达中到了各种形式、各种风格并行不悖的、集大成的阶段。从某种意义上说，所谓发展阶段，是不同角色的登台表演，如同登过台的角色并不是下了台就完全消失一样，各发展阶段出现过的东西，其实就变为了一种存在。也许把发展阶段比作一条河的不同河段更为恰当，新的河水总是和旧的河水一起往前走，然后归入大海。任何文化都是一种大海。

在发展过程中，前一阶段是后一阶段的基础。这种基础是历时的。上述对称文化发展的第一、第二阶段，就是对联出现的一种历时基础。

事物的出现，除了历时基础外，还有共时基础，即同时代其他事物的影响和作用。对联的出现，显然受了当时诗词格律的影响、当时的语言现实的作用和新的接受对象的暗示等。另外，任何事物的出现除了历时和共时这两种表层的外部原因之外，肯定都还有其内在的深层的原因。宇宙世界观、审美理念、思维模式、认知方式等影响因素，是对联出现的深层基础，内在基础，是对联的遗传基因。

第三节　对联是语言对称表达文化的一个标本

上面说对称表达在汉语中之常见，并不等于说对称表达就只有汉语中存在。事实上，其他语言中也存在着对称表达，因为对称观念在别的民族中也或多或少地存在。然而汉语的对称表达有一个不同于其他语言的对称表达的显著特征，那就是可以做到文字、语音、语义以至于语法、修辞的全方位对称。这跟记录汉语的汉字及汉语本身有着直接而密切的关系。汉字方块形状的特点、一字一义的表意特点、汉语语法形式少形态变化而词语使用又非常机动灵活的特点，以及汉语单音节的特点，决定了汉语的对称表达是其他语言的对称表达所无法企及的。蒙学读物《千字文》的形成最能说明问题。

相传《千字文》是梁武帝教诸王书时，命殷铁石于王羲之法书中拓取一千个不重复的常用字，然后再让时任员外散骑侍郎的周兴嗣花一夜工夫编撰成的。杂乱无章的一千个汉字，经周兴嗣的妙手编排，变成了一篇对仗工整的四字句韵文，充分体现了汉字的组合能力和特点。

对汉语对称表达的全方位特征体现得最典型、最全面、最彻底的莫过于中国的对联。汉语从视觉上、听觉上、心理上都能轻而易举地让读者、听者领略到表达上的对称、均衡之美，从而使对联这种深深扎根于民族观念、民族文化土壤中的表达艺术奇葩长开不谢，始终生发出灿烂的光彩，成为中国人民喜闻乐见、雅俗共赏、司空见惯、习以为常、古今如此、老少皆能的一种表达形式、话语模式。

通常情况下，人们论及对联首先谈到的、谈得最多的就是它的对偶联句这种体例和格式。它一般有两句，所谓上联和下联。上联也叫对头、对公，下联也叫对尾、对母。上联、下联是对立、相对的，是一对矛盾，但它们又是联合、统一的，共处于一个对立统一的共同体中，组成一副完整的对联。上与下、头与尾、公与母，如同阳与阴，是一种均衡状态。在书写方式上，传统习惯为右与左。两个方位，缺一不可，否则，便破坏了平衡，有悖于汉民族认识和表现世界的传统模式。对联这种上下两联对偶的形式，这种既相对而立又联合统一的关系，过去人们一般归纳为这样六个方面：字数相等，词性相同，结构相应，节奏相称，内容相关，平仄相对。这种归纳虽然大体反映了对联在形、音、义以及语法等方面的一些基本要求，但还不够全面细致，所以下面我们再从形、音、义、语法和修辞等五个方面对对联的对称性进行一些更具体的分析，以说明对联的的确确是语言对称表达文化的一个标本。

一、形的方面

第一是字数上的相等。因为每个汉字都是一个方块，所以字数相等也就导致了长度的相同。这是对称的一个有形基础，没有这个基础，所谓对称就无从谈起。

第二是空间上的相对。在实际运用中，按照传统，对联的上下两联，在空间上必须是一右一左，上联居右，下联居左，竖行书写，相对而立。

第三，从书法角度讲，上下两联的书体必须相同。

另外，上下两联相对应的位置，一般情况下都要避免字词的重复，这也应算是对称的一个要求。如：天对地，雨对风，星对月，星月对风云，小雨对长虹；山对水，石对浪，湖川对港岸，岛屿对江河；脚对头，肺对心，肝对胆；梅对竹，菊对兰，松柏对竹梅；龙对虎，犬对牛，豺狼对虎豹，黄犬对青牛，等等。

二、音的方面

大的来讲音的方面主要有两点：一是音节数量相等；二是音韵节律相谐。因为记录汉语的汉字是语素音节文字，所以第一点是容易做到的。第二点相对来说就比较难办一些。首先，它包括三方面的内容：一是要求上下联的节奏相同，即上联是二三节奏，下联也就应是二三节奏；上联是二一二节奏，下联也就应是二一二节奏；上联是二二三节奏，下联也就应是二二三节奏，如此等等。其次，上下两联相同位置特别是节奏点（一般为第二、四、六等音节）上的字平仄要相反；再次，上下两联末尾一字的平仄，一般是上联末字用仄声，下联末字用平声。如下联：

青山白雪千崖晓

紫塞黄河万里秋[①]

其声律为：

平平——仄仄——平平仄

仄仄——平平——仄仄平

从中可以发现：上下两联的节奏都是二二三或四三；上联第二、四、六字分别为平、仄、平，下联第二、四、六字则相反，分别为仄、平、仄；上联末字为仄声，下联末字为平声。

三、义的方面

义的方面可以分为两个不同的层面。一是义类上的对称，即上下联相对位置上的词的语义类型要求相同。这里的所谓相同，有宽严两种标准。宽严的分别主要表现在语义分类的粗细上，尤其表现在事物分类的粗细上。宽的标准是事物对事物就可以，不必对事物进行特别细致的划分，甚至动作行为对性质状态都可以；而严的标准则是把事物分成各种小类，然后要求小类对小类。比如天文对天文，时令对时令，地理对地理，居室对居室，器物对器物，衣饰对衣饰，饮食对饮食，文具对文具，植物对植物，动物对动物，形体对形体，人事对人事，人伦对人伦，等等，其他则动作行为对动作行为，实义对实义，虚义对虚义，数对数，量对量，诸如此类。

二是相对较深的层面，要求上下两联语意既相分相对又相合相联。换句话说，就是上下两联内容要相关，上下要衔接为一个整体。怎样达到这一要求？从古今对联写作实践中，我们发现大体有

① 此联为青海南禅寺楹联。引自尹贤《对联写作指导》，花城出版社，2001年，第74页。

如下几条途径：分合对；正反对；虚实对。

从上下两联表现同一内容的关系上说，传统认为主要是正对（上下两联从不同角度表现同一主旨）、反对（上下两联构成一种正反对照表现一个主旨）两种，其他还有流水对（上下两联相互依存，各自不能独立，两联合起来才能完整表现一个主题）等。我们这里讲的分合对是传统所谓的正对，正反对是传统所谓的反对，它实际上也是一种特殊的分合对。而虚实对则无论在正对和反对中都是存在的，这里把它单列出来，无非是想从另一个角度说明一下中国对联语义方面的特色。

（一）分合对。上下联各分开表达一个意思，但两个意思又合而为一个密切相关的意思。分可独立，合则成联。如杭州西湖三潭印月一联：

门外湖光十里碧

座中山色四围青

上联是说湖光，下联是说山色，二者相合，湖光加山色等于风景。在这里，意思上如果只有合没有分，即上下联语意重复，如“神州”对“华夏”之类，就犯了对联的大忌“合掌”。可见，分合是中国对联语义构建上的一个最基本的原则。

（二）正反对。是指上联和下联从正反两方面来表达一个内容。如下面的这副春联：

爆竹一声除旧

桃符万象更新

上联是说除旧的一面，下联是说更新的一面，两面表现一个内容，即过年。

（三）虚实对。中国素有虚实相生的观念。对联往往是一虚一实，相互映衬，让人在虚实相形的灵动中飘然而至一种意境、情境、事境或理境。“用之则行，舍之则藏，惟我与尔有是夫”，这本是明人钱谦益的题拐集句，因为钱氏明亡后降清，所以有人再集了一句：“危而不持，颠而不扶，则将焉用彼相矣”，与其“题拐”

对成一副对联，以讽其节。虚实之间，作者之意自了然于读者之心。

四、语法方面

语法方面也包括两个层面。一个是词的层面，要求上下两联相同位置上的词的词性相同，实词对实词，虚词对虚词，名词对名词，动词对动词，形容词对形容词，数词对数词，量词对量词等。如林则徐的名联：

海纳百川有容乃大

壁立千仞无欲则刚

上联“海”对下联“壁”，是名对名；上联“纳”对下联“立”，是动对动；上联“百川”对下联“千仞”，是数量对数量；上联“有”对下联“无”，是存在动词对存在动词；上联“容”对下联“欲”，是动名对动名；上联“乃”对下联“则”，是连词对连词；上联“大”对下联“刚”，是形容词对形容词。简单地说，就是“名动数量动名连形”对“名动数量动名连形”，极为严谨。当然这是严对。如果是宽对，那也可以适当放宽要求，如人称代词可以不对人称代词，不及物动词可以对形容词，数词可以是实指对虚指等。

另一个层面是句子结构层面，包括短语结构层面。在这个层面上，要求上下联的句法结构相对应，即主谓结构对主谓结构，动宾结构对动宾结构，状中结构对状中结构，定中结构对定中结构，主谓句对主谓句，非主谓句对非主谓句，单句和单句相对，复句和复句相对，等等。如刘海粟1985年为新修建的黄鹤楼所题的一副对联：

由是路，入是门，奇树穿云，诗外蓬莱来眼底

登斯楼，观斯景，怒江劈峡，画中山水壮人间

上下联都是由四个分句构成的复句，并且上联的第一个分句

“由是路”，可以理解为“经由是路”和下联的第一个分句“登斯楼”（登上斯楼）相对，都是动宾结构；上联的第二个分句“入是门”和下联的第二个分句“观斯景”相对，也都是动宾结构；上联的第三个分句“奇树穿云”和下联的第三个分句“怒江劈峡”相对，都是主谓宾结构；上联的第四个分句“诗外蓬莱来眼底”和下联的第四个分句“画中山水壮人间”相对，也都是主谓宾结构。

五、修辞方面

对联的对称性还表现在上下联使用相同修辞手法方面。对联在修辞方面有两个重要特点，一是它不仅使用一般文章写作或文学创作中所使用的那些修辞手法，如比喻、比拟、借代、夸张、双关、反语、设问、反问、反复、回环、总分、分总、排比、对比、迭词、飞白、衬托、用典、顶真等，而且还经常使用一些其他文体极少用到的独特的修辞手法，如析字、串组、同旁、同韵、绕口、转类、混异、用数、嵌字、隐切、对反、换位、缺如、重言、列品等；二是上下联要求使用相同的修辞手法。下面我们就以对联使用的一些特殊修辞手法为例，来看看对联是如何在修辞方面表现其对称性的。

例一：

扬子江头渡杨子　焦山洞里住椒山

这副对联中，上下联都使用了混异的修辞手法。所谓混异，就是有意把音同而义异的字词放在同一联中，使听起来难辨，看上去分明，从而给人以风趣巧智的感受。在这副对联中，上联使用同音的“扬”和“杨”造成混异，下联使用同音的“焦”和“椒”，也造成混异，使对联有一种巧趣的效果，这就是修辞上的对称。

例二：

大小姐提圆扁篓掰青白菜　高矮子拿长短棍赶黑黄牛

这副对联的看点在于上下联中都有一些反义词相连而出，联内形成自对之美，这种修辞手法被称之为对反。对反这种修辞手法，如果在一副对联中只有一联使用而另一联不使用，效果就会大打折扣，因此它一般要求上下联一起使用。我们举的这个联例就是上下联相互对应的，上联的“大小”、“圆扁”、“青白”等三对反义词，分别和下联的三对反义词“高矮”、“长短”、“黑黄”形成工对，产生一种精致而风趣的效果。

例三：

赤面秉赤心，骑赤兔追风，驰驱时毋忘赤帝

青灯观青史，仗青龙偃月，隐微处不愧青天

这副题于湖北当阳山关帝庙的对联，魅力不仅在于内容上的精当，而且也在于形式上的巧妙，上联间隔着使用了四个“赤”字，相应的，下联间隔着使用了四个“青”字，即上下联运用了同一种修辞手法：重言。

例四：

李东阳气暖　柳下惠风和

这副对联的巧妙，如果没有相应的文史知识，是不大容易领略到的。首先得知道历史上有李东阳和柳下惠这样两个著名的人物，其次得对“阳气”和“惠风”有诗意的感受，再次还得敏锐地抓住“李东”和“柳下”所具有的环境和方位意义。如果具备了这些条件，那么就会发现，这副对联的巧妙之处在于：以历史人物吸引人们的眼球，而让人们去领略联中另外的意思。为什么这么说？因为我们虽然可以把这副对联断句为“李东阳——气暖”和“柳下惠——风和”，但从意思上讲几乎不通，故我们不得不试着对对联进行重新的断句，结果发现将上下联断为“李东——阳气暖”和“柳下——惠风和”是最合理的。这也就是说，上联中的“阳”字，乍一看是属于和其前的“李东”固定搭配的，但在这里，却宜和其后的“气”组合；同样，下联中的“惠”表面上也和其前的“柳下”构成一个专名，但实际上，更宜于和其后的“风”组合。这种一个字既可归属于前，也可归属于后的修辞手法，人们称之为两兼。这副对联的妙处就在于上下联都使用了两兼的修辞手法。

例五：

炭黑火红灰似雪　谷黄米白饭如霜

这副对联的特点是一目了然的，上联和下联都是说的同出一源的东西的不同的发展变化阶段。具体来讲，上联是说炭在未用来烧火时是黑的，而用来燃烧时就变为红色的火焰，待燃烧尽之后则变为如雪之灰；下联是说稻谷未去壳时是黄色的，去了壳之后就变为白白的大米，而当把大米煮成饭后，颜色则是变得如霜一般。上下联应该说除了末尾的"雪"和"霜"似乎有些联系外，几乎看不出有什么瓜葛，但为何还让人觉得有可观之处呢？原因就在于上下联都运用了被人们称之为"同出"的这种特殊修辞手法。根据同出这种修辞手法的方法，我们认为这个例联还可以加以扩展，不妨改为：

木青炭黑，火红灰似雪　禾绿谷黄，米白饭如霜

例六：

铜山县，山阳县，阳湖县，湖南从九，做过四五年知县

铁宝臣，宝瑞臣，瑞鼎臣，鼎足而三，皆是一二品大臣①

这副对联的修辞妙处是多方面的。首先有重字重言，其次有用数之趣，但还不止如此。如果我们再往细处看，就会发现，上联中的"山"、"阳"、"湖"三字的复现是颇有意思的，即都是越过一个字再出现，下联中的"宝"、"瑞"、"鼎"三字的复现规律亦如是。这种修辞手法，被称之为"越递"。它不是没有规律的简单重复，也不是固定地在句首或句尾重复，而是需要跨过数量相同的字词，并且一环一环地传递下去，构成一种层递兼回环之美。从这个联例中，我们可以非常典型地看到，一副对联无论其中运用多少种

① 这副对联的上联说的清光绪年间做过铜山等地知县的翁延年的事。翁延年，湖南人，字从九。下联则涉及光绪、宣统年间的三位大臣，一位是铁良，字宝臣；一位是宝熙，号瑞臣；一位是瑞良，字鼎臣。

修辞手法，都力求做到上下联一致，从而构成一种表达方式和手段上的对称。

从上面关于对联各种对称表现的介绍中我们可以看出，对联实际上是一种极端严格的对偶修辞。当然，并不是每一副对联都必须符合严对的要求，事实上，对联和中国其他诗文一样，更多的只是一种大致体现对称精神的宽对。但即便就是宽对，对联也足以堪称语言对称表达文化的一个标本了。

第四章 对联：简短表达文化的一个范式

中国人重体验、顿悟，重感性表达。在这种传统的影响下，汉语表达形成了简短的特点，中国出现了一种简短表达文化。无论是诗文等文学作品，还是其他话语形式，都可见到简短表达文化的影子。而对联，则可以说是这种简短表达文化的一范式。下面是相关问题的展开论述。

第一节 简短表达的基础

简短、具象、灵动、浑沌融通，是传统汉语表达的几个显著特点，和一些西方语言表达的传统特点：繁长、抽象、刻板、条分缕析，正好形成鲜明的对比。语言表达的特点实是思维特点的反映。

一、中国人重体验、顿悟。王国维先生说："抑我国人之特质，实际的也，通俗的也；西洋人之特质，思辨的也，科学的也，长于抽象而精于分类，对世界一切有形无形之事物，无往而不用综括（generalization）及分析（specification）之二法，故言语之多，自然之理也。吾国人之长，宁在于实践之方面，而于理论之方面则以具体的知识为满足，至于分类之事，则除迫于实际之需要外，殆不欲穷究之也。"[①] 林语堂先生也说："中国重实践，西方重推理。中国重近情，西人重逻辑。中国哲学重安身立命，西人重客观的了

① 周锡山编校：《王国维文学美学论著集》，北岳文艺出版社，1987 年，第 111 页。

解与剖析。西人重分析，中国重直感”“逻辑是分析的、割裂的、抽象的；直觉是综合的、统观全局的、象征的、具体的。逻辑是推论的，直觉是妙悟的、体会出来的。”“所谓直觉，常为人所误会。直觉并非凭空武断，乃其精微微一处，可以意会，不可言传。直觉不是没有条理，是不为片面分析的条理所蔽，而能统观全局，独下论断。”[①] 王国维先生、林语堂先生说出了某种客观的事实，但都没有对“国人”和“西洋人”的“特质”进行高低优劣的评判。

一般看来，承认各有所长、各有所短，或许是最为公允的。如果从文化的角度讲，则所谓的短长，可理解为相对于不同的环境所表现出的不同的适应性。彼之所长，是针对于彼种环境而言，如果针对此种环境，也许就成为一种“短”。比如，对于人文知识而言，所谓的科学分析的方法是很可怀疑的。有人认为所谓的科学，仅是对自然科学而言的，并不是没有道理。所以传播人文知识的方法和途径也就没有什么绝对的标准模式，对人文问题的探讨和表达就更无必要强求一律，分出高低优劣。康德、黑格尔的那种抽象的推演固然叫人叹为观止，那种宏大的体系反映了他们作为哲学家对世界和人生问题的深刻而持久的思考，但我们难道在其中就不能看出某种固执、执迷、迷恋于自己的一己冥想的侧面么？

冯友兰先生曾经指出：“中国哲学家惯于用名言隽语、比喻例证的形式表达自己的思想。《老子》全书都是名言隽语，《庄子》各篇大都充满比喻例证。这是很明显的。但是，甚至在上面提到的孟子、荀子著作，与西方哲学著作相比，还是有过多的名言隽语、比喻例证。名言隽语一定很简短，比喻例证一定无联系。”[②] “名言

---

① 林语堂：《论东西思想法之不同》，见张明高、范桥编《林语堂文选》（上），中国广播电视出版社，1990 年，第 424—426 页。

② 冯友兰：《中国哲学简史》，北京大学出版社，1985 年。

隽语”讲的是内容简而精，富有暗示性和启发性，而“比喻例证”是讲不同于三段论思维的一种推理方式，这种方式是在两种无联系的事物之间通过人们由此及彼的联想进行类比，解释事物的性质和特点。孔子、老子这些中国的哲人，虽然没有康德、黑格尔式的长篇大论，但“要言不烦”是他们思考世界和人生、表达思想和见解的特点，他们的思想并不因为其缺乏分析论证和抽象推演而丢失于历史的长河中，相反，却成了中国传统文化中的两大思想支柱，以至于已经融入了中国华夏民族的血液中。孔子、老子思想表达的特点所导致的另一成果是培养了中国人重体验、重顿悟的人文传统。后世许多阐发孔孟之道、老庄哲学的学者都是走的这条路，他们是用自己的人生实践、用自己的人生感悟来体会、领悟儒道的真谛和精神实质，而不是靠现成的“分析论证”、“科学思辨”。而这，也就形成了华夏民族在表达思想时的简短、具象、灵动、浑沌融通的特点。

二、中国人重感性表达。有人说，华夏民族缺乏理性，只重感性。这种说法并不能经得起事实的检验。华夏民族从来就是有理性的，有思想的，对自然、社会和人生从来都不缺乏严肃而深刻的思考，只不过是在思考的时候不愿脱离实际去空想，在表达思想的时候不愿脱离感性去抽象地论证。

屈原说：“路漫漫其修远兮，吾将上下而求索”，就是把他探讨天地人这个绝对理性的问题的决心和严肃目的非常感性地做了表达。庄子说的“得鱼而忘筌”、“得意而忘言”，形象地表明了他的观点：对某种事理、观念、精神、境界理解了，还在乎语言表达吗？何其简洁传神的表达！言语只是工具，只要能达到目的，工具当然是越简单越好。因此，我们在表达思想的时候不愿长篇大论而是点到为止，点到即是，让读者自己去体悟、去领会。

我们经常听人说，人生的答案（包括人生的价值、目的、意义）只有靠自己去获得。现成的答案往往是不易让人接受的，有人苦口婆心，有人殚精竭虑，尽管有人穷毕生之力去分析论证，有人使尽浑身解数，有人不惜使用强迫高压的手段，但一切的努力都可能不尽如人意，原因就在于人生的路是每个人自己在走，冷暖自知，是别人无法替代的。从这个角度讲，无论是谁，想靠自己所谓的绝对理念（理性）去规定别人的人生乃至整个的世界和宇宙秩序，都是一种妄想，自以为是超人，实际上只是个狂人。所以鲁迅说：尼采他疯了。既然这样，我们何必一厢情愿地、自作多情地喋喋不休呢？我们只需要把自己的人生经验、人生思考简短地表达出来，通俗易懂地表达出来，灵动浑然地表达出来，就行了。它是路标，是灯塔、是参照物，仅供别人参考，但不是套子、不是框子、不是模子，让人因信服而乖乖就范。

第二节 简短表达的表现

中国的简短表达传统表现在各种话语行为上。从经典诗文作品到一般民间话语，都体现出对简短表达的一贯喜好。

一、诗文的简短传统

通过考察，我们发现：从诗经、楚辞，到汉赋、骈文；从唐宋古文到唐诗、宋词、元曲，到笔记小说；从文学作品到应用文章，无论韵文，还是散文，简短一直是人们遵守的一种共同规约。其中最典型的莫过于诸子百家的语录体论说。赋体虽以铺陈为能事，但就其局部的表达而言，仍是极简洁的。

《诗经》一直被认为是我国的文学传统之一。我们知道，诗三百大体都是些轻灵的抒情诗，其中没有像史诗、戏曲、小说等文学体裁中的那种非常具体的描写或刻画，有的只是单微直凑的小法，径直把握到人类内心的深处。这成为中国传统文学与艺术的一个突出特性，而且“中国史上文学与艺术界之最高表现，永远是这一种单微轻灵，直透心髓的。”①

中国文学传统向来是以诗歌和散文为中心的，因此，先秦散文被认为是我国的另一文学传统。那些先秦散文同诗经中的诗歌一样，也不喜好做人生的描写，空灵轻巧，给人以平淡宁静的感受。但相对而言，因为中国人对于人生的体味，一向喜欢在空灵幽微的方面用心，而不爱在人生的现实、具体方面过分刻画，过分追求，所以中国文学大统，一向以“小品的抒情诗”为主，史诗并不发达，散文地位不如诗，小说地位又不如散文，戏曲的地位又不如小说。越具体化，就越现实，便越离开了中国人的文学标准。总之，诗歌、散文永远是中国文学的正宗，虽然随着时间的推移和文化的交往，也不断出现新的文学形式，但在中国这块土地上，“诗文正宗则依然不废江河万古流”。②

诗歌和散文虽然形式不同，但都首先具有两大功能：一是抒情功能，一是议论功能。而中国人的抒情和议论的特点都是轻灵简短的。有些时候，我们还觉得有些情、有些理，是只可意会不能言传的。因此，我们发现，中国的语录体的议论特别发达，无论是论物理，还是论人事，无论是评世相，还是论文艺，无论是文话、诗话、词话、联话，还是评点小说，戏曲，我们最常见到的佳品都是一些小品，甚或仅是“只言片语”，一个“妙”字，可能便是一种极好的评论，金圣叹对中国文学经典的经典式评论，已成为中国传统文学评论中的一种典范。其特点就在于简练、感性、有余味。是不是这种粗疏的评论就不准确？很难说。或许这种散论式的、点评式的、感性的、定性的评论比条分缕析的、系统的、冗长的、理性的、定量的评论更准确，也未可知。有人说，西方人对事物的研究注重“物的结构”，而中国人则注重抓住“物性”。到底哪种角度更能准确地认识事物呢？可能很难有一个结论。中国人喜欢简捷的

① 钱穆：《中国文化史导论》（修订本），商务印书馆，1994年，第68页。

② 钱穆：《中国文化史导论》（修订本），商务印书馆，1994年，第197页。

整体把握，而西方人喜欢繁琐的局部分析。中国人向以深沉含蓄著称，因此在感情方面倾向于内敛，少有非常外露的表现，这自然也就影响到文学作品抒情时的特点：言简言曲。

明代大散文家归有光的名作《项脊轩志》，结尾是这样的：

庭有枇杷树，吾妻死之年所手植也，今已亭亭如盖矣。

何其情深，何其言简。情之所至，“吾”与“妻”浑然一体而不觉，树究竟是“吾”所植，还是“妻”所种，还是其他什么人所栽，至此已无任何澄清之必要。（读林纾的《古文辞类纂选本》，我们知道枇杷树为作者妻所手植，然不确知此事实，也绝不会妨碍对文章作者情感的体会。）此又何其得情而忘言也。

抒情、议论之外，就是叙事功能。诗歌中有叙事，散文中更有叙事，典型的诗歌和散文，其叙事无非是为抒情和议论服务的，简略自不在话下。以叙事为目的（或者说为主要内容）的史传类散文如《左传》、《史记》等的叙事风格又如何呢？我们不妨看两个《左传》中的例子。

大叔完聚，缮甲兵，具卒乘，将袭郑。夫人将启之。公闻其期，曰：“可矣！”命子封帅车二百乘以伐京。京叛大叔段，段入于鄢。公伐诸鄢。五月辛丑，大叔出奔共。

这是《左传·隐公元年》的一段话，短短58个字，就交代了郑庄公在鄢这个地方打败他弟弟共叔段的经过。其中涉及众多人物：大叔（共叔段）、夫人（郑庄公和共叔段的母亲）、公（郑庄公）、子封（郑国大夫公子吕）；有多个地点：郑、京、鄢、共；时间上跨度大，从共叔段在京地修缮城郭，聚集民众，完备武库，招兵买马，并让其母做内应，为他开启城门，准备去袭击郑都，到郑庄公得到准确情报后认为击败共叔段的时机成熟了而先发制人派兵去京地进行讨伐，再到共叔段因京地百姓背叛了他而不得不逃到鄢地，再到郑庄公追着讨伐鄢，迫使共叔段在隐公元年五月二十三日的这一天仓皇逃到共这个地方去避难。时间、地点、人物的转换不可谓不多，但笔墨之简练也不可谓不让人叹为观止。着墨不多，但条理线索却异常清晰，事情的整个过程一目了然。什么叫洗练，由此可见一斑。

又如《左传·僖公三十三年》中写秦晋殽之战，纯粹叙述战事的只是下面的43个字：

遂发命，遽兴姜戎。子墨衰绖，梁弘御戎，莱驹为右。夏，四月，辛巳，败秦师于殽，获百里孟明视、西乞术、白乙丙以归。

何其简洁的叙述！战斗时间：夏，四月，辛巳；战斗地点：殽；战斗结果：秦师败，其将孟明视、西乞术、白乙丙被擒；再加上晋方参战者：姜戎和统帅人员——子（晋襄公）、梁弘、莱驹，就清楚交代了一次战斗。

这种史笔影响到中国后来的笔记小说、小品文等。例如南朝时期刘义庆的笔记小说集《世说新语》就是以朴素、简练、生动见称的。我们看其中的一则：

石崇与王恺争豪，并穷绮丽以饰舆服。武帝，恺之甥也，每助恺。尝以珊瑚树高二尺许赐恺，枝柯扶疏，世罕其比。恺以示崇。崇视讫，以铁如意击之，应手而碎。恺既惋惜，又以为疾己之宝，声色甚厉。崇曰："不足恨，今还卿。"乃命左右悉取珊瑚树，有三尺四尺，条干绝世，光彩溢目者六七枚，如恺许比甚众。恺惘然自失。

又如北宋文学家王禹偁的《黄州新建小竹楼记》一文：

黄冈之地多竹，大者如椽。竹工破之，刳去其节，用代陶瓦，比屋皆然，以其价廉而工省也。

子城西北隅，雉堞圮毁，榛莽荒秽。因作小楼二间，与月波楼通。远吞山光，平挹江濑。幽阒辽敻，不可具状。夏宜急雨，有瀑布声；冬宜密雪，有碎玉声。宜鼓琴，琴调虚畅；宜咏诗，诗韵清绝；宜围棋，子声丁丁然；宜投壶，矢声铮铮然：皆竹楼之所助也。

公退之暇，披鹤氅，戴华阳巾，手执《周易》一卷，焚香默坐，消遣世虑。江山之外，第见风帆沙鸟，烟云竹树而已。待其酒力醒，茶烟歇，送夕阳，迎素月，亦谪居之胜概也。

彼齐云、落星，高则高矣；井干、丽谯，华则华矣！止于贮妓女、藏歌舞，非骚人之事，吾所不取。

吾闻竹工云："竹之为瓦，仅十稔，若重覆之，得二十稔。"噫！吾以至道乙未岁，自翰林出滁上，丙申移广陵，丁酉又入西掖。戊戌岁除日，有齐安之命，己亥闰三月到郡。四年之间，奔走不暇，未知明年又在何处，岂惧竹楼之易朽乎？幸后之人与我同志，嗣而葺之，庶斯楼之不朽也。

咸平二年八月十五日记。

文章中的第一段、第三段全为叙述，都是寥寥数语，却又节奏紧密，线索和主旨都异常清晰。第二段对竹楼的描写，别具匠心，从形、势、声、用多个角度切入，动静结合，内容丰满而用语极其凝练清新，句式对偶而毫无呆板繁冗之嫌，堪当"简洁"二字。第四段是议论，也是以简取胜，紧扣文章主旨，点到为是。第五段可作抒情看，但用的是曲笔，妙在含蓄不露。在对"奔走不暇"的漫不经心的记叙中，其实传递的是深深的悲哀。显然，用这种方式抒发悲情，比声泪俱下、不厌其烦地诉苦更能打动人心。总之，这篇文章可作为中国文章简洁风格的一个典型例子。

描写应该总和细致琐碎联系在一起，但在中国人的描写中，却有一种描写是被非常看重的。那就是白描，即简笔勾勒。这又和中国人认识事物喜欢径直抓住本质特点来认识有关。喜欢定性分析，不喜欢定量分析，因此无论是中国绘画，还是中国文学，还是中国人对事物的讨论，都有一种直指要点的传统存在。我们看看语言艺术中白描的例子。

北宋大文豪欧阳修的《醉翁亭记》是历代传诵的散文名篇，大家对它的开篇都不陌生，但其妙处却未必皆知。朱熹《语类》卷三百十九中说："欧公文多是修改到妙处。顷有人买得他《醉翁亭记》原稿，初说滁州四面有山，凡数十字，末后改定，只曰环滁皆山也五字而已。"原稿数十字，是细说，还是细描，不得而知。"环滁皆山也”五字表面看是简述，但实际完全是白描，如果考虑到“也”的语气词性质，实际就是四个字的描写，通过这四个字，人们就能想象到四面皆山的一片层峦叠嶂的山区景象了，这不是描写是什么？“环滁皆山”，一个舞台背景的简笔勾勒，为文章后面内容的登台表演规定了一种情境，一种氛围，一种基调。山间之亭、山间朝暮、山间四时、山间游人、山间鸣禽，山间之醉，“醉翁之意不在酒，在乎山水之间也”。有什么何曾脱离过山以及由山而及的水呢？因此，“环滁皆山”与其说是叙述，毋宁说是描写，是一种极简极简的描写，以至于简到让人误认为是一种简叙。

二、其他话语形式的简短传统

简短表达在中国不仅表现在经典文学作品上，而且更直接地表现在一些民间的话语形式上，如谣谚、两句半、打油诗、歇后语、格言警句，座右铭，口号标语、招贴广告等，无不以简洁为特点。特别是本应以详为要的说明类文字和广告招贴等也追求简洁风格的事实，更说明简洁传统在中国的根深蒂固。三言两语式话语是中国人言语行为的一种常见方式。

正是这种简短表达的民族传统，使对联大行其道，流布应用很广。反过来说，对联在中国的流行和广泛运用，反映了华夏民族对简短表达的偏好。

第三节　简短为对联另一重要特征

对联作为一种深深植根于中国文化、汉语文化中的话语形式，简短是其另一个重要的基本特征。下面我们从对联盛行的原因、对联简短的方法及有关长联问题等角度，对相关问题进行一些探讨。

一、简短是对联盛行的一个重要原因

虽然没有人会否认简短是对联的一个特点，但论联者很少对对联的这一特点加以强调和展开。而事实上，简短应该说是对联的两个基本特征之一，是除了对称特征之外的最重要的一个特征。如果说没有对称就绝对没有对联的话，那么我们也完全可以说，没有简短，就不可能有对称的盛行。原因有二：其一，简短使对联便于览诵；其二，简短使对联便于应用。“对联虽被看作我国文学上的异军，但是它的确是用广涵丰，而又便于览诵，为其他文体所不及。”①

为什么对联能够流行，为人们所喜闻乐见？一个重要原因，就是在“便于览诵”方面“为其他文体所不及”。对联的便于览诵具体说来，主要表现在两个方面，首先是内容上的便于把握。内容是用语言文字表达出来的，一般来说，语义信息量的多少和语言文字的多少成正比，因此，简短的对联一般内容相对单纯、集中。这样，就容易为人们一览无余，在短时间内形成一个完整的记忆，在此基础上产生自己的理解和反应。同时，如果一副对联的内容和阅读者的思想感情产生了共鸣，或是阅读者对该对联的艺术性非常欣赏认同，那么阅读者要把短时记忆变成长时记忆甚至永久记忆，也就不难，因为它简短、对称、音韵和谐。同样道理，一副大家公认的好对联也就容易被历代传诵。而事实也证明：能够被历代所传诵的对联，绝大部分都是短联。其次，对联的便于览诵表现在形式上的便于把握。这主要指人们能够轻松地领略到对联的对称之美。对联的形式美主要表现在对称美上，如果一副对联，字数成千上万，那么，要想让人轻而易举地发现、体会、领略其中的整体对称美是很难做到的。因此，从这个角度中，长联会减少对联的审美愉悦

① 范叔寒：《中国的对联》，台湾省政府新闻处，1982 年，第 2 页。

感，越是长的联，就越有可能影响人们的对称审美感受。

广泛应用是流行的一个前提条件，对联之所以能盛行起来，就是因为它能广泛应用于各种环境和场合。而对联之所以能广泛应用于各种环境和场合，主要就是因为它简短。这里我们不妨就各种主要的对联简短与否和其使用情况的关系做一番考察。

对联可以从各个角度进行分类，从用途角度看，对联可分为春联、其他节日联、门联、职业（行业）联、婚联、寿联、挽联、交际联（题赠联）、堂联（用于厅堂、书房、卧室等地）、名胜古迹联、书画联、文艺作品联、寺庙联、庆贺联、戏台联、灯联、宣传联、谐趣联、应对联、郡望联（姓氏联、堂名对）等。

春联和其他节日联，以及婚联、寿联、新屋联等各种喜庆之联，都是用来渲染喜庆气氛和表达心意的，一般都以切合时宜、增添气氛、意思简明为要，忌曲忌长。如果过于含蓄或冗长，会影响别人的顺利接受，因而起不到它应有的作用。事实上，像包括春联在内的各种节日联、婚联、寿联、新屋联及其他一些喜庆联，鲜有长联出现。和喜庆联相反的挽联，一般也采用短联的形式，但有时因为对所挽之亡灵有较深的了解和感情，所以避免不了有类于小传的长联出现。但这种挽联，从总的原则上讲也还是简短的，它往往只是截取或抓住所吊之逝者一生中的几个重要生命片段，进行述评，以体现出作者对逝者的某种情怀，或感慨或评议，而不是像传记文章那样铺陈文字。

门联、堂联、名胜古迹联、寺庙联、戏台联、郡望联等，都是用来悬挂张贴或镌刻的，所以就必须考虑悬挂、张贴或镌刻的空间载体问题。一般来说，像门联、堂联、郡望联等，因为其所处的空间环境往往是私人或小团体的居所或活动场所，面积不可能很大，所以它们一般都不会很长，简短的对联为常态；而一些名胜古迹联、寺庙联、戏台联、因为其所处环境一般都是公众活动场所，面积一般较大，所以也就有机会出现长联甚至特长联。当然也有五七言的短联，这时短联可以通过适当写大字形来求得和较大空间环境相适应、相协调。

交际联（题赠联）以简要为主，往往都是格言警句性的，讲究洗练隽永，所以一般不会出现长联。事实上，也未发现有著名的题赠长联传世。灯联一般是指元宵灯节挂在灯上的联语，因此也就不可能是长联。各种行业联（职业联）、宣传联，为了便于人们接受、记忆深刻、主题突出，也以短联为宜，相反，如果使用长联，则会引起人们的厌烦，叫人抓不住要领，信息记不牢，宣传效果自然就会打折扣。谐趣联、应对联的目的，主要都是为了用来斗趣取乐的，因此都是取一种轻松灵巧的形式，而简短则是轻灵的一个前提。简短而又浅白巧智、言近意远、言简意深，就是好的谐趣联和应对联。至于书画联和文学作品联，因为是用在其他艺术作品之中的，所以就要根据其他艺术作品的具体需要来考量长短问题，宜长则长，宜短则短，没有固定的规格。但从事实上看，书画联往往都是短联，文学作品联也以短联居多。也许长联对于书画作品而言，有喧宾夺主之嫌吧。而文学作品联往往都是以引用的形式用联，而简短对联乃对联的常态，所以文学作品中的对联也大多以短联为主。

对联还可以从发表形式上进行分类。从发表形式上分类，也就是前面提到的从话语形式上分类。从发表形式或话语形式上，对联可分为以悬挂、张贴或镌刻、题写等形式发表的楹联，以口头形式发表的应对和以书册形式发表的联语三种。在这里，楹联不仅包括上述春联、其他节日联、门联、堂联、行业联、婚联、寿联、新屋联、名胜古迹联、寺庙联、戏台联、挽联、灯联、宣传联、郡望联等，而且也包括近现代出现的邮票联、钟表联、桅杆联、包装箱联、香烟盒联、镇纸联、年历联、砚盒联、笔山联、路碑联等附着在各种各样物体上的对联。文学作品联是典型的联语，现在许多由征联活动产生的对联，因为没有变为悬挂张贴等的楹联，所以大多也属于联语。不同的发表形式，有不同的长短方面的要求。楹联性质的对联的长短，应视空间环境的具体情况而定，前已详述，不再重复。口头应对，因为是口头创作，自然应以简短为原则，否则无法让人在短时间内记住。关于人类短时记忆的信息长度问题有人做过专门的实证研究，实验证明是不宜过长。只有保持出句的长短适度，才能让人迅速记住，并据此作出对句。而联语，因为是印在书册中，所以是可长可短的，关键看内容的需要，有话则长，无话则短。

对联的简短当然也不是越短越好，它有一个恰到好处的“度”。这个“度”是各种因素综合作用的结果，其中包括空间环境因素、人类记忆特点因素、民族审美习惯因素、诗歌传统因素、对联观念因素等等。综合这些因素，这个“度”一般被认为是七言左右。因此，我们发现，对联中五字以下的短联少，十多字以上的长联虽不乏见，但与七字左右的对联相比，数量上还是要少得多。显然，这主要是受了五、七言诗的影响，反映了五、七言诗对人们审美情趣的影响深远。当然，随着白话联地位的日益提高，结合词曲的句式、骈赋的句式，五、七言对联的正宗地位也正在受到某种程度的挑战，但对联简短的原则是不会被背离的。只不过，我们对对联简短特点的理解不会再那么拘泥罢了，不会再把简短标准定在五、七言上，适当放宽标准，一、二十字也视为简短，对于对联来说，也未尝不可。因此有人把长联标准定在30字以上，应该是可行的。

二、对联简短的方法

对联是如何做到简短的呢？简单地说，就是语言洗练、内容精练。

语言洗练是指用最简洁的语词来进行表达，炼字炼词炼句，务必将可有可无的字词删去，真正做到“删繁就简三秋树”，能用一个字表达的决不用两个字，能用一个词表达的决不用两个词，能用一句话表达的决不用两句话。因此有人在论及对联时，把“洗练”作为对联的一个基本特质。陈香认为，联语的基本特质有三：一是完整，在每联的两句中，不论长短，有起有止，都是对偶；二是和谐，在每联的两句中，不论阴阳，平仄互配，有抑有扬；三是洗练，在每联的两句中，不论深浅，抽象精辟，易懂易记。[①]

内容精练是指对联的内容应非常精干、精致，它不是信口开河、东拉西扯，不是天马行空，茫无边际，不是盘古开天地、究本穷源，不是工笔刻画，不是条分缕析，不是详细说明，不是具体细致的叙述，也不是反复的吟咏抒情，它是“点”化的，它是凝练的，它是集中的，总之是一种精华的提取和纯化，所以它深邃，所以它以小见大，以少胜多，所以它“短短小文”而“洋洋大观”。吴祖光先生家客厅有副对联是这样的：

不屈为至贵　最富是清贫

语言何其洗练：这十个字，不可一字更移，不可多一字，不可少一字，是千年浪淘尽泥沙后得出的纯金，是神仙炼就的朱丹。内容何其精练：上下两联，寥寥十字，蕴含的内容却是对富贵的深切体验，对人生的深刻思考，对社会流俗的深刻反省，对个人追求的执著坚持，等等。要把这些内容一一说清，又岂是千言万语所能胜任，但这副对联都说了，都有了。看着这十字，想着这十字，体会着这十字，领悟着这十字，心中自然就会有对各种问题的想法和答案。

由此可见，对联的简短所体现的，是一种对语言表达境界的追求。从对联的简短特点中，我们可以看出汉语表达者力求使表达的语言尽量洗练，表达的内容尽量精练。正是在这个意义上，我们认为中国有一种简短表达文化存在，而对联正是这种简短表达文化的一个范式。

三、关于“长联”及相关问题

这里有一个问题和上述观点可能会产生矛盾，即并不是所有对

① 陈香：《楹联古今谈》，台北国家出版社，1990年，第7页。

联都是“短”的，说对联是简短表达文化的反映，是不是以偏概全呢？

的确，对联发展到今天，三、四十字以上的“长联”，可谓比比皆是了，而且出现了上千字的特长联。这是事实，也不足为怪。出现百十来字的长联，其主要原因是，对联从词、曲、散文中吸取了营养。此外，对联的白话化也是一个原因，总之是对联通俗化的结果。简短不一定都要如诗般的含蓄凝练，既通俗又简短岂不更符合现代生活节奏和文化接受规律。百十来字被称作“长联”，实是相对于五、七言诗联而言的，以绝对的尺度来衡量，其实还是不失简短的。按照传统的说法，五、七言联是典型的对联，但事物都是发展变化的，整个文化环境、语言环境已经改变了，我们的对联形式自然也得与时俱进，白话联、新四声的提倡和流行就是一个很好的说明，衡量对联简短的标准因此也须随时代的发展而改变。几百字乃至上千字的特长联的出现，则主要是由于另一个原因，那就是在任何领域中，总有人会走极端。这种走极端，可以是创新，也可以是逞能，也可以是为了别的目的。

对于对联来说，有些人作长联，特长联，可能会出于这样的动机：以实际行动来证明对联并非小道、短制、小玩意儿、文字游戏、简单应酬文字，等等。它也可以洋洋洒洒成百上千言，它也是一种文学作品。动机可嘉，但识见有误。其一，一个文本是否文学作品，并不是以文字多少来作为判断标准的，这本是常识，但在繁冗的年代，这种常识是易于被人忘却的；其二，为什么一定要是文学作品才荣耀呢？对联不是一种纯文学作品，但正是因为如此，对联才得以更广泛地运用、更大范围地发挥作用。

第五章　对联：诗性表达文化的一个例证

“《诗经》是中国文学最先的老祖宗”。① 这决定了中国文学的衍生轨迹，使中国取得了辉煌的诗歌成就，成为一个诗歌的国度，并形成一种诗性表达传统，形成一种特有的诗性表达文化。这种诗性表达文化体现在中国的许多言语行为模式中，包括对联。对联，是中国诗性表达文化的一个例证。

第一节　诗性表达文化

什么是诗性表达？具有诗歌表达的全部或某些特点的表达，就是诗性表达。那么诗歌表达的特点是什么呢？

诗歌是“按照一定的音节、声调和韵律的要求，用凝练的语言、充沛的情感、丰富的想像，高度集中地表现社会生活和人的精神世界”的一种文学体裁。② 从这个定义中，我们可以大致了解到中国诗歌的一些主要表达特点。

一、高度凝练，集中地反映生活

任何文体，在反映人类和社会生活时，都是源于生活而又高

① 钱穆：《中国文化史导论》（修订本），商务印书馆，1994 年，第 66 页。
② 参见《辞海》（普及本），上海辞书出版社，1999 年。

于生活的，具有一定的概括性，但是概括性、集中性最强的，莫过于诗歌这一文体。换句话说，诗歌和其他文学体裁相比，高度凝练、集中地反映生活，是其突出的一个艺术特征。诗人从生活感受中发现诗情，引起创作的冲动，凭借客观事物留在记忆中的意象，充分发挥想象的作用，以少概多，创造出能够充分表达内心情感的艺术形象。这种艺术形象具有深邃的生活内涵，却又区别于现实生活，是生活的高度凝聚与升华。中国诗歌向来讲究含蓄之美、微言大义，强调言外之意，言有尽而意无穷，因此中国的诗歌在凝练集中反映生活方面，尤其显得突出。特别是唐代近体诗中的绝句，可以说就是一个凝练、集中表现生活的典型范式。

在中国家喻户晓的李白的《静夜思》："床前明月光，疑是地上霜。举头望明月，低头思故乡"，浅白如话的二十个字，却把一个漂泊在外的游子的落寞、孤寂、恍惚、无奈、悲伤、思乡之情和盘托出，在素朴、简短的背后，是一种深深的蕴含，如醇酒，如水精。毫无疑问，这首诗可以作为诗歌凝练、集中反映生活的一个千古不易的范例。中国诗歌凝练、集中地反映生活的传统，深刻地影响了中国现代诗歌的创作。如台湾诗人余光中的《乡愁》。全诗只有短短的四小节：

小时候/乡愁是一枚小小的邮票/我在这头/母亲在那头
长大后/乡愁是一张窄窄的船票/我在这头/新娘在那头
后来啊/乡愁是一方矮矮的坟墓/我在外头/母亲在里头
而现在/乡愁是一湾浅浅的海峡/我在这头/大陆在那头

就是在这短短四节的小诗中，却蕴涵了作者萦绕胸怀的大思念，表现出一种历久弥深的乡愁。作者 1928 年生于江苏南京，1949 年随家迁居香港，后就读于台湾大学外文系，1959 年在美国爱荷华大学获艺术硕士学位后，回台任教于台湾师大、政治大学和中山大学等校。作为有大陆之根的一名台湾人，乡愁之绵深浓烈，依常理是非三言两语可以表达的，甚至有人会认为是言语难以表达的，然而作者却用诗歌的形式做到了。在诗中，作者用“小时候”、“长大后”、“后来”、“现在”四个时段具有典型意义的象征物：邮票、船票、坟墓和海峡，以点带面地抒发了一个中国知识分子不变的乡恋情结，深切地表达了他的家国之思、民族之情。从这首小诗中，我们发现，高度凝练，集中反映生活，还表现为诗歌的跳跃性大和语言洗练。

二、直抒胸臆，带有浓郁的情感色彩

抒情是诗歌艺术的审美特质，因此诗歌创作一般都采用直抒胸臆的方式，把激荡在心中的情感直接抒发出来，给人以强烈的感染，引起人们情感上的共鸣。

当然，诗歌抒情的具体方法是多种多样的，如通过写景状物抒情，通过叙事抒情等。但无论是通过写景状物还是通过叙事抒情，诗歌都有一个特点，即必须让写景状物和叙事等带上浓厚的抒情色彩，做到“一切景语皆情语”，一切叙事的语言都是抒情的语言。徐志摩的名诗《再别康桥》能很好地说明这一点。

“轻轻地我走了，正如我轻轻地来；我轻轻的招手，作别西天的云彩。”表面看是叙事，但事实上，可能谁也不会把它们当作叙事看，它们是情的躯壳，这种躯壳早已被洋溢其上的情感所遮蔽了。得“情”忘言，这就是诗歌的抒情性所在。“软泥上的青荇，油油的在水底招摇”，多美的景物描写，简直让人陶醉，但且慢陶醉，诗人底下紧接着倾诉道：“在康河的柔波里，我甘心做一条水草”，是诗人的陶醉才使如此让人陶醉的景物描写从心中流出、跃然纸上，此时此刻，我们无疑会更陶醉于诗人的陶醉之中。整首诗中，美妙的波光云影、柳榆水藻等景物，都厚厚地染上了诗人浓浓的挚情，难怪它成为人见人爱的千古绝唱。

三、强调节奏感，形式整齐和谐

诗歌作为一种韵文文体，讲究韵律上的美感。这是诗歌形式美得以产生的一个重要原因。因为诗歌强调韵律上的均衡、和谐，强调节奏感，强调抑扬顿挫，所以诗歌在形式上才形成了诗行、诗节的格局，形成了平仄、押韵等格律要求；诗歌在各种文学体裁中最注重形式美。这一点，在中国古典诗歌中表现得很突出，尽人皆知，无需赘言。即便是在新体诗中，讲究形式美仍然是一个重要特点，比如在前面引到的余光中的《乡愁》中，我们就不难发现和领略到其形式上的整齐对称之美。

四、强调形象性

由于诗歌的构思是凭借意象来进行的，诗歌的情感一般是通过诗人所创造的意境来抒发的，因此诗歌离不开具体可感的境象，具有很强的形象性。如元代著名散曲家马致远在《秋思》中这样吟唱道："枯藤，老树，昏鸦。小桥，流水，人家。古道，西风，瘦马。夕阳西下，断肠人，在天涯。"整首诗，就是一个个的形象，而一个个的形象画面，就是构成连环的组图，活活地画出了一个断肠游子此时此地此境中的心灵之形。

如果说写有形之物的情感时诗歌用形象化的手法并不值得大惊小怪的话，那么在写无形之物时，诗歌也力图使用形象化的语言，就不能不让人深切感受到诗歌强调形象性的特点了。众所周知，音乐是一种无形无影的东西，诗歌怎么来表现它？让我们来看看作为唐皇室后裔的诗人李贺的《李凭箜篌引》：

吴丝蜀桐张高秋，空山凝云颓不流。
江娥啼竹素女愁，李凭中国弹箜篌。
昆山玉碎凤凰叫，芙蓉泣露香兰笑。

十二门前融冷光，二十三丝动紫皇。
女娲炼石补天处，石破天惊逗秋雨。
梦入神山教神妪，老鱼跳波瘦蛟舞。
吴质不眠倚桂树，露脚斜飞湿寒兔。

诗中巧妙运用神话传说，通过大胆的想象、极力地夸张，浓艳的色彩，创造出一个又一个“惊天地、泣鬼神”的奇妙画面，调动读者的想象、联想以及视、听、味、触等多种感官，把音乐的旋律变化、感情蕴含，转化为可闻可见、可感可想的出神入化的艺术形象，从而非常感性地写出了李凭所弹箜篌音乐的美妙绝伦。

从这首诗中，我们还可以看出中国古典诗歌有一个使诗歌形象化的方法，就是用典：用历史上曾经出现过的或神话传说中的人或事来塑造具体可感的形象。因此，我们发现，做到诗歌形象化的方法大致有三种：一是现实描述；二是历史移挪；三是心中想象。

五、重视意境营造

诗歌是必须讲意境的。所谓意境，简单地说，就是情景交融之后所形成的一种超出单纯的情、单纯的景、单纯的言的整体感受。它是文学作品中所描绘的客观图景与所表现的思想感情相融合而形成的一种艺术审美境界。意境的高下，在中国传统诗文评价体系中是一个非常重要的标准，它在很大程度上决定了文学作品的艺术价值。好的诗文，必定具有虚实相生、意与境谐、深邃幽远的审美特征，对人产生强烈的感染力。这样的好诗文，在中国的文学宝库中，可以说俯拾即是。让我们来看两个大家极熟悉的例子。

一个例子是唐代诗人王维的著名诗作《山居秋暝》：

空山新雨后，天气晚来秋。
明月松间照，清泉石上流。
竹喧归浣女，莲动下渔舟。
随意春芳歇，王孙自可留。

一个例子是宋代词人辛弃疾的词作《清平乐》：

茅檐低小，溪上青青草。醉里吴音相媚好，白发谁家翁媪？

大儿锄豆溪东，中儿正织鸡笼。最喜小儿亡赖[1]，溪头卧剥莲蓬。

二者虽体裁不同，但有一个共同的特点，就是用白描的手法写景，轻描淡抹，笔致简约，而又形象生动，情趣盎然，意境深远，都是情景交融的好例。只要是有中国文化根基的人，是不难从这样的诗词中体会到一种特有的诗情画意，从而获得深刻的审美享受的。

需要指出的是，以上所说的诗歌特点，主要是针对中国诗歌而言的。因为诗歌是各种文学体裁中最富有民族性的，每个民族的诗歌都有自己的民族形式和民族传统。当然，各民族的诗歌之间也有一些共同的特点。因此，上面说到的诗歌特点中，也自然会有一些是其他民族诗歌都具有的。

第二节　对联诗性表达特点之体现

对联作为一种独特的话语形式，深受中国诗歌的熏陶和影响，多方面吸取了诗歌的营养，具有浓厚的诗性文化色彩。我们认为，中国对联表达上的诗性特点，主要体现在以下六个方面：

一、形式整齐对仗

形式上的整齐是诗歌的一个特点，诗歌的这一特点表现在许多方面，如行与行之间字数相等或大体相等，节与节之间行数相等或大体相等，每行诗的音步数量也相同或大致相同等。其中，中国诗

① 此句中的“亡”通“无”，“亡赖”即“无赖”。

歌的对仗对偶则应该说是整齐对称的一个极致。而按照程抱一先生的说法，对偶是“中国诗歌里的一种最原始的形式”，它以相反相成的两个部分组成，并以独特的方式体现“阴阳”、“虚实”的基本思想。结构上既呈线性，又相互对照，同时还包含着“中虚”，只有太极图才能恰当地对此加以描述。对偶是将空间层面引入诗歌语言之时间进程的一种尝试。它试图创造一种自动的空间，其中两个骈连句互相辩护，因而自立自足。他以王维《终南别业》里的“行到水穷处，坐看云起时”作例说明：

笔者曾在《中国诗歌的写作》一书里译作：“走到河水发源的地方，坐着等待云朵的生成。”不过，这一译文仅仅接触到了这两句的线性特点和瞬间特点。如果转回来逐词翻译，并且两句同时加以理解，那么就会看到每一对对偶组合都会产生隐蔽的含义。例如，“行一坐”意味着运动和静止，“到一看”意味着行为和思考，“水一云”意味着宇宙的变化，“穷一起”意味着死亡和再生，“处一时”意味着空间和时间。尽管这一系列的意义很丰富，其实这两句却是在描述整个人生的两个基本方面。它们所暗示的真正的人生态度，也许不是偏执这一端或那一端，而是遵循见之于两者间的“中虚”，唯有这种因素，方能使人避免将自身与行为、与思考、与时间、与空间割裂开来，方能使人在内心参与宇宙间真正的沧桑变化。①

正是因为对偶句的语言模式能形成一个自立自足的意义空间，所以“在唐代，几乎所有因大胆革新句法而脍炙人口的诗句，皆为对仗的联句”。② 又正是因为上述的原因，使得对偶句能够从诗文中独立出来，形成对联这种话语模式。由此观之，对联对称表达这个根本特点，正是诗性表达特点的反映。对联秉承了中国诗歌的最

① ［法］程抱一著，周发祥译：《关于中国诗歌语言及其与中国宇宙论关系的几点看法》，载阎纯德主编《汉学研究》（第三集），中国和平出版社，1999年，第558页。

② 同上，第559页。

原始的一种形式，并将其发扬光大。反过来说，没有字数上的绝对相等，没有因此而引起的整齐对仗，也就没有所谓的对联存在。整齐对仗是对联之魂。

二、语言上讲究音韵和谐、抑扬顿挫

对联讲究上下联平仄相对，句中平仄交替出现，因为平声和仄声的音高和音长都有所不同，所以这样一来，就形成了音韵和谐、抑扬顿挫的效果。这一特点在中国传统诗歌中是表现得非常突出的。对联的平仄格律具体来讲，大致如下：

如果是五、七言联，便与律句相同，且无正格与变格之分。五言律句，有四种句型。两种为仄收（末一字为仄声）句，即“平平平仄仄”和“仄仄平平仄”，两种为平收（末一字为平声）句，即“仄仄仄平平”和“平平仄仄平”。

七言律句只是在五言律句基础上增加两个字，其平仄也只是在五言的基础上加上两平或两仄。其规律是：五言句首之字为平声者，则于其前加两仄，即：

（仄仄）平平平仄仄；

（仄仄）平平仄仄平。

五言句首之字为仄声字，则于其前加两平，即：

（平平）仄仄仄平平；

（平平）仄仄平平仄。

用五、七言律句平仄格式所作的对联如：

志高居四海（仄平平仄仄）　英明擅八区（平平仄仄平）

讵为饰其貌（仄仄仄平仄）　还因尊所闻（平平平仄平）

青山白雪千崖晓（平平仄仄平平仄）　紫塞黄河万里秋（仄仄平平仄仄平）

香袅金垆春昼永（平仄平平平仄仄）　兰芳玉砌晓风清（平平仄仄仄平平）

青山笑我头已白（平平仄仄平仄仄）　泉水照人心自清（平仄仄平平仄平）

四言联为“平平仄仄”与“仄仄平平”，其中一、三字可以不拘平仄。例如：

障南阻北（仄平仄仄）　拔地分天（仄仄平平）

三言联有两种。一种是“平平仄”与“仄仄平”，一种是“平仄仄”与“仄平平”，前者首字可以不拘平仄。前者如：

山前石　竹下风

后者如：

三尺剑　五车书

二言联有两种。正格是“仄仄”与“平平”。例如：

岳峻　湘清

变格是“平仄”与“仄平”。例如：

诗癖　画痴

一言联则是“仄”与“平”。例如：

地　天

六言联的基本平仄格式是“仄仄平平仄仄”与“平平仄仄平平”，但一、三、五字可以不拘平仄，且多作“二四”节奏。如某酒店联：

铁汉——三杯软脚

金刚——一盏摇头

有些作“一五”节奏。如某油店联：

本——脂肪之液体

为——斥卤所生成

有些作“四二”节奏。例如：

白雪阳春——怡意

高山流水——洽情

有些作“二二二”节奏，例如：

艭艓——鲸嬉——蚌集

蓬莱——方丈——瀛洲

八言以上者，每一种都可以像六言联那样按不同的节奏来停顿。字数越多，可停顿的方式越多。如十言联：

李谪仙——欲以千金裘换酒

陶彭泽——不为五斗米折腰

此联可分为“三七”节奏。上下联前三字平仄皆合三言句律。后七字上联合七言句律；下联首字可平可仄，当平而用仄声字“不”，不算破律，唯倒数第二字当平而用了仄声字“折”，使全句犯了孤平。但“不为五斗米折腰”为一成语，无从更改，尽管用“折”字与七言句律不合，只好如此。

对联，不像诗词曲那样，要求通篇押韵。然而，在古今联海中，也能采撷到一些押韵联。押韵联，一般指长联从头到尾都押一个相同韵。这种押韵联，韵味浓，读来朗朗上口，更增添了对联的音韵美。如当代已故楹联家王钟麟先生在七十二岁生日时撰写的一副自寿联，上下联各七十二字，上联押“波梭”韵，下联押“人辰”韵，联云：

顾影费吟哦，风风雨雨，总算煎熬过。诚可笑：骨未换，胎未脱，棱角未消磨，憨直冥顽，依然故我。错中错，岁月枉蹉跎，辛酸满腹凭谁说？治乱非关我，兴亡没奈何，饿了吃，渴了喝，困了和衣卧

立身求长进，子子孙孙，务须认识清。不能忘：书要通，理要明，语言要审慎，勤劳节俭，效法贤人。真里真，精神常振奋，责任压肩够你拚！当灾好救人，惹祸休逃命，贫毋移，富毋淫，威毋屈膝行

三、表达上强调形象性

对联也强调表达上的形象性。对联的这一特点，我们可通过其经常使用比喻、拟人等修辞手法和经常出现具有隐喻性质的象征物

而造成形象丰富生动的效果来加以证明。

对联，作为一种独特的语言艺术，它既从诗中吸取了营养，又高于诗，有人称对联是“诗中之诗”，这是不无道理的。更主要的方面是，凡是做诗的修辞技巧在对联中，无一不淋漓尽致地在对联创作中得到了发挥，诸如比喻、比拟、夸张、排比、衬托、借代、飞白、双关、双兼、转品、换位、分总、回文、用典、集句等无所不用。对联恰当地运用这些修辞艺术手法，读来自然而然会把人们带入一个诗的意境之中，使人体会到意味隽永的诗意。下面我们以比喻、拟人等修辞手法在对联中的运用来加以说明。

（一）比喻

比喻，俗称“打比方”。对某一事物采用与其在某一点上相似的事物来描述、说明，使其具体、生动、形象，易于理解，增强艺术感染力。比喻有一种长于描绘形象的效能，因此，在对联中，常用于写景状物。让我们来看几个例子。

山上古松，探出龙头望月

园中紫竹，攒起凤尾朝天

此联上联以“龙头”比喻古松，下联以“凤尾”比喻紫竹，遂成巧对。

菱角三尖，铁裹一团白玉

石榴独蒂，锦包万颗珍珠

此联巧用比喻，从外到里形象逼真贴切。

燕入桃花，犹如铁剪裁红锦

莺穿柳树，恰似金梭织翠屏

此联上联将“燕入桃花”，比作“剪裁红锦”；下联把“莺穿柳树”，比作“梭织翠屏”，形象贴切，犹如一幅春意盎然的迎春图。

广东潮州高台楼上有一副对联，比喻运用得非常精彩：

雨打波心，看见茫茫象眼

风吹水面，浮出片片龙鳞

新会圭峰山读书亭有一联，巧用比喻，把诗情画意展现在游人面前：

鸟语和溪音，自在笙簧，不假人间丝竹

山云笼树色，天然图画，何劳笔下丹青

比喻这种修辞艺术，有时在一个对句中连用，能令人对景物或事物产生历历在目的感受。如南京乌龙潭驻马庵联：

水如碧玉山如黛

风有高梧鹤有松

又如江苏扬州新月楼联：

蝶衔红蕊蜂衔粉

露似珍珠月似弓

（二）拟人

把物当作人来描写，赋予物以人的动态或思想感情，使物也活生生地跃然纸上，称作拟人。对联在写景时，经常使用此法。例如：

雪压竹枝头点地

风吹荷叶背朝天

这副对联让“竹枝”与“荷叶”人格化，一个“头点地”，另一个“背朝天”。

春风放胆来梳柳

夜雨瞒人去润花

这副对联，通过“放胆”、“瞒人”，赋予春风与夜雨以人性，从而使“他们”有知有觉、有情有意，被人格化了。

昆明三清阁联，更见新奇，让“鸟说”、“花笑”：

听鸟说甚

问花笑谁

杭州灵隐寺天王殿联：

峰峦或再有飞来，坐山门老等
泉水已渐生暖意，放笑脸相迎

此联以飞来峰、冷泉亭引发构思。上联大胆假想，如果再有峰峦飞来，让它“坐山门老等”；下联更见妙笔，从反面着墨，写冷泉渐生暖意，故“放笑脸相迎”，假如仍是冷泉，恐也遭“坐山门老等”的冷遇了。联语借助拟人手法，写得诙谐俏皮，别开生面。

下面再让我们来看看对联中所经常出现的一些物象。

夜壑泉归，渥洼能致千岩雨　晓堂龙出，崖石皆为一片云（张岱题龙井）

如月当空，偶似微云点河汉　为人在目，且将秋水剪瞳神（张岱题清喜阁）

亭立湖心，俨西子载扁舟，雅称雨奇晴好　席开湖面，恍东坡游赤壁，偏宜月白风清（郑烨题湖心亭）①

一径飞红雨　千林散绿荫（昆明西山龙门联）

十里松杉围古寺　百重云水绕青山（九龙青山禅院）

山远疑无树　湖平似不流（杭州西湖平湖秋月联）

山光扑面经新雨　江水回头为晚潮（郑燮题焦山自然庵）

云间树色千花满　竹里泉声百道飞（乾隆题杭州西湖净慈寺）

不雨山常润　无云水自阴（西湖孤山寺）

月喧穿石水　风折断岩烟（广东新会叱石山联）

引袖拂寒星，古意苍茫，看四壁云山，青来剑外　停琴伫凉月，余怀浩渺，送一篙春水，绿到江南（顾复初题成都望江楼联）

水清鱼读月　花静鸟谈天（陈定山题台北阳明山）

龙涧风回，万壑松涛连海气　鹫峰云敛，千年桂月印湖光（赵孟頫题浙江杭州灵隐寺）

平林木落远山现　曲涧霜浓幽壑清

四面荷花三面柳　一城山色半城湖（刘凤浩题济南大明湖小沧

① 以上联例选自［明］张岱：《陶庵梦忆·西湖寻梦》，作家出版社，1996年。

浪园）

鸟识玄机，衔得春来花上弄　鱼穿地脉，挹将月向水边吞（朱熹题漳州开元寺书舍联）

西岭烟霞生袖底　东湖云海落樽前（颐和园涵远堂）

芙蓉影破归兰桨　菱藕香深写竹桥（曹雪芹《红楼梦》）

松风送抱，正荡胸怀，近看镜海波光，莲峰岚影　山雨欲来，且留脚步，遥听青洲渔唱，嫣阁钟声（澳门松山寺）

枫叶荻花秋瑟瑟　闲云潭影日悠悠（南昌百花洲）

雨过林霏清石气　秋将山翠入诗心（乐山乌尤寺止息亭）

软红不到藤萝外　嫩绿新添几案前（高其佩）

绕堤柳借三篙翠　隔岸花分一脉香（曹雪芹《红楼梦》）

桂馥兰芳，水流山静　花明柳媚，月朗风清（豫园点春堂）

烟笼古寺无人到　树倚深堂有月来（翁方纲题北京陶然亭）

雾锁山头山锁雾　天连水尾水连天（厦门鼓浪屿鱼腹浦）

碧通一径晴烟润　翠滴千峰宿雨收（颐和园涵虚堂）

蝉噪林愈静　鸟鸣山更幽（苏州拙政园）①

有亭翼然，占绿水十分之一　何时闲了，与明月对饮而三（昆明翠湖湖心亭）

酒罢客将归，一阁峥嵘斜照紫　曲终人不见，数峰杳霭暮烟青（昆明圆通山聂耳亭）

白日寒林孤管静　青霄野卉寺门低（昆明昙花寺）

任客来当风月主　无人不结山海缘（昆明大观楼）

群贤毕至乐天涯，有诗有酒有画　老子于斯兴不浅，此山此水此楼（同上）

千秋怀抱三杯酒　万里云山一水楼（同上）

放浪乾坤双醉眼　遨游山海一翎毛（同上）

---

① 以上联例录自汪少林、吴直雄：《中国楹联鉴赏辞典》，百花洲文艺出版社，1999年。

沙鸥狎人去住　云海荡我心胸（昆明大观楼揽胜阁）

明月清风谁是主　高山流水几知音（同上）

螺髻浮青山卧佛　鲜塍漾碧稻生孙（大观楼催耕馆）

何处诉离思，秋水苍葭人宛在　怎能伸别绪，春帆细雨客归来（大观楼溯洄轩）

护门惟遣白云，听钟声何处　倚杖却分青霭，话竹色当年（昆明筇竹寺）

春水船如天上坐　秋山人在画中行（昆明西山三清阁）

两树梅花一潭水　四时烟雨半山云（昆明黑龙潭）

云过树头拖绿去　客从山外踏春来（武定狮山正续寺门联）

明镜无分圆缺相　孤云不系去来心（巍山巍宝山文昌宫）

心如竹全空，是非何处著足　意与山俱静，忧喜无从上眉（巍山巍宝山三清殿）

澹定寒潭影　悠然远俗心（剑川石宝山灵泉庵）

雨气忽来千嶂外　泉声遥在万山中（同上）

马背诗情，杨柳春风堤上路　鸥波画稿，莲花明月水西庄（剑川白湖村临水亭）

月影流崇山峻岭　涛声杂暮鼓晨钟（师宗目涛寺）

秋月春云常得句　山容水色自成图（通海秀山逋翁亭）

瑶台百尺曾栖凤　老树千年欲化龙（通海秀山凤仪亭）

云闲神淡荡　山静气深严（通海秀山清凉台）

百道湖光千树雨　万山明月一声钟（通海秀山涌金寺）

乾坤浮一镜　日月跳双丸（石屏异龙湖来鹤亭）[①]

细雨密如丝，何机可织　明霞红似锦，无剪堪裁

梁上呢喃紫燕，说尽春愁　枝头睍睆黄鸟，唤回午梦

墨落杯中，一朵乌云遮琥珀　梳横枕畔，半轮明月映珊瑚

因荷而得藕　有杏不须梅

---

① 以上联例选自王运生：《评点云南名胜名联》，云南教育出版社，1999 年。

李花开太白　苏木长东坡

斜窗拗明月　曲卷勒回风

秋月如盘，人在冰壶影里　春山似画，鸟飞锦帐图中

垂泪佳人，恰似梨花春带雨　颦眉女子，浑如柳叶晓含烟

新月穿云梳插髻　晚霞铺岭锦缠头

雪压竹枝头着地　风翻荷叶背朝天（比较：春风漫卷莲花白　细雨微润竹叶青）

雪压孤舟，一叶载六花归去　雁横远塞，片笺写八字出来

风送钟声花里过，又响又香　月映萤灯竹下明，越光越亮

群雁摩空，排出几行无墨字　新蝉噪树，操成一曲不弦琴

草堂中，蛙闹蚓歌，和出鼓声笛韵　雪地里，鸦行犬走，踏成竹叶梅花

杨柳花飞，平地上滚将春去　梧桐叶落，半空中撒下秋来①

从上面的这些对联中，我们发现，烟云泉石、花鸟虫鱼、清风明月、松竹梅兰、水光山色、琴剑诗画、钓叟莲娃、龙凤麒麟、桂香柳媚、古寺奇峰、幽壑潜蛟、酒楼歌榭、春帆秋菊、鸥雁钟磬、紫燕黄蜂……是中国诗性表达中经常出现的具有某种固定象征意义的物象，它们已经成为我们民族文化中的一种原型和母题。

四、具有诗歌洗练的风格

如前所述，对联的简短是其重要的一个基本特征。怎样做到言简意丰，办法就是语言洗练。诗歌的语言必须是洗练的，但对联要求自己的语言比诗歌更洗练。对联以五、七言为主，就是一个明证。至于一字联，就更是洗练到惜墨如金的地步了。有一副著名的一字联是：

---

① 以上联例选自［清］汪陞：《评释巧对》，载龚联寿主编《联话丛编》，江西人民出版社，2000年。

死

生

这是“九·一八”事变后出现在沈阳的一副对联，虽然上下联只各有一字，但有着非常丰富的内涵，既反映了在日本侵略军的铁蹄蹂躏下，中国人民生离死别、生不如死的悲惨境地，也反映了中国人民宁肯站着死，也不倒着生，宁为玉碎，不为瓦全的一种不屈不挠的民族气节和英勇气概。

即便是稍长的对联，总的来说也还是以洗练为要的，因为它再长，也只能是分上下两联，这就规定了对联必须是非常凝练的。例如下面的两副现代白话联：

磕个头，烧炷香，就想脱贫，谈何容易

流身汗，费些力，才能致富，说也简单

剥去伪装，灵药不奇，灌水加糖治百病

摸清真相，神浆无效，弄虚作假有三株

两副对联虽然说的都是当下中国有关国计民生的大事，前者论说脱贫致富问题，后者揭露假冒伪劣产品，但看上去都像两个新闻标题，或者说是两则标题新闻，非常简明又非常形象，很吸引人的眼球，这就叫洗练。

五、具有诗歌般深邃的意境

关于这一点，上面谈到对联的形象性时所举的那些联例，足以说明问题。我们从那些对联中，是不难发现诗意的，是不难体会到一种文学作品的意境的，这里不再展开。

六、具有实用性

实用性乍一看来，似乎和诗歌艺术风马牛不相及，而且现在一般的文学理论著作也不会把诗性当作是诗歌的一个特点，当作是一种诗性表现。但事实上，如果我们追本溯源，我们就会发现，中国诗歌重实用的传统古已有之，这种传统始于《诗经》。

钱穆先生认为，《诗经》把文学艺术与伦理宣传结合在一起，把实用和艺术结合在一起，以一种轻灵的形式、和谐优美的形式，“以超脱的外表来表达缠著的内容”。[①] 这种说法是有根据的，我们知道诗三百大部分是从民间“采”来的，当时采诗的目的很明确，就是为了通过这些民歌来了解民心、民情、民俗，另外一些诗篇则用于祭祀等典礼的仪式，或用来歌功颂德，因此孔子才说，“诗三百，以言以蔽之，思无邪”，因此孔子提倡“诗教”。

由于精神和功利的日渐分离，诗歌的实用性被逐渐淡忘，然而对联却继承了中国古代诗歌的这一传统，即用非常艺术的轻灵的形式来表达非常实用的实在内容，重新将艺术和实用、精神和功利完美地结合在一起，这不能不说是对联对于中国传统文化的一个贡献，对于中国人生活享受方面的一个贡献，而对联的实用性也因此得到了更充分的体现。

---

① 钱穆：《中国文化史导论》（修订本），商务印书馆，1994 年，第 68 页。

第六章　对联：广义民俗文化的一个事象

我国著名民俗学家钟敬文先生认为：民俗的基本特征是集体性、类型性（或模式性）、传承性和扩布性、相对稳定性和变革性、规范性与服务性。[①] 从这个意义上讲，对联是一种民俗事象。它被中国华夏民族普遍地使用，具有集体性；它有自己固定化的形式和使用域，具有模式性；它一代一代地在华夏民族中传承，并向周边地区传播，具有传承性和扩布性；它格式上比较稳定，同时也在随着语言的发展而不断调整以适应变化了的环境，具有相对稳定性和变革性；它要求遵守一定的规范以保证其鲜明的特色，具有规范性；它是为人们的社会生活需要服务的，具有服务性。对联是一种语言民俗，是一种民间语言现象。民俗学者眼中的民间语言现象是“民众在特定文化背景下进行的模式化的语言活动，是一种复合性的文化现象，包括以口语为主的语言形式及其运用规则，类型化的语言行为及与之关联的生活情境，和支配语言行为并与语言的意义、功能凝结在一起的民众精神或民俗心理。”[②] 对联不仅是一种民间语言现象，是一种民俗现象，而且作为一种话语模式或文体，和其他民俗文化有着非常密切的联系。它广泛应用于人们的日常生活中，融入各种民俗活动中，成为很多民俗事象的重要组成部分。如春节贴春联、婚礼贴喜联、建房贴新屋对联、各

---

① 钟敬文：《民俗文化学发凡》，载《钟敬文民俗学论集》，上海文艺出版社，1998 年，第 271—274 页。

② 黄涛：《语言民俗与中国文化》，人民出版社，2002 年，第 3 页。

种节日贴节日联、办丧事贴挽联等，这是和节日文化、婚丧嫁娶文化发生了关系；又如口头应对、酒令中对对子等，这是和游戏风俗发生了关系；又如送给别人对联，这是和题赠民俗发生了关系。下面我们分别以春联、巧对和题赠联作为代表来说明这个问题。

第一节　春联和春节

春节是中国传统节日中最隆重的节日，家人团聚，辞旧迎新，这个节日寄寓着许多的内涵，包蕴着诸多民俗现象，形成了不少语言民俗，而对联便是春节语言民俗中的一种。

一、春联源于春节“钉桃符”习俗

春节中有很多的习俗，其中一项就是贴春联。这是一项最普遍的春节习俗，也是一项最古老的春节习俗。它最初源于“钉桃符”的古老风俗。从周朝开始，桃符就通行于民间。古人迷信，以为鬼畏桃符，便以桃符为驱鬼避邪之物，从而产生桃崇拜。《易》、《左传》就谈到“桃茢”，它是一种用桃枝扎成可以扫除不祥的笤帚。东汉应劭《风俗通·祀典》云：“上古之时，有神荼与郁垒兄弟二人，性能执鬼，度朔山上有桃树，二人于树下简阅百鬼。无道理，妄为人祸害，神荼与郁垒缚以苇索，执以食虎。于是，县官常以腊除夕饰桃人，垂苇茭，画虎于门。皆追效于前事，冀以御凶也。”其中所谓的“桃人”，当是依照神荼与郁垒的形象，或用桃枝编扎，或用桃木雕刻。但是，扎桃人或雕桃人，皆煞费心力，未若绘画简便，更不如写文字容易，故“黄帝法而象之，立桃梗于门上，画二神以御凶鬼，故今桃符书二神字”（《山海经》）。桃符从实物到图像，再到文字，是从立体到平面，再到抽象，有一个演变过程，符合人类认识发展规律。桃符的产生，首先是以门神的功能出现的。神荼、郁垒是人们心目中最早的门神。到了汉代，便有以成庆为门神的。唐代以钟馗为门神。李世民时又以秦叔宝、尉迟敬德为门神。再后，温峤、岳飞等一系列武将门神出现，又有以天官为首的祈福文官门神出现。乃至于寺庙的哼哈二将、道观的青龙白虎，都应视作桃符演变的系列。

桃符在以“神荼”、“郁垒”的神名文字代替其图像之后，又易之以在桃木板上书写除祸祈福的吉祥之语。其初，也只不过是“灭祸降福”、“有令在此，诸恶远避”、“元亨利贞”之类。直至五代后蜀，桃符才与整饬对仗的偶句结合，产生出真正的春联。[①] 后来，春联便取代了传统桃符的地位。

宋初的春联还是写在桃符上的。据说当时宫廷中的春联，有用绝句的，也有用联语的，都由翰林书写，写好后于立春日挂出，但可惜没有流传到现在的。俞正燮《癸巳存稿》载：“北宋春帖子，皇帝太后贵妃皆由词臣拟进，南宋则臣民家门对亦见记载。”[②] 后来，随着生产力的发展，红纸出现了。红纸既具备红色的特性，又具有简易的特点，所以一贯务实尚简的中国人把在桃符上题写吉祥文字改为在红纸上书写。到了明代，春联便是以书写在红纸上的为最常见。用红纸写的春联，在现代，除了驱邪镇鬼的隐约心理外，更主要的是营造一种令人兴奋激动的喜庆气氛。

春联的名称何时出现？清代姚之骃《元明事类钞·春联》，翟灏《通俗编·时序·春联》，都对这一问题进行了考察，他们认为，春联名称的采用，也就是在以红纸取代桃木板的明代初期。

---

① 桃符，本为守门户、驱鬼镇邪之物，因此，当初置桃符并不择时应节。后来，习俗逐渐固定在除夕悬挂或更换，注入了“岁终更始”时祈福纳祥的新义。因此，当对偶句与之相结合而产生的对联，便称作“春联”。

② 陈子展：《谈到联语文学》，载龚联寿主编《联话丛编》，江西人民出版社，2000年，第5109页。

二、春联的盛行

春联的盛行，明太祖朱元璋功劳不小。清人陈云瞻《簪云楼杂说》讲：“明太祖都金陵，除夕忽传旨公卿士庶家，门上须加春联一幅。”相传，朱元璋下了这道圣旨后，或许是还不太放心，或许是要亲自一睹节日盛况，于是“微服”出巡，但见家家张灯结彩，户户张贴春联，顿感十分惬意。但是，后来途经一户人家，门上却没有春联，进门问询，方知主人是位阉猪的，还没有找到代笔的人。朱元璋略略思索，即令户主取来笔墨纸砚，挥毫写下了一副春联：

双手劈开生死路

一刀割断是非根

这副春联可谓幽默得体，别开生面，情趣盎然。皇帝对于春联如此青睐，兴趣浓厚，春联在民间盛行起来，也就顺理成章了。

清代，春联更为流行，袁枚在《随园诗话》中说：“沿途听爆竹，逐驿读春联。”可见春节时贴春联的盛况。《楹联丛话》卷二记载：“紫禁城中各宫殿门屏隔扇皆有春联，每年于腊月下旬悬挂，次年正月下旬撤去。或须更新，但易新绢，分派工楷法之翰林书之，而联语悉仍其旧。”① 李承衔《自怡轩楹联剩话》卷一中说：“国朝宫殿门联，撰自翰林，推由工部，每至封印后，工部堂官率属敬谨悬挂，新春开印后，收而谨藏之，岁以为常。”② 董坚志《滑稽联话》中说：“岁首，江苏全省人家盛行春联，户上皆粘贴红签，题以吉利语。然商家多似通非通之作，大抵嵌以牌号，令人莫明其妙。”③ 从这些记载中，我们大致可以感受到当时春联流行的盛况。

① 龚联寿主编：《联话丛编》，江西人民出版社，2000 年，第 323 页。

② 龚联寿主编：《联话丛编》，江西人民出版社，2000 年，第 1404 页

③ 龚联寿主编：《联话丛编》，江西人民出版社，2000 年，第 4723 页。

在北京，过年贴春联是所谓“贴挥春”的一种，除了春联外，贴挥春还包括贴“福”字、贴年画等。贴挥春的时间也有讲究，要通过查阅通书才可以知道。据说在过去，一到腊月廿四，北京天桥就开始有人摆出桌子写对联，人们就可以来“求对”（即买对联回家）了。山西的风俗大致也和北京相同，因为他们过年的日程安排是这样的：

腊月二十三，打发灶王上青天；
腊月二十四，割下对联写上字；
腊月二十五，揩抹打扫寻扫帚；
腊月二十六，提上篮篮割上肉；
……

在南方，春节也要贴“门贴”。门贴包括春联和门画。据说最早的门画是鸡和虎，然后是神荼和郁垒两个神，后来就是武将或者钟馗，等等，而目前最风行的门画却是1990年代流行起来的一男一女两个恭喜发财的小人。它完全来自民间，并迅速为民间所接受。这属于民俗的创新，当然也意味着过去的民俗形式被覆盖了。至于春联，古代的春联不仅要贴在大门两边的门框上，有院落的人家，正房、厢房，甚至厨房、灶间都会根据其功用贴上相应的春联应景。更为重要的是，春联往往作为主人学识、身份的象征，因此即使目不识丁的村户，也会求人写上几副。[①]

三、春联的特点

春联的特点在于其使用上有特定的时间、地点、形式、内容、目的和要求。时间上，是在“月穷岁尽之日”才能贴出。[②] 地点主

① 见《南方周末》2004年1月22日春节传统专题。

② 在时间上可能因年代和地域的不同略有差异，但在除夕之前贴出大致是一定的。《燕京岁时记》就有“自入腊以后……祭祀之后而渐次粘挂”云云。

要是居家的房屋，但在过去的官舍、驿站等地，现在的机关单位等地也常常可见到春联。大凡有凡人在那过年的地方，春节之时都可以贴春联。形式上，必须是粘贴或悬挂的对联形式，即必须是真正的楹联，底色一般必须是红色的，如果是丧户，则用绿色或黄色做底色；一般主春联还有横批。[①] 内容上，主要是写一些吉利、喜庆、祥和的话语表达人们辞旧迎新、祈求吉福和美好生活的心愿，突出一个“春”字、“喜”字。目的是为了祈福驱祸、增加喜庆气氛。其他要求可能因年代因地域的不同而不同，比如在本人家乡湖南，写春联就讲究不要写俗体字、不规范字（被废除的那些简化字），最好是写繁体字。春联的这些特点，除了使用对联这种形式外，其他显然都和民俗有关，或者说是为了配合一些民俗活动而形成的。换句话说，春联反映了中国人过年的一些风俗。我们知道，民俗是人们心理活动的一种外化，民俗的背后是人们的文化心理、文化传统。因此，春联这种对联不仅本身就是一种文化行为、文化现象，而且也能表现其他一些文化的情况，为我们了解另外一些文化现象提供了一个新的视角。

春联虽然会因时因地因人而有所差异，但写了几朝几代的春联、流行于大江南北的春联、贴过千门万户的春联也是屡见不鲜的，而且相对而言，春联中的优秀作品可以说是对联这个大家族中最少的，根本原因就在于春联一直以来都是一种形式、一种民俗、一种表示、一种象征，人们并不太在乎贴在门框或柱子上的红纸上写了哪些出新的具体内容，而是在乎红纸黑字这种形式本身的喜庆气氛，所以有人甚至用碗底儿蘸上墨汁或者锅底灰，在红纸上按下几个圈圈儿，就算是有了对联；即便有人去仔细阅读春联的具体内容，也大多在乎春联的内容是否贴切符合于春节的喜庆氛围。“一元复始、万象更新”；“一夜连双岁、五（三）更分两年”；“爆竹一声除旧岁、桃符万户易新春”；“爆竹声声辞旧岁、梅花点点迎新

① 主春联是指房屋正门上的那一副春联。

年”；“天增岁月人增寿、春满乾坤福满门”；“光透祥和日、晴熏锦绣春”；“吉祥草发向阳院、幸福花开和睦家”；“丽日祥云承盛世、和风福气载新春”等一类的春联，一直是家庭春联的首选，便可以证明这一点。所以，我们认为，春联重形式胜于重内容，它是以一种有形道具的方式来满足人们祈福喜庆的心理需要。简言之，春联是最心理的一种对联，以喜为要。

第二节　巧对和文字游戏

巧对是巧妙对联的简称。它既可理解为一种充满智巧和趣味的对联成果，也可理解为一种展示创作者智巧和情趣的对联行为。从行为角度讲，巧对是一种非常讲究技巧的文字游戏活动，是中国特有的一种娱乐民俗现象。

一、巧对是一种古老的文字游戏民俗

关于巧对问题，常江先生曾说：“在谈到巧妙对联的时候，希望读者……第一，千万不要把巧妙对联看成单纯的文字游戏……第二，千万不要误把巧对只看作下里巴人的‘俗’语和茶余饭后的谈笑资料……第三，千万不要以所谓‘平仄’的尺子去精密测量巧对。”① 这三点说的都是非常中肯和公允的，而且透露出一个对联爱好者和研究者的良苦用心，目的是为了避免无知者对巧妙对联的贬低和误解。我们想，如果社会上少些对巧妙对联的偏见，常江先生是不用这样费心提醒的。照我们看来，即便巧妙对联是单纯的文字游戏又何妨？即便巧妙对联只是下里巴人的“俗”语和茶余饭菜后的谈笑资料又何妨？即便巧妙对联因不合所谓的“平仄”而遭人

---

① 常江、王玉彩选编：《巧妙对联三千副》，金盾出版社，2002 年，自序。

责难又何妨？只要我们从“大一统”的误区中走出来，从雅俗之争的误区中走出来，从形式主义的误区中走出来，就会发现，即便是单纯的文字游戏，也是有它存在的理由的，它可以启发人的心智，娱乐人的身心，引起人的审美愉悦，提高人的审美水平，开拓人的审美领域。而所谓的雅俗之分，仅只是一些有话语权的痴人说梦而已，不听不信也罢。而形式主义虽永远不会失去爱好者，但历来为人所诟病，不足道矣。总之，我们这里要做的，恰恰就是要明确地指出，巧对正是在文字游戏的意义上，成为一种民俗，成为一种文化。

文字游戏在中国是一种古老的民俗。它是利用语言文字的一些特点来进行的游戏，种类很多，主要有拆字组字、猜字谜、猜成语谜、巧填成语、巧填歇后语、巧读回文诗、巧对、趣对、顶真成语熟语、成语藏头去尾等。巧对以诗、词、曲等文学体裁前所未有的灵活和完美，充分展示出汉字汉语所特有的魅力和风采，给人以无穷的妙趣、回味和愉悦。

二、常见巧对

以巧对为形式的文字游戏历久弥新，许多人乐此不疲，创造了不少形成巧对的方法技巧，也留下了不少佳作，成为一笔宝贵的精神财富。下面我们通过一些例子，来领略一下各类常见巧对的风采。

（一）人名巧对。一般是连续性地出现古今人名，构成上下联的对仗，从而形成某种妙趣。如：

孙行者　祖冲之（陈寅恪）

素园陈瘦竹　老舍谢冰心（老舍）

碧野田间牛得草　金山林里马识途

（二）地名巧对。利用地名或主要利用地名构成上下联的对仗，以使人愉悦。如：

让水　廉泉

五指山　三牙洞

中国捷克日本　南京重庆成都

密云不雨旱三河，纵玉田亦难丰润　怀柔有道皆遵化，知顺义便是良乡

（三）戏名巧对。以戏曲曲目名形成上下联的对仗。始于清末，以三、四言居多。如：

三上轿　二进宫

龙虎斗　将相和

三娘教子　四郎探母

嫦娥奔月　黛玉葬花

（四）书名巧对。用书名和书名形成上下联巧妙的对仗。如：

呐喊　彷徨

千秋恨　十日谈

齐谐记　越绝书

酸甜乐府　啼笑姻缘

（五）植物巧对。利用植物本名或别名形成的妙对。如：

蜜父（梨）　蜡兄（枇杷）

小南强（茉莉）　大北胜（牡丹）

鹅毛菊　马尾松

竹是无心树　莲如有脚花

（六）动物名巧对。利用动物名，结合动物的特点形成的妙对。如：

独角兽　比目鱼

绿头公子（鸭）　红冠丈人（鸡）

雪消狮子瘦　月满兔儿肥

（七）药名巧对。利用中草药名构成的妙对。如：

天花粉　地骨皮

文章树（柘）　锦绣根（芍药）

和事草（葱） 合欢花

金毛狗肾 玉尾蟾酥

五品天青褂 六味地黄丸

一阵乳香知母到 半窗故纸防风来

（八）其他专名巧对。利用人名、地名、书名、戏曲名、动植物名、药名之外的其他专有名词构成的妙对。如：

珍珠酒 琥珀糖（食品）

学士凌云笔 将军落月弓（职官、器物）

恋爱自由无三角 人生幸福有几何（数学名词）

赤橙黄绿青蓝紫，七彩以色列 多来米发索啦西，一曲安卡拉（颜色对音阶）

车马象士并卒炮，都来护卫将军 吏户礼工及兵刑，尽是帮扶人主（棋子对部门）

（九）数字巧对。连续使用数字或数字的演算构成的妙对。如：

三德知仁勇 一官清慎勤

半夜二更半 中秋八月中

四声平上去入 八字年月日时

三人三姓三兄弟 一君一臣一圣人

乾八卦，坤八卦，八八六十四卦，卦卦乾坤已定 鸾九声，凤九声，九九八十一声，声声鸾凤和鸣

一阳初动，二姓克谐，庆三多，具四美，五世其昌征凤卜 六礼既成，七贤毕集，奏八音，歌九如，十全无缺羡鸾和

绿鸭浮水，数数一双四只 青蛇出洞，量量九寸十分

五老中余二人，悲君又去 九泉下逢三友，说我就来

万砖千瓦百工造成十佛象 一篙二浆三人摇过四仙桥

北斗七星，水底连天十四点 南楼孤雁，月中带影一双飞

趵突泉啸八声，石上四声，石下四声，声绕一池春水 寒山钟鸣十响，寺内五响，寺外五响，响传百里客船

一事无成零与白 百年已过四之三

著书十余万言，此后更增几许　上寿百有廿岁，至今才得半云

（十）方位巧对。利用方位词或是方位词参与构成的妙对，其中“东西”经常用于借对，指物件或人的谑称。如：

一池春夏秋冬水　满苑东西南北花

南北高峰天外笔　东西流水屋头琴

说南道北，吃西瓜面朝东坐　思前想后，读左传书向右翻

南通州、北通州，南北通州通南北　东当铺、西当铺，东西当铺当东西

路旁麻叶伸青手，讨甚东西　江上芦花点白头，问谁南北

（十一）嵌名巧对。将人名、地名或店铺名等嵌入对联中而构成的妙对。形式多样，一般是拆开分嵌于上下联，也有不拆开而嵌于上联或下联的，嵌入位置也没有限制。如：

天作君师　门罗将相（湖南大庸天门书院）

海上神山　仙人旧馆（广州海仙山馆）

一点浩然气　千年快哉风（湖北黄冈快哉亭）

不通家法，科学玄学　语无伦次，中文西文（陈寅恪讽罗家伦）

山静尘清，水参如是观　天高云浮，月喻本来心（河北承德水月庵）

（十二）拆字巧对。拆字，也叫析字、离合，就是把一个汉字拆开成几个部件，或是把几个汉字当作部件合并为一个汉字。巧妙利用分离和合并汉字时联想到的意思构成的对联就是所谓的拆字巧对。如：

二人土上坐　一月日边明

少水沙即露　是土堤方成

议论吞天口　功名志士心

李家十八子　奏事二三人

閒看門中月　思耕心上田

鸿是江边鸟　蚕为天下虫

八人共拥炉中火　十口同耕郭外田

此木为柴山山出　因火成烟夕夕多

闵先生门里文字　吴学士天上口才

妙人儿倪家少女　犟小子孙家强牛

拆破磊文三石独　分开出字两山单

品泉茶三口白水　竺仙庵二个山人

吕先生品箫须添一口　谢状元射策何吝片言

进古泉连饮十口白水　登重岳纵览千里丘山

谢外郎要钱抽身便讨　吴学士饮酒下口就吞

人曾为僧，人弗可以成佛　女卑称婢，女又不妨作奴

日落香残，免去凡心一点（秃）　炉熄火尽，务把意马来拴（驴）

欠食饮泉，白水何以度日　无才抚墨，黑土岂能充饥

冻雨洒窗，东二点西三点　切瓜分片，上七刀下八刀

张长弓骑奇马单戈作战　嫁家女孕乃子生男曰甥

学正不正，诸生皆以为歪　相公言公，百姓自然无讼

凿地为池，去土欲求水也　从玙出屿，得玉便离山与

钱有二戈，伤坏多少人品　穷之一穴，埋没若干英雄

十口心思，思父思母思妻子　寸身言谢，谢天谢地谢君王

长巾帐中女子好，少女尤妙　山石岩前古木枯，此木为柴

日出东，月出西，天上生成明字　子居左，女居右，世间配定好人

信是人言，苟欲取信于人，必须言而有信　烟乃火因，常见抽烟起火，应该因此戒烟

寸土为寺，寺旁言诗，诗曰：明月送僧归古寺　双木成林，林下示禁，禁云：斧斤以时入山林

头同六畜，身类夜叉，像此等无义怪物，老子定要拦腰一杠　右巡杉立，左视木偶，似这样不肖弃材，樵夫何妨劈面三刀（上联影“文”，下联影“彬”；此联嘲监学王文彬）

（十三）偏旁巧对。巧用汉字偏旁构思而成的妙对。如：

王老者一身土气　朱先生半截牛形

湖泊澄清波漾漾　江河混浊浪滔滔

湛江港清波滚滚　渤海湾浊浪滔滔

夫子天尊大士，头上不同　官人官者宫娥，腰间各别

六木森森，桃李杏梅槐柳　三水淼淼，海洋湖泊江河

乔女自然娇，深恶胭脂胶俏脸　止戈才是武，何劳铜铁铸镖锋

（十四）双关巧对。利用汉字同音而字异、同字而义别的特点，造成对同一字形或同一字音的不同理解，在此基础上做成的妙对。如：

李花开太白　苏木长东坡

莲子心中苦　梨儿腹内酸

雨打阶前滑利　雷鸣天下同知（“滑利”谐音猾吏，“同知”双关官名同知）

眼前一簇园林，谁家庄子　壁上几行文字，哪个汉书

愁拈素帕，提起千丝万缕　闷拨红炉，尽是长炭短炭

（十五）回文巧对。利用汉语语序的灵活性构成的妙联。如：

豆大为大豆　人小非小人

废物非物废　能人即人能

山空罩雾松堤曲　浦远笼烟柳径前

雪映梅花梅映雪　莺宜柳絮柳宜莺

脸映桃红桃映脸　风摇柳绿柳摇风

敬佛敬心心敬佛　天连水尾水连天

碧天连水水连天，水天一色　明月伴星星伴月，星月交辉

果有因，因有果，有果有因，种甚因结甚果　心即佛，佛即心，即心即佛，欲求佛先求心

（十六）顶真巧对。以顶真的修辞手法见长的妙对。如：

父生天天长地久　母长地地久天长

无锡锡山山无锡　平湖湖水水平湖

扇面画龙龙取水　鞋头绣凤凤穿花

常德德山山有德　长沙沙水水无沙

一心守道道无穷，穷中有乐　万事随缘缘有份，份外无求

大肚能容，容天下难容之事　开口便笑，笑世上可笑之人

水上冻冰冰积雪，雪上加霜　空中腾雾雾成云，云开见日

做字中居古，古则今观，观不尽新新世界　戏乃半边虚，虚当实看，看起来件件风流

（十七）音韵巧对。利用读音上的巧妙（同韵、变读、绕口等）构成的趣对。如：

鸡饥争豆斗　鼠暑上梁凉

娃挖蛙出瓦　妈骂马踏麻

簸谷婆婆簸　缫丝嫂嫂缫

长长长长长长长　长长长长长长长（豆芽菜店联）

饥鸡盗稻童筒打　鼠暑凉梁客咳惊

闲人免进贤人进　盗者休来道者来

蚂蚁树下马倚树　鸡冠花前鸡观花

移椅倚桐同玩月　点灯登阁各攻书

嫂扫乱柴呼叔束　姨移破桶叫姑箍

莲败荷残，落叶归根变老媪　谷成禾熟，吹糠去壳做新娘

妈妈骑马，马慢妈妈骂马　妞妞轰牛，牛拧妞妞拧牛

和尚和尚书诗，因诗言寺　上将上将军位，以位立人

暑鼠凉梁，笔壁描猫惊暑鼠　饥鸡拾食，童桶翻饭喜饥鸡

童子打桐子，桐子落，童子乐　丫头啃鸭头，鸭头咸，丫头嫌

（十八）复辞巧对。以在相应位置重复使用某个字、词而构成妙趣的对联。如：

舞台小天地　天地大舞台

然不然可不可　步亦步趋亦趋

水中有月原无月　世间无神却有神

水底月为天上月　眼中人是面前人

有花有水能陶性　无乱无尘可静心

借虚事指点实事　托古人提醒今人

日亲日近，日疏日远　自尊自重，自贱自轻

佛云：不可说，不可说　子曰：如之何，如之何

肯干一事，便了一事　若要半文，不值一文

一夜五更，半夜五更之半　三秋八月，中秋八月之中

名满天下，不曾出户一步　言满天下，不曾出口一字

诸天诸世界，诸星诸世界　一花一如来，一叶一如来

风声雨声读书声，声声入耳　国事家事天下事，事事关心

杜鹃花里杜鹃啼，有声有色　蝴蝶梦中蝴蝶舞，无影无形

惜食惜衣，非为惜财缘惜福　求名求利，但须求己莫求人

松下围棋，松子每随棋子落　柳边把钓，柳丝常伴钓丝悬

宠辱不惊，看庭前花开花落　去留无意，望天上云卷云舒

莫说茶水淡，须知淡中有味　休言菜根苦，要在苦中求甜

雪里白梅，雪映白梅梅映雪　风中绿竹，风翻绿竹竹翻风

常熟年年告水荒，非为常熟　长安夜夜防风火，不是长安

船载石头，石重船轻轻载重　弓量地面，地长弓短短量长

驼子驼子，来观对子，对子对子　书生书生，请问先生，先生先生①

富贵眼前花，早开也好，迟开也好　银钱身外物，有又何妨，无又何妨

天上月圆，人间月半，月月月圆逢月半　今宵年尾，明日年头，年年年尾接年头

为恶必灭，为恶不灭，祖宗有余德，德尽则灭　为善必昌，为善不昌，祖宗有余殃，殃尽则昌

穷老师，老老师，穷当益坚，老当益壮，穷老坚壮一老师　大少爷，小少爷，大则以王，小则以霸，大小王霸两少爷

小饮却愁，少思却梦，种花却俗，焚香却秽，容人却侮，谨身

① 此联语意为：一个驼背的父亲背着儿子来看对联，对联正对着他的儿子；一位书生对要学习的课文感到生疏而去请教先生，先生却也对课文生疏在先。

却病　静坐补劳，独宿补虚，省用补贫，为善补过，寡言补烦，息忿补气

笑古笑今，笑东笑西，笑南笑北，笑来笑去，笑自己原来无知无识　观事观物，观天观地，观日观月，观上观下，观他人总是有高有低

（十九）无情巧对。一种纯粹的文字游戏。即单纯追求字面的工对，而有意避免内容上的相关，包括人名对人名之类，都不允许，因为那样也有内容相关之嫌，总之是内容上离得越远越好，风马牛不相及、相距千万里才是正宗。如：

色难　容易

牛得草　马拉松

乔国老　石家庄

白虹贯日　金鸡纳霜①

三星白兰地　五月黄梅天②

木已半枯休纵斧　果然一点不相干

五风十雨梅黄节　二水三山李白诗

公门桃李争荣日　法国荷兰比利时

杨三已死无苏丑　李二先生是汉奸③

岑春萱拜陆凤石　川冬菜炒山鸡丝

（二十）成语巧对。利用现成词语（包括狭义的成语）或主要利用现成词语构成的妙联。集句联也可包括在内。如：

手忙脚乱　目瞪口呆

手忙脚乱　头晕眼花

守株待兔　打草惊蛇

淡泊以明志　宁静而致远

① 此联前句为景名，后句为药名。

② 此联后句既是重庆的气候特点，又是当地的一道菜名。

③ 此联中的杨三指昆苏名丑杨鸣玉，李二指李鸿章。

刚日读经，柔日读史　十年树木，百年树人

前不见古人，后不见来者　下则为河岳，上则为日星

有志者，事竟成，破釜沉舟，百二秦关终属楚　苦心人，天不负，卧薪尝胆，三千越甲尽吞吴

（二十一）隐语巧对。把习惯性表达或成语成句中的某个或某些字词隐去而构成对联，而该对联的意思就由这隐去的字词组成（有的直接，有的间接）。这种对联就是隐语巧对。如：

二三四五　六七八九（谐音暗隐"缺衣少食"）

几生修得到　一日不可无（此为一婚联，上联隐古诗"几生修得到梅花"的梅花，切新娘王梅卿，下联隐咏竹诗句"一日不可无此君"的此君，即竹，切新郎陈竹士。）

与尔同消万古　问君能有几多（此为五十年代挽香港影星莫愁联）

一二三四五六七　孝悌忠信礼义廉（上联谐隐"王八"，下联实隐"无耻"）

（二十二）谜语巧对。利用谜面构成的妙联。如：

新月一钩云底下　残花两瓣马蹄前（熊）

户门两竿竹叶　室内一片阳光（简）

脱去凡心一点　了却俗身半边（几谷）

一桅白帆挂两片　三颗寒星映孤舟（患）

二汉心高能跨日　三人力大可骑天（替、奏）

口中含玉确如玉　台下有心实无心（国、怠）

半边林靠半坡地　一头牛同一卷文（杜牧）

老马奋蹄驰千里　大鹏展翅腾九宵（马致远、张天翼）

彩凤凌空，身现金花万朵　青龙绕梁，口吐明珠一颗（焰火、电灯）

白蛇过江，头戴一轮红日　青龙挂壁，身披万点金星（灯芯、杆称）

黑不是，白不是，红黄更不是，和狐狼猫狗仿佛，既非家畜，

又非野兽　诗也有，词也有，论语上也有，对东西南北模糊，虽是短品，亦是妙文（猜、谜）

（二十三）歇后语巧对。利用歇后语的前一部分或全部构成的妙联。如：

聋子放爆竹　外甥打灯笼（上联歇“没想”，下联歇“照旧”）

打肿脸充胖子，敷衍门面　指秃驴骂和尚，刻薄嘴唇

乌鸦飞入鹭鸶群，雪里送炭　凤凰立在鸳鸯畔，锦上添花

沈石田踏雪寻梅，寒酸之士　史西村对日吃饭，温饱之家

莺入榴花似火炼，黄金数点　鹭栖荷叶如盘堆，白玉一团

从以上各种巧对的例子可以看出，巧对是一种最谐趣、最美妙的对联，它以智取巧，因智而趣，以妙、以趣为要。

第三节　题赠联和题赠习俗

俗话说，君子之交淡如水，秀才人情纸半张。在中国的交际文化中，有一种以文会友、以字会友、甚至以文字示爱（赠伶人，赠妓女等）的习惯，因此在日常交际中，对联也往往会成为人们互赠的一种礼品。另外，还有一种习惯，即题字的习俗，各类社会名流光临某地时，往往被主人邀请题字留念，而被邀请者一般也总是乐意为之的。题词的传统至少可以上溯到殷商时代彝器上的铭文，这些青铜器、钟鼎之类的物什上所题刻的铭文，或是作历史的纪念，或是一些寓有人生大义的格言和训词。甚至可以认为，是先于青铜器和陶器上的刻文，开了中国题词习俗的先河。在刻文、铭文之后，有碑文、勒石等的盛行。题写对联是题字中的一种。这题写的对联也可视为客人对主人的一种赠品。因此，我们把这两种对联合称为题赠联。题赠联是中国这种传统习俗（其实也可叫民俗）的一种成果。

题赠联虽然目的不外乎交际酬应，但具体内容也是多种多样

的。或抒发情怀，或赞颂美景，或歌咏友谊，或感慨人生，或相互戏谑，或相互吹捧，或相互勉励，或鼓舞对方，或夸耀主人，或教导后学，林林总总，不一而足。其中有很多是格言警句，或书法妙品，流传至今。

题赠联的手法也多种多样，有嵌名切姓的，有表意传情的。当然嵌名切姓时也要照顾到情意。风格有庄重的，也有诙谐的，但以庄重者居多。有自创的，有集句的。只要达意，同样佳妙。如：

人生得一知己足矣　斯世当以同怀视之（鲁迅赠瞿秋白）

有关家国书常读　无益身心事莫为（徐特立赠王汉秋）

荆树有花兄弟乐　书田无税子孙耕（吴玉章赠侄孙）

英名盖世三岔口　杰作惊天十字坡（黄宾虹赠盖叫天）

曾从二千石起家，衣钵薪传贤子弟　难得八十翁就养，湖山应识老诗人（林则徐赠梁章钜）

麟阁待劳臣，最难西域生还，万顷开荒成伟业　凤池诏令子，喜听东山复起，一门济美报清时（梁章钜答赠林则徐）

淡如秋水闲中味　和似春风静后功（王士祯赠友）

绳锯木断　水滴石穿（毛泽东赠妹毛泽建）

人生惟酒色机关，须百炼此身成铁汉　世上有是非门户，要三缄其口作金人（钱莲因赠夫）

读万卷书，行万里路　综一代典，成一家言（龚自珍赠魏默深）

大处着眼，小处着手　群居守口，独居守心（曾国藩赠人）

题赠联以情为要。体现亲情、友情、崇敬之情、赞美之情、希望之情，或情真意切，或语重心长，或虚以委迤，或直抒胸臆。但合情还要合理，若超乎理，悖乎理，其情也难见人见世。所以得以流传的题赠联往往是入情入理的，甚至是深情至理的。总之，题赠联最哲理，它往往是以言益友的最好方式，当然，也往往是以言赞友的最好方式。

第七章　对联：地域文化的一个侧面

中国幅员辽阔，有着丰富多彩的地域文化。地域文化反映在社会生活的各个方面，包括语言生活、文学艺术创作活动在内。对联，无论是作为一种言语模式，还是作为一种文艺形式，还是作为一种民俗文化，都必然会带上特定的地域色彩。反过来说，不同地区的对联，也能或多或少反映出该地区的文化特色，成为地域文化的一个侧面。本章将通过简单勾勒几个相关的事实，来说明这一点。

第一节　明清两代对联名家的地区分布情况

我们对梁申威选编的《明代对联选》和《清代对联选》的作者籍贯情况进行了统计[①]，具体数据见表 7 – 1。

表 7 – 1：明清两代对联名家籍贯情况（单位：人）

地方	明代联家	清代联家
江苏	82	61
浙江	40	41
江西	26	11
福建	25	15

① 两个选本皆由梁申威主编，山西人民出版社 2003 年出版。

续表

地方	明代联家	清代联家
安徽	20*	24
广东	11	16
山东	10	8
湖北	8	6
河南	7	3
湖南	6	33
云南	5	8
河北	5	7
陕西	4	2
山西	3	4
四川	3**	11
甘肃	2	2
广西	1	6
北京	0	18
贵州	0	4
辽宁	0	2
吉林	0	1
台湾	0	1
僧人	1	0
未详	2	0
共计	262	284

*包括皇室成员在内；

**有两个原籍四川人因迁居他处，不算在内。

从明清两代的对联著名作者的地区分布情况中，我们可以看到这样几个共同特点：

一是江浙一带对联文化比较发达，其中尤以江苏为甚，明代江苏对联名家占了全国对联名家的31.6%还多，接近三分之一，清代江苏对联名家也占了全国的21.5%左右。在明代，江浙两地对联名家占到全国的47.1%以上，差不多一半，在清代，占了全国的将近36%。

二是除江浙以外，江西、福建、安徽也是对联大省，因此明代，这三个地方加上江浙，对联名家占到了全国的74.5%以上，接近四分之三；清代也占53.5%以上，即一半以上。

三是除了这些省份外，广东、山东、湖北、湖南、河南、河北、云南、四川也是对联名家多见的地方。

四是浙江、安徽的情况最为稳定。

但明清两代的情况也有不同之处，主要表现在：

一、清代对联比明代对联更趋均衡，江苏、浙江两地名家数量更加接近，广东赶超了福建、江西，湖南异军突起，一跃而为第三对联大省。江浙地区和江西、福建、安徽等地的对联所占份额在下降，江苏所占比例下降了10个百分点以上，江浙两地所占比例下降了11个百分点以上，上述这些地方（江苏、浙江、江西、福建、安徽）所占比例下降了21个百分点左右。

二、出现了新的发展地区。从产生对联名家的角度看，清代比明代多了好几个地方：北京、贵州、辽宁、吉林、台湾等，而且北京对联名家不少。

总之，从明清两代的对联作者队伍看，对联以江浙为中心，不断向周边地区辐射。

第二节　名胜楹联的地区分布情况

名胜楹联是一种分布极广的对联，但各地区的情况并不平衡，这从一个侧面反映了对联文化的地区差异，反映了地域文化的不同面貌。我们对三种联书所录的名胜楹联地区分布情况进行了统计①，结果见表 7－2。

表 7－2：名胜楹联地区分布情况

（表中“/”号前面的数为名胜的处数，后面的数为对联数）

地方	中国名胜对联	中国名联辞典	绝妙好联赏析辞典
江苏	76/272	102/188	123
上海	11/26	13/18	28
浙江	68/286	89/277	95
江西	24/79	39/85	21
福建	51/118	52/100	15
安徽	20/94	33/77	27
广东	47/121	68/114	37*
山东	26/96	66/190	23
湖北	17/50	54/179	22
河南	24/58	100/186	21
湖南	34/144	64/208	36
云南	27/95	58/105	36
河北	22/52	40/61	6
陕西	17/37	22/52	11
山西	36/157	38/61	9
四川	49/322	53/195	71
甘肃	15/44	16/23	7
广西	32/69	42/69	12
北京	26/229	88/330	35

① 这三种联书分别是：1. 钟仁编：《中国名胜对联》，山西教育出版社，1997 年；2. 宋斌主编：《中国名联辞典》，山东大学出版社，2000 年；3. 苏渊雷主编：《绝妙好联赏析辞典》，上海辞书出版社，1994 年。

续表

地方	中国名胜对联	中国名联辞典	绝妙好联赏析辞典
贵州	15/28	12/23	9
辽宁	7/28	11/28	6
吉林	3/23	11/15	3
天津	6/22	18/26	6
内蒙古	1/3	3/3	2
黑龙江	6/8	4/4	2
青海	4/7	4/4	1
宁夏	4/7	3/4	4
新疆	5/5	3/4	3
西藏	2/2	2/2	3
台湾	10/16	47/66	14
香港	3/7	4/6	3
澳门	0	2/2	1

*包括海南在内。

从表中可以看出，江苏、浙江、北京、广东、湖南、四川等地的名胜楹联都较多。这其中，江苏、浙江是传统的对联大省，名胜楹联多是意料中事，而北京、广东、湖南、四川等地则是清朝以来随着汉文化在这些地区的蓬勃发展才出现名胜楹联的繁荣发展的。与此同时，福建、江西、安徽、云南等地也继续保持着浓厚的对联文化氛围，名胜楹联也不少。

第三节　和地域文化相关的其他对联情况

有关资料表明，除了对联名家和名胜楹联的分布呈现出明显的区域性特征、从一个侧面反映出一个地域的文化外，长联作品、巧对活动等也在一定程度上展示着某种地域文化，甚至在有些对联的字里行间里，我们也能清楚地发现地域文化的影子。下面就相关问题进行一些简要概述。

一、长联作品较多的地区

对联由典型的五、七言短联，逐渐发展出几十字甚至几百字、上千字的长联。“这种发展，大约是从元明之间起的。相传明初的中山王徐达，曾经自己做成了一组前组的长联，悬赏征求后组；所以这时候就有长联了。明代中叶，因为世宗崇奉道教，又有所谓青词的，也是长联一类的东西；严嵩和徐阶之流，都是以善作青词得宠的。大约长联底形成，虽然由于联语自身的演进，但是合八股文也有多少的关系。因为八股文是以每两股两两相对的，也相当地使用声律的，不过不十分严格罢了。一般的八股文家，拿着做八股文的手段，移用到联语上来，长联自然很容易地形成了。”① 另一方面，长联的发展在句式上必是长短句的发展，由于清代迎来了词的第二个发展高峰，并且长调更为普遍，所以受此影响，清代出现了比以往任何时代都多的长联。这是众所周知的长联发展史，我们姑且不论。这里要讨论的，是长联和地域的关系问题。

我们所掌握的对联材料表明，四川、云南、湖南等地多长联。一个事实是，著名的名胜长联，多出于这些地方，如四川有著名的

① 刘大白：《白屋联话》，载龚联寿主编《联话丛编》，江西人民出版社，第4865—4866页。其中所谓“一组前组的长联”，即我们所说的一副对联的上联；与此相对，所谓“后组”，就是一副对联的下联。其中所谓“青词”，系指道士斋醮，上奏天神的表章。因为它要用朱笔写在青藤纸上，所以被称作青词，也称“绿章”。这种青词，据沈德符《野获编》等载，有这样的一首：“洛水灵龟初献瑞，阳数九，阴数九，九九八十一数；数通乎道，道合元始天尊，一诚有感　岐山威凤两呈祥，雄声六，雌声六，六六三十六声；声闻于天，天生嘉靖皇帝，万寿无疆”（引自陈子展：《谈到联语文学》，载龚联寿主编《联话丛编》，江西人民出版社，第5112页）。

联家钟云舫的成都望江楼长联和江津临江城楼长联，还有李善济的青城山宁封殿长联；云南有著名联家孙髯的著名昆明大观楼长联，还有陈用宾的昆明凤鸣山长联和无名氏的昆明西山飞云阁长联等；湖南的长联也不少，著名的有陈长簇的长沙天心阁长联，何振镛的长沙天心阁长联，黄士衡的长沙天心阁长联，卜世藩的长沙天心阁长联，无名氏的桃源桃花源长联，何绍基的岳阳楼长联，无名氏的岳阳楼长联，冼雪畴的平江杜工部旅冢长联等。湖南长沙天心阁长联多的现象，典型地反映了此地人士喜作长联以比才竞能的风气。现将这些长联抄录如下：

钟云舫：成都望江楼长联

几层楼独撑东面峰，统近水遥山，供张画谱：聚葱岭雪，散白河烟，烘丹景霞，染青衣雾。时而诗人吊古，时而猛士筹边。最可怜花蕊飘零，早埋了春闺宝镜，琵琶寂寞，空留着绿野香坟。对此茫茫，百感交集，笑憨蝴蝶，总贪迷醉梦乡中！试从绝顶高呼：问、问、问，这半江月谁家之物

千年事屡换西川局，尽鸿篇巨制，装演英雄：跃冈上龙，殒坡前凤，卧关下虎，鸣井底蛙。忽然铁马金戈，忽然银笙玉笛。倒不如长歌短赋，抛撇些绮恨闲愁，曲槛回廊，消受得好风细雨。嗟予蹙蹙，四海无归，跳死猢狲，终落在乾坤套里！且向危楼俯首：看、看、看，那一块云是我的天

钟云舫：江津临江城楼长联

地当扼泸渝、控涪合之冲，接滇黔、通藏卫之隘，四顾葱葱郁郁，俱围入画江城。看南倚艾村，北褰莲盖，西撑鹤岭，东敞牛栏，焰纵横草木烟云，尽供给骚坛品料。欹斜棟桷，径枝梧魏、晋、隋、唐。仰睇骇穹墟，缠鬼宿间，矮堞颓堙，均仗着妖群祟伙。只金瓯巩固，须防劫火懵腾；范冶炉锤，偏妄逞盲捶瞎打。功名厄运数也！运数厄功名也！对兹浑浑茫茫，无岸无边，究沦溺衣冠几许？登斯楼也，羽者，齿者，赢者，介者，胆臆鸣者，旁侧行者，忿翅抉抢，喜啮攫扪者，迎潮曷曷趋去，拂潮曷曷趋来，厘然

坌集，而乌兔撼胸，掷目空空，拍浪汹汹，拿橹噰噰，挝鼓冬冬，慑以霹雳，骤以丰隆。溯岷嶓蜿蜒根源，庶畅泻波澜壮阔胸怀耳！试想想狉榛朴噩，俄焉狂荡干戈；吴楚睢盱，俄焉汪洋戳冕；侏离腾踔，俄焉渺漾球图。谓元黄伎俩蹊跷，怎框怯掣鞶努眼。环珮铿锵之日，盈廷济济伊周，忽喇喇掀转鸿沟，溪谷淋漓膏液。蚩氓则咆哮虓虎，公卿则谨视幺豚，熊罴鹅鹳韬钤，件件恃苍羲定策。迨搀枪扫净，奎壁辉煌，复纱帽下瘫瞌睡虫，太仓里营狡猾鼠，毛锥子乏肉食相，岂堪甘脆肥脓？恁踹踏凤凰台，蹂躏鹦鹉洲，距踊麒麟阁，靴尖略踢，惨鸡肋虔奉尊拳，喑呜叱咤之音，焰闪胭脂舌矣！已矣！余祈蜕变巴蛇矣！斑斑俊物，孰抗逆鞥毯凶麟？设怒煽支祁，例纠率魑魅魍魉；苟缺锯牙钩爪，虽宣尼亦慑桓魋，这世界非初世界矣。爰悄悄上排阊阖，沥诉牢愁，既叨和气氤氲，曰父曰母，巽股艮趾，举钦承易简知能。胡觇轴折枢摧，又嫉儿孙显赫，未容咳笑，先迫号咷，恪循板板规模，诸任雷霆粗莽。稽首、稽首、稽首！吁浓恩派归甲族，侣伴虾蛸，泡响昙嘘，尚诩蜉蝣光采。闷缘香藻，喧喤闹铁板铜琶；快聆梅花，潇洒饫琼箫玉笛；疏疏暮苇，瀛寰隔白露蒹葭。嗟嗟！校序党庠，直拘辱士林美里；透参妙旨，处处睹鱼跃鸢飞。嗜欲阵，迷不着痴女呆男，撞破天关，遮莫使忧患撩人，人撩忧患。懵懂自吉，伶俐自凶，脂粉可乱糊涂，乔装着丑末须髯，彼愈肮脏，俺愈邋遢。讪骂大家讪骂，某本吟僧一个，无端堕向泥犁。恰寻此高配摘星，丽逾结绮，咬些霜，咽些雪，俾志趣晶莹，附舟楫帆樯，晃郎虑周八极。听、听、听：村晴莺啭，汀晚鸥哗，那是咱活活泼泼、悠悠扬扬的性。久坐！久坐！计浊骸允该抛弃，等候半池涨落，拣津汁秘诀揉抟，抟至乳洽胶溶，缩成寸短灵苗，妪煦麂卵，倏幻改绀发珠眸，远从三百六度中，握斧施斤，与渠镌囫囵没窍混沌

蒙有倾淮渎、溢沪渎之泪，推衡岳、压泰岱之愁，满腔怪怪奇奇，悉属我心涕泗。念蚕凫启土，刘孟膺符，钺楸挥毫，马扬弄墨，泄涓滴文章勋绩，遂销残益部精华。逼狭河山，怎孕育皋、

夔、契、稷？俯吟欷剑栈，除拾遗外，郊寒岛瘦，总凄煞峡鸟巫猿。故卧龙驰驱，终让井蛙福泽；阴阳罗网，惯欺凌渴鲋饥鹏。英雄造时势耶？时势造英雄耶？为问滔滔汩汩，匪朝匪夕，要飘零萍梗何乡？涉巨川耶，恍兮，惚兮，凛兮，洌兮，窔澒洞兮，宊漩涡兮，迤逦欧亚，辽敻奥斐兮，帝国务壅民愚，阿国务诱民智，奋欲乘桴，而羿奡掣楫，履冰业业，褰裳惕惕，触礁虩虩，擎舵默默，动其进机，静其止屉。藐湔泒潢污行潦，谁拔尔抑塞磊砢才猷乎？叹区区锤凿崔嵬，夸甚五丁手段？组织仁义，夸甚费蒋丝纶？抽玩爻占，夸甚谯程卜筮？在冈底峥嵘脉络，应多少豪杰诞身？沱潜澎湃之余，依旧荒荒巢燧，硬苦苦追踪盘古，弹丸摭拓封疆。累赘了将军断头，凄怆了苌弘葬碧，礼乐兵农治谱，纷纷把尧舜效尤。及泾灏轰平，黎邛顺轨，第薛蕊代芙蓉增色，杜鹃伏丛棘呼冤，峨眉秀鲜桢干材，勉取賨毡撞布。反猢狲美面具，豺狼巧指臂，狮狻盛威仪，口沫微飞，统犍叙胥惊灭顶，锦纨绛縩之服，宁称穷措体哉？伤哉！予安获贡蜀产哉？嵘嵘巉岩，类钟毓嶙峋傲骨。即肖形凹凸，早薅恼邑贵朝官；假饶赤仄紫标，虽盗跖犹贤柳惠，庶贫贱弗终贫贱哉？冀缓缓私赴泉宫，缴还躯壳，诳说神州缥缈，宜佛宜仙，虹彩霓辉，都较胜幽冥黑暗。讵识铅腥锡臊，遍令震旦裭襶，甫卸翳胞，遽烦汤饼，愧悔昏昏曩昔，泣求包老轮回。菩提、菩提、菩提！愿今番褪却皮囊，胚胎蝼蚁，堂砌殿穴，永教宗社绵延。虱脑虮肝，垂拱萃蟭螟肸蚃；蚊眉蜗角，挤肩拥蛮触琛航；小小旃檀，妻妾恣红尘梦寐。噫嘻！牂牁僰道，乃稽留逐客夜郎；种杂獞猺，啧啧厌鸮啼鵩叫。丘索坟，埋不尽酸齑醋骼，猜完哑谜，毕竟是聪明误我，我误聪明。宇宙忒宽，瞳眶忒窄，精魂己所修炼，特辜负爹娘鞠抚，受他血肉，偿他髑髅。浮沉乐与浮沉，孽由酷滥九经，始畀投生徼裔。且趁兹沙澄洗髓，渚澈湔肠，唏点月，哦点风，倩酒杯斟酌，就诗歌词赋，权谋站住千秋。瞧、瞧、瞧：蓼瘠椹敲，荷瘫桨荡，却似仆凄凄恻恻、漂漂泊泊的情。匆慌！匆慌！料蓝蔚隐蓄慈悲，聊凭双阙梯崇，望银涛放声痛哭，哭到海枯

石烂，激出丈长鼻腻，掬付龟鳌，嘱稳护方壶圆峤，近约十二万年后，跟踪蹑迹，视侬斫玲珑别式乾坤

李善济：青城山古常道观宁封殿长联

溯禹迹莫岷阜以还，南接衡湘，北连秦陇，西通藏卫，东峙夔巫，葱葱郁郁，纵横八百里舆图。试蹑屐登上清绝顶，看雪岭光腾，红吞沧海；锦江春涨，绿到瀛洲，历井扪参，须臾踏蜗牛两角。争奈路隔蚕丛，何处寻神仙帑库？丈人峰直墙堵耳！回想峨眉秋月，玉垒浮云，剑门细雨，尚依稀绕襟袖间。况乃夜朝群岳，圣灯先列宿柴天；泉喷六时，灵液疑真君唾地，读书台犹存芳躅，飞赴寺安敢跳梁！且逍遥陟檐葡冈，渡芙蓉岛，都露出庐山面目，难遽追攀。楼观互玲珑，今幸青崖径达，问当初华堵姚墟，铜铸明皇应宛在

自轩坛拜宁封而后，汉标李意，晋著范贤，唐隐薛昌，宋征张愈，烈烈轰轰，上下四千年人物。漫借瓻考前代遗徽，记官临内品，墨敕亲颁，曲和甘州，霓裳同咏，鸾章翠辇，不过留鸿爪一痕。可怜林深杜宇，几番唤望帝归魂。高士传岂欺余哉！莫道赵昱斩蛟，佐卿化鹤，平仲驰骡，悉缥缈若遐荒事。兼之花蕊宫词，巾帼共谯岩竞秀；貂蝉画像，侍中与太古齐名。携孤琴御史曾游，吹长笛放翁再往。休提说王柯丹鼎，谭峭趿鞋，那堪他沫水洪波，无端淘尽。英雄多寄寓，我亦碧落暂栖，待异日龙吟虎啸，铁船贯郁定重来

孙髯：昆明大观楼长联

五百里滇池，奔来眼底。披襟岸帻，喜茫茫空阔无边。看东骧神骏，西翥灵仪，北走蜿蜒，南翔缟素。骚人韵士，何妨选胜登临。趁蟹屿螺洲，梳裹就风鬟雾鬓；更苹天苇地，点缀些翠羽丹霞。莫辜负四围香稻，万顷晴沙，九夏芙蓉，三春杨柳

数千年往事，注到心头。把酒凌虚，叹滚滚英雄谁在！想汉习楼船，唐标铁柱，宋挥玉斧，元跨革囊。伟烈丰功，费尽移山心力。尽珠帘画栋，卷不及暮雨朝云；便断碣残碑，都付与苍烟落

照。只赢得几杵疏钟，半江渔火，两行秋雁，一枕清霜

陈用宾：昆明凤鸣山金殿长联

春梦惯迷人，一品朝衣，误了九寰仙骨，鸡鸣紫陌，马踏红尘，教弟子向哪头跳去

空山曾约伴，八闽片语，相邀六诏杯茶，剑影横天，笛声吹梅，问先生从何处飞来

无名氏：昆明西山飞云阁长联

半壁起危楼，岭如屏，海如镜，舟如叶，城郭村落如画。况四时风月，朝暮晴阴，试问古今游人，谁领略万千气象

九秋临绝顶，洞有云，崖有泉，松有涛，花鸟林壑有情。忆八载星霜，关河奔走，难得栖迟故里，来啸傲金碧湖山

陈长簇：长沙天心阁长联

瞰城郭人民，禁不住兴亡感慨，定王安在？贾傅何之？说甚么帝佐皇孙，片土空留千古迹

问天心月色，照过了多少繁华？湘水南来，麓山西峙，莫孤负良辰美景，一樽倾尽百年愁

何振镛：长沙天心阁长联

楼头俯视九州空，剩几许虫沙，都幻作白衣苍狗。茫茫劫运，慨何日销沉？芳草夕阳斜，不堪倚遍阑干，野老独来谈国事

岳麓远涵三楚秀，任平吞云梦，尽收归画栋珠帘。咄咄奇观，趁闲时领略，梅花明月上，最好携将樽酒，诗人高处问天心

王士衡：长沙天心阁长联

高楼逼诸天，且看那洞庭月、潇湘雨、衡岳烟云，十万户棋布星罗，到此一开眼界

江山留胜迹，最难忘屈子骚、贾生策、朱张性理，数千年声名人物，有谁再续心传

卜世藩：长沙天心阁长联

试从神禹碑文，数贾生赋鹏，陶侃射蛟，大家拔地起千寻，听卅六湾江声东下

同拜灵均骚祖，更定王旧台，焉殷荒殿，到此登楼作重九，看七二峰云气南来

无名氏：湖南桃源桃花源长联

卅六洞别有一天，渊明记、辋川行、太白序、昌黎歌，渔耶？樵耶？隐耶？仙耶？都是名山知己

五百年问今何世？鹿亡秦、蛇兴汉、鼎争魏、瓜分晋，颂者，讴者，悲者，泣者，未免桃花笑人

窦垿：岳阳楼长联

一楼何奇！杜少陵五言绝唱；范希文两字关情；滕子京百废俱兴；吕纯阳三过必醉。诗耶、儒耶、吏耶、仙耶，前不见古人，使我怆然涕下

诸君试看：洞庭湖南极潇湘；扬子江北通巫峡；巴陵山西来爽气；岳州城东道崖疆。潴者、流者、峙者、镇者，此中有真意，问谁领会得来

无名氏：岳阳楼长联

雄踞重湖，势凌三楚，目窥云梦，望极潇湘，数千年客咏人题，几多笔健才宏，岂竟诗文输杜范

烟繁近阁，夕照渔村，雁落平沙，帆归远浦，八百里波浮影动，无限春光秋色，仅言风月贬江山

冼雪畴：平江杜工部旅冢长联

衡岳本两间灵秀所钟，书契以来，帝王何冢？将相何坟？我诗王润色山川，越千年华表岿然，独伴炎黄镇陵谷

汨罗为百世词章之祖，左徒而后，八代浸衰，三唐浸盛，诸君子渊源风雅，喜此地人文蔚起，不徒梁豫有祠堂①

当然，也不是其他地方就没有长联，事实上，其他地方不仅有长联，而且也是有极好的长联的，只不过似乎没有上述这些地方那

① 以上长联例摘自樊明芳等选编：《名胜古迹楹联选》，岳麓书社，1984 年。个别例子可参见李志更主编：《长联雅藏》，中州古籍出版社，2002 年。

么集中罢了。比如郑板桥的六十自寿联就是一副很好的长联：

常如作客，何问康宁？但使囊有馀钱，瓮有馀酿，釜有馀粮，取数页赏心旧纸，放浪吟哦，兴要阔，皮要顽，五官灵动胜千官，过到六旬犹少

定欲成仙，空生烦恼。只令耳无俗声，眼无俗物，胸无俗事，将几枝随意新花，纵横穿插，睡得迟，起得早，一日清闲似两日，算来百岁已多

又如俞曲园题西湖彭刚直公祠也有一副长联：

伟哉！斯真河岳精灵乎？自壮年请缨投笔，佐曾文正创建师船，青幡一片，直下长江，向贼巢夺转小孤山去。东防歙婺，西障湓浔，日日争命于锋镝丛中；百战功高，仍是秀才本色。外授疆臣辞，内授廷臣又辞。强林泉猿鹤，作霄汉夔龙。尚书剑履，回翔上接星辰；少保旌旗，飞舞远临海峡。虎门开绝壁，巉崖突兀，力扼重洋。千载后，过大角礮台，寻求遗迹，见者犹肃然动容；谓规模宏阔，布置谨严，中国诚知有人在

悲夫！今已旗常俎豆矣！忆畴昔倾旧班荆，藉阮太傅留遗讲舍，明镜三潭，劝营别墅，从珂里移将退省庵来。南访云楼，北游花坞，岁岁追陪到烟霞深处；两翁契合，逐联儿辈姻缘。吾家童孙幼，君家女孙亦幼。对桃李秾华，感桑榆暮景。粤峤初还，举步早怜蹩躠；吴阊七至，发言益觉含糊。鸳水遇归桡，俄顷流连，便成永诀。数日前，于佑台仙馆，传报噩音，闻之为潸焉出涕；念感物不殊，琴歌顿杳，老夫何忍拜公祠

梁章钜《楹联丛话》卷七云："胜地壮观，必有长联始称，然不过二三十余字而止。"① 可见长联和地域性特征有关，即只有在拥有非常壮观的景致的地方才适合于用长联。所以在山势雄奇的西南多长联也就不足为怪。当然除了这个原因外，我们认为可能跟各地方文人的天生气质也有关系，江南人细腻精致，作联亦讲精巧，

① 龚联寿主编：《联话丛编》，江西人民出版社，2000 年，第 414 页。

西南人奔放热情，作联也就易于激扬文字，不受拘束，酣畅淋漓。这就是为什么最长联、超长联都在西南，长联多在西南的原因。

需要说明的是，事物是发展的。在本书的修改过程中，我们看到了来自山东的中国楹联学会会员韩松宇先生的两副长联作品：一副是 2008 个字的《北京奥运长联》，这副长联已由江苏书法家管春平书写为巨幅书法；一副是《桴斋偶句》，凡 2066 字，一字不重。兹录如下，一为表示对韩松宇先生的钦敬之情，二为表明长联文化当代的发展趋势：无论题材还是地域都在扩大。

北京奥运长联[①]

【序】丁亥年冬，距离北京奥运会倒计时二百余日，余与友人聚于鸡冠山麓，乃议撰写长联，以为北京嘉会献礼贺辞。自申奥成功以来，筹办工作已然紧锣密鼓，取得颇多成就，其如国家体育场“鸟巢”，国家游泳馆“水立方”，横空出世，蔚为壮观。吉祥物福娃、金镶玉奖牌、祥云火炬等，尤具民族文化元素。所谓绿色奥运、科技奥运、文化奥运，理念备焉，成果至焉。可以预想，时维公元二千零八年，序属立秋翌日，第二十九届奥运会北京开幕，必能取得圆满成功，彪炳史册。遥想自许海峰夺得首枚奥运金牌以来，我国体育健儿踔厉风发，屡创异迹，其琳琅收获骄人，拚搏精神感人，与当年刘长春单枪匹马参加奥运，不可同日而语。体育强国煌然矣，东亚病夫安在哉！有感于斯，余乃欣然命笔，奋然捉刀，志在罗东西方文化之精髓，冶奥林匹克精神与民族文化元素于一炉，撰为超级长联。惟乏临川之笔，名山之才，虽欲画虎雕龙，曾不知其象与否？只可略表寸心，献芹而已。全联凡二千零八字，以应其年之数云尔。

奥运复兴，泽倾世界，荏苒百年，煇煌无限。五环烜赫，万国求同，和平友谊，唱彻人寰。曾忆希腊家邦，绵亘战燹；黎庶孰辜，迭遭涂炭？卒签姓字，缔结挚盟，干戈暂歇，玉帛又从，洪恩厚祚，溥博渊泉。遂教白鸽颉颃，孤舟傍岸；橄榄萌芽，春归伊甸。让普罗欣慰，夏祖涕零。忠款既张，久闻遐迩，四载周循，千

① 韩松宇、管春平：《北京奥运长联》，凤凰出版社，2008 年。

秋沿袭。惜淫威泛滥，禁令颁行。第斯种虽埋，其魂未泯，废墟觅旧，遗址尚存。顾男拜旦，集彼仝仁，法都倡议，破土奠基。呼啸列车，轰隆上轨，追寻梦幻，驶向斑斓。雅典擎旌，克期告捷，迄今往届，屡树殊勋。或遇鬼魔停办，妖邪恶抵，究属逆施，仅增耻笑。仍喈粉妆女子，妩媚裙钗，堂皇入合，捧璧还权。鞠躬大块，征服畏途，探索穷涯，居臻化境。砥砺琢磨，酣鏖逐鹿，薄衫浸透，汗渍盐霙。况乳犊猖狂，觊觎记录；幼鳄踌躇，觑窥宝座。尝评项目，肺腑皆钦，愚钝每时，悠然陶醉！赞体操瑰丽，劲蹈蹁跹；单、双杠稳，炼刚绕指；跳、鞍马固，插翅翱翔；艺术婵娟，踔鹘蹦兔；田径纵横，併袍踊跃，倏忽抢先，疾如闪电；跷障逾杆，的卢过涧；跨栏撞线，驰骋骕骦；铁饼标枪，投掷坪埂；官军退却，主将潜藏；柔道剽姚，扎缠段带，闯隘挑关，铿锵奏凯；摔跤慓悍，挪柱移墙，擒蛟缚豹，勇者称王；网侠睽睢，斫抽螭魅，倜傥兼收，哪差骑士；皮划拍棹，问鼎江湖，速航骤渡，鸥鹭咸歌；手擘峥嵘，抟峦抱峤，疏漏谨严，劝君掌握；赛艇翻飙，鱼逃虬伏，劈槊拖刀，波澜壮阔；游泳恬熙，钟灵毓秀，花样多娇，丛鳞匿底；帆船遒济，渠惧惊涛，遄流沧海，再显英雄；棒垒放恣，蜂攻猬守，性崇果毅，概率匀摊；举重若轻，扩肌抓挺，磐石支桥，形犹屹立；曲棍低昂，驱虫赶虺，俯腰苦作，定占鳌头；剑刃凝霜，气冲牛斗，匹夫谁挡，且此嗔号；羽毛翻舞，梨蕊惹蛾，玲珑蝴蝶，阡陌翩翾；净域娥眉，凫浮鹈扑，尘垢悉消，晶莹脱俗；弓箭准瞄，猿愁雁急，舒缓控弦，毋庸杀戮；射击乱缭，分番灭鹄，只眼静瞵，奇姿飒爽；霹雳跆拳，迅雷贯耳，虎胆顿生，熊罴怎敌；泰森徒辈，直打勾抡，喝采喧嚣，煮烹血液；两轮滚轴，缱绻跟随，匪夷割舍，相伴始终；骐骥蹮踀，别该风韵，巾帼揽缰，隽胜缨络；现代逶迤，即抛盔甲，锻锤筋肋，训练股肱；乒乓旋转，日月穿梭，雪冰销了，怒绽琪葩；台板飞身，星熿辰皎，蛇蟒沉潭，奚搜踪迹；足球粗犷，蹋球蹴踘，绿茵对阵，演绎兵韬；篮球凌厉，扣盖错呈，瞬间伐阅，叱咤等闲；排球跌宕，涤荡乃赢，沙滩掠影，沐浴晴曛。敏给趋跄，历招彦杰，共出色侪伦，饮够褒誉。矧喇叭播音，报刊着墨，图像纷纭，荧屏焯烁。认街坊箪食，适可解颐，叔伯壶浆，甘甜掺蜜。美驪蠋跻弛，骅骝蓦越，骏骨嶙峋，铜声清脆。忾各地俊才，整装扛旆，参与争锋，惟修进取！祷旷怡胸臆，垓坫迢遥，精神旗纛，远近飘飏！铸圭璋纯粹，功德永恒。务制宪章璀璨，镌刻丰碑。嗨！矢志更快、更高、更强，委赴格言勉励。总部植林，及累枝菓实，几经宿圃栽培，苗丁呵护。谅必是、旻昊慈悲，苍黔辅弼。仿佛奶酪蛋糕，贻欧、赠亚、馈美、送非、派洋，洲际提携，衣胞互助，幸甚至哉！许摈弃樊篱，逢迎晤面，比舍交谈，亲密坦怀，真骄傲也

北京盛会，光耀纪元，殷勤亿众，理想有成。一鼓琳琅，九州努力，愉悦吉祥，奉诸宾客。谩夸长城垣堞，焕发容颜；福娃偕爱，颇沁心脾。欲挽昆仑，铺陈佳宴，仙酒任尝，蟠桃凭啖，伟度衷肠，宽宏云水。管使朱砂挥动，篆印含晖；荃蘼霑露，村辟蓬莱。觉赤县绸缪，轩辕泪泣。热忱曷测，遍塞穹冥，二仪撇洒，八极泻喷。喟曩昔纡余，因缘反覆。信前申偶挫，后请弥彰，竭虑输诚，群贤尤佩。何氏振梁，帅吾全队，莫市询谋，登坛折桂。蒸骧汽浪，刹那填膺，席卷炎黄，变为澎湃。萨翁授帜，践约启程，个里这般，能酬夙愿。倍珍钟摆叨陪，秒表紧催，只须倒计，勿要迟疑。但征碧宇虹霓，絪緼霞霭，磊落御天，披襟就位。景仰金钲，聚焦凹镜，点燃圣火，传递激情。企伸盼望，虔秉迈疆，炽焰降来，尧封舜壤。恰醒狮抖擞，震撼丘冈；巨龙慷慨，崛起东方。巡视山河，腔膛备敞，炬烽到处，蘧尔怿慆！喜香港繁荣，紫荆茂豫；广、惠邑饶，造物垂青；厦、澳门闳，回潮吸纳；琼深叆叇，垦野拓荒；钱塘汹涌，满郡葳蕤，富而思剧，奋似朝宗；晒岩炳井，旸谷当空；炫沪煊杭，昭融晨旭；建邺姑苏，剪裁锦绣；阆苑耕耘，闲庭休养；皖淮缊藉，孕育良材，眺黟瞰淝，澹泊由中；武汉氤氲，爬楼倚阁，柚风逑麟，逦僪畅意；赣溪湓澈，滋涧梓桑，渟潆独具，岂逊淼溟；橘渚承薪，萦衿洙泗，默咏朗吟，潇湘尽

染；韶冲岑蔚，笼霭罩霖，蜿蜒屴崱，叫我步量；漓滨系缆，渔隐鸡啼，濡毫走笔，画卷恢弘；滇池缥缈，包象涵虚；贵阳常暖，瑞鹤鸣皋；遵义锐瞻，焉迷歧路，略拂阴霾，则睎灿烂；蓉渝廖廓，库蓄仓充，器见硕肤，品名卓著；逻娑愈洁，敬礼颂扬，布宫依岭，势不圮颓；银川迴挂，翥鹜邀鹏，捋袖恭描，堪筹鸿业；珠峰吐曜，昞昶乾坤，六合俱辉，于兹浩叹；灞浐踏勘，泥丸蔽俑，锈蚀戟矛，坎坑积淀；延安窑洞，枣缀柿悬，芬芳漫溢，醲郁超凡；晋祠均佑，龟寿柏祺，连緜继嗣，所托扶摇；宁蒙治草，持续盘雕，片词优牧，善类康彊，峙嵺嘉裕，细雨浇畴，狼烟已熄，獫狁讵侵；乌鲁木齐，内联外引，敲锣庆祝，裨益边陲；三省访津，倘徉忘返，借得便宜，允敦邻里；松辽肥沃，特产稻粱，农工并蒂，彩配蝃蝀；牡丹潋滟，微泛涟漪，灌溉粮棉，淹留商旅；洛浦迟迟，琉璃映曙，兰竹午旁，巧回瑶府；幽燕在毗，民阜户盈，蛱蝉叠翼，罔失财源；华岳崔嵬，纠泾绾渭，橙雾邀觞，吁嗟秦阙；嵩岳崚嶒，攀援弗止，绝顶达观，扫除玄妙；岱岳嶕峣，曝淋靡损，孔庙尊师，楷模懿范。艰辛跋涉，饱览幅员，洎逾旬昼夜，照亮首区。正芙蕖遮脸，枫叶待红，公园旖旎，桌椅温馨。料同巷帚麽，稍难沾履，院阶盆卉，浓馥熏裳。赏氧氢构筑，瓷碗浑沦，檐牙突兀，钢架婀娜。迓他乡翘楚，接踵摩肩，莅临下榻，应享欢娱！感古老文明，根茎蔓衍，智慧莽原，菁莪荟萃！审律吕协调，氛围驩洽，俾创异迹璘斌，彪缤史册。噫！敢祈最新、最好、最旺，廼赖本旨坚贞。素丝织贝，追献状杼机，煞费寒宵呕沥，酷暑煎熬。毕竟看、巍峨跨踔，沆漭沸腾。预知鸟巢场馆，开幕、致辞、升旗、宣誓、竞技，奖牌召唤，朋侣团圆，乐乎值矣！逮距离咫尺，呐喊加油，健儿拚搏，频烦夺冠，洵自豪兮

桴斋偶句

对苍茫天地，几多慷慨？绚耀素辉，兔走乌旋。眇日轮喷薄，光芒暐晔；月镜朦胧，桂叶婆娑；长庚熠爚，朝昏显著；周岁循

环，兄弟团栾；嫠牛迢递，夫妻缱绻；又荧惑燐熿，蹈晦蹑暝；景熛焯烁，呈祥示瑞；心宿姚焞，敞牖启扉；昴煴暧睫，披髦散发；东井熔银，西奎焊锡，南箕炼铤，北斗冶金，问若个能跟列围翁，遐举轻飏？漓泥厚壤，鼋驮鳌托。念草芥芊眠，鸣唱珍禽；森林茂盛，跳踉猛兽；湖涧渟潑，游泳锦鳞；滩涂涝湿，淹留爬类；矧春苑葳蕤，夏圃蓊茸，秋漪澄澈，冬妆皭皭。揽辔挥鞭，策蛟飙虬，屯笞浑沌，霹批蒙澒，觉悟惺聪，勿叫闭封。鞅轧滚辚，后车继往。历茹毛饮血，刀耕火种，劳动勤劬，创造煇煌。先代圣贤，灵似早瞰，逾年所识，隆恩未泯。炎，体恤宽仁；黄，简正持盈；尧，威廉坚实；舜，谦诚敦睦；禹，恺悌忼忞。兆庶黎苗，传承在彼，嶙峋崧岳，耸立危哉！銮殿丹墀，登基定鼎，遗踪漫漶，名俱枉闻。秦，竭泽经营；汉，养原固本；魏，弥亘战燹；晋，搜刮膏脂；唐，拱治边陲；宋，飁摇社稷；元，骄奢难拒灭亡；明，勉勖曷遭暗昧；清，返照焉晖赤县？伟绩丰功，镌刻碣碑，斑斓篆字，装潢坟墓。逗笔停樽，遽尔咨嗟，斋中惆怅，揶揄强辈。哂嬴政痴颠，宁用坑儒？玺专阉宦，尸埋鲍块；吕雉狡诈，阴谋篡柄，异姓分权，即陷宗臣；项羽懦孱，刎颈刈喉，亏输军伍，蒙羞剑戟；隋炀腥臊，低眉女色，极度荒嬉，盍惜骷髅？李煜滑稽，破壁支吾，曾耽伎艺，跪阶降虏；徽钦懈怠，怛怏骤至，贵面尊颜，终世惨囚；顺帝锒铛，溃窜匆忙，卷霾铁队，偃旗息鼓；崇祯愚钝，乱条堆屋，筹措失纲，该缢甲申；骈驾窝囊，皮影随形，线丝操控，魂伤傀儡；慈禧蛮横，佛爷歹毒，内外嗫嚅，敲响丧钟。覆载无私，道德集虚。狰狞丑恶，洵非彪炳。陵寝太庙，皆除享祀；紫阙朱栏，争可赓昌？琼思澎湃，遥衿涤荡；上征下索，完美者谁？算夷齐逊让，夭逃宝位，躲匿首阳，饥馁弗回；姬旦坦贞，辅佐弱孤，弭谗践约，遵从进退；孔丘忠恕，居常教诲，讲授杏坛，木铎噌吰；蜀相鞠躬，酬谢亲临，优容慎重，提携裔胄；岳飞踔厉，擎旌抗敌，挺直脊梁，收拾缺趾，履善激昂，既倒丛澜，力图恢复，克全节义。幅员辽阔，堪诩英雄，驱戎杀贼，我武维扬！纵匈奴慓悍，屡窥侵犯，沙漠豺狼，虽暴必诛；鞑鞓凶顽，斜旆缭纚，卒攘蛇鼠，仓惶以遁；鲜卑乖戾，拥兵据境，撼树蚍蜉，劈啪焚烧；氐羯贪婪，攻隘掠城，讵占狮虎，犁庭扫穴；楼兰骁勇，挡辀僻域，掉臂螳螂，碾作粉齑。御侮守疆，休愧男儿，干戈玉帛，将须变置。赞王嫱出塞，鸾凰翔霭，允嫁呼韩，友谊单于，琵琶纤指，拨弦惊雁，青冢余荫，灯烛仍施；吐蕃弄赞，趋迎凤辇，霞帔霓裳，妒煞胡娘，撤关去障，频烦交契，招寺静修，画像含弘。烹茶煮酎，笑谈臧否，辨理擘肌，剖析毫厘。佩萧何颁法，铲芟莸莠；包拯铡奸，挖剔蠹虫；况钟判狱，牢笼残鳄；郑燮题衔，劝诫官僚。近瞻效死，尝湔耻辱，久喑骐骥，雷霆爆发。忆少穆冲冠，销禁鸦魔；孙文拍案，推翻宣统；蔡锷喻檄，讨伐袁枭；仗袍并鞚，报仇倭寇；建邺摧枯，捣毁蒋巢。筚门窑洞，汗衫蓝缕，缔构共和，播洒晴曛。令伏羲瞩目，轩辕加额，鲁叟折腰，商皓引吭。今期崛起，十方同庆，幸二象昭融，九州殷阜，乃铸成八寓繁荣，亿民康泰

望广袤山川，不尽绸缪！犟峰谲巘，骏驰鹏翥。喜岱崿嶕峣，骨气劲遒；衡峦磅礴，胸襟廖廓；华岭崔嵬，肺腑酣醇；恒巅岃崱，性情爽朗；嵩岫崚嶒，品格憨淳；另峨嵋旖旎，漂鬟染鬓；崿嵊葱茏，叠翠盘螺；黟岚缥缈，浣纱曝绮；蔚葎玲珑，奉璧供璆；普陀住雨，阿里栖虹，岐麓溶冰，昆冈崩雪，待哪般且与崆峒侣，兴游饱览？沛水渺波，棋布星罗。阅江河沆漭，浇培沃野；泾渭濆沦，灌溉莽垓，潇湘洸漾，浸津畎亩；沪渎漩澴，滋润熟畴；偕滹沱潋洌，钱塘潋滟，灞浐缤纷，洛浦芳菲。挂帆舞棹，泛舲漾舫，昼访滈君，夜宴宓妃，妖娆娴淑，应增倾慕。等闲信步，前哲开来。凭沥胆沤肝，足拓手摹，追求拼搏，结晶智慧。大邦典库，浩如烟海，每饭厥揆，奥旨惯征。诗，温柔敦化；书，疏通致远；乐，纯雅平良；易，洁净精微；礼，恭俭庄敬。百家诸子，荟萃于斯，溥博渊泉，洪流甚矣！红笺绿牒，绘藻凝姿，隽采璘斌，眸奚暇接？辞，离群哀怨；赋，写志抒怀；歌，哦咏悇惔；谣，啼号疾

苦；律，颙观懿范；绝，咄嗟艰辛；词，妩媚更兼凄戚；曲，诙谐略带讥嘲；联，寒锋犹贯玄区。鸿裁巨制，混涵宇宙，璀璨珠玑，点缀照霓霄。斟函酌册，悠然沉醉，梦底依稀，噍咀妙侪。叹灵均憔悴，敢忘忧国？命殒屈潭，魄系龙舟；司马迁违，忍受腐刑，京师卧恨，乃垂史记；陶潜澹泊，抛缰脱锁，隐逸柴篱，趁韵田园；阮籍恐慌，缄口时宜，穷途痛哭，惟迷酒务；谪仙放浪，巉屹仰止，自现杼机，率土服膺；杜甫贫愁，冷暖遍尝，衷肠沸液，满壶佳酿；苏公倜傥，啸吟宏邈，转轴铜琶，泻瀑掀涛；柳永缠绵，慢调蜚声，铺陈合辙，岂差丁卯？幼安耿介，翰池溢彩，台阁踌躇，质掩瑚琏；巩祚魁梧，仕旅崎岖，己亥呐喊，喝醒蛰户。沧桑有限，稻粱靡富。旷达恬熙，壹是表彰。科学杂谭，咸属灼知；瑶章彩什，毋稍偏废。冥想连延，侧席逶迤；左参右拜，楷模人众！数扁鹊高超，褒誉卢医，切摸细膊，病疴辄诊；张卿卓荦，测量震脉，救困减灾，抚慰悬浮；葛氏愔翳，抱朴钻研，裹梳茅蕝，巾箱琦玮；祖冲邃密，割刨演绎，敏锐谨严，领袖乾坤；沈括认真，隙积会圆，革新仪器，改移旧俗；毕升练核，始排活版，裨益印刊，颇赖技工。头角峥嵘，准编神话，揭秘探幽，其言匪妄！谅夸父铿锵，竞逐跻弛，路程荆棘，苟躔莫悔；皇娲悲悯，淫潦泛滥，奋补穹旻，肆虐则消；后羿恫矜，拉箭弯弓，吞空炽焰，扑腾坠落；嫦娥寂寞，瞒郎窃药，奈到蟾宫，罢瑟免琴；卫鸟颉颃，填物小沟，扣船淠㴔，视为泡沫。骑鲸跨鹤，杳寻痕迹，肉眼凡胎，那得因缘？羡衢竖砍樵，鹭鸶踏枝，巧逢童龀，啖衔枣核，石桌纹楸，审局误餐，白驹过郤，斧柯已朽；刬邑肇晨，错入花溪，牙床鲛帐，晕乎村鄙，执扇牵衣，怡悦爱怜，阏闺欢谑，瓶浆解秽。乞米赊油，委顿恣睢，投竿荷蒉，迟疑贱末。愿姜尚钓磻，吸纳风云；冯欢弹铗，吹嘘豪杰；越使请缨，企划殊勋；士稚击辑，担当砥柱。俊赏奇才，渠胜彷徨？只见尘埃，琬琰蕴藏。顾许由洗耳，逡巡颍岸；骚客挹瑚，侘傺汨滨；贾生献计，贬归檑渚；范蠡乘桴，掀取蚨蝉；季鹰掌勺，煎蒸鲈脍。雾豹窗鸡，赵侠楚材，扩充卷帙，徜徉

敝舍。唤琥珀添杯，雀舌续盅，吴娃捧砚，巴媛镇纸。乍遇飘零，七尺独行，寄千层跌宕，万丈狷狂，怎辜负四围壮丽，一室馨香

二、好为巧绝游戏联的地区

李伯元《南亭联话》卷二中说：“粤人好为绝对，暗藏人名地名，或隐含药目戏名，务纤务巧，而归乎自然。尝因一联，设社招人投卷，而赠彩多至千金，有佳作则万口传述，若触魔然。”接着举的例子是某富翁年已古稀，但尚购少盛之贫家女为妾，其子忧戚而出联“木已半残休纵斧”征对，许诺百金为酬，实际目的是想引起其父注意而醒悟。哪想其父见后，即对出下联：“果然一点不相干”。其子知是其所对，乃具百金，命人转馈其父，且致语曰：“老父果有此能耐，儿辈过虑矣。”①

另外，福建、广东、北京等地好做诗钟。而诗钟一般被认为是一种特殊的游戏对联。它得名于沿袭“刻烛成诗”的办法限时写作。具体做法是，以细线坠铜钱系于线香上，线香燃烧到一定时间，烧断细线，铜钱自然就会掉落在下面的铜盘中，铿然一响有似钟声，告诉大家该停笔交卷了。诗钟又称为折枝、改诗、选诗、夹句、击钵、作碎、阄诗等。最早出现于福建。成书于咸丰年间的施鸿保的《闽杂记》载有来自福州诗社的诗钟 50 首。

目前所能确知的诗钟作品最早的作者陈寿祺，也是福建人。他于嘉庆四年中进士，而且在翰林院任编修多年，明确记载为他所作的诗钟作品“亭馆春深花睡足，池塘烟重柳眠之”（《足·之七唱》），有人认为有可能作于嘉庆年间。清代福建闽侯人林庆铨所撰《楹联述录》卷十二中这样记载：“吾乡联吟诗句，随举两字，一平一仄，不论虚实，安于两句，以浑融超妙为上，名曰改诗，亦可

① 龚联寿主编：《联话丛编》，江西人民出版社，2000 年，第 2260 页。

作联语。沈文肃极嗜之，公暇每集诗友，敲钟击钵而成。”① 清人梁恭辰也是福建人，他所撰的《巧对续录》中说：“福州向有阄诗之会，各逞巧思。其法，拈字为偶对，每句七字。必裁对工事以巧取胜。”②

福建的诗钟活动因为源远流长，根深叶茂，所以一直都非常活跃，诗社遍及各地，创作了大量高水平的作品。抗日战争前时常举行大规模的诗钟大唱，能征集到上千首作品。由于各种原因沉寂了一段时间后，现在复又兴起，并增加了中青年作家，而且有些去了台湾的人也回来参加诗钟活动。三山诗社的《三山吟讯》还报道过讨论诗钟改革的消息。

诗钟在福建特别流行，与福建塾学的对联教学法有关。据徐珂《清稗类钞》记载，福建塾学教学童作对联的方法为：最先是老师出上句，让学童对下句；进一步是“作碎”，老师留下有对偶关系的两个字，要求学童嵌字作对联，并且指定嵌字的位置。《停云阁诗话》也载，塾学仿照作诗课的方法，让学生一天作几副对联，指定嵌字的位置，嵌用任意翻书选出的字，也指定不相干的两件事让学生分咏。所记出题、限时、评卷、发奖的方法和所录的八首作品，与作诗钟完全相同。

福建培养更高一级学子作诗和锻字炼句，是通过作另外一种诗钟的办法，即根据给出的两个字找到两首古人的诗，把它们分别凝缩成对联的上下句。每字都来自原诗，自己不加一字。如唐景崧《诗畸》中所录的闽县林有赓作的“急潮带雨无人渡，流水听松为我挥”（《春·手笼纱格》），就是为了暗用春、手二字，缩写韦应物的《滁州西涧》和李白的《听蜀僧濬弹琴》而成，自己没有添写一个字。福建人一直称诗钟为“折枝”，就是着眼于对这种难度更高的诗钟的描述，表示从古人原诗取下一句，然后改变其配合关

① 龚联寿主编：《联话丛编》，江西人民出版社，2000 年，第 1232 页。
② 龚联寿主编：《联话丛编》，江西人民出版社，2000 年，第 2647 页。

系，凑成一联。[①]

三、有关材料关于一些地区对联的记载

向义编著的《六碑龛贵山联语》，收录了贵州籍人士在外地的题咏以及外地的在黔寓公留于贵州的联语，共计千余联。范围涉及胜迹、祠庙、廨宇、会馆、庆祝、哀挽、义园、坊表、戏台以及其他门类。赵奎生在该书的点校说明中称“此书为贵州联语的采玉汇编，不仅存联存人，亦藉以纪地纪事，其史料价值，弥足珍贵。”[②]由此书，我们可以窥贵州对联之一斑，概见其地域文化特点的一个侧面。贵州“幅员寫远开辟，独后于中原版籍；狼荒声教，晚通于上国鳌封。梁率击铜鼓以歌，龙莽妋徒，吹芦笙成韵。空谷之足音，心开意远。”[③] 在这样一种文化氛围中所撰制的对联，自然和在江南丝竹与书香的文化氛围中所创作的对联会有所不同。被向义认为是“神品”的两副贵州对联：

一峰天半闻鹦语　万籁松间只马蹄（普安县鹦鹉寺联）

天语有声人独听　仙槎无路客难来（古州榕园飞秋阁联）

足以说明这一点。

孙肇圻所著《箫心剑气楼联语》中的联语，全为作者自撰，我们自然可以藉此了解作者的创作风格和个人特色。但另一方面，因为作者是江苏无锡人氏，所以我们也可以窥一斑而知全豹，用作者的联作作为一个样品，来大致了解一下江苏乃至江南对联文化的一个梗概。而且，由于“赠挽之作，多缘于作者嫡亲及友朋。涉及无

---

① ［清］易顺鼎：《诗钟说梦》，载龚联寿主编《联话丛编》，江西人民出版社，2000年。

② 龚联寿主编：《联话丛编》，江西人民出版社，2000年，第4461页。

③ 刘思濬：《六碑龛贵山联语》（序），见龚联寿主编《联话丛编》，江西人民出版社，2000年，第4482页。

锡一隅人事的作品，提供了不少可资征信的地方史科。”[1] 所以我们也可以从中知道一些该地的历史文化。

陈子展《谈到联语文学》中选录有王观国的《吴下谚联》[2] 中的一些联语，这些联语可以窥见吴地的对联文化的一个侧面。兹录如下：

虎头上捉虱　猫口里挖鳅
描金石卵子　黑漆皮灯笼
钟馗捉小鬼　罗汉请弥陀
眼饥肚皮饿　嘴硬骨头酥
热气换冷气　大虫欺小虫
坑缸前土地　座台上乡绅
眼睛红盼盼　肚里白条条
笔管里煨鳅　床底下摸蚌
带累乡邻吃薄粥　撺掇老爷煨沙锅
羊去吃草鹅去赶　鸡来讨债鸭来愁
铜钱眼内穿斤斗　螺蛳壳里做道场
东手接钱西手送　南天落雨北天晴
小团吃萝卜逐橛剥　和尚无头发乐得推
娘要嫁人，天要落雨　富不教学，穷不读书
老寿星吃砒霜，活厌了　阎罗王开饭店，鬼不来
养媳妇做媒人，自也难保　老和尚看狗恋，我不如他
止顾羊卵子，弗顾羊性命　单见羊吃草，不见羊撒尿

陈子展在其《谈到联语文学》中还引录了湖南临湘人氏吴獬《一法通》中采辑的流传于湖南民间的俗联巧对。[3] 这些俗联巧对，自然也反映了湖南地区的对联文化之一面。兹选录一部分如下：

---

① 陆志强：《箫心剑气楼联语》（点校说明），见龚联寿主编《联话丛编》，江西人民出版社，2000 年，第 4947 页。

② 龚联寿主编：《联话丛编》，江西人民出版社，2000 年，第 5118 页。

③ 龚联寿主编：《联话丛编》，江西人民出版社，2000 年，第 5119—5120 页。

数茎头发，无发可施　满脸胡须，何须如此

檐下蜘蛛，一腔诗意　沟中蚯蚓，满腹泥心

七里山塘，行到半塘三里半　五溪蛮洞，过来中洞两溪中

冢上烧钱，灰逐微风成粉蝶　池边洗砚，墨随流水化乌龙

一个美人映月，人间天上两嫦娥　五百罗汉渡江，岸畔江心千佛子

北斗七星，水底连天十四点　南山孤雁，月中带影一双飞

雪塑观音，一片冰心难救苦　雨淋罗汉，两行珠泪假含悲

开关迟，关关早，怕过客过关　出对易，对对难，求先生先对

美女观花，仿佛两枝红芍药　渔翁钓雪，分明一领玉蓑衣

炒豆炸开，抛下一双金圣筶　甜瓜切破，分成两盏碧琉璃

和尚撑船，篙打江心罗汉　佳人汲水，绳牵井底观音

风摆棕榈，千手佛摇折叠扇　雨淋荷叶，独脚鬼戴逍遥巾

擘破石榴，红门中几多酸子　咬开银杏，白衣内一个小人

二镜悬窗，一女梳头三对面　孤灯挂壁，两人作揖四弓身

新月如弓，残月如弓，上弦弓，下弦弓　朝霞似锦，晚霞似锦，东川锦，西川锦

桃片衔来燕子窝，火烧丹灶　杨花飞落蜘蛛网，雪点鱼罾

诗书易，礼春秋，五部圣经，未闻老子　稻粱菽，麦黍稷，一伙杂种，什么先生

日出雪消，檐滴无云之雨　风吹尘起，地生大火之烟

雨里筑墙，捣一堵，倒一堵　风前点烛，流半边，留半边

塔顶葫芦，尖捏拳头冲白日　城墙垛把，倒生牙齿咬青天

醉汉骑驴，簸脑颠头算酒账　艄公荡桨，打恭作揖讨船钱

桔堆书丹，千秋贤圣并头　扇画山河，一统乾坤在手

水面文苇，桨打连圈篙着点　山头鼓乐，枚敲拍板竹吹箫

星为夜象，却从日下而生　花本木形，偏自艹头而化

金刚怒目，所以降服四魔　菩萨低眉，所以慈悲六道

大雨沉沉，二沈伸头不出　狂风阵阵，两陈缩脚难开

人立断桥，形影不随流水去　客眠孤馆，梦魂常到故乡来

天井里砍树，倒不下　床脚下弄斧，展不开

叔子灰多呼嫂扫　侄儿桶散要姑箍

两地民间流行的对联，明显地反映出了不同的地方特色。特别是《吴下谚联》中的联语，从语言到内容，从事象到观念，都是浓郁的吴语地区风格。而在《一法通》所录的湖南俗联巧对中，我们发现，“蜘蛛”、“蚯蚓”、“山塘”、“溪洞”、“渔翁”、“艄公”、“观音”、“菩萨”、“吹箫”、“砍树”等，也正是潇湘地理、人文之景观的关键词或主题词。

第八章　对联：汉文化圈中的一个奇异吸引子

文化的产生、发展、变化、交流、传播，是一种浑沌运动。从表面和局部看去，既有规则的一面，也有不规则的一面，既表现为有序，又表现为无序，既有可解释的现象，也有不可解释的现象，如此等等。但如果从更广更深的角度看，则一切都是可解的，关键在于我们要发现其中的那些“奇异吸引子”。说它“奇异”，是因为它既不平常而作用又非常神奇；说它是“吸引子”，是因为它对事物的性质和状态、变化和发展起着决定性的作用。我们此处用“奇异吸引子”来形容对联在汉文化传播中的作用，更多是比喻的性质，以此凸显对联在汉文化传播现象中的重要地位。

中国对联向世界各地的传播，外国人、外族人创作对联，都有着悠久的历史。早在1317年，日本宇多天皇就曾题赠旅日十八年的浙江普陀寺高僧一山一宁：“宋地万人杰　本朝一国师”；朝鲜保光法师在四川峨眉山报国寺题有一联：“风和花织地　云净月满天”；清光绪皇帝结婚时，英国维多利亚女王在所送贺礼自鸣座钟的钟柱上刻有一副对联：“日月同明，报十二时吉祥如意　天地合德，庆亿万年富贵寿康”；孙中山逝世时，众多挽联中不乏外国人所作，越南近代爱国运动领袖潘佩珠送的是：“志在三民，道在三民，忆横滨致和馆几度握谈，卓有精神贻后世　忧以天下，乐以天下，被帝国主义者多年压迫，痛分余泪泣先生”；晚清时，一个美国人叫福开森，在其中国朋友何眉生逝世时送的挽联是：“公不在廿世纪中，虽国家将兴，定少许多伟业　我来自三万里外，有朋友之丧，从无如此伤心。”① 哈佛大学燕京学社内悬挂着一副对联：“文明新旧能相益　心理东西本自同”，为末代皇帝师傅陈宝琛所作。② 从这些史实中，我们不仅可以看到对联传播的历史，同时也能看到对联传播的深度和广度。归纳起来，中国对联传播主要有三个方面的表现：其一，直接传播到海外，如越南、朝鲜、日本等地；其二，传播到宗教文化中；其三，传播到境内兄弟民族中。传播形式有两种：一种是直接用汉字书写，一种是用自己的文字书写。

第一节　对联在宗教文化中的传播

宗教文化从广义上讲，包括寺庙文化，从狭义上讲，可等同于寺庙文化。楹联是中国寺庙文化的一个重要组成部分，因此也就等于说楹联是中国宗教文化的一个重要组成部分。因为在源于中国本土的祠庙、宫观这些宗教活动场所中，是离不开楹联的，如各地的关帝庙，其楹联加起来数以万计，所以流风所及，外来宗教的活动场所，也就不可避免地出现了倚重楹联等构筑宗教文化空间的情况。这种情况，可视为对联在宗教文化中的传播。

一、对联在佛教中广泛使用

宗教场所中使用对联最多的，当属佛教的寺院，其中尤以北传的汉化了的大乘佛教利用对联最为积极。佛寺内外，尤其是佛殿内外，总有许多对联，其中包括抱柱长联和佛龛联。它们已经融入佛教的所谓“庄严”中③，可以称得上是随处可见。寺院对联，有意

---

① 吴应林：《外国人也会写对联》，载《对联》，1999 年第 3 期。

② 文二毛：《哈佛大学的一副佳联》，载《对联》，2001 年第 3 期。

③ 佛教中的所谓“庄严”，系指佛教的殿堂布置；张公瑾先生认为就是梵文中的 Vihara。

识地、通俗地宣传教义，而且信息量适中，又兼具文学、书法、工艺美术等多方面的内涵，同时对寺院起着很好的装饰作用。可以说，

从明清对联盛行以来，对联就已经成为寺院文化的一个重要的组成部分。与此同时，寺院对联还经常作为信士们的一种布施，随着寺院的翻修、金身的重塑而不断得以更新，因此，寺院对联作为寺院文化的一部分而不断发展。

在内地的寺院中，无论南北，无论东西，你不可能不看到那些充满“佛性”、“禅心”的佛教对联。让我们先看看河北承德避暑山庄的寺院楹联。清初康乾盛世，为巩固国家统一，加深民族情谊，清政府于京城内外，营建了不少藏传佛教寺庙。承德比邻京师，为联系蒙藏要地，因此寺庙营建更是相对集中，光是属于北京内务府直接管辖者就达八处之多，故有所谓“外八庙”之称。诸庙于殿堂楼阁之门、额、廊、柱、神座之显要处，皆配以楹联，且多为皇帝御制，即景生情，弘扬佛法，同时与建庙的政治社会背景如影随形，有重要的历史文化价值。据《避暑山庄寺庙楹联详解》一书载，避暑山庄共有寺庙楹联 86 副。[①] 这些楹联，多切佛教渊源，所以之于佛教教义的宣扬、之于佛教源流的昭示、之于佛寺气氛的营造，都是令人肃然的。如：

溥仁寺楹联二副

以清净果证因，护持斯万　现广长舌说法，震动大千

虚无梵贝空中唱　缥缈天花座上飘

溥善寺楹联一副

总摄三摩资善果　普函万象护祥轮

普宁寺楹联八副

镇留岚气闲庭贮　时落钟声下界闻

福溥人天，阿耨耆阇开紫阙　妙涵空有，栴檀簷蔔拥金绳

① 陈登亿等：《避暑山庄寺庙楹联详解》，紫禁城出版社，1988 年。

震旦教宏宣，广刹昙霏，普资福荫　朔陲功永定，新藩鳞集，长庆宁居

耆崛天开，金碧辉煌香界朗　精蓝云护，柟檀馣馤梵林深

具大神通完十行　是真清净现三身

半满真言参不漏　色空妙谛证无遮

传大千法宝　阐第一宗风

对物共春台，豳风入咏　愿人登福地，王会成图

普佑寺楹联二副

妙相现庄严，仁敷华梵　慧因资福德，喜洽人天

法演大乘，妙因宗海藏　福覃诸界，慈愿溥恒沙

安远庙楹联一副

竺乾云护三摩峙　朔塞风同万里绥

普乐寺楹联六副

龙象护诸天，毫相瞻时，妙严普觉　漠瀛会初地，法轮转处，安乐常臻

三摩印证喻恒河，人天皆大欢喜　七宝庄严现香界，广轮遍诸吉祥

竺乾法示西来意　震旦光圆东向因

化成层拱通乾闼　属国环归过月氏

花凝宝盖皈真相　云拥祥轮现化身

妙演梵乘超最上　广臻法会乐无遮

普陀宗乘之庙楹联十九副

妙相合瞻千，利资诸福　繁釐同祝万，欢洽群藩

狮座具神威，咸钦奋迅　鹫峰瞻相好，普现庄严

法界朔中台，臻大欢喜　化身现上塞，护妙吉祥

总持初地，法轮资福，胜因延上塞　广演恒沙，梵乘能仁，宏愿洽新藩

梵教流传宗递演　化身应现慧常融

法界现神威，即空即色　梵天增大力，非住非行

水镜喻西来，妙观如是　月轮悟南指，合相云何

璎鬘垂护花龛彩　狮象驯依鹫岭辉

佛刹现乾城，法资喻筏　禅宗升震旦，教演传灯

以此无量慈，同参不二　喻彼有为法，普度大千

统须弥界天，护持常住　遍华严海会，应现随方

秘印妙持超四果　圆光正觉示三乘

现法化报身，云霏遍荫　统先后中际，象教同持

初地相光全，总持一化　诸天梵香聚，共演三摩

般若相常融，具五福德　菩提心并证，增八吉祥

觉观印圆通，能仁普主　识田悟清净，妙智同修

功德示经文，香薰詹蔔　庄严瞻相好，光映琉璃

持法利身心，众生养济　随缘施愿力，一切常圆

佛光普护三千界　寿域常开万亿春

广安寺楹联三副

香界拥诸天，妙鬘普护　塞山现初地，净土同持

净域顶光融，庄严普现　妙香鼻观会，功德常增

现法化报身，总持净业　参戒定慧谛，永驻祥轮

殊像寺楹联四副

发心为众生缘，深入善权菩萨果　现相如三世佛，了分身住曼殊床

佛说是本师，宏宣象教　天开此初地，示现狮峰

地上拈将一茎草　楼头现出五台山

地分台麓示居国　座挹锤峰供养云

须弥福寿之庙楹联十八副

开大般若台，朗照宗镜　具妙庄严相，深护法云

证三摩钵提，圆装七宝　超六波罗密，座涌千花

圆镜照三千，是空是色　妙香闻二六，即佛即心

妙曼拥珠城，庄严具足　芬陀承宝盖，福慧圆成

现象香国身，增五福德　说最上乘法，证八吉祥

仙露净尘根，花垂簷蔔　香风翔法界，乐乘迦陵

证最胜因，光华开七宝　溥无量寿，安乐演三乘

风铃常转莲花藏　贝叶闲披金字经

龙象庄严，妙不可思议　人天欢喜，普如是吉祥

见性悟真源，参圣如意　定心观妙谛，示佛因缘

宝阁护香云，静资礼梵　灵峰呈寿相，妙悦安禅

初地总持超梵乘　恒沙普演护祥轮

到来佛相原如是　静处尘心那更生

功德无边复无量　因缘非色亦非空

现法化报身，共依圆觉　摄闻思修教，遍示妙明

象法涌祥轮，西方震旦　智光腾宝炬，海藏天宫

便有香风吹左右　似闻了义示缘因

震旦现香林，人天欢喜　耆阇开宝纲，龙象总持

永佑寺楹联十三副

得现一切，色身善应，常修智方便　成就甚深，慧力普明，独证法圆通

松磴云开，宛呈真实相　莲池月朗，长印妙明心

凡有为中皆幻相　到无心处是真禅

佛幢结鬘安禅竟　僧帽披云礼梵初

觚稜日上承盘露　铃铎风迴座散花

屹峙锤峰标窣堵　分流濡水指神州

浮图焕彩神明舍　塞苑祥开衲钵天

户外七星罗玉宇　园中万树拱珠标

积雪全消横远岭　浮云净卷俯高楼

夕霭明边雁台出　晨霞起处鹫峰来

挂簷新月参三点　射角明河映九层

轩庭悬舜日　岩壑蔚龙光

今昔感频增，缱兹风露　寸分阴并惜，寄彼缥缃

水月庵楹联二副

印不即离间，是相非相　悟最澄明处，内空外空

云岫无心参自在　石泉不垢见真如

珠源寺楹联三副

香界现金银，无量无边，庄严最胜　法流汇珠琲，不即不离，感会真常

优钵光中，证十二因缘，金刚常住　摩尼圆际，参八百功德，水观同澄

梵天阁涌金光聚　香水澜回珠颗圆

鹫云寺楹联一副

上塞涌花宫，全庄七宝　西峰开鹿苑，合证三轮

碧峰寺楹联三副

绀宇初开，现四禅天，宝花积　碧峰常静，证三摩地，吉云扶

山色不遮螺涌出　佛光无量鹫飞来

檀身随现清凉窟　云岫宜寻欢喜园

再看看其他地方佛教楹联的例子。

辽宁朝阳市华严寺联

万缘脱去心无事　诸相空来性坦然

四川峨眉山雷洞坪联

惟有洗心能革面　虽非造极已登峰

北京故宫妙莲华室联

转谛在语言而外　悟机得真实之中

广东潮州市开元寺联

到此已无尘半点　本来只有心一条

广西桂平县西山寺联

忍一点风恬浪静　让三分海阔天空

四川峨眉山洪椿坪弥勒殿联

律己何妨真面目　待人总要大肚皮

河南博爱县月山寺联

不思红花香满径　但求白云独去闲

福建厦门市鸿山寺联

阅世休嫌眼孔小　容人须放肚皮宽

天津上方寺联

石润苍苔皆佛性　松摇暗籁有禅机

山东济南市极乐洞联

焚香且上五华殿　煮茗更临双鹤泉

安徽滁州市琅琊寺念佛楼联

读经松下留明月　补衲岩前借白云

台湾台中市古灵堂联

学道须从空处悟　修行当在静中求

四川峨眉山万年寺联

愿将佛手双垂下　摩得人心一样平

广东潮阳县大北岩客堂联

不为自己求安乐　但愿众生脱难苦

辽宁本溪市古洞亭联

古峡荷风凝爽气　洞泉山月吐清辉

江苏淮安市龙济寺联

天上楼台山上寺　云边钟鼓月边僧

四川新都县宝光寺联

每闻善事心先喜　得到奇书手自钞

北京北海智珠殿联

塔影回悬霄汉上　佛光常现水云间

湖北蕲春县普惠寺联

闲云野鹤自来去　白石清泉无是非

北京万寿寺联

树色溪光成静赏　花香鸟语绝尘缘

湖南衡山县舍利塔联

白云飞去青山在　青山常在白云中

云南剑川县地藏寺联

悔难追事当头戒　悟过来人放步行

江苏苏州市寒山寺联

五六月间无暑气　二三更里有钟声

江西九江市九华寺联

非名山不留仙住　是真佛只说家常

河北徐水县慈航寺联

树影不移浓淡处　河流数向浅深间

广东潮州市来龙庵弥勒龛联

举头见佛生欢喜　合掌皈心仰慈悲

北京观音庵联

问大士缘何倒坐　恨世人不肯回头

湖北武汉市归元寺联

有缘山色来禅寺　无限风光入翠微

湖北汉川县观音寺联

松前洗钵云垂地　石上谈经月在天

湖北崇阳县朝阳寺联

门环翠水千寻碧　山绕云台万壑幽

湖北荆州市章华寺韦驮殿联

春雪无尘空四大　慧灯有耀悟群生

河南洛阳市龙门石窟联

九朝不改青山色　百洞斧凿佛像尊

湖北武汉市灵泉寺联

千岩竞秀旷怀远　万壑争流法眼宽

云南剑川县海云居联

百年过客无常主　三日为僧不愿官

江苏南通市五福寺联

野人占候有先机　方外谈禅得真谛

北京德寿寺御座房联

禅味每从闲里得　道心常向静中参

云南昆明市华亭寺大雄宝殿联

梵语数声烟寺绕　渔歌一曲海天秋

广东广州市罗峰寺联

石磴泉飞山欲静　洞门云掩昼多阴

香港鹿湖精舍山门联

鹿苑风清翻扫径　湖源水净不沾尘

山东宁阳县钟楼联

小楼曾建灵山寺　晨钟常传百家姓

山西沁源县灵空寺联

峰影不随流水去　鹤声犹带夕阳飞

北京万寿寺联

欣于所遇何空色　乐在其间是古今

湖南攸县灵龟寺联

天外浮云皆为梦　台前幻景尽是仙

江苏镇江市自然庵联

萍自在因根解脱　莲清净为藕空虚

江苏宿迁县翠云寺联

绿竹红梅犹假色　行云流水是真诠

安徽宿松县弥陀阁联

静邀山月归禅室　闲剪松云补衲衣

四川峨眉山万年寺联

心同佛定香烟直　目极天高海月升

广西荔浦县鹅翎寺联

入寺始知山窍妙　登峰便见小城雄

北京三山庵联

远山近水澄雾色　清风明月净禅心

广东郁南县清龙庵联

秋容似此何曾淡　兰味如斯不断香

安徽合肥市明教寺联

万法皆空明佛性　一尘不染证禅心

福建福州市涌泉寺护法神殿联

君欲欺心神未许　汝敢昧己我难瞒

四川峨眉山伏虎寺联

世外俗尘全不染　平生心迹最相亲

云南剑川县近天庵联

沧海静时无俗气　白云深处有神仙

云南通海县涌金寺联

百道湖光千树雨　万山明月一声钟

云南剑川县近天庵联

几点微云鸦去晚　一声清磬雁横秋

四川新都县宝光寺钟楼联

惊醒世间名利客　唤回苦海梦迷人

江苏镇江市焦山寺联

眼底江山皆净域　毫端兰竹见灵源

江苏高淳县玉泉寺联

玉磬金钟敲佛地　泉声风韵锁禅门

河北蔚县玉泉寺联

遍山芳树红霞裹　绕石清泉碧玉流

台湾台南市清水寺联

月明古刹客初到　风动柴门僧未归

吉林吉林市龙凤寺联

龙峰疏柳笼烟暖　潭水劲松锁月寒

江苏南京市华严庵联

花下听经清有味　水边契道静无声

台湾台北县岐山岩联

岐分相映流仍一　山不在高佛有灵

山西繁峙县普润寺碑刻联

润草无人春自绿　禅关不锁月常来

河北井陉县福庆寺联

殿前无灯凭月照　山门不锁待云封

山西大同市宏济寺联

理道广行无限德　门下善结有缘人

江苏镇江市定慧寺石坊联

天辟海门容大隐　人从石室学长生

黑龙江哈尔滨市极乐寺联

愿大地都成净土　问众生谁是如来

浙江杭州市韬光庵联

山衔古寺穿云入　树隐流泉倚石听

山西五台山联

青天碧水镜中悬　山色远海月空圆

山西阳城县开福寺禅房联

雪水烹茶天上味　桂花煮酒月中香

江苏南京市华严庵联

翠竹黄花皆密谛．清溪浩月照禅心

四川乐山市乌尤寺联

事到无心皆可乐　人非有品不能闲

山东五莲县光明寺联

清风明月谁供养　红树青山我主持

四川峨眉山中峰寺联

夜听水流庵后竹　昼看云起面前山

陕西清涧县石台寺联

砥柱平妆双涧水　层楼横锁一川云

四川峨眉山伏虎寺联

瓶添涧水盛将月　衲挂松梢惹得云

湖北蕲春县龙门资教寺联

剪一片白云补衲　留半窗明月看经

浙江上虞县福仙寺联

山深鸟语皆成韵　昼尽僧房半是云

香港青山禅院联

十里松杉藏古寺　百重云水绕青山

四川峨眉山洗象池联

慧日慈云臻净觉　松涛石濑远尘嚣

山西五台山普济寺联

锦绣峰云中望月　碧龙池水底观天

四川峨眉山报国寺联

立身苦被浮名累　涉世无如本色难

辽宁北镇县小观音阁联

上我慈航休错念　教人苦海即回头

河南开封市西斋堂联

世间惟有修行好　天下无如吃饭难

云南昆明市螺崖联

庄严世界还须佛　点染春光也要人[①]

这些佛教楹联，和前举避暑山庄寺庙楹联相比，其特点是开拓了佛教劝人积德行善、慈悲为怀、清心寡欲的一面，并把佛教宗旨跟中国本土的道家思想及禅宗理念结合起来，使佛教教义的宣传更通俗化、大众化，但同时也缩小了佛教教义的广度，浅化了佛教教义的深度。另外，有些楹联重点放在了纯粹的写景上。这些特点，也体现在前中国佛教协会会长赵朴初先生所写的佛教楹联上。赵朴初初先生写过不少佛教圣地楹联，我们来看看其中的几副。

峨眉山清音阁前牛心亭联

且任客心洗流水　不劳挥手听清音

峨眉山金顶睹光台联

天著霞衣迎日出　峰腾云海作舟浮

玉峰迎旭日　银海纳长虹

① 以上联例摘自房弘毅：《房弘毅楷书佛教楹联》，中国文联出版社，2003 年。

峨眉山伏虎寺联

山色千重眉鬓绿　鸟声一路管弦同

河北赵县柏林寺普光殿外柱联

本分事接人，洗钵吃茶，指看庭前柏树子　平常心是道，搬砖盖瓦，瞻依殿里法王尊

上海玉佛寺般若丈室联

勤学五明，弘范三界　庄严国土，利乐有情

福建南安湘山寺晚晴亭联

千古江山留胜迹　一林风月伴高僧

这些楹联中，只有上海玉佛寺般若丈室联类于避暑山庄寺庙联，其他则都是通俗化的文字，并重在融佛家情怀于当前景色之中，造成一种“化境”。由此可见，佛教楹联的发展经历了一个从严守佛经佛典的原貌到活化于现实生活和自然景观之中的过程。

二、伊斯兰教、基督教使用对联的情况

如果说佛教是因为汉化了才吸纳了对联文化的话，那么其他外来的宗教如伊斯兰教、基督教的情形又怎样呢？

由于回族与汉族长期共处，汉族的对联形式也为伊斯兰教的宗教活动场所清真寺所采用。在一般的伊斯兰教清真寺的圣龛两侧，都有用阿拉伯文书写的教义，它们形式上就像两行对联。与此同时，我国不少清真寺里也有真正的汉语对联，其内容反映出伊斯兰文化和儒家文化的互相影响和融合。

宁夏同心县清真大寺原有对联多副，系当地教民派人至西安请硕儒作对，然后请书家题写制成抱柱后用骆驼运回清真寺的。[①] 转录如下：

尔来礼拜乎，须摩着心头，干过多少罪行，由此处鞠躬叩首

① 李洪图：《宁夏同心清真大寺联》，载《对联》，1994年第4期。

谁是讲经者，必破除情面，说些警吓话语，好叫人入耳悚听

真教衍西方，发微阐幽，但愿谨遵天命　大道传东土，开来继往，但须恪守圣行

生天生地并生万物，仰真主之大生，生生不已　化人化神兼化百灵，溯至圣之妙化，化化无穷

昭事必诚，方是追源返本　致斋以敬，惟共忍性动心

天命不致违道，完五功方见独一真光　人心尤宜尽理，通三乘得开百年暗幔

万物遍生沾主泽　群迷普渡显圣恩

其他清真寺楹联如：

真经降自天方，三十册包括无遗，往圣先贤延大道　古教传于中国，千余年率由罔替，黜邪崇正裕清修（河北保定清真东寺殿前联）

化天化地能化化　生人生物更生生（河北定州礼拜寺殿内联）

观树木之摇曳而知有风，睹绿翠之萌动而知有春　视己身之灵明而知有命，参天地之造化而知有主（新疆昌吉本地寺联）

赖真宰，脱二虑，窥妙本，不出我性　超万缘，归一体，视太极，若在我身（天津沧州清真大寺殿前抱柱联）

须实践五功，天心大可见矣　莫分言三乘，吾道一以贯之（甘肃临夏新王寺联）

七日五时到此须勿妄想　三才万事其中自有纲维（北京牛街礼拜寺联）

开之谓言解，解微、解妙、解一本诚，是大人致知学问　斋之取意齐，齐人、齐心、齐七情欲，正君子克己工夫（甘肃西道堂礼拜堂联）

居广居，由正路，方能保全元气　友良友，亲明师，不啻坐于春风（甘肃西道堂礼拜堂联）

崇拜真主，称穆民，信德明心，为社会，为国家，为世界，为万物，合一天人，幸谋得安宁秩序　优待孤儿，本圣训，赈灾救

难，若衣食，若住行，若学问，若工艺，多方教养，愿造成俊杰英才（陕西清真礼拜堂开幕纪念对联）

满足自封人是庸人　积极求学者是学者（新疆昌吉本地寺门外壁联）

兴办学校，惠及教门　扶助桑梓，共仰典型（甘肃西道堂挽马启西教长联）

惟道无名，看怀德畏威，西域久垂声教　以诚立愿，喜父慈子孝，中华递衍薪传（天津蓟县清真寺联）

本真诚以立圣行，成己成仁，允矣道全德备　体大公而尊主命，善心善世，洵哉仁精义熟（甘肃西道堂礼拜堂联）①

教主五功，千百年源渊不绝　道传一贯，亿万代授受常新（宁夏银川市北关清真寺礼拜厅前联）

遵主命活泼中显真性　顺圣行精微处在无言（宁更永宁县纳家户清真寺寺门两侧联）

读书得妙意，理合天经三十部　养气通神明，道统古圣百千年

入此门登此殿，莫蒙混礼了拜去　洗其心涤其虑须仔细做起功来

人人具我真面目，弗失即是我　物物显他假形象，化尽就如他

清气易清，欲清须一尘不染　真诚难真，要真宜万缘皆空（甘肃临潭县西道堂清真寺联）

古兰思远训　静室诵遗经（甘肃定西县官川教徒马明心修道古洞联）②

此外，天津清真寺的对联也不少。

基督教也常用对联来宣教，阐述教义、歌颂圣德、教诲信徒，同时用以点缀装饰教堂。20 世纪 20 年代初，山西太原的基督教堂

---

① 以上联例摘自傅绪昌：《清真寺的匾额与楹联》，载《对联》，1998 年第 2 期。

② 以上联例摘自方纯、张尚瀛：《我国伊斯兰教清真寺对联》，载《对联》，1988 年第 3 期。

曾编过一本基督教堂对联，山东兖州也出版过一本《圣教对联》，这里选举其中的几例：

宇宙中万物森森追究根原造从天主　乾坤内群民密密渊寻始祖先自亚当

德惟其备能全知全善全天地间独推主宰　性极于超造世救世赎世古今来莫外生成

起地立天十方无二主宰　赏善罚恶万古惟一化神

学海无穷，知法耶稣斯获本　天堂有路，习持仁爱此为宗

圣子献于圣父，礼至尊也，典至重也，所传黍稷牺牲莫非比喻　善始保以善终，仁无间兮，爱无穷兮，如此奇恩大德无不尊亲

三十三载躬居世间受尽万苦赎人类　一十二徒分行天下备历诸艰证福音

日月掩光观地震天昏咸形悲感　星辰失序听山鸣谷应谁不伤怀

甘服惨刑震动乾坤显恸泣　功成奏凯拔提众信享欢欣

另外还有“耶稣圣心对联”、“弥撒对联”、“圣诞对联”、“复活对联”以及专供信徒用的婚丧喜庆联和春联：

救主赴筵留圣迹　天神引路缔良缘

谈道诲人常世业　修身克己平生功

造物恩流化及我家新万象　权衡主宰泽通此户漾千秋

十戒是神阶顺之则升逆之则堕　总归为二者上爱天主下爱众人

何必读尽圣贤书能救灵魂便是实学　纵然志周天下事不认真主终是愚人①

第二节　对联在海外的传播

中国文化不仅对汉字文化圈中的国家的文化产生了巨大影响，

① 以上对联摘自匡达人：《我国的基督教对联》，载《对联》，1987 年第 6 期。

而且对亚洲一些非汉字文化圈中的国家的文化也产生了很大的影响，如对泰国文化。从泰国历史上看，建国于17世纪后期的大城王朝，其御苑就是聘请中国技术人员，按照中国宫殿样式建造的，而且宫殿里布满了各种汉字对联。[①]《中国对联库》中辑录了一些海外联[②]，除汉字汉语文化圈中的朝鲜、韩国、日本和越南外，还有泰国、缅甸、新加坡、马来西亚、印度尼西亚、菲律宾、美国、加拿大、秘鲁、阿根廷、巴西、委内瑞拉、法国、德国、英国、丹麦、俄罗斯、荷兰、意大利、比利时、毛里求斯、马达加斯加、澳大利亚、新西兰等国家，可见中国对联的传播之广。当然有些国家的对联都是出现在华人会馆之类的地方，如新西兰；有些则大多出现在中国饭馆或酒楼中，有的则出现在中国的传统庙宇中，有的出现在汉学院或有中国特色的休闲旅游场所。由此可见，对联在国外的传播可以分几种情况，一是传播到受汉字文化影响的国家，如朝鲜、韩国、日本、越南等；二是传播到受汉语文化影响较大的国家，如新加坡、马来西亚、印度尼西亚、菲律宾等；三是传播到受汉族文化影响较大的亚洲其他国家，如泰国、缅甸、印度等；四是传播到其他洲的一些国家。

一、汉字文化圈中对联使用情况

在汉字文化圈中，使用对联最普遍的是越南和日本。由于地理的关系，自古以来，越南人就在文化上和中国有着非常密切的联系，特别是在与语言文字有关的文化方面。因此，越南也有在春节、婚庆、乔迁等时候贴对联的习俗。如春节，可在越南的农村看到这样的对联：一室太和真富贵；满门春色太荣华/天增岁月人增寿；春满乾坤福满门。这后一副春联，如前所述，是中国的一副非

① 田广林：《中国传统文化概论》，高等教育出版社，1999年，第286—287页。

② 此书由朱恪超等编，中州古籍出版社2000年出版。

常传统的春联。在楼下圈牲畜的屋子，越南老百姓也要写上门联，如：早放成群鸡犬猪；晚来无数牛马羊/六畜兴旺年景好；五谷丰登气象新。另外，越南的神龛联、姓氏联与碑联也和中国的一模一样，在很多农户家中，可看见这样的厅堂联：儒者有文，堪称风流雅士；山居无事，是谓娱乐高人。神龛联如：神圣恩深家宅旺；祖宗德厚子孙贤/祖德流芳思木本；宗功浩大想水源/敬恭明袖则笃其庆；昭穆列祖载锡之光。碑联如：青山常在；绿草不枯。姓氏联如：道德易经传天下，太白文章贯古今/望重汉庭新语好；才高洛邑投隆名（陆姓）/高评诗礼光先绪；阳著科名裕后人（许姓）。可见越南民众是很崇尚儒学的，虽然现在越南的文字已经拉丁化，但许多人还是以“儒教世家”自诩。①

越南的寺庙祠观不少，寺庙祠观中也有用汉字书写的对联。如河内真武观的对联：

有国家以来，旺气经今存岳渎　中天地而立，神光盖古镇龟蛇

地萃其灵，江山长在此　道形于器，钟鼓云乎哉

圣泽汪涵牛渚阔　神功峻拔凤山高

镇国寺的对联：

镇北古名蓝，荡漾西湖光慧日　越南今胜迹，芳纵东土震禅关

慧日光临，普照三千世界　慈云遍覆，洞开不二法门

镇国日重光，梵宇长留，复见凝眸乘大觉　西湖波起涌，法轮永振，艳开接武顿禅宗

在河内，还有玉山祠和其他许多庙宇，其中道观很多。这些庙宇，由于其建筑涉及的内容并不都与佛道有关，因此其对联也不限于讲佛道。玉山祠内这样的对联就不少。中有一门，上刻“砚台”二字，两边的对联是：

泼岛墨痕湖水阔　擎天笔势石峰高

这副对联就只同笔墨相联系。该祠“神龟洛书”处的一副对联

① 梁福昌：《越南人与中国对联》，载《对联》，1999 年第 5 期。

完全是写景：

桥引长虹栖岛岸　楼当明月坐湖心

余德泉先生曾对越南对联进行过考察，之后，他归纳出越南汉文对联的几个特点：一是受中国传统文化的影响很深，给人的感觉甚至同我国南方一些省区的情形毫无二致。儒道本来是中国的东西，在越南，人们对此的信仰却也根深蒂固。佛教的发祥地虽在印度，但单就寺庙大刻汉字对联这一点来讲，就具有浓厚的汉化色彩，而且对联用语也都采自汉语。二是对联作者大都具有很高的汉学修养。绝大部分对联都内容贴切，文辞简洁，文笔很好。不少对联甚至可以使我国今天一些号称“联家”者相形见绌。三是绝大部分对联都符合汉字对联的格律，不仅对仗工稳，而且平仄协调。四是不少对联都很注意技巧的运用。如玉山祠的对联“夜月或过仙是鹤；濠梁信乐子非鱼”用了《庄子·秋水》中庄周与惠施游于濠梁之上的典故。镇国寺对联“福等河沙，作福自然得福；功垂万世，兴功便见成功”中，“万世”与“河沙”字面小有失对之处，但上联于一、六、十号位三重“福”字，下联同一位置上三重“功”字，重言技巧用得很好。真仙寺“慧月长昭今古夜；慈风普扇往来人”一联之“今古”与“往来”则用了自对。福林寺的门联“福海得门方便入，林泉正路自如来”以丹顶格嵌了“福林寺”寺名。①

越南不仅有汉文对联，而且还有越南文对联。越南文对联有两种，第一种是径直写下。由于越南文是一种音节性的拼音文字，字母用的是拉丁字母，每个音节的长短并不都是一样的，因此无论横写竖写，上下联都不可能完全一样规格，看上去就不大像对联（见图 8－1）。第二种对联是把每个音节的所有字母都排列在一个圆圈的范围内，确切地说，是用该音节的所有字母组成一个一定大小的

① 余德泉：《越南对联考察散记》，载《对联》，2000 年第 5 期。

圆形图案，形成一个字母团。①

图 8－1

图 8－2

到中国人在圆圈内写字，使人联想到过去穷人家春节写不起春联而用碗底抹上锅底儿在红纸上拓上黑圈圈儿权当春联。由于对称整齐，所以很像汉字对联，而且别有一种韵致和美感（见图 8－2）。

图 8－1 和图 8－2 中的越南文对联，是余德泉先生在越南海防市福林寺中所拍摄到的。②

在中日文化交流中，对联交流是其中一个重要组成部分。从传播时间、覆盖范围、对联数量、对联作家等方面来看，日本都非常

---

① 泉州穆斯林民居门上两侧有类似汉语对联的阿拉伯文对联，显然是一种受汉语对联影响的产物。它们也是一个一个的“字团”（实际上是一个一个的意义单位）。具体情况详见刘福铸《谈异族语言文字的对联》，载《对联》，1992 年第 1 期。

② 引自余德泉：《越南对联考察散记》，载《对联》，2000 年第 5 期。

引人注目。对联以汉字为依托，又是最能充分表现汉字魅力的艺术。从日本使用中国汉字之日起，就“命里注定”能够接受中国对联文化，并保持着与对联的一种无法割舍的关系。日本早在昭和八年，就出版过下永宽次的《中国春联集解》，这被认为是现今所见的最早的外国版对联专著。①

中国对联开始传向日本，大约是在唐代。著名唐僧鉴真大师东渡日本前后，日本派过遣唐使十九次，其中有十三次到达中国。随之同行的学者、僧人回国后，积极推行和宣扬唐代文化，包括汉文字、汉文诗、汉字书法等。据说日本圣武天皇，就十分喜爱汉文和汉字书法，并有真迹流传后世，其《杂集》中，便有手书的偈语楹联：

洗心甘露水　悦眼妙花云

从对仗、音韵以及意境来看，这是相当成熟的作品了。

曾访问过中国的弘法大师（774—835）曾撰《文镜秘府论》。此书是他于日本大同元年（806）回国后应当时日本人学习汉语和汉文学的要求，用带回的唐代名家诗论书籍做资料编纂而成的。其中“论对”、“二十九种对”等内容，不仅是诗律基础，也是联律基础，至今还受到楹联界的重视。可以认为，《文镜秘府论》为对联在日本的发展，奠定了理论基础。

中日两国文化交流，最初的渠道主要是佛教的流传。如前所述，中国楹联经过漫长的道路，至明清而鼎盛。中国明清时期正是日本兴建和重建寺庙较多的时期，于是以寺庙楹联为代表，出现一次大的对联交流。这一时间延续较长，自明末至清乾嘉年间，约有百年。其传播原因，一是明末遗民赴日，带去中国文化；一是康乾盛世，与东瀛交往频繁。日本角川书店的《日本名所风俗图会》丛书，共二十余卷，其中有不少寺庙楹联。其作者，一部分是中国“俗人”，如孙悦峰、程德逊、杨忠、冯际裕、攀升吉、魏之琰等，

① 洪晔辑：《对联之最》，载《对联》，1985年第1期。

另一部分是中国僧人，如隐元、木庵、喝浪、即非、铁心等，他们多来自福建，特别是泉州一带。也可能有一部分联语出自日本僧人之手，只是资料不全，难以考证和认定。以长崎分紫山福济寺为例：

题山门联（木庵）

紫气琼云光福济　沧江玉带拥山门

题大雄宝殿联（隐元）

大开福济门，彻见玄中妙主　撑柱空王殿，全凭格外奇材

题观音堂（高玄岱）

万里云帆辐辏　一围天界分明

题关帝坛（佚名）

扶起家门，百岁祥云随日转　护林从社，九天恩露及时濡

题天王殿（慈岳）

弘济福林膺杵护　匡扶法社赖屏庥

题弥勒殿（戒琬）

开八字门，是圣是凡任凭来往　分片云紫，盖天盖地自在卷舒

题天妃坛（陈云震）

入三摩地，示现普门千江月影　得自在观，赴感群念万卉春容

题开山堂（喝浪）

檀德光涵沧海日　刹竿瑞揭紫山云

题斋堂（大鹏）

饭元是米平常事　菜本无根足可尝

20世纪初，中日对联文化交流迎来了第二次热潮。这一时期，两国有正式外交关系，互派使节，互建公馆；旅日华人增多，也建立了一些会馆。于是，公馆、会馆等处便仿国内体制，均有楹联。如：

放眼楼头，看海水南流，夕阳西下　寄怀天末，咏京华北望，零雨东归（黄遵宪题清驻日公使馆）

长风破万里浪　海日照三神山（黎庶昌题神户中国领事馆）

福地枕蓬壶，采药灵踪，仙去尚留秦代迹　好风停桂棹，扶桑乐土，客来重访赖公碑（陈文瑞题横滨中华会馆）

中外共车书，犹闻周代礼存，孔庭乐在　春秋良宴会，正值尧时日出，洛邑风回（李鸿章题神户中华会馆）

中日人士在频繁交往中，建立了良好的人际关系和深厚的友谊。比如孙中山、黄兴、蔡锷、秋瑾等旅居日本酝酿推翻清政府的活动，便得到日本各界的理解与支持，因此，题赠联是这一繁荣时期的重要特征。有华人题联赠日人的，如：

揽方壶员峤之奇，海气百重，此间自辟神仙府　踵舜水梨洲而至，齐烟九点，终古无忘父母邦（梁启超赠鸿三理三邦）

西谚曰血重于水　东古训唇齿相依（孙中山赠头山满）

也有日人题联赠华人的，如日本文学博士常盘大定1929年赠福建雪峰寺方丈的对联：

既见三球随物换　何无双木与年新

这一时期的高潮是孙中山先生逝世后的挽联盛事。据当时的记载，东京华侨联合会追悼大会，挽联“百数十副”。东京中日韩追悼大会，“挽联计千副，极尽大观”。横滨国民党横滨支部追悼会，“高挂挽联挽幛，极大之会场，竟拥挤不堪”。神户各界追悼会，“场内张挂祭幛挽联，堂壁皆满”……①

20世纪80年代后，中国对联文化进入振兴时期。因此，中日对联文化的交流也进入一个新的繁荣阶段。主要表现在：

（一）题孔庙。中国人有为日本长崎孔庙题联的传统，早在清朝乾隆年间，江苏人顾孝先就题过两联：

万世文章祖　历代帝王师

庙貌森然，蓬海肃陈俎豆　仪范卓尔，崎山尊祝衣冠

赵朴初先生也有题孔庙联：

教被寰宇光曲阜　泽流海外润长崎

① 常江：《略论“楹联东渡”》，载《对联》，1990年第4期。

国画艺术大师李苦禅先生逝世前，应日方请求，为长崎孔庙撰书了联语：

圣教无域泽天下　盛德有范垂人间

（二）国家之间、城市之间、民间团体之间、个人之间的交往中，对联已成为友谊的纽带。日本鹿儿岛与中国长沙市结为友好城市后，建一纪念亭，中国联家撰书一联：

我从麓山携来衡岳千峰雨　谁在樱岛剪取楚天一段云

中日书法展览会上，有日本书家青山杉雨、古谷苍韵、柳田泰云、今井凌雪等人的楹联墨迹。当今日本，喜爱楹联的人越来越多。

1989年5月，中国楹联家、建筑艺术家高寿荃先生在大阪举行了"即兴嵌名楹联书法展览"，这是我国楹联界第一次在国外举办的展览，共展出嵌名联35副。比如为日本著名作家池田大作写的嵌名联：

月照池田明似镜　心雕大作永如天

为立正大学文学教授、大书法家田渊保夫撰写的嵌名联：

菊田笑隐渊明士　天保珍藏夫子诗

为立正大学教授、日中交流中心代表三木友里先生的中国名字廖美理撰联：

美存华朴内　理蕴实虚中

接着，他为东京"天广"中国料理餐厅的雅座撰写了八副对联。而且，他还为"天广"撰写、书题和设计了现今世界上最大的一副楹联，面积达35平方米，成为联坛一大佳话。[①] 这副对联用在"天广"建筑物的外装修立面上，位于大门的正上方，仿汉白玉浮雕篆书而成。联语是这样的：

厨下烹鲜，门庭成市开华宴　天宫摆酒，仙女饮樽醉广寒

上联嵌业主名"下门"，下联嵌店名"天广"，而且"厨下"、

① 应朝：《精湛的门联　精彩的门面》，载《对联》，1990年第4期。

“门庭成（若）市”、“华宴”、“天宫”、“仙女”、“广寒（宫）”等语汇，以及对联之形、之字，都无一不透着浓浓的中国文化韵味。对联传播即文化传播，由此也可见一斑。

二、汉语文化圈中对联的使用情况

新加坡、菲律宾、马来西亚、印度尼西亚等地是华人的重要侨居国，随着华人在这些国家的定居，中华传统文化在该国也扎下了根，其中包括由华人所建成的寺庙宫观及其中的对联。

以菲律宾为例。菲律宾有一个瑞今法师，他的祖籍在福建晋江，1948 年他 43 岁时南渡菲律宾任大乘信愿寺主持，后来成了菲律宾佛教总会会长，世界僧伽协会副会长，他就撰写过许多寺庙楹联。[①] 如：

华藏寺道影堂联

道契禅旨一灯相传衣钵承曹溪法脉　影留经堂万众共仰门庭继甬水遗风

华藏寺功德堂联

听暮鼓晨钟猛省尘缘大梦　闻经声佛号顿悟自性真常

华藏寺海会塔联

海纳百川同归一脉　会集凡圣共入塔婆

华藏寺乘愿安养院联

示迹晋水创佛社化四众宣扬正法承先德　南渡菲宾建梵刹献十方树立芳范遗后贤

宝藏寺联

宝鼎篆名香诸佛悉遥护　藏经诠妙理万法总归源

优婆夷修因塔墓联

北山建墓庵永纪先德　南峤承家业不忘深恩

① ［菲］许福源：《菲律宾瑞今法师楹联选》，载《对联》，1998 年第 5 期。

华侨义山地藏殿联

地藏锡杖振破迷途开觉路　菩萨慈手导引幽灵上莲台

东石龙江禅寺联

龙宫搜秘藏法雨遍洒大千界　江水浮明月金身普现群生前

宿燕寺灵塔联

千山护骨塔功业留海外　万脉朝云阶灵神到莲台

圆通寺联

圆成三资根不生妄念弥陀佛　通晓普门行返闻自性观世音

大乘信愿寺联

教开南邦高塔耸立第一刹　法源中土玄义宣扬不二门

晋江竺世庵联

竺法摩腾携经像传入震旦　世亲马鸣阐义乘丕振西乾

泉州天莲堂联

天心圆明消尽尘缘成正觉　莲华甘露滋养性灵存元神

碧瑶普陀寺祖堂联

祖灯续长明正凭后昆修慧业　堂龛留真影不忘先贤遗功勋

碧瑶露天大佛联

菩提树下睹明星成正觉　娑婆界内渡凡俗出迷津

马尼拉普陀寺如满、如意法师纪念堂联

满望兴教发大愿　意思淑世存仁心

文殊寺联

文思泉水涌　殊勋德山高

南华寺联

南溟广袤白浪滔滔终不息　华雨缤纷红尘滚滚何时休

菲岛天莲寺永思堂联

道风高标崇胜德　法相长留纪鸿恩

泉州宿燕寺大悲殿联

大慈施甘霖民物丰国基永固　悲愿救苦难干戈息世界和平

观音菩萨龛联

众生心水若清净　菩萨影相即现前

漳州南山寺法堂联

佛陀说真经四十九年具度生悲愿　贝叶翻华语六千余卷皆济世金言

晋江东石竺世庵联

三百年前咸称古佛圣地　廿世纪后重建旧寺新貌

泉州百源铜佛寺联

百源川池汇聚众流归一脉　铜佛古寺历经几代复重兴

在菲律宾，除了宗教对联外，当然也还有应用于日常生活的其他对联，只不过没有宗教对联那么集中罢了。

新加坡、马来西亚、印度尼西亚等国的情况，和菲律宾大同小异，而且在不少联集类书中都有辑录，相关报道也容易见到，《对联》杂志还辟有“海外联存”专栏。[①] 因此这里不再展开。

三、一般汉文化圈中对联的使用情况

以泰国为例。泰国不仅其中式宫殿中充斥着汉文对联，而且中式寺庙中也有汉文对联。如：

永保岩疆，施德厄海　奠安属邑，溥仁恩邦（曼谷大王宫）

龙势飞腾地　莲灯照耀天（曼谷龙莲寺）

一片丹心昭万古　千方妙药救众生

大肚能容，包含色相　开口便笑，指示迷津

龙树马鸣，心求佛果　莲宫桂殿，身种菩提

龙护法门，色色空空归大觉　莲围佛座，花花叶叶现如来

龙德光腾，变化直凌千仞上　莲花香暖，氤氲欲绕九霄间（曼谷龙莲寺）

---

① 比如1997年第5期载有荣连《马来西亚牛年征联揭晓》；1999年第1期载有刘福铸《马来西亚的几座佛寺及其楹联》。

七度使邻邦，有明盛纪传异域　三保驾慈航，万国衣冠拜故都（大城三宝公庙）

吟到白头诗未老　饮无红面酒为仙（大城芭茵行宫）

佛法无边，笼锡寿富真愿人　卧佛假睡，洞察善信虔诚心（大城大卧佛寺）

人杰地灵千古迹　民安物阜万家春

广济苍生恩泽赫　博施赤子德威扬

福海毓元灵，波静风平，万派洄澜依后德　湄峰开寿域，朝禋野祀，千秋血食颂神功（天妃寺）

帝德龙章，长开泰运　天生神武，羽展宏图

关圣精忠，功德被尘宇　帝君义勇，威武镇乾坤

伐魏征吴，谁比一时事业　称王颂帝，执同千古馨香（关帝庙）

第三节　境内兄弟民族对联使用情况

众所周知，中国多元一体的文化结构是由中国各民族文化既共生共存、共同繁荣发展又相互学习交流、相互取长补短所形成的。一方面，各兄弟民族的文化从古至今都一直滋养和丰富着汉族文化；另一方面，汉族文化也不断地影响着各兄弟民族文化的发展。对联在各兄弟民族中的使用，就是这方面的一个例证。

从历史情况看，蒙古、满、回、藏、苗、侗、白、纳西、土家等民族都有重视对联、用汉语创作对联的传统。而且涌现出许多对联高手。如元代完颜崇实会写汉语对联，清代康熙、乾隆、咸丰皇帝是撰写汉语对联的高手。此外，还出现过满语对联。在精通对联的非汉族人中，还有一个大名鼎鼎的人——云南大理剑川向湖村的白族人赵藩。这位在清末曾到蜀地做过长时间的官儿、而且口碑颇不错的少数民族，以一副成都武侯祠对联（“能攻心则反侧自消，从古知兵非好战　不审势即宽严皆误，后来治蜀要深思”）使其身

后声名远播，饮誉海内外。除这副名联之外，赵藩创作的对联还很多，而且自撰自书，不乏艺术珍品。有人评价其联“深者极奥衍，浅者极轩豁，高者极典重，雅者极千眠”、“声不一调，体不一格”[①] 特别是他的有关为官做事的对联，更是让人警醒和钦佩，如：

身家所系性命所关切毋罔上营私报应从来最速　囹圄之苦词颂之累但愿替人设想方便乐得多行

焚香告天，苟妄索案中一钱阴谴重矣　设身处地，敢不为堂下百姓平情理之

关防先自我心，但严约官吏丁胥犹其显者　毁誉悉凭人口，惟明判是非邪正庶无愧焉

从现实情况看，现在经常有关民族地区对联创作活动的报道。如1986年内蒙古自治区巴盟曾举办过蒙汉文征联展览[②]，藏族对联故事载有格达活佛所作对联：“放下屠刀风景这边独好，立地成佛江山如此多娇”[③] 等。特别是云南白族、纳西族等兄弟民族，更是热衷于对联创作。

白族、纳西等民族，由于历来崇尚汉文化，热心学习传播汉文化，逢年过节张贴对联也早已成了一种本民族的习俗。如云南剑川，虽为滇西高原的一个几乎纯为白族聚居的高寒山区，经济比较落后，但在文化上却深受汉族文化的影响，素有“文化名邦”的称号，对联创作异常活跃。在那里，能否作对联，成为衡量一个读书人能力大小的重要标准。如果教书先生不会写对联，就会被轰走。久而久之，这里的对联创作水平就普遍很高了，以至于被著名作家李准称赞为“全国第一”[④]。

白族人不仅用汉语写对联，而且在融合汉文化的过程中，产生

① 李海章：《古今名人联活》，中国文联出版公司，1996年，第290页。

② 见《民间对联故事》（联界动态），1986年第5期。

③ 见《民间对联故事》，1987年第6期。

④ 李伍久：《对联与少数民族文化之开发》，载《对联》，1994年第4期。

了白语对联和汉语白语混合对联。[1] 混联如：

羊吃松毛咬因咬（白语：称羊为“咬”，松毛为“咬拂”）

蛇括韭菜格达格（白语：称蛇为“格”，韭菜为“格”）

纯白语联如：合乙移哩起五狠多桂埃桂　白妹着哩火多拔格因招因

（花衣裳穿到刺丛里，上挂一下，下挂一下；白米放在屋上边，鸡吃，雀吃。）

白语对联虽在文学上不占什么地位，但可以反映白族人民对对联艺术的喜爱。他们把汉文化特有的对联艺术，部分地进行移植，使之“白语化”了。

丽江纳西族也有用东巴文书写的对联。东巴文是当今世界上硕果仅存的少数象形文字之一，位于丽江黑龙潭风景区的云南省社会科学院东巴文化研究所的门联就是用东巴文书写的。

纳西族除了用东巴文写对联外，还有用汉字写的对联。这种对联有两种，一种是借汉字记音的对联，但汉字本身并无意义；另一种是虽然借汉字记音，但汉字字面也自成意境，可称为双语合璧联，如：

汉字记音：吉锦居凰，库室库楼博　美盘堆玉，喜门喜容长

纳西语义：水泻山青，新年送吉岁　天光地亮，世上乐人生

汉字记音：辞旧汝财浩于壑　持本阔势安似牛

纳西语义：今年吉旦同一拜　合家祝愿寿千秋

据说纳西文人不仅能作双语联，还能作双语诗。[2]

国内一些兄弟民族之所以喜作对联，除了深受汉文化的影响外，还有一个重要的原因，就是不少民族的语言文字适合于写作对联。关于这个问题，刘福铸先生曾有过专门的探讨。他认为“能写作楹联的语言首先应该是属于具有声调的汉藏语系语言”，同时

① 杨春：《白语对联漫谈》，载《对联》，1988 年第 6 期。

② 刘福铸：《谈异族语言文字的对联》，载《对联》，1992 年第 1 期。

“还必须具有类似汉字适合竖向拆开、整齐排列的文字形式”，而图画性较强的纳西族的东巴文和水族的传统水书以及彝文、方块壮字、方块布依字、方块侗字、方块白文、方块哈尼字、方块苗字、方块瑶字、方块傈僳音节字等，都是具有汉字特点或是直接仿照汉字而造的，因此它们也是适合于写作对联的。① 显然，语言文字上的接近，为汉语对联在中国境内一些兄弟民族中的传播提供了得天独厚的条件和适于滋生的土壤。

① 刘福铸：《适合撰联的少数民族语言文字》，载《对联》，2002 年第 12 期。

第九章　余　论

萨丕尔在《语言论》中说："每一种语言本身都是一种集体的表达艺术。其中隐藏着一些审美因素——语音的、节奏的、象征的、形态的——是不能和任何别的语言全部相同的。"[①] 皮亚杰也说："言语表达是一种集体制度。言语的规则是个人必须遵守的。自从有了人，言语就一代一代地以强制性方式传递下来。……言语就是这样从未间断地从唯一来源或多种初始形式而来。""总而言之，言语是不受个人决定影响的具有数千年传统的传输者，又是任何人进行思维所必不可少的工具。言语在人类的现实生活中构成了一个情况特殊的范畴。"[②] 言语既然是每个人必须遵守的一种集体制度，而且以强制性的方式一代一代地传递下去，它的结构就是一种普遍的权力，就是人类文化、人类思维中隐含结构的一个重要方面，甚至可以说是一个重要来源。我们可以从语言深藏的结构中找到整个文化的深藏结构。因为人的意识、人的思维和人的言语行为在结构上存在着对应关系，存在着自相似性。

在某种意义上，我们可以说，人类整个的文化建立在语言基础上；而语言有着多层次的结构；这结构的基础就是语言的音位系统。当把语言的音位系统放在其形成历史中考察时，我们看到的是人类在创造语言时，最初对语音的差异与区别的把握，这种把握都

---

① 萨丕尔的这段话，本书中已引用过一次，我们在此不妨再重复引用一次，以显示其重要的启示作用。

② 皮亚杰：《结构主义》，引自柯云路《人类时间——透视人类文化现象》，改革出版社，1999 年。第 204 页。

是二元对立的把握。通过对语音二元对立的掌握之进一步深究，还可以发现，这是宇宙给予人类的最初思维法则。这最初的思维法则，也是最基本的思维法则。人类在这最基本的思维法则上建立起语言，因而也建立起人类的整个思维。这是我们透视人类文化整体结构的特别重要的基础。

思维的产生不是单纯由大脑生理决定的，是社会的人所特有的反映形式，跟社会实践和语言紧密联系在一起。一种思维范式（思维方法）跟一种语言模式是相关的。思维形式与语言类型之间存在着若隐若现的一致性，语言能帮助一个民族形成一定的思维模式，思维方式受到语言特点的制约和影响。我们通过对中国对联的考察，发现中华民族的思维也具备二元对立的特征，而且这种二元对立，还存在着另一面，即二元统一。二元对立统一的辩证思维在《易经》中的阴阳太极理论中能找到根源，从老庄哲学中能发现精辟的论述，从中国的对联中能看到深深的烙印。

这本小书对对联的探讨还是初步性的，既缺乏深度，又有许多方面还未及涉猎，如对联与书法艺术的关系问题、对联故事问题等，因此还远未达到系统深入的程度，充其量只是一些“散论式的，点评式的”文字的集合。若能因此而引起语言学界特别是文化语言学界对中国对联的关注，进而引起大家对语言表达模式文化的关注，认可语言表达也是一种语言文化现象，通过语言表达模式发现民族文化的一些特点，起到抛砖引玉的作用，则幸甚！

在对对联的初步考察中，我们也发现，文化是发展的，文化应该是多元的，应该是和环境相适应的。对于口语入联、新四声的运用、春联的印刷出售、方言对联等问题，我们须有更加达观和理智的态度。语言发展了，这个开放系统变化了，就必须遵从变化了的新的系统规则，反对白话联，反对新四声，都可能好心办错事，使对联的发展表现为一种病态，并最终将对联闭锁于象牙之塔中。早在元明两代白话戏曲小说成长的时代，对联就开始表现出使用白话的趋势，陈子展先生在论及此种现象时很通达地认为，这是“自然的趋势”。[①] 关于平仄用韵问题，我们可以看看中国韵文用韵的发展历史。王力先生说：“诗歌及其他韵文的用韵标准，大约可分为三个时期。唐以前为第一期，在此时期中，完全依照口语而押韵。唐以后，至五四运动以前为第二期，在此时期中，除了词曲及俗文学之外，韵文的押韵，必须依照韵书，不能专以口语为标准。五四运动以后为第三期，在此时期中，除了旧体诗之外，又回到第一期的风气，完全以口语为标准。”[②] 从王力先生的概括中可以看出，依照口语押韵，是人们的自然习惯。如果我们联想到对联的平仄问题，也可从中得到某种启示。新诗（五四以后）的押韵可以口语为标准，那么为何新对联就不能用新四声作为平仄的标准呢？语言是发展的，语言的艺术标准也应随之发展。当然，从依照口语，到依照韵书，再到口语，中间其实也有过渡地带（时期），如今韵古韵的并存，依照韵书押韵和依照口语押韵并存等。对于春联的印刷出售问题，它既然适应了文化复制时代的要求，对于对联的推广普及多有贡献，又何必杞人忧天？中国方言众多，因此而形成了丰富多彩的地域语言文化，应该说利大于弊，我们许许多多的文化艺术、生活情趣都是建立在方言基础上的，在提倡文化多元化的今天，还一味拒斥方言对联，实在是一种僵化了的一元化思维在作怪，未免古板，而且对对联的发展繁荣有害，硬要人脱离语言的实际去做标准对联，就只能既让作者难受，读者也难受，谁还乐意去为对联操心呢？

与此同时，我们还应看到，文化是把双刃剑。文化的积累可以促进人类的发展，尤其是当语言特别是当文字出现以后，人类的文化积累就越来越快，因此人类的发展也就越来越快。然而所谓的文

① 陈子展：《谈到联语文学》，载龚联寿主编《联话丛编》，江西人民出版社，2000年，第5111页。

② 王力：《汉语诗律学》（增订本），上海世纪出版集团、上海教育出版社，2002年，第3页。

化、文明，也并不就只对人类有利。事实上，文明、文化既是人类的财富，又是人类的包袱。它会使人越来越被更多的东西（条条框框）所禁锢，被越来越多的模式所浇铸，经验、定式、知识、公式、定律、规范、制度、先例、惯例等等文化都会成为人类自由的羁绊。因此人类除了被生物性所限定之外，又被社会性、文化性所限定。生命自由、意志自由、内心自由、行为自由的空间越来越小。从某种意义上说，人类是在作茧自缚。就拿语言文字来说。因为有了语言文字，人们可以有更多的对话的机会，可以和当代人对话，也可以和古代人对话，和未来的人对话；可以和跟前的人对话，也可以和异地的人对话。对话就会彼此相互影响，相互影响实际就会相互制约。对话越多，受的制约也就会越多，自己的东西可能也就会越少。所谓见多识广，其实有时是以减少自己的本真（本性）为代价的。又以对联为例。对联是汉语汉字特点的产物，这种语言文化、对称文化、艺术文化本身就是一个文化制约的例子。它限制了人们语言表达形式选择上的自由。现在人们放弃对对称表达的专好，其实就是试图摆脱羁绊，多争取一些表达形式上的自由空间。

最后想谈谈对联应用日渐减少趋势所反映出来的另一个问题。对联应用的日渐减少，原因是多方面的。我们原来想得比较多的是外来文化的影响，但现在由于受亨廷顿关于文化冲突新领域研究的启发，想得比较多的是内部文化的冲突。外来文化的冲击固然不可小觑，但外因必须通过内因才能起作用。我们认为，中国传统文化面临的危机似主要是我们自己造成的。

首先，我们往往容易只强调传统文化的特色，而忽略甚至反对传统文化与时俱进的、适应环境的发展，把传统文化禁锢在过去的历史时空中，实际也就等于把传统文化作为化石、作为标本，放进了博物馆和研究室，名为热爱、弘扬，实是捧杀、扼杀。

其次，我们进行了几近一个世纪的彻底的自我否定，在许多中国人眼中，自己的传统文化一无是处，统统是封建的、落后的，全部应该推倒。在这种情况下，我们不再屑于读中国的古典诗词了，不再屑于讲礼义廉耻、孝悌忠信了，不再屑于过中国的传统节日了，以至于曾经接受过西方文化深刻熏陶、曾经如此激愤的台湾作家龙应台也深深悲哀于国人对自己传统文化的丢弃和文化上的缺失与贫弱。主动放弃自己的造血功能而完全等待别人来输血，结局不是贫血，就是引起身体的排异反应而不适甚至危及生命。

因此，我们的华裔科学家们，如曾经获得诺贝尔物理学奖的杨振宁先生、身为中国科学院院士的邹承鲁先生和杨叔子先生等，都不约而同地利用各种机会、想尽各种办法、语重心长地来告诉国人，应该多读点中国古典文学作品，应该多了解一些中国传统思想体系、道德价值观念，杨叔子先生甚至要求他的学理的研究生们背《论语》和《老子》，并把能否背诵作为是否启动论文答辩程序的一个前提，作为华东理工大学校长、博士生导师，可谓用心良苦。

以上所说的我们国人之间关于文化方面的冲突，以及我们自身作为个体在文化观念上的冲突，都可以视为一种文化的内部冲突。我们认为，这种内部的文化冲突，才是导致我们中国传统文化面临危机的真正原因，我们的社会科学工作者、我们的文化研究者，任重而道远。对联应用的日渐减少，仅仅只是传统文化危机的冰山之一角，但见微知著，小能见大，透过这一角的观察，我们似乎也能看到问题的根源所在。

所幸的是，近年来，在我们中国，上上下下对正视传统、回归传统、继承和发展传统的重要性认识得越来越深刻了，共识也越来越多，而且有了许多实质性的行为，如提倡阅读中国的古代典籍，开办国学班，在国外创建孔子学院，党和政府提出构建和谐社会，在国家博物馆的北门外树立巨大的孔子雕像等。所有这些都表明，我们在民族文化方面的自觉意识越来越强，越来越清晰。这无疑是我们这个国家、我们中华民族值得非常庆幸的。

主要参考文献

一、专著类

［英］马林诺夫斯基著，费孝通等译：《文化论》，中国民间文艺出版社，1987 年。

［德］恩斯特·卡西勒著，甘阳译：《人论——人类文化哲学导引》，台北桂冠图书股份有限公司，1990 年。

［美］塞缪尔·亨廷敦：《文明的冲突与世界秩序的重建》，新华出版社，1998 年。

［瑞士］费尔迪南·德·索绪尔著，高名凯译：《普通语言学教程》，商务印书馆，1980 年。

［美］爱德华·萨丕尔著，陆卓元译：《语言论：言语研究导论》，商务印书馆，1997 年。

［美］维多利亚·弗罗姆金等著，沈家煊等译：《语言导论》，北京语言学院出版社，1994 年。

［法］约瑟夫·房德里耶斯著，岑麒祥、叶蜚声译：《语言》，商务印书馆，1992 年。

［英］简·爱切生著，徐家祯译：《语言的变化：进步还是退化》，语文出版社，1997 年。

［英］杰弗里.N. 利奇著，李瑞华等译：《语义学》，上海外语教育出版社，1987 年。

［德］威廉·冯·洪堡特著，姚小平译：《论人类语言结构的差异及其对人类精神发展的影响》，商务印书馆，1997 年。

[明] 张岱：《陶庵梦忆·西湖梦寻》，作家出版社，1996年。

[清] 梁章钜编著，白化文、李鼎霞点校：《楹联丛话全编》，北京出版社，1996年。

[清] 金缨，张琪译注：《格言联璧》，山西古籍出版社，1999年。

[香港] 王蕴鑫：《对联话趣》，香港麟麒书业有限公司，1988年。

[香港] 梁羽生：《古今名人联话》，中国文联出版公司，1996年。

[台湾] 范叔寒：《中国的对联》，台湾省政府新闻处，1982年。

[台湾] 任稼青：《等持阁联话》，台湾商务印书馆，1983年。

[台湾] 侯堂柱：《管理联语》，台北业强出版社，1985年。

[台湾] 张治：《对联之研究与学习》，台湾商务印书馆，1986年。

[台湾] 陈香：《楹联古今谈》，国家出版社，1990年。

[台湾] 沈谦：《语言修辞艺术》，中国友谊出版公司，1998年。

林惠祥：《文化人类学》，商务印书馆，1991年。

林耀华主编：《民族学通论》（修订本），中央民族大学出版社，1997年。

宋蜀华、白振声主编：《民族学理论与方法》，中央民族大学出版社，1998年。

柯云路：《人类时间——透视人类文化现象》，改革出版社，1999年。

刘敏中：《文化学学·文化学及文化观念》，黑龙江人民出版社，2000年。

朱红文：《人文精神与人文科学——人文科学方法论导论》，中共中央党校出版社，1994年。

金吾伦：《跨学科研究引论》，中央编译出版社，1997年。

宋正海、孙关龙主编：《边缘地带：来自学术前沿的报告》，学苑出版社，1999年。

严平：《走向解释学的真理——伽达默尔哲学述评》，东方出版社，1998年。

汤书昆：《表意学原理》，中国科技大学出版社，1992年。

蒋成瑀：《读解学引论》，上海文艺出版社，1998 年。

苗东升、刘华杰：《浑沌学纵横论》，中国人民大学出版社，1993 年。

钱穆：《中国文化史导论》（修订本），商务印书馆，1994 年。

田广林主编：《中国传统文化概论》，高等教育出版社，1999 年。

黑龙江大学外语学刊编辑部：《乔姆斯基语言理论介绍》，黑龙江大学《外语学刊》编辑部编印，1982 年。

倪明亮：《人类语言纵横谈》，中信出版社，1990 年。

朱文俊：《人类语言学论题研究》，北京语言文化大学出版社，2000 年。

岑麒祥：《语言学史概要》，北京大学出版社，1988 年。

邵敬敏、方经民：《中国理论语言学史》，华东师范大学出版社，1991 年。

戚雨村：《现代语言学的特点和发展趋势》，上海外语教育出版社，1997 年。

汪榕培、顾雅云编译：《八十年代国外语言学的新天地》，辽宁教育出版社，1992 年。

汪榕培、顾雅云编译：《九十年代国外语言学的新天地》，辽宁教育出版社，1997 年。

胡壮麟：《当代语言理论与应用》，北京大学出版社，1995 年。

郭成韬编著：《中国古代语言学名著选读》，中国人民大学出版社，1998 年。

蔡曙山：《言语行为和语用逻辑》，中国社会科学出版社，1998 年。

冯志伟：《数学与语言》，湖南教育出版社，1991 年。

鲁枢元：《超越语言》，中国社会科学出版社，1990 年。

谭好哲、马龙潜主编：《文艺学前沿理论综论》，山东大学出版社，2001 年。

罗常培：《语言与文化》，语文出版社，1989 年。

张建民：《语言文化社会新探》，上海教育出版社，1989 年。

申小龙：《中国文化语言学》，吉林教育出版社，1990 年。

申小龙：《文化语言学》，江西教育出版社，1991 年。

高长江：《文化语言学》，辽宁教育出版社，1992 年。

游汝杰：《中国文化语言学引论》，高等教育出版社，1993 年。

邓晓华：《人类文化语言学》，厦门大学出版社，1993 年。

陈保亚：《语言文化论》，云南大学出版社，1993 年。

邵敬敏主编，史有为审定：《文化语言学中国潮》，语文出版社，1995 年。

戴昭铭：《文化语言学导论》，语文出版社，1996 年。

张公瑾：《文化语言学发凡》，云南大学出版社，1998 年。

邢福义主编：《文化语言学》（增订本），湖北教育出版社，2000 年。

姚亚平：《文化的撞击——语言交往》，吉林教育出版社，1990 年。

张公瑾主编：《语言与民族物质文化史》，民族出版社，2002 年。

郭锦桴：《汉语与中国传统文化》，中国人民大学出版社，1993 年。

周振鹤、游汝杰：《方言与中国文化》，上海人民出版社，1987 年。

王晓升：《语言与认识》，中国人民大学出版社，1994 年。

马清华：《文化语义学》，江西人民出版社，2000 年。

史有为：《异文化的使者——外来词》，吉林教育出版社，1991 年。

顾嘉祖主编：《跨文化交际：外国语言文学中的隐蔽文化》，南京师范大学出版社，2000 年。

陈汝东：《社会心理修辞学导论》，北京大学出版社，1999 年。

戴昭铭：《汉语研究的新思维》，黑龙江人民出版社，2000 年。

王力：《汉语语法纲要》，上海教育出版社，1982 年。

吕叔湘：《中国文法要略》，商务印书馆，1982 年。

丁声树等：《现代汉语语法讲话》，商务印书馆，1961 年。

杨伯俊：《文言文法》，中华书局，1963 年。

史有为：《汉语如是观》，北京语言文化大学出版社，1997 年。

钱冠连:《汉语文化语用学》，清华大学出版社，1997年。

常宝儒:《汉语语言心理学》，知识出版社，1990年。

郑远汉:《言语风格学》，湖北教育出版社，1998年。

黎运汉:《汉语风格学》，广东教育出版社，2000年。

曲彦斌主编:《中国民俗语言学》，上海文艺出版社，1996年。

王作新:《语言民俗》，湖北教育出版社，2001年。

黄建中、胡培俊:《汉字学通论》，华中师范大学出版社，1990年。

王宗伯等主编:《现代汉字论丛》，北京市语文现代化研究会编，1991年。

何九盈:《汉字文化学》，辽宁人民出版社，2000年。

陆宗明:《汉字符号学：一种特殊的文字编码》，江苏教育出版社，2001年。

刘大杰:《中国文学发展史》，上海古籍出版社，1982年。

郭绍虞主编:《中国历代文论选》，上海古籍出版社，1979年。

程毅中:《中国诗体流变》，中华书局，1992年。

李伯超:《中国风格学源流》，岳麓书社，1998年。

刘麟生:《中国骈文史》，商务印书馆，1937年（1998年影印）。

马积高:《赋史》，上海古籍出版社，1987年。

吕叔湘编注:《英译唐人绝句百首》，湖南教育出版社，1980年。

赵仲邑译注:《文心雕龙译注》，漓江出版社，1982年。

王力:《诗词格律》，中华书局，1977年。

王力:《汉语诗律学》（增订本），上海世纪出版集团、上海教育出版社，2002年。

沈松勤:《唐宋词社会文化学研究》，浙江大学出版社，2000年。

叶潮:《文化视野中的诗歌》，巴蜀书社，1997年。

吴同瑞等编:《中国俗文学概论》，北京大学出版社，1997年。

何寅、许光华:《国外汉学史》，上海外语教育出版社，2000年。

冯友兰:《三松堂全集》第十四卷，河南人民出版社，2001年。

樊明芳等编:《名胜古迹楹联选》，岳麓书社，1984年。

顾平旦主编：《名联鉴赏词典》，黄山书社，1988年。

陈登亿等：《避暑山庄寺庙楹联详解》，紫禁城出版社，1988年。

常江：《对联知识手册》，中国青年出版社，1990年。

梁石编著：《十二生肖新春联》，中国文联出版公司，1990年。

梁石、梁栋编：《中国古今巧对妙联大观》，中国文联出版公司，1990年。

裴国昌主编：《中国楹联大辞典》，江苏科技出版社，1991年。

顾平旦等主编：《中国对联大词典》，中国友谊出版公司，1991年。

柳景瑞、廖福招编：《中国古今名联鉴赏》，中州古籍出版社，1993年。

苏渊雷主编：《绝妙好联赏析辞典》，上海辞书出版社，1994年。

陈其瑞编：《博古斋藏楹联集》，上海书店，1994年。

陈图麟主编：《中国对联故事》，北方妇女儿童出版社，1996年。

陈图麟主编：《实用楹联大全》，上海古籍出版社，1997年。

常江、王玉彩：《中华对联大观》，中国青年出版社，1997年。

钟仁编，章樾注：《中国名胜对联》，山西教育出版社，1997年。

白化文：《学习写对联》，上海辞书出版社，1998年。

龚联寿主编：《中华对联大典》，复旦大学出版社，1998年。

肖潜主编：《中国实用对联》，山西教育出版社，1998年。

余德泉、孟成英编著：《古今绝妙对联汇赏》，广东人民出版社，1998年。

余德泉：《对联通》，湖南大学出版社，1998年。

梁石、梁栋编著：《中国实用对联大全》，上海文化出版社，1998年。

张伯驹：《春游社琐谈·素月楼联语》，北京出版社，1998年。

谷向阳主编：《中国对联大典》，学苑出版社，1998年。

李文郑、朱恪超主编：《中国古今奇联鉴赏》，中州古籍出版社，1998年。

闻化编：《实用对联精选》，陕西人民出版社，1998年。

李文郑编著:《中华姓氏对联鉴赏》,中州古籍出版社,1999年。
汪少林主编:《中国楹联鉴赏辞典》,百花洲文艺出版社,1999年。
李勇编:《中国楹联精萃》,经济日报出版社,1999年。
荣斌主编:《中国名联大观》,北京出版社,1999年。
龙文杰编著:对联写作与应用,湖南文艺出版社,1999年。
王运生:《评点云南名胜名联》,云南教育出版社,1999年。
周渊龙编注:《对韵合璧》,湖南大学出版社,2000年。
朱恪超等编:《中国对联库》,中州古籍出版社,2000年。
田耀南编著:《中国格言对联》,山西教育出版社,2000年。
龚联寿主编:《联话丛编》,江西人民出版社,2000年。
荣斌主编:《中国名联辞典》,山东大学出版社,2000年。
尹贤:《对联写作指导》,花城出版社,2001年。
李文郑、杨灿编:《精彩对联》,中州古籍出版社,2001年
林晓峰编注:《潮汕寺庙楹联评注》,汕头大学出版社,2001年。
李文郑编:《新编实用春联》,中州古籍出版社,2001年。
梁申威主编:《迎春吉庆联》,山西经济出版社,2001年。
梁申威主编:《爱情婚姻联》,山西经济出版社,2001年。
梁申威主编:《谐趣幽默联》,山西经济出版社,2001年。
裴相书编:《新编实用对联》,中州古籍出版社,2001年。
王民、李延贵编:《精彩对联》,福建科学技术出版社,2001年。
常江、王玉彩选编:《巧妙对联三千副》,金盾出版社,2002年。
柳景瑞、廖福招:《名趣联欣赏与评点》,新华出版社,2002年。
李志更主编:《碑铭联雅藏》,中州古籍出版社,2002年。
李志更主编:《嵌字联雅藏》,中州古籍出版社,2002年。
李志更主编:《长联雅藏》,中州古籍出版社,2002年。
裴相书编:《新编实用喜庆联》,中州古籍出版社,2002年。
刘祥波编著:《隶书集联》,湖南美术出版社,2002年。
胡君复原编,常江点校重编:《古今联语汇选》,西苑出版社,2002年。

张俊等选编：《谐趣联雅藏》，中州古籍出版社，2002年。

天人主编：《名联妙联精粹》，内蒙古文化出版社，2002年。

严恩萱等编：《实用对联5000副》，上海远东出版社，2003年。

赵强主编：《新编行业对联》，广西民族出版社，2003年。

梁申威编：《明代对联选》，山西人民出版社，2003年。

梁申威编：《清代对联选》，山西人民出版社，2003年。

陆忠发等注：《蒙学要览》，浙江古籍出版社，1991年。

二、论文类

殷杰：《论“语用学转向”及其意义》，载《中国社会科学》，2003年第3期。

严北溟：《论律诗对偶形式与辩证思维》，载《社会科学战线》，1982年第3期。

［法］程抱一著，周发祥译：《关于中国诗歌语言及其与中国宇宙论关系的几点看法》，载阎纯德主编《汉字研究》（第三集），中国和平出版社，1998年。

杜贵晨：《中国古代文学的重数传统与数理美——兼及中国古代文学数理批评》，载《中国社会科学》，2002年第4期。

莫彭龄：《汉语成语新论》，载《江苏社会科学》，2000年第6期。

王正平：《深生态学：一种新的环境价值理念》，载《上海师范大学学报》，2000年第4期。

张公瑾：《语言的生态环境》，载《民族语文》，2001年第2期。

潘德荣：《诠释学：从主客体间性到主体间性》，载《安徽师范大学学报》，2002年第3期。

周邦珞：《展现新科学的混沌现象》，载《中国人民大学学报》，1995年第6期。

童山东：《先秦对偶“率然成对”的形态与成因》，载黎运汉等主编《迈向 21 世纪的修辞学研究》，广东人民出版社，2001 年。

顾平旦、常江、曾保泉：《〈名胜楹联丛书〉前言》，载《对联》，1985 年第 1 期（创刊号）。

罗贞元：《古文献中早期的对句》，载《对联》，1985 第 2—3 期（合刊）。

刘伯伦：《对联成因浅探》，载《对联》，1985 年第 5 期。

余德泉：《论近几年出现的“对联热”》，载《对联》，1986 年第 1 期。

吴直雄：《关于对联的起源》，载《对联》，1986 年第 2 期。

常江：《实用对联大全》序，载《对联》，1986 年第 5 期。

常江：《对联文化的第三次大繁荣》，载《对联》，1987 年第 1 期。

张贵玲：略论对联的社会意义，载《对联》，1988 年第 1 期。

刘伯伦：《繁荣对联之我见》，载《对联》，1989 年第 1 期。

卓厚瑶：《论今四声代替古四声的必然性》，载《对联》，1989 年第 5 期。

刘伯伦：《对联文化寻根》，载《对联》，1990 年第 5 期。

刘福铸：《谈谈对联的名称》，载《对联》，1990 年第 5 期。

谭蝉雪：《敦煌遗书中的唐代对联》，载《对联》，1991 年第 4 期。

徐玉福：《吴恭亨论对联创作》，载《对联》，1992 年第 3 期。

刘福铸：《传统属对与语法学习》，载《对联》，1993 年第 3 期。

李伍久：《对联与少数民族文化之开发》，载《对联》，1994 年第 4 期。

刘福铸：《试论横额联》，载《对联》，1995 年第 6 期。

一贯三：《〈对联经〉评略》，载《对联》，1996 年第 5 期。

陈明柏：《试论律句联和非律句联》，载《对联》，1997 年第 5 期。

刘育新：《楹联文学地位谈》，载《对联》，1998 年第 5 期。

刘育新：《漫谈长联》，载《对联》，1999 年第 2 期。

丁芒：《论对句艺术》，载《对联》，1999 年第 2 期。

梁福昌：《越南人与中国对联》，载《对联》，1999 年第 5 期。

刘益民：《对联的产生发展与民俗》，载《对联》，2000 年第 3 期。

王社建、青申丙：《对联文学理论研究方向的学科创建问题》，载《对联》，2001 年第 5 期。

刘憨：《祈福禳灾的文化心理积淀——楹联文化蕴涵探微》，载《对联》，2002 年第 2 期。

唐祖闳：《略谈对联的文学性和特殊性》，载《对联》，2002 年第 9 期。

胡静怡：《春联与春联创作》，载《对联》，2002 年第 12 期。

刘福铸：《适合撰联的少数民族语言文字》，载《对联》，2002 年第 12 期。

张宇：《外国人写的对联》，载《对联》，2003 年第 4 期。

罗琦：《外国名胜古迹中的对联》，载《对联》，2003 年第 5 期。

李志刚：《楹联产生的哲学基础》，载《对联》，2003 年第 6 期。

黎凌云：《中国目前发现的第一联》，载《对联》，2003 年第 6 期。

涂怀珵：《试论“李道宗联”》，载《对联》，2003 年第 6 期。

胡静怡：《论楹联的对仗及其误区》，载《对联》，2003 年第 10 期。

李志刚：《楹联产生的文学基础》，载《对联》，2003 年第 10 期。

永志强：《赵朴初佛教圣地联》，载《对联》，2004 年第 2 期。

贾志敏：《观〈交流〉看征联》，载《对联》，2004 年第 2 期。

附　录

一、刘勰《文心雕龙·丽辞》及范文澜之题注①

《丽辞》原文

造化赋形，支体必双；神理为用，事不孤立。夫心生文辞，运裁百虑，高下相须，自然成对。唐虞之世，辞未极文，而皋陶赞云：罪疑惟轻，功疑惟重。益陈谟云：满招损，谦受益。岂营丽辞，率然对尔。易之文系，圣人之妙思也：序乾四德，则句句相衔；龙虎类感，则字字相俪；乾坤易简，则宛转相承；日月往来，则隔行悬合：虽句字或殊，而偶意一也。至于诗人偶章，大夫联辞，奇遇适变，不劳轻营。自扬马张蔡，崇盛丽辞，如宋画吴冶，刻形镂法，丽句与深采并流，偶意共逸韵俱发。至魏晋群才，析句弥密，联字合趣，剖毫析厘。然契机者入巧，浮假者无功。

故丽辞之体，凡有四对：言对为易，事对为难，反对为优，正对为劣。言对者，双比空辞者也；事对者，并举人验者也；反对者，理殊趣合者也；正对者，事异义同者也。长卿上林赋云：修容乎礼园，翱翔乎书圃。此言对之类也。宋玉神女赋云：毛嫱障袂，不足程式；西施掩面，比之无色。此事对之类也。仲宣登楼云：钟仪幽而楚奏，庄舄显而越吟。此反对之类也。孟阳七哀云：汉祖想枌榆，光武思白水。此正对之类也。凡偶辞胸臆，言对所以为易也；征人之学，事对所以为难也；幽显同志，反对所以为优也；并贵共心，正对所以为劣也。又以事对，各有反正，指类而求，万条自昭然矣。

张华诗称游雁比翼翔，归鸿知接翮；刘琨诗言宣尼悲获麟，西狩泣孔丘：若斯重出，即对句之骈枝也。

---

① 范文澜：《范文澜全集》，河北教育出版社，2002年，第516—517页。

是以言对为美，贵在精巧；事对所先，务在允当。若两事相配，而优劣不均，是骥在左骖，驽为右服也。若夫事或孤立，莫与相偶，是夔之一足，踸踔而行也。若气无奇类，文乏异采，碌碌丽辞，则昏睡耳目。必使理圆事密，联璧其章，迭用奇偶，节以杂佩，乃其贵耳。类此而思，理自见也。

赞曰：体植必两，辞动有配。左提右挈，精味兼载。炳烁联华，镜静含态。玉润双流，如彼珩佩。

范文澜题注：《说文》“丽，旅行也。”古文作丽，象两两相比之形。此云丽辞，犹言骈俪之辞耳。原丽辞之起，出于人心之能联想。既思云从龙，类及风从虎，此正对也。既想西伯幽而演《易》，类及周旦显而制《礼》，此反对也。正反虽殊，其由于联想一也。古人传学，多凭口耳，事理同异，取类相从，记忆匪艰，讽诵易熟，此经典之文，所以多用丽语也。凡欲明意，必举事证，一证未足，再举而成；且少既嫌孤，繁亦苦赘，二句相扶，数折其中。昔孔子传《易》，特制文系，语皆骈偶，意殆在斯。又人之发言，好趋均平，短长悬殊，不便唇舌；故求字句之齐整，非必待于耦对，而耦对之成，常足以齐整字句。晋魏以前篇章，骈句俪语，辐辏不绝者此也。综上诸因，知耦对出于自然，不必废，亦不能废，但去泰去甚，勿蹈纤巧割裂之弊，斯亦已耳。凡后世奇耦之议，今古之争，皆胶柱鼓瑟，未得为正解也。彦和云：“岂营丽辞，率然对尔”；又云“奇偶适变，不劳经营”，此诚通论，足以释两家之惑矣。

二、古人所概括的诗文对仗之法举要

刘勰四对说（见《文心雕龙》）

言对；事对；反对；正对。

无名氏十三对说（见《文笔式》）

的名对；隔句对；双拟对；联绵对；互成对；异类对；赋体对；双声对；叠韵对；回文对；意对；头尾不对；总不对对。

上官仪十九种对说（见《笔札华梁》）

的名对；隔句对；双拟对；联绵对；异类对；双声对；叠韵对；回文对；同类对；反对；数之对；方之对；色之对；气之对；物之对；形之对；行之对；世之对；位之对。

［日］弘法大师二十九种对说（见《文镜秘府论》）

第一种的名对（又名正名对、正对、切对）；第二种隔句对；第三种双拟对；第四种联绵对；第五种互成对（句中连用之字成对）；第六种异类对；第七种赋体对；第八种双声对；第九种叠韵对；第十种回文对；第十一种意对（事意相因，文理无爽：故曰意对耳）；第十二种平对（平常之对）；第十三种奇对；第十四种同对（同类而对）；第十五种字对（义别而字对）；第十六种声对（谐声而对）；第十七种侧对（字义俱别，形体半同）；第十八种邻对（比的名对相对而宽的对）；第十九种交络对（字义皆对，但顺序不同）；第二十种当句对（自对）；第二十一种含境对；第二十二种背体对；第二十三种偏对（全其文彩，不求至切，非极对也。亦名声类对）；第二十四种双虚实对（又名句义对）；第二十五种假对（借对）；第二十六种切侧对（精异粗同）；第二十七种双声侧对（字义别，双声来对）；第二十八种叠韵侧对（字义别，叠韵来对）；第二十九种总不对。

三、今人朱承平所概括的中国古典诗文对仗之法

朱承平先生在《对偶辞格》（岳麓书社，2003 年）中，分别从

音法、字法、词法、句法、章法，以及兼格、意境等方面归纳了中国古典诗文的对仗方法，兹录如下：

音：连珠对、双声对、叠韵对、双声叠韵对、拗救对、全平全仄对、同调对、两韵对、借音对、谐音对、别音对；

字：叠语对、衔字对、掉字对、字侧对、镶边对、离合对、嵌名对、藏字对；

词：同类对、异类对、同语对、云泥对、借义对、交股对、互成对、人名对、地名对、切侧对、偏对、实名对、虚名对、背体对、同体对、转品对、假性对、翻语对；

句：意顿对、假平行对、当句对、错综对、两兼对、连谓对、骑句对、参差对、意对、平对、流水对、逆挽对、四异对、整散对、续句对、合璧对、隔句对、隔调对、鼎足对、连璧对；

章：首尾不对体、偷春体、蜂腰体、对起体、前三对体、后三对体、全首对体、总不对体、前对体、后对体、彻对体、叠对体；

兼格：天问对、问答对、互体对、比兴对、大言对、玉环对、回文对、接句对、缩银对、事类对、偷势对、集句对；

意境：数目对、量词对、时间对、干支对、点线对、高下对、方位对、主从对、颜色对、视听对、情景对、实景对、真情对。

四、《中国儿童阅读文库》丛书《韵语篇》内容简介①

由未来教育教材编辑委员会组织编写的、供小学一至六年级学生课外阅读使用的《中国儿童阅读文库》丛书中，有一册叫《韵语篇》。其中有七个部分。第一部分为八段“对韵歌”，是在《声律启蒙》、《笠翁对韵》的基础上加以改造编出的；第二部分

① 《中国儿童阅读文库》由浙江人民美术出版社 1997 年 11 月出版发行；《韵语篇》主编刘毅。

为十二段的“传统美德韵语集锦”，是从传统蒙书中精选出来的一些韵语段落；第三部分为十段的“《三字经》选编”，精选了《三字经》中的80句；第四部分为“成语熟语歌”，多为常见的四字成语，也有少量的四字熟语；第五部分为“对联”，由十四副对联组成；第六部分为“《幼学琼林》选编”，分为地理岁时、花木鸟兽、人际交往、名人典故、格言妙语五个单元。编者的目的显然是为了全面继承传统语文教育的优良传统，取其精华，古为今用，因此无论是形式上，还是内容上都借鉴了古代蒙学的成果，以课外阅读教材的形式，让学生从中培养汉语语感，感受汉语的音韵之美对称之美，学习汉语的表达技巧，同时也得到各方面的知识，受到传统美德的熏陶和教育。其中的14副对联是：

风声雨声读书声，声声入耳　国事家事天下事，事事关心（明·东林书院）

发愤识遍天下字　立志读尽人间书（相传作者为苏轼）

门对千竿竹（短无）　家藏万卷书（长有）（明·解缙）

福无双至今朝至　祸不单行昨夜行（相传作者为王羲之）

月圆月缺，月缺月圆，年年岁岁，暮暮朝朝，黑夜尽头方见日　花落花开，花开花落，夏夏秋秋，寒寒暑暑，严冬过后始逢春

日照沙窗，莺蝶飞来，映出芙蓉牡丹　雪落板桥，鸡犬行过，踏成竹叶梅花

母鸭无鞋空洗脚　公鸡有髻不梳头（相传为林则徐所对下联）

马足踏开岸上沙，风来复合　船浆划破江心月，水定还原

冻雨洒窗，东两点，西三点　切瓜分客，上七刀，下八刀

花甲重逢，增加三七岁月　古稀双庆，更多一度春秋（相传为乾隆帝与纪昀所对）

莲子心中苦　梨儿腹内酸（相传为金圣叹临刑前所作）

只许州官放火　不许百姓点灯[1]

爱民若子，金子银子皆吾子也　执法如山，钱山靠山为其山乎（续联讽贪官）

望江楼，望江流，望江楼上望江流，江楼千古，江流千古　印月井，印月影，印月井中印月影，月井万年，月影万年

五、《联话丛编》对联摘录[2]

因荷而得藕　有杏不须梅 90

群雁摩空，排出几行无墨字　新蝉噪树，操成一曲不弦琴 131

杨柳花飞，平地上滚将春去　梧桐叶落，半空中撒下秋来 132

花坞春晴，鸟韵奏成无孔笛　树庭日暮，蝉声弹出不弦琴 134

恼人无物比离愁，恰似一川梅雨　快意有谁同爽气，浑如万壑松风 136

黄豆磨成白豆腐，用水工夫　青梅造作乌梅肉，因火节制 143

沼内种莲，藕白花红叶绿　田中插稻，秧青苗翠谷黄 145

五事貌言视听思　七音宫商角徵羽

吏户礼兵刑工，六部尚书　韩柳欧苏曾王，八家文字 150

几幅画图，虎不啸，龙不吟，花不馨香，鱼不跳，成何良史
一盘棋局，车无轮，马无足，炮无烟火，象无牙，照甚将军

满堂古画，虎不啸，龙不吟，花不馨香，鱼不跳，笑杀蓬头刘海　一局象棋，车无轮，马无足，炮无烟火，士无谋，闷死在寨将军 159

一史不通难作吏　二人相聚总由天 166

---

① 我们认为，这副对联，上联中“许”字似改为“准”字更好。

② 《联话丛编》是中国迄今为止收录最全的一部论联资料汇编，由龚联寿主编，江西人民出版社 2000 年出版。其中有很多精彩对联，这里摘录的只是其中的很小一部分。对联后面的数字为该对联在书中出现的页码。

庭前夜雨弄孤筱　门外野风开白莲 361

到此日方辨妍媸，更向鸿蒙开面目　过这关才算儿女，还从祖父种根苗

宝痘匀圆，喜个个金丹换骨　天花消散，愿家家玉树成林 362

百行孝为先，论心不论事，论事贫家无孝子　万恶淫为首，论事不论心，论心终古少完人

修到神仙，看三醉飞来，也要几杯绿酒　托生人世，算百般好处，都成一枕黄粱

西方贝叶演真经，总不出戒定慧三条法律　南海莲花生妙相，也只消闻思修一味圆通 364

改草衣卉服之观，人间温暖　极错彩镂金之妙，天下文明 365

但觉眼前生意满　须知世上苦人多 367

夜半文光射北斗　朝来爽气挹西山

当官期于物有济　凡事求其心所安 370

催科不免追呼，愿百姓早完国课　省事无如忍耐，劝众人莫到公堂 371

随意观风草　无心狎海鸥 372

人文古邹鲁　山水小蓬瀛

云鹤有奇翼　瑶草无尘根 373

刚日读经，柔日读史　十年树木，百年树人

考古证今，致用要关天下事　先忧后乐，存心须在秀才时 374

文能换骨馀无法　学到寻源自不疑

闻木樨香，何隐乎尔　知菜根味，无求于人 375

闭户自精，云无心以出岫　登高能赋，文异水而涌泉 376

卢橘夏熟　桂树冬荣 377

数点梅花横玉笛　二分明月落金樽 381

慧眼光中，开半亩红莲碧沼　烟花象外，坐一堂白月清风

窗前绿树分禅榻　城外青山到酒杯

一庭芳草围新绿　十亩藤花落古香 385

匝地清阴三伏候　参天老树百年馀

槛外远山排闼绕　楼前积水当湖看 386

高处不胜寒，溯沙鸟风帆，七十二沽丁字水　夕阳无限好，对燕云蓟树，百千万叠米家山

下笔千言，正桂子香时，槐花黄后　出门一笑，看西湖月满，东浙潮来

此真净绿唾不可　我实薄才歌奈何 387

泉自几时冷起　峰从何处飞来

龙涧风回，万壑松涛连海气　鹫峰云敛，千年桂月印湖光

但是人家有遗爱　曾将诗句结风流 388

身比闲云，月影溪光堪证性　心同流水，松声竹色共忘机

露气春林，月华秋水　晴光淑景，芳草远山 389

似洞非洞，适成仙洞　无门有门，是为佛门

愿天下有情的，都成了眷属　是前生注定事，莫错过姻缘

月似丹光出高岭　鹤因梅树住前山 391

四万青钱，明月清风今有价　一双白璧，诗人名将古无俦

清风明月本无价　近水遥山皆有情

千树桃花万年药　半潭秋水一房山 392

野烟千叠石在水　渔唱一声人过桥

楼高但任云飞过　池小能将月送来 394

云窗雾阁事恍惚　金支翠旗光有无

月色如画　江流有声

山光扑面经新雨　江水回头为晚潮

汲来江水烹新茗　买尽青山当画屏 395

江空欲听水仙操　壁立直上蓬莱峰

公昔登临，想诗境满怀，酒杯在手　我来依旧，见青山对面，明月当头 396

大江东去，浪淘尽千古英雄，问楼外青山，山外白云，何处是唐宫汉阙　小苑春回，莺唤起一庭佳丽，看池边绿树，树边红雨，

此间有舜日尧天

天为安排看山处　风来洒扫读书窗 397

不作公卿，非无福命都缘懒　难成仙佛，为爱文章又恋花 398

淮水东边旧时月　金陵渡口去来潮

耸翠流丹，千仞丽谯辉日月　索青缭白，四围屏障合江山 399

云白山青万馀里　江深竹静两三家

松声竹声钟磬声，声声自在　山色水色烟霞色，色色皆空

风风雨雨，暖暖寒寒，处处寻寻觅觅　莺莺燕燕，花花叶叶，卿卿暮暮朝朝

思亲泪落吴江冷　望帝魂归蜀道难 400

我辈复登临，目极湖山千里而外　奇文共欣赏，人在水天一色之中

遥闻爆竹知更岁　偶见梅花觉已春 402

天上有池能作雨　人间无地不逢年

桥跨虎溪，三教三源流，三人三笑语　莲开僧舍，一花一世界，一叶一如来

枫叶荻花秋瑟瑟　闲云潭影日悠悠

山中藏古寺　门外尽劳人 403

天下几人学杜甫　当时四海一子由

我去太匆匆，骑鹤仙人还送客　兹游良眷眷，落梅时节且登楼

到来径欲凌风去　吟罢还思借笛吹 404

此地饶千秋风月　偶来作半日神仙

汉口夕阳斜度鸟　楚江灯火看行船

却喜青山排闼至　还随明月过江来 405

四面湖山归眼底　万家忧乐到心头

后乐先忧，范希文庶几知道　昔闻今上，杜少陵可与言诗 406

湘灵瑟，吕仙杯，坐揽云涛人宛在　子美诗，希文笔，笑题雪壁我重来 407

舟行著色屏风里　人在回文锦字中 408

曾经沧海千层浪　又上黄河一道桥

万壑烟云浮槛出　半天松竹拂窗来 411

户外一峰秀　窗前万木低

造物本无私，移来槛外烟云，适开胜境　会心原不远，就此眼前山水，犹见古人 412

一带林塘诗境界　四时花果隐生涯

乍来顿远尘嚣，静听水声真活泼　久坐莫嫌荒僻，饱看山色自清凉

两树梅花一潭水　四时烟雨半山云 413

五百里滇池，奔来眼底　数千年往事，注到心头

四围香稻，万顷晴沙，九夏芙蓉，三春杨柳　几杵疏钟，半江渔火，两行秋雁，一枕清霜 414

说一声去也，送别河头，叹万里长驱，过桥便入天涯路　盼今日归哉，迎来道左，喜故人见面，握手还疑梦里身

潭影竹间动　天香云外飘 415

城旁柳色向桥晚　楼上花枝拂座红

云生涧户衣裳润　风带潮声枕簟凉

十分春水双檐影　百叶莲花七里香

莺啼燕语芳菲节　蝶影蜂声烂漫时 416

竹室生虚白　波澜动远空

天气涵竹气　山光满湖光

绿竹漫侵行径里　飞花故落舞筵前

芰荷叠映蔚　水木湛清华

山红涧碧纷烂漫　竹轩兰砌共清虚

圆潭写溪月　华岸上春潮 417

九霄香透金茎露　八月凉生玉宇秋

奇石尽含千古秀　春光欲上万年枝 418

茂竹临幽溆　晴云出翠微

千重碧树笼青苑　一桁青山倒碧峰

桃花飞绿水　野竹上青霄
地胜林亭好　月圆松竹深 419
小松含瑞露　好鸟鸣高枝
浩歌向兰渚　把钓待秋风
水曲山如画　溪虚云傍花
槛前春色长堤柳　阁外秋声蜀岭松 420
宛转通幽处　玲珑得旷观
夜月桥旁留画舫　春风陌上引香车
三山入望松均在　双树无言水月新
几处好山供客座　一川寒月净尘襟 421
槛外山光，历春夏秋冬，万千变幻，都非凡境　窗中云影，任东西南北，去来淡荡，洵是仙居
终古招邀山色远　几人爱惜月明多
雨后静观山意思　风前闲看月朦胧
四面有山皆入画　一年无日不看花
开帘见新月　倚树听流泉
古调诗吟山色里　野声飞入砚池中
隔岸春云邀翰墨　绕城波色动楼台 422
才见早春莺出谷　更逢晴日柳含烟 423
天上碧桃和露种　门前荷叶与桥齐
飞塔云霄半　书斋竹树中
烟开翠幌清风晓　花厌栏干春昼长 424
四野绿云笼稼穑　九春风景足林泉
一片彩霞迎旭日　万条金泉带春烟 426
烟草青无际　溪山画不如
树影悠悠花悄悄　罗衫叶叶绣重重
杨柳风来潮未落　梧桐叶下雁初飞 427
山翠万重当槛出　白莲千朵照廊明
稼收平野阔　风正一帆悬 428

江水滔滔，洗尽千秋人物，看闲云野鹤，万念都空，说甚么晋代衣冠，吴宫花草

天风浩浩，吹开大地尘氛，倚片石危栏，一关独闭，更何须故人禄米，邻舍园蔬

坐客为谁，听二分明月箫声，依稀杜牧　主人休问，有一管春风词笔，点缀扬州 429

世外凭临，一面峰峦三面海　云中结构，二分人力八分天

五夜工夫，铁脊梁将勤补拙　二时粥饭，金刚屑易食难消 430

桑柘几家湖上社　芙蓉十里水边城

喜无樵子复看弈　怕有渔郎来问津 431

非关因果方为善　不计科名始读书

敏则有功公则说　淡而不厌简而文 432

谈性命则先贤之说已多，何似求之践履　学考订则就衰之年无及，不如返诸身心

宽一分民爱一分，可见鬼神　要一文不值一文，难欺吏卒

不畏官司千状纸　只怕乡民三寸刀 433

真理学从五伦做起　大文章自六经分来

学古之志未衰，每日必推书早起　干世之心已绝，无夕不饮酒高歌

反己有真修，须留神检到心身界上　加工无别法，务着力打开义利关头

罔谈彼短　靡恃己长 434

欺人如欺天，毋自欺也　负民即负国，何忍负之

教子课孙完我分　读书为善做人家

无求便是安心法　不饱真为却病方

此名山不留仙住　是真佛只说家常 435

为政不在多言，须息息从省身克己而出　当官务持大体，思事事皆民生国计所关

行所当行，不为已甚　慎之又慎，未敢即安 438

无多事，无废事，庶几无事　不徇情，不矫情，乃能得情

我也曾为冤枉痛入心来，敢糊涂忘了当日　汝不必逞机谋争个胜去，看终久害著自家

求通民情　愿闻己过

若使子孙能结果　除非盗贼不开花 439

庭馀嘉荫，室有藏书，天下事随处而安，即此是雕梁画栋　卜得芳邻，居成美境，田舍翁问心已足，漫言应列鼎鸣钟

汲水浇花，亦思于物有济　扫窗设几，要在予心以安

能受苦方为志士　肯吃亏不是痴人 440

事能知足心常惬　人到无求品自高

诸君到此何为，岂徒学问文章，擅一艺微长，便算读书种子　在我所求亦恕，不过子臣弟友，尽五伦本分，共成名教中人

惜食惜衣，非为惜财缘惜福　求名求利，但须求己莫求人 441

何物动人，二月杏花八月桂　有谁催我，三更灯火五更鸡

人生穷达岂能知，趁早，须立此可为圣贤可对帝天之志　客告是非且莫管，得闲，要读我有益身心有关世道之书 442

与世不言人所短　临文期集古之长

人有不为斯有品　己无所得可无言

尽日言文常不倦　与人同事若无能

一人知己亦已足　毕生自修无言多

世间惟有读书好　天下无如吃饭难

立定脚根撑起脊　展开眼界放平心 443

好鸟枝头亦朋友　落花水面皆文章 444

教子有遗经，诗书易春秋礼记　传家无别业，解会状榜眼探花 447

南宫六一先生座　北面三千弟子行 448

一生好事无双日　百岁闲身得半时 451

浮沉宦海如鸥鸟　生死书业似蠹鱼 459

读书经世即真儒，遑问他一席名山，千秋竹简　学佛成仙皆幻

相，终输我五湖明月，万树梅花 460

宝瑟无声弦柱绝　瑶台有月镜套空 472

即事已可悦　赏心还自怡

溪静云生石　窗虚日弄纱

心同孤鹤静　节效古松贞 475

闲看春水心无事　静听天和兴自浓 476

行道有福，能勤有继　居安思危，在约思纯

冰生于水，而寒于水　云出其山，后雨其山

闭户自精，开卷有益　垂露在手，清风入怀 478

白云怡意，清泉洗心　蕴智成囊，含明作镜

鸟啭歌来，花浪雪聚　云随竹动，月共水流

修风晓逸，德星夕映　祥禽辈作，瑞木朋生 479

井灶有馀处　林园无俗情

红杏在林，幽鸟相逐　碧桃满树，清露未晞 480

随遇而安，因树为屋　会心不远，开门见山

劝君更尽一杯酒　与尔同消万古愁

翠竹黄花皆佛性　清池皓月照禅心 481

眼明小阁浮烟翠　身在荷香水影中 482

老屋三间，可蔽风雨　空山一士，独注离骚 483

山静日长仁者寿　荷香风善圣之清

天然文吐春云润　悟后心如秋月超

明月超然怀远鉴　绪风和处觉春生 484

天然深秀檐前树　自在流行槛外云

脱俗书成一家法　写生卷有四时春

学以精神通广大　家从清俭足平安

日有所思，经史如诏　久于其道，金石为开

畅怀年人有　极目世同春

室有山林乐　人同天地春 485

遇事虚怀观一是　与人和气察群言

知足一生得自在　静观万类无人为

清风有信随兰得　激水为湍抱竹流 486

林气映天，竹阴在地　日长似岁，水静于人

生当稽古右文日　老作观山乐水人

人品清于在山水　天怀畅若当风兰 487

云霞生异彩　山水有清音

有雨云生石　无风叶满山

黄昏花影二分月　细雨春林一半烟

松涛在耳声弥静　山月照人清不寒 488

功深书味常流露　学盛谦光更吉祥 489

有月即登台，无论春秋冬夏　是风皆入座，不分南北东西 491

奉母孝经看在手　教儿文选读从头 492

休萦俗事催霜鬓　且制新歌付雪儿

世间桃李尽出公门，何须腊尽始芳菲，满眼无非春色　天下鱼龙都归学海，不待时来方变化，启口即是雷声 494

做戏何如看戏乐　下场更比上场难 495

酒阑兴倦，事往情迁，只不忘游过名山，别来旧雨　春去仍归，人老难复，更休诧殿前起草，海外题诗

书似青山常乱叠　灯如红豆最相思

只以菊花为性命　本来松雪是神仙

过也如日月之食焉　复其见天地之心乎 496

满眼蓬蒿游子泪　一盂麦饭故乡情

不教白发催人老　更喜春风满面生

到来尽是弹冠客　此去应无搔首人

其交以道，其接以礼　同声相应，同气相求

四大皆空，坐片刻无分尔我　两头是路，吃一盏各自东西 497

藏名诗酒间，竹屋纸窗清不俗　养拙江湖外，风台月榭悄无言 501

画草发生，顷刻工夫非为雨　笔花灿烂，须臾造化不关春 503

家居绿水青山畔　人生春风和气中

或为君子小人，或为才子佳人，登场便见　有时欢天喜地，有时惊天动地，转眼皆空

古今人何遽不相及　天下事当作如是观

凡事莫当前，看戏何如听戏好　为人须顾后，上台终有下台时 504

势家歇马评珍玩　冷客摊钱问故书

三间东倒西歪屋　一个千锤百炼人 506

两间东倒西歪屋　一个南腔北调人

心中无半点事　眼前有十二孙 507

自在自观观自在　如来如见见如来

道不行，乘桴浮于海　人之患，束带立于朝 508

青春鹦鹉　杨柳楼台 509

海国中天节　江城五月春

艾旗招百福　蒲剑斩千邪

蒲带荣对一品　艾旗捷报三元 510

天上楼台山上寺　云旁钟鼓月旁僧 518

爱惜精神，留此身担当宇宙　蹉跎岁月，将何日报答君亲 519

静亦静，动亦动，五脏克消夫欲火　荣亦忍，辱亦忍，平生不履于危机

无毁无誉，三代直道而行　知止知足，四时成功者退

抑人是自抑　扬人其自扬

东城居士休题杖　南郭先生且滥竽

片言曾折狱　一饭不忘君

长身唯食粟　老眼渐生花 521

是是非非地　明明白白天

龙从百丈潭中起　雨向九重天上来 522

悠悠乾坤共老　昭昭日月争光 523

山川无恙，叹前辈风流何处，但古道斜阳，冷烟衰碣，尽悲凉

人物，止剩寒鸦

台阁重新，问苍穹英雄谁是，有补天巨手，回日雕戈，待整顿乾坤，再来杯酒

英雄几见称夫子　豪杰如斯乃圣人 524

两口居山水之间，妻忒聪明夫忒怪　四面皆阴燐所聚，人何寥落鬼何多

丹毫一点，乃吾民利害攸关，须念悖出必将悖入　白日三竿，即尔室公私毕照，莫谓知显不在知微 525

无欲常教心似水　有言自觉气如霜

一生那有真闲日　百岁仍多未了缘 526

岂有文章惊海内　漫劳车马驻江干

四万里皇图，伊古以来，从无一朝一统四万里　五十年圣寿，自兹以往，尚有九千九百五十年 527

从前只闻圣天子八旬万寿　于今方见大皇帝五代一堂

八千为春，八千为秋，八方向化八风和，庆圣寿八旬逢八月

五数合天，五数合地，五世同堂五福备，正昌期五十有五年 528

乃圣乃神乃武乃文，扶四百载承尧之运　自西自东自南自北，如七十子服孔之心 531

善恶报施，莫道竟无前世事　利名争竞，须知总有下场时 533

水月尽文章，会心时原不在远　星云粲魁斗，钟灵处定非偶然 535

而今月下三人　他日当成几佛 536

我辈此来惟饮酒　先生在上莫吟诗 537

书道入神明，落纸云烟，今古竞传八法　酒狂称圣草，满堂风雨，岁时宜奠三杯 538

名场利场，无非戏场，做得出泼天富贵　冷药熟药，总是妙药，医不尽遍地炎凉

地狱即在眼前，莫到犯了罪时方才省悟　业镜虽悬台上，只要过得意去也肯慈悲 539

心到虔时佛有眼　运当亨处石能言

一点心苗，汝那里好生培养　十分善果，我者边总肯周全 540

地当黄运之中，水欲治，漕欲通，千里河流，涓滴皆从心上过　官作军民之主，宽以恩，严以法，一方士庶，笑啼都到眼前来

官有典常，任一日则尽一日之心，况兼地广事繁，敢不夙兴夜寐　民供正课，宽几分则受几分之惠，纵使时丰岁稔，常如怨暑咨寒 541

业精于勤，修其孝弟忠信　学优则仕，以为黼黻文章

有水园亭活　无风草木闲 542

子不子，亦各言其子，委而弃之，是可忍也，孰不可忍也，先王斯有不忍人之政

幼吾幼，以及人之幼，比而同之，有以异乎，曰无以异也，大人不失其赤子之心 543

担弛戴星，且共岑苔吟夜月　文披垂露，便看玉笋坐春风 545

春有心于露，秋有心于霜，遵戴记遗规，钦崇典祀　父之贵者慈，子之贵者孝，式文公懿训，笃念伦常

坐里门内，夕而朝教不忘就尔事　习君子言，尊以遍学莫便近乎人

方千里育贤之地　第一重入圣之门 548

明月双溪水　春风满县花

客来醉，客去睡，老无所事吁可愧　论学粗，论政疏，诗不成家聊自娱

地价不妨多，明月清风本无价　物情何足校，近水遥山皆有情 549

白云回望合　青霭入看无

花雨欲随岩翠落　松风遥傍洞云寒 550

世无遗草真能隐　山有名花转不孤 551

半壁江山，六朝雄镇　一楼风月，几辈传人 552

天与雄区，欲游目骋怀，一层更上　地因多景，喜山光水色，

四望皆通 554

大隐寄淮壖，十亩芳塘涵德水　高怀拟绿野，满园花木绣春风 555

朝朝朝朝朝朝夕　长长长长长长消 558

甘守清贫，力行克己　厌观流俗，奋勉修身

继祖宗一脉真传，克勤克俭　教子孙两行正路，惟读惟耕

非关因果方为善　不计科名始读书 559

不关果报方行善　岂为功名始读书

必忘果报能为善　欲立功名在读书

干净地常来坐坐　太平时早去修修

克己最严，须从难处去克　为善必果，勿以小而不为 560

士恒士，农恒农，工恒工，商恒商，族少闲民，便有兴隆景象　父是父，子是子，兄是兄，弟是弟，门无乖气，方为孝友人家

人生惟酒色机关，须百炼此身成铁汉　世上有是非门户，要三缄其口学金人

咬定几句有用书，可忘饮食　养成数竿新生竹，直似儿孙 561

两袖入清风，静忆此生宦况　一庭来好月，朗同吾辈心期

铁面无私，凡涉科场，亲戚年家须谅我　镜心普照，但凭文字，平奇浓淡不冤渠

世上几百年旧家，无非积德　天下第一件好事，还是读书 562

有忍乃有济　无爱即无忧

洗心曰斋，防患曰戒　循法无过，修礼无邪

贪嗔痴即君子三戒　戒定慧通圣经五言

阴阳风雨晦明，受之以节　梦幻露电泡影，作如是观

扫地焚香，清福已具　粗衣淡饭，乐天不忧

仁仁义宜，以制其行　经经纬史，乃成斯文

凡避嫌者内不足　有争气者无与辨 563

要办事，莫生事，要任怨，莫敛怨　可兴利，毋近利，可急功，毋喜功

每思于物有济　常愧为人所容

过如新竹芟难尽　学似春潮长不高

办事人多能事少　爱民心易治民难

凡事总求过得去　此心先要放平来

海纳百川，有容乃大　壁立千仞，无欲则刚 564

领三楚雄藩，来旬来宣，问何以推心赤子　承九重懿训，有为有守，要无惭对面青山 565

职在地方，但无忘该管地方，即为尽职　民呼父母，倘难对自家父母，何以临民

暗室中自有鬼神，倘鉴余少昧天良，甘为一钱誓死　公堂上谁非父母，最怜尔难宽国法，苦从三木求生

有一日闲，且种汝地　无十分屈，莫入吾门 566

泉石衍箕裘，名心早净云封岫　翠钿围杖履，笑口常开雪避髭 570

人间贤母曾推孟　天上仙姑本姓何 572

县考难，府考难，院考尤难，四十八年才入泮　乡试易，会试易，殿试更易，二十五月已登瀛 573

天子知从无事日　郎君贵在未生时 575

志在名山，不作公卿缘好学　文能寿世，非求仙佛自长生 578

几生修得到　一日不可无 587

不合时宜，惟有朝云能试我　独弹古调，每逢暮雨倍思卿 588

人道君如云里鹤　自称臣是酒中仙

三年奔走空皮骨　万古云霄一羽毛 589

虚己受人，彼其之子，殊异乎族　实事求是，夫惟大雅，卓尔不群 590

言不失典术，行不越矩度　威以怀殊俗，德以化圻民 591

四时最好是三月　万里谁能访十洲

流水长亭，春风静宁　幽兰一室，修竹万山

修竹抱山，春亭映水　幽兰得地，虚室当风

虚能引和，静能生悟　仰以察古，俯以观今
平生独以文字乐　此日悠然水竹居 592
深林闲数新添笋　残烛贪看未见书
五亩自栽池上竹　一尊径醉溪中云
潮平两岸阔　花满九江春 593
春秋补小月　山水有清音
沙棠作舟桂为楫　浮云似帐月如钩 594
云霞成伴侣　冰雪净聪明
飒爽动秋骨　廉折配春温
春夏各有实　鱼鸟亦相亲
即事已可悦　赋诗何必多
草圣秘难得　诗人思无邪 595
未曾一日闷　犹有五湖期
或制闲居赋　新编杂体诗
虚白道所集　静专神自归
新诗如洗出　好鸟不妄飞
兼入竹三昧　时有燕双高
长歌白石涧　高卧香山云 596
虚舟任所适　飞鸟相与还
但酌此泉胜酌酒　劝栽黄竹莫栽桑 597
酒令虽严莫嗔虐　草书非学聊自娱
听琴知道性　避酒怕狂名
凤栖常近日　鹤梦不离云 598
松柏有本性　林园无俗情
结念属霄汉　委怀在琴书
江湖万里水云阔　草木一溪文字香
入妙文章本平淡　逸群翰墨争传夸
园中草木春无数　湖上山林画不如
寒香嚼得成诗句　新月邀将入酒杯

平生能着几两屐　长日惟消一局棋
数点雨声风约住　一枝花影月移来
柳摇台榭东风软　花压栏干春昼长
落花无言，幽鸟相逐　可人如玉，清风与归 599
白雪任教春事晚　贞松惟有岁寒知
空谷自能生地籁　吟毫端合染溪光
养气不动真豪杰　居心无物转光明 600
旧书不厌百回读　佳客时来一座倾
山泉酿酒香仍冽　芳草留人意自闲
未须百事必如意　且喜六时长见书 601
画本纷披来野意　文辞古怪亦天真
人品比南极出地　此心如大月当天
悦心未厌无名画　积行唯收有用书
入世须才更须节　传家积德还积书
当如曾子日三省　更为张公加半思
习勤不置能损欲　闻过则喜真得师
居安思危介节见　积疑得悟清光来 602
深堂有月同参佛　清昼无人自检书
九品论存中正意　六书理悟史皇初
置身古人敢不勉　美利天下终无言
高位尚须闻过友　美名不废等身书 603
元亮本无适俗韵　东坡也是可怜人
古来才大难为用　老去诗名不厌低
月临波作案　云倚树为屏 604
金简玉册自上古　青山白云同素心 606
金瓶芍药三千朵　玉轴琵琶四百弦
新声谱出杨州慢　明月听来水调歌
花开花落僧贫富　云去云来客往还 607
四十九年穷不死　三百六日醉如泥

愿与不解周旋客饮酒　难为不识姓名人作书 608

喜有两眼明，多交益友　恨无十年暇，尽读奇书 609

至性至情，得天者厚　实心实政，感人也深

到门莫问姓名，花草一庭欣有主　入室自分雅俗，图书四壁可留人

奇书贪录如增产　佳卉分培当树人

骑驴寻梅，一天风雪　对竹思鹤，万古云霄 610

王好货，不论金银铜铁　寅属虎，全需鸡犬牛羊

相逢尽是弹冠客　此去应无搔首人

磨厉以须，问天下头颅几许　及锋而试，看老夫手段如何 612

东上徵歌，问表海雄风，今乐何如古乐　南宫奏曲，听遏云高响，雅音原是乡音

偶缘我作逢场戏　竟累人为举国狂 613

不成农，不成工，不成商，并不成士　未能琴，未能棋，未能画，亦未能书 614

主事何堪为事主　人家切莫信家人 615

卿须怜我我怜卿　色即是空空是色

雪月梅花三白夜　酒灯人面一红时

千种相思向谁说　一生爱好是天然 616

爱车入骨髓　吐词合风骚 629

黄鹤偶乘沧海月　白云常带楚江秋 630

中天悬明月　绝代有佳人

熟读离骚，便可称名士　偶涉传记，不能为醇儒

一二亩瘦田，雨笠烟蓑朝起早　两三间破屋，青灯黄卷夜眠迟

寄迹此山中，数亩芳田，日看犁云耕雨　忘机斯世外，三间古屋，时欣弄月吟风 631

生死一知已　存亡两妇人 636

孤忠百战江山血　一死千秋天地魂

不晓人伦　焉知天道 637

生有自来文信国　死而后已武乡侯 638

仙缘到此无多路　福地原来别有天

即心即佛，但从彼岸问迷津，渡头宝筏开时，慈航有路　是色是空，诚向兹山瞻法相，洞口祥云护处，变化无方 644

廿四风吹开红萼，悟蜂媒蝶使总是因缘，香国无边花有主　一百年锁定赤绳，愿秾李夭桃都成眷属，情天不老月长圆 646

图画香山，风流玉局　荷花世界，杨柳楼台 647

大德曰生　仁心为质 648

须知天地常生育　总要人家善护持 649

攀桂天高，忆八百孤寒，到此莫忘修士苦　煎茶地胜，看五千文字，个中谁是谪仙才 650

人人论功名，功有实功，名有实名，存一点掩耳盗铃之私心，终为无益

官官称父母，父必真父，母必真母，做几件悬羊卖狗的假事，总不相干

阳奉阴违，天有难遮之眼　民穷财尽，地无可剥之皮

法堂下无非士，无非农，无非商贾，敢任性纵情，漫道我惟行我法

庐州境也有山，也有水，也有田园，试探风问俗，斯来吾亦爱吾庐 653

士勤于读，农勤于耕，工勤于艺，商贾勤于执业，一事可资生，族少游闲，便是兴隆气象

祖教其孙，父教其儿，兄教其弟，伯叔教其犹子，百年思式穀，堂瞻名义，勉为孝友人家 656

共话慰穷愁，耐过冰霜逢雨露　相观励名节，免教巾帼笑须眉

扬子江头万里浪　滕王阁下一帆风 658

山月不随江水去　天风时送海涛来

江月不随流水去　大风直送海涛来 659

即景亲风月　随时笃诗书 660

一塔远出树　众山青到门

喜无多屋宇　幸不碍云山 662

青山横郭，白水绕城，孤屿大江双塔院　初日芙蓉，晚风杨柳，一楼千古两诗人

众山遥对酒　孤屿共题诗 663

何处无明月清风，半郭半村裴绿野　此地有茂林修竹，宜诗宜画谢青山

树栽棠作舍　山制锦为屏 664

一弹流水一弹月　半入江风半入云

云朝朝朝朝朝朝朝朝散　潮长长长长长长长长消 665

放开眼界看，朝日才上，夜月正圆，山雨欲来，溪云初起　洗净耳根听，林鸟争鸣，寺钟响答，渔歌远唱，牛笛横吹 666

新水涨三篙，绕槛波光平似镜　好山环四面，开窗岚翠拱如屏 668

除却诗书何所癖　独于山水不能廉 670

不少雄谋吞海若　只凭馀事作诗人

生面果能开一代　古人原不占千秋

作宦不曾逾十载　及身早自定千秋 671

三德知仁勇　一官清慎勤 674

菊花潭里人同寿　扬子江头海不波 675

敬以持己，恕以接物，一息尚存，此志不容少懈　生不交利，死不属子，九京可作，舍公其谁与归 683

船底水鸣风力大　芦中雁语月光高 689

神仙官职双凫舄　才子文章五凤楼

百里棠阴邻画舫　一江峰影落琴床 690

应视国事如家事　能尽人心即佛心 691

聪听祖考彝训　深知稼穑艰难

戒之在色，戒之在斗，戒之在得　职思其居，职思其内，职思其忧

虚其心，实其腹　骥之子，凤之雏

凤鸟于飞，宾亲以礼　金玉为宝，婚悦宜家 692

举杯邀明月　焚香看道书

读书破万卷　落笔超群英

百岁真过客　一身为轻舟

忘身学草木　委怀在琴书

江山助磅礴　烟月资清真

朗抱开晓月　高情属天云 693

至人无心亦无法　古者养民如养儿

笔下江山转葱倩　云中楼阁自阴晴

善言莫离口，善乐莫离手　独立不愧影，独寝不愧衾

静以修身，俭以养性　入则笃行，出则友贤 694

和风君子德　时雨圣人怀

月下三升酒　风前万里山

二分明月户　万里白云乡 695

好学为福　惟道集虚

无事此静坐　有情且赋诗

花竹有和气　风泉无俗情

交情淡似秋江水　赠句清于夜月波

都将笔下文章润　散作人间雨露浓 696

稚子无知走风雨　先生有道出羲皇

风不出，雨不出　歌于斯，哭于斯 697

妖道恶僧，三令牌击退风云雷雨　贪官污吏，九叩首拜出日月星辰 698

放开肚皮吃饭　立定脚跟做人

五品天青褂　六味地黄丸 699

沽酒客来风亦醉　卖花人去路还香

刘伶借问谁家好　李白还言此处佳

入座三杯醉者也　出门一拱歪之乎 701

怜卿新种宜男草　愧我重看及第花 702

富贵贫贱，总难称意，知足即为称意　山水花竹，无恒主人，得闲便是主人 705

古来材大难为用　老去悲秋强自宽

尊姓原来貂不足　大名倒转豕而啼（以姓名“续立人”为题材作联）707

仰之弥高，钻之弥坚，可以语上也　出乎其类，拔乎其萃，宜若登天然

表海溯雄风，今乐何如古乐　明湖联旧雨，济南胜似江南

人鬼只一关，关节一丝不漏　阳阴无二理，理数二字难逃 708

暗室中须问心得过　平地处亦失足堪虞

始念佳而转念不佳，见义无勇　一事错而凡事皆错，择术未精

四十二年碌碌无奇，安得出人头地　三百六日孳孳为利，何堪昧我性天

显扬之谓何，筋力渐衰　叹利名无就，教诲不可

同是肚皮，饱者不知饥者苦　一般面目，得时休笑失时人

满眼尽穷黎，奚忍多用一夫，误他举家生活　两头皆险路，何不缓行几步，积君无限阴功 709

难进易退，易事难说　先劳后禄，后乐先忧 712

山中鹤寿不知纪　世上诗声早似雷 718

即知远客虽多事　将谓偷闲学少年 720

怪伟丹青吴道子　纤妍翰墨赵鸥波 721

花草旧香溪，卜兆千年如待我　湖山新画障，卧游终古定何年

香水濯云根，奇石惯延采砚客　画廊垂月地，幽花曾照浣纱人 723

政惟求于民便　事皆可与人言 725

久要不忘平生之言，古谊若龟鉴，忠肝若铁石　敢问何谓浩然之气，在地为河岳，经天为日星 727

但得诸公依日月　不妨老子卧林丘

面壁拓幽居，一角永嘉好山水　筑楼存古意，千秋康乐旧池塘 729

山水林亭，自得清趣　管弦觞咏，以娱大年 731

马踏红尘风力软　鸡鸣紫陌曙光寒

乾坤圣世空搔首　云雨巫山枉断肠 733

人间自古无仙骨　池上于今有凤毛

弟骑兄作马　子证父攘羊

三清殿上飞双鹤　五色云中驾六龙

投子四方开六面　丈夫一德贯三才 734

夫子若有不豫色然　先生何为出此言也 755

身与杖藜为二　影将明月成三 764

三径谁从陶靖节　重阳惟有傅延年 765

驴非驴，马非马　鸟不鸟，鹊不鹊 766

三甲未全　一丁不识

士而托于诸侯，非其义也　师不贤于弟子，将焉用之 767

待女花　宜男草 774

绛树双歌　黄华二牍 775

三代夏商周　四诗风雅颂

水底日为天上日　眼中人是面前人 778

人间化鹤三千岁　海上看羊十九年 779

冬季讽经　秋爽来学

神妙乌须药　祖传狗皮膏

精裱唐宋元明古今名人字画　自运云贵川广南北道地药材 780

投老欲依僧　急则抱佛脚 782

露花倒影柳三变　桂子飘香张九成 784

妙法法因因果寺，金轮金刚　中和和丰丰乐楼，银杓银瓮 785

小器易盈真县尉　穷坑难满是推官 786

螺头新妇臂　龟脚老婆牙 789

赏菊客来，两手擘残彭泽景　卖花人过，一肩挑尽洛阳春

雏鹤学飞，万里风云从此始　潜龙奋起，九天雷雨及时来 790

汗血名驹，起足已存千里志　圆吭仙鹤，抬头便彻九皋声

红孩儿骑马游街　赤帝子斩蛇当道 791

成也萧何，败也萧何　一则仲父，再则仲父 792

阁老心高高似阁　天官胆大大如天 794

三跳跳下地　一飞飞上天

冻雨洒窗，东二点，西三点　切瓜分客，上七刀，下八刀 795

望玉宇琼楼之邃，何似人间　从纶巾羽扇之游，依然江表

良辰、美景、赏心、乐事，四者难并　崇山、峻岭、茂林、修竹，群贤毕至 796

夜夜出游，知虞公之不可谏　朝朝来聒，何许子之不惮烦 797

书生脚短　天子门高

螃蟹一身甲胄　凤凰遍体文章

鳌头独占，依日月于九霄　龙颜端拱，位天地之两间 798

听漏观书，五更五经　弹琴赋诗，七弦七言

跌倒小书生　扶起大学士 799

讨小老嫂恼　想娘狂郎忙 800

分水桥边分水吃，分分分开　看花亭下看花来，看看看到 803

地中取土，加三点以成池　囚内出人，推一王而得国 804

七岁童儿当马驿　万年天子坐龙庭 805

新月如弓，残月如弓，上弦弓、下弦弓　朝霞似锦，暮霞似锦，东川锦、西川锦 806

至勇至刚能文能武无上将军　大慈大悲救苦救难观音菩萨

兄弟相师友　君臣迭主宾 807

晓日斜熏学士头　秋风正贯先生耳 808

瓶倒壶撒尿　柁摇舟放屁

钉靴踏地泥麻子　皮袄披身假畜生 809

鲈鱼四腮一尾，独占松江　螃蟹八足两螯，横行天下 810

芙蓉盘捧金茎露　杨柳人吹铁笛风 811

西浙浙西，三塔寺前三座塔　北京京北，五台山下五层台 812

用之则行，舍之则藏，惟我与尔有是夫　危而不持，颠而不扶，则将焉用彼相矣

醉爱羲之草　狂吟白也诗 816

王瓜　后稷 817

奴手为拿，以后莫拿奴手　人言是信，从今休信人言

人曾作僧，人弗可以为佛　女卑是婢，女又可以为奴

夕夕多良会　人人从夜游

少水沙即露　是土堤方成

此木成柴山山出　因火为烟夕夕多 818

七菱八落　十榛九空

水如碧玉山如黛　云想衣裳花想容 819

一之为甚岂可再　天且不违而况人 820

冬夜灯前，夏侯氏读春秋传　东门楼上，南京人唱北西厢

水部火灾，金司空大兴土木　南人北相，中书科甚么东西

太极两仪生四象　春宵一刻值千金

片云头上黑　孤月浪中翻 822

书生书生问先生，先生先生　步快步快追马快，马快马快 824

陌上花开，可缓缓归矣　海边潮至，庶徐徐闻乎 825

鼠偷蚕茧，浑如狮子抛球　蟹入鱼罾，恰似蜘蛛结网

一匹天青缎　六味地黄丸 827

避暑最宜深竹院　伤寒莫妙小柴胡

玫瑰花开，香闻七八九里　梧桐子大，日服五六十丸

荷尽已无擎雨盖　菊残犹有傲霜枝

遍地是先生，足见斯文之盛　沿街寻弟子，方知吾道之穷 828

天近山头，行到山腰天更远　月浮水面，捞将水底月还沉

益者三友松竹梅　加我数年解会状

万事不如杯在手　一年几见月当头 829

足开五六尺　手写十三行

圣手书生　神行太保

鸡犬过霜桥，一路梅花竹叶　燕莺穿绣幕，半窗玉剪金梭 830

胸次应馀五色线　世间争认百家衣 832

风定花犹落　鸟鸣山更幽

天若有情天亦老　月如无恨月长圆

江洲司马青衫湿　梨园子弟白发新

临邛道士鸿都客　锦里先生乌角巾

天下三分明月夜　扬州十里小红楼

黄鹤一去不复返　白鸥万里谁能驯

事殊兴极忧思集　天淡云闲今古同 845

客中送客　亲上加亲 848

牛头不能对马嘴　狗口何曾出象牙 850

客舍凄清，恰是今宵七夕　寒村寂寞，可移下月中秋

绿竹本无心，遇节即时挨不过　黄花如有约，重阳以后待何迟 855

重瞳项羽重瞳舜，只有二人　九尺曹交九尺汤，尚多四寸

白犬当门，两眼睁睁惟顾主　黄蜂出洞，一心耿耿只从王 856

千年老树为衣架　万里长江作浴盆

眼前一簇园林，谁家庄子　壁上几行文字，那个汉书 857

柳线莺梭，织就江南三月景　云笺雁字，传来塞北九秋书

马足踏开岸上沙，风来复合　橹声拨散江中月，水定还圆 860

论语二十篇，惟乡党篇无子曰　周易六四卦，独乾坤卦有文言 861

但取心中正　无愁眼下迟

夫子，天尊，大士，头上不同　宫妃，宦者，官人，腰间各别

一行朔雁，避风雨而南来　万古阳乌，破烟云而东出 871

山径晓行，岚气似烟烟似雾　江楼夜坐，月光如水水如天 873

施恩望报，势且成仇　为善求知，弊将得谤 874

话虽来到口旁，三思更好　事纵放得心下，再慎何妨

戒色有神方，惟聋耳、瞎眼、死心三味　养生无别法，只寡言、少食、息怒数般

处苦况而尚能甘，才是真修之士　当乐境而不知享，毕竟薄福之人875

二人合口成吞，口藏天下　又女变心为怒，心恨奴孤

天设奇方，曰雪、日霰、曰霜，合来共成三白散　地生良药，名苓、名连、名柏，煎去都是大黄汤

梅香春意动　杜老壮心衰

闲看门中月　思耕心上田876

山晓月初下　天寒雪未消877

墙上竹枝书个个　匣中枣子叱来来

腹不负公公负腹　头既责余余责头

我自注经经注我　人非磨墨墨磨人881

唐四杰王杨卢骆　宋五子周程张朱

五行金木水火土　七音齿腭舌喉唇

三代夏商周　九赋上中下

四声平上去入　八字年月日时886

九十日有秩　八千岁为春

缺口何尝缺　湾头自有湾

霜降如小雪　春分不大寒887

春秋传　山海经888

端午之前，犹是夫人自称曰　重阳而后，居然君子不以言889

才如太白人争嫉　忠似长沙帝早知903

山石岩前古木枯　白水泉旁良月朗904

岭云突兀走天马　潭雨萧条吟卧龙

云里楼台初地隐　松间风雨半天来905

古称蜀道难，惟道难始知神佑　人畏滩河险，不滩险安得心平906

一身臣子兼忠孝　两国兴亡系死生908

有情芳草能牵梦　随意名山可结缘 909

草庐忧乐关天下　齑粥功名自意中 910

尽人事以回天，汉鼎一分归帝胄　报主知而筹国，祁山两表瘁臣躬 913

日月闲时少　乾坤空处多

案头贝叶原无字　座上莲花别有香

塔明冬岭雪　钟散暮松烟

云际钟声浮大壑　两馀秋色落南天 914

作镇与天齐，七十二家封禅地　崇朝能雨遍，百千万众喜欢心 915

天下那有神仙？要不过词客骚人添作料　今夕只谈风月，且莫对江光山色吊兴衰

放不开眼底湖山，何必登斯楼饮酒　吞得尽胸中云梦，方许对仙客吟诗 916

斯楼何奇？杜少陵五言绝唱，范希文两字关情，滕子京百废俱兴，吕纯阳三过必醉！诗耶？儒耶？吏耶？仙耶？前不见古人，使我怆然涕下

诸君试看，洞庭湖南极潇湘，扬舲江北通巫峡，巴陵山西来爽气，岳阳城东逼岩疆！潴者、流者、峙者、镇者，此间有真趣，问谁领会得来

万里云山接巴蜀　一帘风雨话湖湘 917

人宜自积儿孙福　官最难居父母名

直挂云帆济沧海　不教胡马度阴山 918

古今犹赤壁　风月自黄州 919

石从地底搜云片　泉引天河下碧空 920

山红涧碧纷烂漫　天梯石栈相钩连

沧浪水、大别山，都从此处经过　伯牙琴、洞宾笛，曾有几人领取 921

得一日闲，且种尔地　无十分屈，莫入吾门 923

偶因洗砚一染指　除却栽花不折腰

读书原是福　饮酒亦须才

名士种花无俗韵　书生为政有仙才 924

盆鱼窗草真儒意　碗茗炉香静者机

勤能补拙才偏敏　廉不沽名品益高 925

庭留隙地全栽竹　俸有馀钱尽买书

子美集开诗世界　伯阳书见道根源

学有真源，不劈开义利一关，何从问路　文无定价，须认得是非二字，才许操觚 927

香国证前因，肯让荷花一日长　高年艳奇遇，重游杏苑几人曾 929

绿阴生昼静　野竹上青霄 936

松烟又写宜春帖　花颂新镌献岁辞

宾至如归，东南尽美　川流不息，左右逢原 937

清白存心，精勤任事　忠贞报国，诗书传家

云卷千峰色　泉和万籁吟 970

虽痴人可与说梦　惟至诚为能前知 984

胸贯赤文四万卷　家飞紫雨十三檐 987

八百火牛耕夜月　三千玉女笑春风 992

开局甚堂皇，端庄流丽之馀，起手散行，中间整做　收场何细密，照应斡旋之处，通身结束，到底圆匀

是樱桃口，是杨柳腰，色色空空，快活坛场随寓目　为蛱蝶裳，为鸳鸯幔，标标致致，繁华世界勿摇心 994

风飓太无情，保全他错节盘根，游客也须留意赏　阳春虽有脚，培养到攒葩叠颖，醉人休插满头归 995

少置半亩良田，儿女孙曾，何论先遗均不足　多做一分好事，亲朋民物，皆沾盛德感难名

七品八品九品，品愈趋而愈下　一集二集三集，集日积而日多 997

五更露结桃花实　二月春生燕子窠 998

东楼四鼓西楼三　北斗七星南斗六 999

天下才人以斗量，半只脚踢开不见　世间银子是宝贝，一枝笔搬运过来 1002

君为五斗米辞官，喜东篱寄傲，北牖迎凉，令天下折腰人，顿生愧悔　我乘半帆风到此，看南岭过云，西江隐月，愿同侪游宦者，早赋归来 1003

以孝通天，龙之为灵昭昭也　其功在水，神之格思洋洋乎 1004

四百八十寺楼台，吟俦笑侣　三万六千顷烟水，泛宅浮家 1005

日出时，月上初，雨后雪中，得无限好诗好画　书数卷，棋半局，炉香琴韵，到此间成佛成仙 1007

几辈麟儿烦释抱　由来骥子费婆心 1008

莫谓出家们，这般自在　请看把门者，尽是伽蓝

迢遥旅路三千，我原过客　管领重湖八百，君亦书生 1009

白鹤归何时，且作祠堂旁修竹　先生喜而笑，故应主客尽诗人 1010

善果订前因，顾斯世无灾无害　拈花参妙谛，惟神功能发能收 1012

以义为利，则财恒足　既富方穀，而邦其昌

昧昧我思之，伤哉贫也　仆仆亟拜尔，彼何人斯 1014

如此江山，有客羽衣骑鹤背　无边风月，谁家玉笛弄梅花 1015

良知心学，主静心学，并为理学真传，怅今兹逝水悠悠，不见古人来者　富春钓台，江门钓台，都道楼台胜处，想当日斯竿篧篧，依然霁月光风 1016

良善莫灰心，看六道轮回，今世艰辛来世受　奸雄休得意，观两廊地狱，生时容易死时难

善报恶报，迟报速报，终须有报　天知地知，你知我知，何谓无知 1017

无眼耳鼻舌身意　是般若波罗密多

与世幸留真面目　为人多种好根苗 1019

无求生以害仁，死且不朽　为厉鬼而杀贼，魂兮归来 1025

与武侯两表寿千古　继孔门四书增一经

古佛西来，法雨慈云空色相　大江东去，风帆沙鸟总禅机 1026

两岸凉生菰叶雨　一亭香透藕花风 1028

百步桥悬天柱迥　九峰山落酒杯青

秋色满东南，笑赤壁以来，与客泛舟无此乐　大江流日夜，问青莲而后，举杯邀月有何人

凭栏看云影波光，最好是红蓼花疏，白苹秋老　把酒对琼楼玉宇，莫孤负天心月到，水面风来 1029

侍金銮，谪夜郎，他心中有何得失穷通，但随遇而安，说甚么仙，说甚么狂，说甚么文章声价，上下数千年，只有楚屈平、汉曼倩、晋陶渊明，能仿佛一人胸次　踞危矶，俯长江，这眼前更觉天空地阔，试凭栏远望，不可无诗，不可无酒，不可无奇谈快论，流连三五日，岂惟牛渚月、白纻云、青山烟雨，都收来百尺楼头 1031

泰岱山中无佛寺　武夷岩上有仙船

眼中沧海小　衣上白云多 1032

泉声鸟声钟磬声，声声入妙　树色石色烟霞色，色色皆空 1033

唾落珠玑天上雨　步摇环佩夜来风 1034

石角东西花月夜　潮头上下海天秋

四面清风三面水　二分明月一分花

上方月出初生白　下界尘飞不染红 1035

楼未起时原有鹤　笔因搁后更无诗 1036

云向日边生，欣自此方能悟道　露从月下滴，喜今宵得遇真诠

千年仙枣不留核　五月落梅犹有花 1037

水声晴亦雨　山气夏如秋

窗开五月六月凉，僧在冰壶中生活　帘卷千山万山雨，人从图画里来游 1039

长笛不吹江月落　高楼遥吸好云来

万山不隔中秋月　千年复见黄河清

五风十雨岁其有　一茎数穗国之祥 1040

一盏寒泉荐秋菊　三更画船穿藕花 1041

灯影幢幢，肠断暗风吹雨　荻花瑟瑟，魂销明月绕船

小子听之，濯足濯缨皆自取　先生醉矣，一丘一壑亦陶然 1048

隐钓风分七里濑　品诗意到六朝人

几树垂杨看试马　一声长笛送归鸿

锦水名山君占却　草堂人日我归来 1050

偶然一枕游仙，蝶梦是庄庄梦蝶　莫以半生嗜酒，醒人常醉醉人醒 1051

留一段冷泉佳话　作片时风月清谈

山馀落日千峰紫　海泻遥空一气青

地从江底分吴越　天向栏前挂女牛 1052

七里旧山塘，几辈朋游，通宵诗酒　三更好明月，满湖灯火，一片笙歌

五千里秦树蜀山，我原过客　一万顷荷花秋水，中有诗人 1052

春山烟，夏山雨，秋山云，更爱楼居如画好　三分竹，二分水，一分屋，果然风景本天成

清风明月本无价　近水远山俱有情 1055

状元多吉水　朝内半江西 1056

月府同登，谁折桂枝第一　云衢广辟，特栽桃李三千 1058

丘壑在胸中，看叠石流泉，有天然画意　园林甲吴下，愿携琴载酒，作人外清游

听讼吾犹人，纵到此平反，已苦下情迟上达　举头天不远，愿大家猛省，莫将私意入公门 1060

开阁集群英，到处宛如逢旧雨　和羹期异日，诸君何以对名花

桂海敷文，想旧学商量，犹是秀才风味　蓬山有路，愿及时砥砺，早储国士经纶 1062

处处桑麻鸡犬　家家烟雨楼台

重门洞开，要事事勿负寸心，方称良吏　高山仰止，莫矜矜不持一石，便算清名 1065

法合理与情，倘能三字兼收，庶无冤狱　清须勤且慎，莫谓一钱不要，便是好官

半市半城半村曲　一花一竹一亭台 1066

红栏曲曲路三折　苍石亭亭山四围

百花欲笑梦初觉　万古不愁云自闲

石含太古水云气　竹带半天风雨声

清坐使人无俗气　碧树为我生凉秋

万丛树色乱围屋　数折溪流深到门 1067

八桂成林，海国人文沾化雨　五羊留石，春深淑气绕仙城

半叶舒而岩暗　一花散则峰明

春去秋来，一寒一暑　日升月恒，自西自东

以才人之笔　为仁人之言 1068

酷暑此中消，但期林下清风，常盈我袖　凉云随处荫，安得人间喜雨，遍记吾亭

山空欲听水仙操　日暮聊为梁父吟

填清泉而为沼，借助他山　援青松以誓心，有如此水

得闲还读书，使时序光阴莫空过　无事此静坐，看喜怒哀乐未发时 1069

愿众生皆成寿者相　学菩萨普济世间人

为相为将，为仙为佛，算平生志愿都虚，只两事吃饭穿衣，便了英雄事业

学书学剑，学琴学棋，悔往日精神误用，剩几句打油钉铰，也充名士风流 1070

治行继前贤，何殊野吏清操，醉翁高致　登临还我辈，试看天涯明月，海角孤云 1071

人静玉箫清，夜月一壶黄鹤舞　云深丹灶冷，春风几度碧桃开

为词客，为宰官，为老渔，卅载风尘，阅几多人海波涛，才得

小园成退步

爱诗书，爱花木，爱丝竹，四围溪水，喜就近佛门烟雨，且营闲地养馀年 1072

涟水湘山俱有灵，其秀气必钟英哲　圣贤豪杰都无种，在儒生自职指归 1073

晓烟贴地鸥盈浦　空水沿篱韭一畦 1074

莽莽红尘，一息各分南北路　盈盈绿水，三篙频送往来人

转瞬即天涯，坐坐吃筒烟去　前头多地主，看看等个船来

绕郭云烟收一览　出山雷雨慰群生 1075

顷刻间千秋事业　方寸地万里江山

笑语尽乡音，入座不知身是客　礼仪从俗尚，达尊应让齿为先

为伦类中所当行之事　作天地间不可少之人

不好訾人贪客过　惯迟作答喜书来 1076

富贵多忧，愿多忧天胡不与　贫穷自在，这自在我实难当 1077

充无欲害人心，不忧不惑不惧　行可以告天事，曰清曰慎曰勤 1079

真名士有狂狷气　大英雄乃仙佛心

座有春风官不冷　门多寒士道弥尊

为名忙，为利忙，忙里偷闲，且向长亭坐坐　劳心苦，劳力苦，苦中作乐，漫将笑语谈谈 1080

格物致知，从五大洲见闻悟出　通今变古，环九万里时务得来

园是主人身是客　花为四壁船为家

两岸楼台，高楼�帘邀月入　一河船舫，轻摇兰棹载花来

风月常新，共上斯楼聊纵目　烟波无际，须知有岸可回头 1081

著意为寻春，居然管领梅花，犹是吾家风味　及时好行乐，试问当前明月，不知今夕何年 1082

放怀于红树青山，任教世上风波，琴客逍遥诗客醉　得意在良辰美景，领略个中旨趣，荷花烟雨荻花秋

乘兴便移舟，看来万点烟波，画意都归襟袖里　写怀欣对酒，

话到三更风月，诗情全在棹歌中 1083

莫道假中假　请看人上人 1084

天南遁叟，淞北逸民，欧西经师，日东诗祖　书读十年，路行万里，身历四代，足遍三洲

子厚过柳州，著作乃当　东坡游海外，文字益奇

一切应作如是观，有即非有　众心皆生大欢喜，闻所未闻 1085

尽留地步馀前面　须识天心在后头 1087

从此步丹梯，愿有志潜心学海　伊谁持藻鉴，要无惭对面宫墙 1088

地仍虎踞龙蟠，洗涤江山，重开宾馆　人似沣兰沅芷，招邀贤俊，同话乡关

看不真勿嘈，请问前头高见者　企得稳便罢，留些馀地后来人 1089

丈夫当死中图生，祸中求福　古人有困而修德，穷而著书

洗心不藉三江水　著手须生五岭春

非难雪一盆冤，须知构讼必凶，愿尔辈毋投此地　秉如霜三尺法，所贵得情勿喜，与吾民相见以天

举头到处有神明，岂容分尔室大庭，幻而作两般面目　众口同声呼父母，要当合黎民赤子，待之以一样心肠 1090

事防于未然，惟愿人人自化　弊去其太甚，无庸事事更新

讲求公事非多事　屏却私情要近情

连岁遘凶荒，悯边地失业小民，又添出几重公案　诸君持法律，体上天好生大德，须各尽一片苦心 1091

清茶谈饭布衣裳，那些福老夫享了　治国齐家平天下，这个事儿曹任之

事祖事父，祖事祖事父，父事祖事父　有子有孙，子有子有孙，孙有子有孙 1094

六子宫袍慈母线　万家灯火锦堂春 1097

抚字值时艰，素念常营千里外　读书承手泽，清风犹忆十年

前 1099

谁谓进士难，小儿取之如拾芥　莫云秀才易，老夫望之若登天 1103

插鬓留香花第一　画眉偷样月初三 1110

蓄道德，能文章，天语褒嘉膺异数　宜子孙，亦寿考，名山著述有传人

七十古来稀，去日已多来日少　百年曾有几？生时且乐死时休 1112

女无不爱，媳无不憎，愿世上翁姑，推三分爱女之情以爱媳　妻易于顺，亲易于逆，望汝曹儿子，减半点顺妻之心以顺亲 1113

荣枯看到婆娑树　阅历忙于顷刻花 1116

仙阙露凝红玉树　海城云护碧桃花

一生谨愿天真固　满眼儿孙老境佳

名山梅鹤饶清福　陆地神仙占大春 1123

天与贤子孙，绕膝有芝兰玉树　人皆大欢喜，同声颂耄耋期颐

有水有田兼有米　添人添口又添丁 1124

瑞启颖川，五百里贤人聚　寿如王母，三千年桃花开 1126

苟利国家生死以　岂因祸福避趋之 1127

李广不侯千古恨　黄忠老将几人同 1135

立言立德立功，中外咸钦韩魏国　多福多男多寿，古今几见郭汾阳 1149

风雨二陵秋，哭子忍闻秦蹇叔　功名千古恨，封侯空说李将军 1151

天宫缺员，行满功成应赴召　人间乐事，论文煮酒又何时 1152

无以家为，万里边尘悲马革　不如归去，他生风雪泣牛衣 1158

凶耗何来，扫径刚迎王粲履　知音有几，临风欲碎伯牙琴 1172

自伤白首亡知己　我为苍生哭此人 1182

事过无心求富贵　身闲不梦见公卿 1196

愿有两眼明，多交益友　恨无十年暇，快读奇书

半日读书，半日静坐　种花养性，种竹养心

出守官箴，克清克勤克俭　入遵家训，曰孝曰弟曰慈 1197

行不得则反求诸己　躬自厚而薄责于人

著书忌早，处事忌扰，立朝忌巧，居室忌好　制行欲方，行事欲圆，藏心欲拙，作文欲华

一半黑时犹有骨　十分红处便成灰 1198

名誉自屈辱中彰　德量由隐忍而大

青天白日之节义，自暗室屋漏中培来　旋乾转坤之经纶，由临深履薄处得力 1199

常省事，多让人，过后寻思有趣　勤好学，能守分，到头受用无穷

读书未即到圣贤，但蹈矩循规，也是吾儒宗派　居室且休论完美，可遮风蔽日，便为我辈匡庐

天下无易境，天下无难境　终身有乐处，终身有忧处 1200

战战兢兢，即生时不忘地狱　坦坦荡荡，虽逆境亦畅天怀

坐到二更，合眼即睡　心无一事，敲门不惊 1201

五福源头缘德积　六经注脚在躬行

精神有限　学问无穷

目中敢谓空千古　海外原来有九州 1202

知足不辱，知耻不殆　大巧若拙，大智若愚

品节详明，德性坚定　事理通达，心气和平 1203

人不爱名生亦死　官能救世苦还甘

万事称心曾有几　一生好梦亦无多 1204

俭可救贫新得策　药能除癖古无方

讲学是非须实事　读书愚智贵虚心 1205

水清石出鱼可数　地静人闲月自妍 1206

重帘不卷留香久　短笛无腔信口吹 1214

乘长风破万里浪　拍铁板唱大江东 1215

闭户著书多岁月　挥毫落纸如云烟 1216

一塔尖尖，四面七层八角　两手拱拱，十指二短三长 1218

点点杨花入砚池，近朱者赤，近墨者黑　双双燕子飞帘幕，同声相应，同气相求 1219

父戊子，子戊子，父子戊子　师司徒，徒司徒，师徒司徒 1220

晓岚确是神行太保　云楣不过圣手书生 1221

秋菊有佳色　夏云多奇峰

读书破万卷　下笔扫千军 1223

子坐父立，礼乎　嫂溺叔援，权也

皂荚倒垂千锭墨　芭蕉斜卷一封书 1224

禾麻菽麦　黍稷稻粱

两仪生四象　五岳视三公

鸟带风，草占风，天机早兆　羊舞雨，鼠知雨，古典曾详 1229

山和尚　水秀才 1230

乘长风破万里浪　见海日照三神山 1233

天下安危韩魏国　苍生霖雨谢东山

南海有人瞻北斗　东坡此地即西湖 1235

岭外梅花仙作侣　坐中修竹淡如人 1236

梅花万本鼻功德　茅屋三间心太平 1237

石砚无妨留宿墨　瓦瓶随意插新花 1237

才备四科觇所诣　学兼六艺集其成 1238

海日红生旌节外　岱云青到酒杯中 1239

舍己从人，大贤之量　推心置腹，群彦所归 1243

学以精神通广大　家从清俭足平安 1245

官能重莅方知政　事到难为始见才 1246

清风欲至　浮云尽收

银烛永夜　铁笛惊秋

秋月凉如水　夏云奇似峰 1247

曝腹曝书书满腹　正心正笔笔从心

人有千金付托　我能一力担承 1248

近水楼台先得月　向阳花木易逢春

入座风云皆适意　隔河花柳莫关心 1249

官何必拜相封侯，家人团聚如故乡，亦足以乐　居无事雕梁广厦，杯酒笑谈来益友，小住为佳 1257

生丁生贵生财，福地全凭山水毓　积德积功积行，心田惟望子孙耕 1258

池圃足高卧　图书供古欢 1277

一种湖光比西子　千秋乐府唱南朝 1280

客醉共陶然，四面凉风吹酒醒　人生行乐耳，百年几日得身闲

悟到色空，冰仍是水　坐无尘俗，佛何必仙 1289

孤鹤南飞山北向　大江东去佛西来 1290

千秋怀抱三杯酒　万里江山一水楼 1292

风里落梅吹玉笛　洞中采药炼金丹 1294

竟日淹留佳客坐　何时更得曲江游 1294

秋思每萦吹箧夜　乡心多在倚栏时 1295

来往游人，须知爱惜花柳　春秋佳日，切莫孤负湖山 1298

互相师友　同造圣贤 1299

世情最爱说东坡，日啖荔枝三百颗　天下几人学杜甫，安得广厦千万间 1301

虽圣贤难免过差，愿诸君谠论忠言，勤攻吾短　凡堂属略同师弟，使僚友行修名立，乃尽我心

安得广厦千万间，庇天下寒士　愿与吾党二三子，为乡里善人 1303

选士宜宽，况英华渐出山川，特辟此万间广厦　读书不易，愿去取只凭文字，莫负他八百孤寒 1304

馀地本无多，就花径结草堂，吹来四面风清，恰好窗明几净

白日贳闲过，叙群贤联少长，谈到二更月上，正当茶熟香浓 1304

鱼鸟自亲人，柳眼恰舒春涨日　雪霜漫欺客，松心常保岁寒

时 1305

此地莫向外人道　有花便是深山春 1307

如是镜明，如是月明，偶现光明银世界　任他旛动，任他风动，最难摇动铁心肝 1308

莫辜负白叟黄童，称吾父母　好留些菜羹豆粥，贻我儿孙 1308

教无一事可言教　官有九分不像官 1309

东阁揖嘉宾，愿诸君勤攻吾短　北门膺重寄，集众思择用其长 1310

群贤毕至，少长咸集　清风徐来，水波不兴 1311

对酒高歌，况当月到天心，花如人面　凭栏远眺，恰好洲连拾翠，渡接流杯 1312

范文正天下为任　韩昌黎百世之师

果品要提防，座中不少偷桃客　花枝宜检点，堂上还多折桂人 1313

振起精神，读破满天星斗　生成鳞甲，冲开万丈云霄 1317

韩子文皆从道出　温公事可对人言 1328

胸中锦绣三都赋　笔底烟云五岳图 1329

铁面无私　匠心独运

如之何如之何者　意在斯意在斯乎 1341

一花一世界　三貌三菩提 1343

但见长江送流水　不知秋思在谁家

庭下一花留过客　梁间双燕看围棋

补壁只将山作画　闭门惟与竹为邻

占得清闲来戏叶　搁开愁病去看花

月到湘帘花弄影　家居漓水梦还乡 1344

房中松竹梅三友　海内诗书画一家

一统山河七十二里半　满朝文武三百六行全 1345

荷叶露珠，柳线松针穿不住　雁峰瀑布，莺梭燕剪织难成 1346

倚松酌酒，金杯影里动龙鳞　燃苇烹茶，宝鼎浪中浮蟹眼 1347

白面书生，袖中暗藏春色　黄堂太守，眼底明察秋毫 1350

双枕纵谈天下事　一灯销尽古今愁

禁苑起山名万岁　複宫新戏号千秋 1353

花开堪折直须折　君问归期未有期 1356

铁肩担道义　辣手著文章 1384

三不如人棋曲酒　一生误我画书诗 1388

庭外朗邀三径月　门前清对一炉香 1389

口呵冻笔唇沾墨　手剔残灯指带油 1390

雨露有恩沾万物　乾坤无处不三阳

人不负我，我不负人，三十夜果然快活　吏若无民，民若无吏，初一朝真是升平 1393

黎庶但教无菜色　官居何必用桃符 1394

五科殿撰，备五行金木水火土　四川封爵，凡四等公侯伯子男 1395

十年席帽蓝衫客　一个芝麻绿豆官 1396

归与归与将安往　已而已而今何时 1399

劫逢水火刀兵，亿万生灵，无边罪孽　避到东西南北，大千世界，一种凄凉 1400

万里寻亲，历百艰而无悔　一朝见母，誓九死以何辞 1402

投水屈原真是屈　杀人曾子又何曾

道通月窟天根里　人在清泉白石间 1403

河清适际千年一　嵩寿齐呼万岁三 1405

数点梅花亡国泪　二分明月故臣心 1407

圣裔到今有忠节　人文自古重春秋 1409

欲把此心证湖水　忍将清恨诉莲花 1411

愧当代以医名，未能与奸雄破复穿胸，把他心肠改换　慨沉疴非药疗，愿各从平日修身积善，默邀神鬼扶持 1412

以斗量才，问何人能当一石　如金惜墨，看此日横扫千军 1415

辞若无情休妄诉　忿如可忍莫轻来 1418

眼前皆赤子　头上有青天

为政戒贪，贪利贪，贪名亦贪，勿骛声华忘政本　养廉宜俭，俭己俭，俭人非俭，须从宽大励廉隅

五日风，十日雨，岁乃常熟　九年耕，三年蓄，民其来苏 1420

有教无类，教亦多术矣　以文会友，文不在兹乎

我敢云德被桃城，止凭此一点良心，好对有情百姓　尔原望安居蔀屋，也要存几分畏志，毋忘约法三章 1421

九陌红尘飞不到　十洲清气晚来多 1425

夕阳无限好　高处不胜寒

花雨悄飞三径湿　松风时送六朝秋 1427

六七月间无暑气　二三更后有渔歌

短艇得鱼撑月去　小轩临水为花开 1429

十年河东，十年河西，切莫放年华虚度　一脚门里，一脚门外，可晓得脚步存神 1435

昔闻洞庭水，今上岳阳楼，峰从何处飞来，星移物换　前不见古人，后不见来者，我欲乘风归去，水远天长

水阔龙吟沧海月　楼高光射斗牛星 1436

清风明月本无价　饮酒食肉自得仙 1440

淡饭三餐，问甚么荣枯得失　白云一片，历多少春夏秋冬 1441

花娇红滴露　树老绿栖云 1443

持其志无暴其气　敏于事而慎于言 1445

衍祖宗一脉真传，曰忠曰孝　指子孙两条正路，惟读惟耕

人情历尽秋云厚　世路经多蜀道平

无求始觉人情厚　不校方知世路宽

苦心未必天终负　辣手须防人不堪

求其生不得则无憾　勿以善之小而不为 1446

为恤民艰看菜色　欲知宦况问梅花

事可问心休避怨　功难藉手敢辞劳

回民汉民多是子民，我最爱民无异视　礼法刑法，无非国法，

尔须畏法莫轻来

莫谓孤寒，多是读书真种子　欲成事业，须从伏案下工夫

勤补拙，俭养廉，更无暇馈问逢迎，来往宾朋须谅我　让化争，诚去伪，敬以告父兄耆老，教诲子弟各成人

俭以养廉，誉洽乡党　直而能忍，庆流子孙

入孝出忠，光大门第　亲师取友，教育子孙 1447

读史渐知心学误　莅官益觉理儒疏 1448

儿女情深围扇咏　英雄本色宝刀歌 1454

金屋香浓金粟绽　玉堂光满玉轮高 1458

草茅坐论成千古　文采风流少一人 1486

实而不朴，静而不滞　约之以礼，守之以恭

不如意事常八九　可与人言无二三 1494

莫嫌老圃秋容淡　为有源头活水来 1495

老竹当风生古趣　幽兰临水抱闲情 1496

无可无不可　有为有不为 1497

竹声爽到天　酒浪醲于雨 1502

梅寄一枝来，江南春早　月明千里共，海上潮生

先诸君逍遥六日　让老夫磨砺三年

半子可人为匹马　一生知己是双鱼 1505

刮垢磨光文士业　澡身浴德学人心 1506

是谁富贵功名，被尔取来，居然把台儿上　看他忠孝节义，自我想去，是否在腔子中

无可奈何新白发　不如归去旧青山 1507

东风作态来梳柳　细雨瞒人去润花 1508

九曲三湾随舵转　五湖四海任舟行 1514

孝弟睦姻任恤，四民无过此六字　忠恕慈悲感应，三教原来共一心 1567

瑞霭盈畴，瑞气都由和气酿　春膏被野，春风能使暴风消 1571

读律读书，皆是儒生本色　治人治己，须求切实工夫

我教养无才，但从公道上做去　尔士民安分，惟愿此门中少来

公门里钱财，更须义取　米盐中琐碎，悉要清裁 1574

地非东壁书堪读　人是西湖官不归

敢说官家忘菜味　何须君子远庖厨 1583

非鱼知鱼乐矣乎，活泼泼地　无象有象意云何，坦荡荡天

忘言默喻忘筌理　监水能通监物心 1586

癸不闻呼，民饱方容官设馔　未妨勤政，庭闲聊且座留宾 1589

斗是七颗星，联珠合璧　我这一枝笔，纬武经文

此堂不说有清浊　游客自观随浅深 1591

云开五色　南控八蛮 1593

书画因缘成佛果　菩提只树本恒春 1598

耄耋养颐，百年高隐　孙曾绕膝，四世同堂 1600

交情到老方为厚　处世无奇但率真 1630

信是幽香生九畹　愿将花事托三春 1637

柳般风韵花般貌　水样聪明月样人 1640

湘景烟波怀旧梦　云和琴瑟赋新声 1642

和声鸣盛世　春色满皇州 1646

食无求饱，居无求安　寝不愧衾，行不愧影 1667

学先有本后有末　业精于勤荒于嬉 1666

蚕豆鸡豆羊眼豆豆豆豆豆虫禽兽　明珠宝珠余应珠珠珠珠将相儒 1670

时花美女，见者眼福　琴声棋韵，闻有心香 1674

猫头小伙子　鳖嘴老太婆 1678

学以居敬穷理为本　道在事亲从兄之间

返己有真修，所求乎子臣弟友　传家无别业，惟守此礼乐诗书 1689

老吾老以及人老，幼吾幼以及人幼，老幼在宥　先天下之忧而忧，后天下之乐而乐，忧乐与同 1691

动中有静底意思　闲时作忙里功夫

智不求隐，辨不求给，名不求难，行不求异　进莫若让，勇莫若义，贵莫若仁，富莫若廉 1692

张而复张，天地且无力量　敛之又敛，昆虫亦有生机

事要成功须定力　学无止境在虚心

莫对失意人而谈得意事　从来有名士不取无名钱

美言不信，信言不美　疑人莫用，用人莫疑 1693

好学近智，力行近仁，知耻近勇　在官惟明，莅事惟平，立身惟清

霸国战智，王国战义，帝国战德　上士闭心，中士闭口，下士闭门

读书纵未成名，究竟人高品雅　行善不期获报，自然梦稳心安

为善最乐　读书便佳

竖起脊梁立行　放开眼孔观书

大着肚皮容物　立定脚跟做人

无十分冤，莫与人讼　有一日闲，且勤尔业

修德用十分功，自然神安梦妥　作事退一步想，无不心平气和 1694

但堪磨墨何非砚　略可烧香便是炉

要足何时足，知足便足　求闲不得闲，偷闲即闲

无求胜在三公上　知足常如万斛余 1695

治赋有常经，勿市小恩忘大体　驭官无别法，但存公道去私情 1696

无事莫生事，有事莫畏事，此之谓解事　在官勿旷官，去官勿恋官，乃可以服官 1697

宦况非甘，休忘却书生面目　民生甚苦，要存些菩萨心肠

什么叫做好官，能免士民咒骂，足矣　有何称为善政，只求讼狱公平，难哉 1698

尽力尽心，未能尽职　任劳任怨，不敢任功 1699

身如未正家难教　昼有所为夜更思

读书好，耕田好，要好便好　创业难，守成难，知难不难 1700

安居即是小神仙，净几明窗，不容易享者清福　努力便成佳子弟，青灯黄卷，莫等闲错过时光 1701

慎言节饮食　信道守诗书

身闲乃当贵　道在不嫌贫

须知日富皆神授　不可家贫与善疏 1702

静坐自然有得　虚怀初若无能

少言不生闲气　静坐可致大年

毕生无不快事　随地作自在观

传家有道惟存厚　处世无奇但率真

此心少忍便无事　吾道力行方有功

乐于不乐方为乐　闲到忘闲始是闲

心术不可得罪于天地　言行务留好样与儿孙 1703

爱作近情事　弗存过分心

言效缄金宜守默　学如攻玉在观摩 1704

学似为山勤积累　理于观水悟循环

爱读书宜先养气　思补过乃克有功 1705

江淮河汉思明德　精一危微见道心 1706

入则孝，出则弟，守先王之道，以待后学　诵其诗，读其书，友天下之士，尚论古人 1762

大事业从头做起　好消息自耳得来 1909

碧山人来，幽鸟相逐　金樽酒满，奇花初胎

纵使有钱难买命　须知无药可医贫 1918

持躬以正，接人以诚　任事惟忠，决机惟勇

春从天上至　水由地中行 1920

且住为佳，何必园林穷胜事　集思广益，岂惟风月助清谈

小坐集衣冠，花径常迎三益友　清言见滋味，芸窗胜读十年书 1921

客心洗流水　荡胸生层云 1944

吾十有五，而志于学　人一己千，虽愚必明 1957

民莫敢不敬，民莫敢不服，民莫敢不情，如得其情，哀矜而勿喜　天下之广居，天下之正位，天下之大道，独行其道，富贵不能淫 1964

林间暖酒烧红叶　水面过风聚落花 1981

直挂云帆济沧海　间与仙人扫落花 1986

世人解听不解赏　此时无声胜有声

穷不失义，达不离道　始于事亲，终于立身 1992

清谈三尺竹如意　静坐一枝松养和 1993

泉自未冷时冷起　峰从不飞处飞来 1994

不臧厥臧，民罔攸劝　以暴易暴，我安适归

乡泪客中尽　风流天下闻 1995

鹤盘远势投孤屿　鸦带斜阳过别村 1998

大江流日夜　疏雨滴梧桐 2000

花长好，月长圆，人长寿，国之福　树欲静，风欲宁，子欲养，天必从 2001

翁之乐者山林也　客亦知夫水月乎

则学孔子也　无若宋人然

禄以天下弗顾也　取诸宫中而用之

不可以风霜后叶　何伤于月雨余云 2002

背心无两袖　口面有双钩 2005

一舟二客三四伙，挂起五六叶篷，行经七八日，到九江还欠十里半　黑面赤心青白汉，披来紫绛色衣，镶着翠蓝云，过黄河误入绿林班 2006

讼庭自生芳草　官阁只种梅花 2007

束云归砚匣　催月上琴台

搜诗出石缝　裁梦入花心 2008

岂能尽如人意　便求无愧我心 2010

休言毫末交易　恰是顶上工夫 2017

无人月欲下　有佛松不言

松鳞竹角岁为比　稻海麦丘年屡丰

种竹窗前，愿个个平安，三千里常通日报　看花陌上，祝绵绵科第，十八公代嬗风流 2027

天下世情真可叹　地方公事莫非糊 2029

沉朱李于寒水　餐秋菊之落英 2037

招凉红藕花中，莫草草错过夏日　载笔绿杨城北，一丝丝画出春晴 2038

云开帆影随流远　风送钟声隔树来 2039

下诏罪人，破格用己　凭公分国，尽忠报家

实事求非，集思广损　励精图乱，发愤为雌

在前疏防，力图后效　查无实据，事出有因 2041

名利总输人，止赢得襟上酒痕，袖中诗卷　光阴如过客，莫孤负春秋佳日，风月良宵

愿天常生好人，愿人常行好事　问世可有知己，问己可能知心 2042

九月寒砧催木叶　暮天新雁起汀洲 2060

帐下文书三幕府　雨中春树万人家 2062

青女素娥都耐冷　名花倾国两相欢

商女不知亡国恨　落花犹似坠楼人

神女生涯原似梦　落花时节又逢君 2063

众香国中自来去　百花头上早安排 2076

天生以为社稷　人望之若神仙

吾国有大老　斯人宜长生 2092

炉烟添柳重　盅冻洒蔺虚 2094

宰相合肥天下瘦　司农常熟世间荒

玉不琢焉能成器　山之性未尝有材 2096

四面荷花三面柳　一城山色半城湖

荷风送香气　潭影空人心

水深鱼读月　山静鸟谈天

飞瀑半天晴亦雨　寒潭终古夏如秋 2097

得医者意也之意　用药则神乎其神 2099

年难过，难过年，年年难过　回没得，没得回，回回没得 2100

一枝笔鼓起江汉间，登最高处，放开肚皮，直吞下九百里洞庭，五千里云梦

两戒事浑在沧桑里，惟大才人，别有怀抱，莫管他早去了黄鹄，迟来了青莲 2101

把江西水一口吸干，聊润我枯唇　纵谈曩日兴亡，多少桑田变沧海

午梦未醒春睡足　朝妆莫整宿酲慵

招南浦云两手抱住，不放他出岫，免得随风飘荡，又无霖雨及苍生 2136

月月月明，八月月明月皎洁　更更更鼓，五更更鼓更凄凉 2138

世事本浮沉，看他傀儡登场，也无非屠狗封侯，烂羊作尉

山河供鼓吹，任尔风云变幻，总不过草头富贵，花面逢迎 2140

我辈耐十年寒，供斯民暖席　朝廷具一副泪，闻天下笑声 2142

但将药里供衰病　未有涓埃答圣朝 2144

绝少五千拄腹撑肠书卷　只余一副忠君爱国心肝 2145

五千里桂子湖山，我原过客　一万顷荷花秋水，中有诗人

上元不见月，点几盏灯为乾坤生色　惊蛰未闻雷，击数声鼓代天地宣威 2149

五科五状元，金木水火土　四川四等位，公侯伯子男

三春三月三　半夏半年半

三径渐荒鸿印雪　两江总督鹿传霖

木已半枯休纵斧　果然一点不相干 2150

方钊恭钊方恭钊　杜联瑞联杜瑞联 2151

阶馥舒梅素　盘花卷烛红 2157

众花胜处松千尺　群鸟喧时鹤一声 2158

孤忠祖父子　三绝书画诗 2161

无奈荔枝何，前度来迟今又早　莫如桃叶好，主人虽去我犹留 2163

管百姓须爱百姓　要一钱不值一钱 2170

眼前世态新花样　身外虚名旧布衣 2173

以其所有，易其所无，四境之内，万物皆备于我　或曰取之，或曰无取，三年无改，一介不以予人 2174

造成琼玉楼台，宇宙忽增新气象　现出琉璃世界，江山顿改旧观瞻 2175

一邑共兴天足会　群媛各出地牢门

尼父传经，寸肤莫毁　如来说法，两足最尊

无罪受肉刑，我谓阿娘即酷吏　非囚等镣犯，今为少女脱冤牢

衣被遍寰中，何人巧试玲珑手　机关妙天下，此地能开顷刻花 2178

答君恩清慎忠勤，数十年尽瘁不遑，解组归来，犹自心存国家

殚臣力崎岖险阻，六千里出师未捷，骑箕化去，空教泪洒英雄 2184

朝廷有道青春好　门馆无私白日闲 2193

道光宇宙　德溥乾坤 2202

四方名士皆知己　八座门生正少年 2230

世间有几许名门，皆因积德　天下第一等好事，还是读书

数百年人家，无非积德　第一等好事，莫若读书

富贵功名，须要自然而至者　仁义道德，贵在勉强而行之 2240

水母目虾　山人足鱼 2256

孙承祖志　孟绍曾传 2257

木已半残休纵斧　果然一点不相干 2260

挥去身常动　摇来手不停 2262

这回吃亏受苦，都因入孔氏牢门，坐冷板凳，作老猢狲，只说限期易满，竟挨到头童齿豁，两袖俱空，书呆子何足算也

此去喜地欢天，必须假孟婆村道，赏剑树花，观刀山瀑，可称眼界别开，再和些酒鬼诗魔，一堂常聚，南面王无以加之 2267

结团体布国民种子　登舞台振爱力精神 2269

老妻画纸为棋局　稚子敲针作钓钩 2270

百余年黑籍沉迷，不顾君，不顾父，不顾妻儿，总要斗爽枪浓，吹两口事事皆空，任尔呼牛呼马

一个月火坑跳出，或为士，或为农，或为工贾，自然衣丰食足，愿阖邑人人知奋，看谁是雌是雄 2271

鼠无大小皆称老　龟有雌雄总姓乌 2278

纯盗虚声无实学　昌言公益饱私囊

两间东倒西歪屋　一个千锤百炼人 2279

任凭尔无法无天，到此孽镜悬时，还有胆否　须知我能宽能恕，且把屠刀放下，回转头来 2283

火热水深，金司徒大兴土木　南腔北调，中书令什么东西 2284

南通州，北通州，南北通州通南北　东当铺，西当铺，东西当铺当东西

逢人口说三分话　作恶空烧万炷香 2285

兔儿不吃家边草　恶龙难斗地头蛇 2288

到处不妨摇狗尾　有时亦可缩龟头 2291

金樽酒满　碧山人来 2295

刚日读经，柔日读史　无酒学佛，有酒学仙 2302

四野绿阴迎夏至　一庭红雨送春归

好书勤诵读　佳句费推敲 2310

几度徘徊　一番俯仰 2314

贪花常带三分病　作恶空烧万炷香 2317

三鸟害人鸦鸽鸨　一水通商满汉洋 2320

南方地暖难容雪　北地风高不用楼

看梅子熟时，个中人酸甜自别　闻木犀香否，门外汉坐卧由他 2325

门前白水流将去　屋里青山跳出来 2327

走东走西，无非为名利牵，忙里偷闲，此地消停坐坐

过来过往，都是些儿女债，苦中作乐，大家打个呵呵

坐坐行行，尽是天地一过客　来来往往，都为名利两穷途 2328

风吹马尾千条线　月点波心一颗珠 2338

山大容射虎　河清还羡鱼 2341

青眼高歌，他日应多天下士　华阴回首，当年曾读古人书 2357

菜根滋味知君惯　潭水交情爱我深

明月双溪水　春风满县花 2360

欲把西湖比西子　更邀明月说明年

明月自来去　空潭无古今 2367

笑隔荷花共人语　坐看孤月到天心 2368

千古一诗人，文章有神交有道　五湖三亩宅，青山为屋水为邻 2371

水绿山青，座中人醉　花明柳暗，湖上春长 2376

芦中人出　河上仙来

仗义半从屠狗辈　负心多是读书人 2377

骑驴寻梅，一天风雪　对竹思鹤，万古云霄 2382

莫使贪泉流境地　好留端砚与儿孙 2383

吸来江水烹新茗　买尽青山当画屏 2384

千里相思向谁说　一生爱好是天然 2385

池塘得月开新鉴　楼阁如春改旧观

几树垂杨看试马　一声长笛送归鸿 2393

愿交海内知名士　不使人间造孽钱

作吏自惭浑不似　著书未免太无聊 2394

足下功夫三寸铁　眼前声价一文钱 2411

字多英法蛟龙气　江是孙曹鹬蚌场 2412

鹃啼二月黄陵庙　狗吠三声华子岗 2413

愁似鳏鱼知夜永　懒同蝴蝶为春忙

春随香草千年艳　人与梅花一样清

洗菜莫教流去叶　见桃犹记旧曾花 2457

志不求荣，满架图书成小隐　身难近俗，一庭风月伴孤吟

登堂尽是论文客　入箧从无造孽钱

用勿弃余，常为此生留后福　类无嫌杂，须知斯世少全材 2458

啖淡饭，著粗衣，眷属团圆终岁乐　伴幽兰，对佳菊，花枝烂漫满庭芳 2463

冷署当春暖　闲官对酒忙

俸薄俭常足　官卑廉自尊 2464

回民汉民，多是子民，我最爱民无异视　礼法刑法，无非国法，尔须畏法莫重来 2465

事可问心宁任怨　功难藉手敢辞劳 2466

诗堪入画方称妙　官到能贫乃是清 2467

结屋古松下　洗钵清溪旁 2469

六经读彻方持笔　五岳归来不看山

剑客酒客慷慨至　梨花梅花参差开 2470

独携天上小团月　自拨床头一瓮云

月明有水皆为影　风静无尘别递香 2472

春从天上至　人在镜中行 2474

凛凛生气　悠悠苍天 2490

雁将来候芦先白　露到浓时月有烟 2492

大小孙眼看七代　内外翰身历四朝 2499

露电观心，无遮无碍　云烟过眼，即色即空 2502

伤心三字莫须有　回首一官归去来 2526

水定原无影　山空不住云

有地在心，不求风水好　无田亦祭，只要子孙贤 2527

自惭无地栽桃李　到处逢人说竹林

教无所教偏称教　官不成官却是官 2528

了他过去因缘，偶然游戏　返我本来面目，自在逍遥

一生悠忽少壮老　万事脱离归去来 2529

身修而后家齐，家齐而后国治　天时不如地利，地利不如人和

文宜浅淡干枯短　人忌胡麻黑胖长 2536

与月乐天花乐地　将诗惊鬼酒惊人 2538

最防官折儿孙福　难得人称父母名

因风去住怜黄蝶　与世浮沉笑白鸥

吟思白堕倾家酿　坐对青山读异书

湖山气并文章秀　天地恩容出处宽 2539

一失脚成千古笑　再回头是百年人 2540

送客船停枫叶岸　寻春人指杏花楼 2543

鱼蹙水纹圆到岸　龙嘘云气直冲天 2563

漫扫白云看鸟迹　闲锄明月种梅花 2567

独立板桥，人影月影，不随流水去　孤眠茅舍，诗魂梦魂，迸逐故乡来 2568

手攀庭柱团团转　脚踏楼梯步步高 2570

半野屯其田，空劳碌碌　一江都是水，回顾茫茫 2576

道林三百众　书院一千徒 2580

北客若来休问事　西湖虽好莫吟诗 2585

白发贞心在　青灯泪眼枯 2590

冬至冬冬至，每冬先寒节而至　月明月月明，按月以圆时愈明 2591

一胎双生，难为兄，难为弟　千秋奇遇，有是君，有是臣 2593

失恩宫女面　下第举人心 2595

谢金圃抽身便讨　吴香亭倒口成吞 2598

敬字无文便是苟　林间有点不成材 2600

溪声便是广长舌　山色岂非清净身

深秋帘幕千家雨　落日楼台一笛风 2606

峰多巧障日　江远欲浮天

一鸠鸣午寂　双燕话春愁 2607

意中人人中意　空即色色即空

寒云惨雾和愁织　冷雨斜风扑面迎 2613

净君扫浮尘　凉友招清风 2616

天上月圆，地下人间月半，月圆偏在月半时　冬令日短，春来夏至日长，日短早为日长地 2617

需人为儒，弗人为佛，曾人为僧，以及山人为仙，宾人为傧，立人为位，下至庸人为傭，童人为僮，人均有取义

老女曰姥，夭女曰妖，生女曰姓，推之因女曰姻，適女曰嫡，亚女曰娅，贱而立女曰妾，卑女曰婢，女各为专属 2618

圣恩天广大　文治日光华 2619

烟锁池塘柳　秋金涧壑松

人生不满君能满　世上难逢我恰逢 2625

丝纶阁下文章静　蓬莱宫中日月长 2626

轻摇纨扇，清风透入人怀　高捧玉盘，明月飞来我手 2627

张睢阳生犹骂贼，嚼齿穿龈　颜平原死不忘君，握拳透爪 2631

三杯软饱后　一枕黑甜余 2632

守分以养福，宽胃以养气，省费以养财

无事以当贵，早寝以当富，安步以当车 2633

处贫易，处富难　耐劳易，耐闲难　忍痛易，忍痒难

调成天上中和鼎　煮出人间富贵家 2635

舟行著色屏风里　人在回文锦字中 2637

不如意事常八九　可与人言无二三 2638

云峰寺云出即封寺　风洞山风吹不动山 2641

直吹无孔之箫，原非引凤　卧握不毛之管，岂是涂鸦 2642

动动千里重金钟，行多重，重重著力　纷纷八刀分米粉，剖数分，分分成丝 2643

客上大然居　居然天上客

人下乡约所　所约乡下人

人爱自新所　所新自爱人

人好大生会　会生大好人 2645

老牛恃力狂挨树　怪鸟啼声不避人

马蹄踏破青青草　龙爪拿开淡淡云 2654

金蝇取嫌，被扇扇离座　粉蝶堪玩，遭钉钉在门 2656

壁虎壁虎，你好吃苦　癞鼋癞鼋，何不称冤

未看山头土　先观屋下人 2659

举头看明月　把酒问青天 2662

其益如毫　其损如刀 2663

银楼　玉海 2664

药只医假病　酒不解真愁 2666

肚饥莫向饱人说　心酸休在路旁啼 2667

莲子心中苦　梨儿腹内酸 2672

夏至酉逢三伏热　重阳戊遇一冬晴 2673

宝剑要付列士　奇方必待良医 2674

柏花十字裂　菱角两头尖 2675

山河破碎风飘絮　身世浮沉雨打萍 2695

同是肚皮，饱者不知饥者苦　一般面目，得时休笑失时人

水流原在海　月落不离天 2697

闭户著书扬子业　澄心静坐孔门禅 2699

风波海上纵横，难立足惟游宦客　车马门前冷落，最伤心是罢官人 2700

山中落日沉于涧　楼上看花都见心 2701

有年有月浑无日　无父无君只有官 2709

儒以道得民，此官不贱　学而优则仕，如日之升 2716

不羡官高，喜案牍无多，叠石林间开胜境　居然吏隐，把管弦麾去，扶筇庭畔听流泉 2717

一天和气　满地生机 2718

竹笕潜通十八涧　蒲团小坐两三时 2734

山溪一曲泉千曲　竹径三分屋二分 2735

纵使有钱难买命　须知无药可医贪 2736

水几曲，石几拳，十亩苍烟，快活三生清净福　风之前，月之下，四围红雪，中间一个主人翁 2739

两三点梅雨过时，静觉花容含笑舞　四五株槐云罩处，闲听鸟语带春来 2740

百尺旷襟怀，更饶他翠袖连云，香车流水　四时供啸傲，最好是夕阳西坠，明月东升

数着残棋天欲晓　一声长啸海天秋

夕阳山色横危槛　夜雨河声上小楼 2741

树木十年，此地合名小香雪　湖光万顷，浮生直欲老烟波

风送暗香来，几辈动阁中诗兴　天空白云净，数峰见湖上青山 2742

浮生若梦谁非寄　到处能安即是家 2743

闭户不知忙世界　开门却对好湖山

今日亭台，昔年烽火　名花无语，芳草有情

幽赏惬春晴，片石留云连草色　闲吟耽昼永，一帘映日碎花阴 2748

花烛烛花开并蒂　酒樽樽酒结同心 2754

繁露大文似鸣凤　国风小序始关雎 2759

同是宦游人，到此一空天地界　坐观垂钓者，苍然遥对海山秋 2782

长啸一声，山鸣谷应　举头四顾，海阔天空 2783

佳水佳山，佳风佳月，千秋佳地　痴色痴声，痴情痴梦，几辈痴人 2785

商船夜泊江月白　海门日出山涛红 2786

明月清风不用买　名花美女有时来 2791

雪点梅花，昨夜不知五六出　灰飞葭管，新阳仅入二三分 2795

当是时，赧赧然，强而后可　出一日，洋洋了，欲罢不能

放开肚皮容物　立定脚根做人 2800

君能使鬼　人尽呼兄 2801

不破坏焉能进步　大冲突乃有感情 2804

兄弟和，其中自乐　子孙贤，此外何求 2810

休笑俺一个痴人，画画书书，不今不古　留得此三间老屋，风风雨雨，自啸自歌

于汉宋间折哀一是　以江海量翕受群言

大笔横挥，颠张醉素　名山高卧，鹤骨松心 2813

岁月易消磨，求学后切莫自纷其志　精神产事业，从政时还期克保此身

知足是人生一乐　无端勿自制千愁 2815

春风狂似虎　秋水澹于鸥 2818

伤心夜雨蕉窗，点半盏寒灯，替诸生改之乎也者　回首秋风桂院，剩一枝秃笔，为举家谋柴米油盐 2819

一片秋香世界　几层凉雨栏干

竹雨松风梧月　茶烟琴韵书声

青藕香中酒味　碧萝阴里琴心 2821

儒者一出一处有大节　老僧不闻不见为上乘 2822

一亭俯流水　万竹引清风

无力东风花半露　有情春水燕双飞

云出无心犹作雨　花开有意不能言 2823

最得意二月杏花八月桂　莫放心三更灯火五更鸡

秋容易老，一年容易又秋风　旧恨难消，两地恨难逢旧雨 2824

有诗书，有田园，家风半读半耕，但以箕裘承祖泽　无官守，无言责，时事不闻不问，只将艰钜付儿曹 2832

四面荒芜，权向此间来坐坐　一肩行李，果缘何事去匆匆 2835

以天下第一泉，制啤酒汽水　是全球无上品，真物美价廉 2836

安得尽如人意　但求无愧我心

亘古山林余劫烧　万家烟火赖薪传 2838

地灵曲引西流水　山近晴看北亚岚 2839

天门岂为初人闭　佛道还凭神子通 2840

月明如昼　江流有声

江澄万顷净如练　峰峙一拳高入云 2867

东壁所藏，图书皆古　溪堂既作，鱼鸟与亲 2868

新学阐欧美　深山生龙蛇 2869

民不可欺，常愁自折儿孙福　官非易做，怕听人呼父母名

百里才疏勤补拙　一官俸薄俭能廉 2871

修其孝悌忠信　文以礼乐诗书 2872

文如大历十才子　园似将军第五桥 2873

作无品官，行有品事　读百家书，成一家言 2874

信古不迂，也是昔贤知己　流阴若寄，毋为今世闲人

但愿民安若堵　何妨署冷如冰 2875

野烟千叠石在水　渔唱一声人过桥 2878

好春万苇绿成海　斜日西山黄到楼

洞庭西下八百里　淮海南来第一楼 2879

三古遗规重庠序　九州奇变说山河 2880

吕道人太无聊，八百里洞庭，飞过去，飞过来，一个神仙谁在眼　范秀才亦多事，数十年光景，甚么先，甚么后，万家忧乐独关心 2881

泉声妙带广长舌　山色常留清净身

正策愧无能，试观两浙殷繁，喜有名区藏我拙　编篱聊复尔，博得一官闲冷，何妨静处看人忙 2882

傍百年树　读万卷书

泉清可饮我欲隐　树老如此人何堪

云树千山，风泉万壑　洞门一扇，石室半重 2883

为闻庐岳多真隐　别有天地非人间 2884

水流花放　路转峰回

山鸟似犹啼往事　桃花依旧笑春风

渔父不来，桃花何处　空亭独坐，流水自闲 2885

师旷之聪，公输之巧　范围不过，曲成不遗 2889

十年宦比梅花冷　一夜春随爆竹来 2893

搁笔题诗，两人千古　临江吞汉，三楚一楼 2898

在山本清，泉自源头冷起　入世皆幻，峰从天外飞来

泉自冷时冷起　峰从飞处飞来

万山不隔中秋月　千年复见黄河清

地有百区皆近水　室无一面不当山 2899

眼前百姓即儿孙，莫谓百姓可欺，且留下儿孙地步　堂上一官称父母，漫说一官易做，还尽些父母恩情 2901

公羊传经，司马纪史　白虎德论，雕龙文心 2902

莫寻仇，莫负气，莫听教唆，到此地费心费力费钱，就胜人，终累己　要酌理，要揆情，要度时势，做这官不清不勤不慎，易造孽，难欺天 2903

翠微一拳，对立人纪　湖水千尺，清见母心 2908

天半朱霞，云中白鹤　山间明月，江上清风

坐忘务学颜三益　行己须遵孔一言 2909

泪酸血咸，悔不该手辣口甜，只道世间无苦海　金黄银白，但见了眼红心黑，那知头上有青天 2910

无以为宝，唯善以为宝，则财恒足矣　义然后取，人不厌其取，又从而招之

于诸佛中出一头地　是造物者之无尽藏 2911

燹前楼阁未成灰，只剩得半折磬，一卷经，五更钟，六月凉风，三冬积雪　雨后园林无限好，最爱是百本蕉，千条柳，万竿竹，数声啼鸟，几寸游鱼 2913

一瓦一椽，一粥一饭，檀那脂膏，行人血汗，尔戒不持，尔事不办，可惧可忧，可嗟可叹

一时一日，一月一年，流光易度，幻影匪坚，凡心未了，圣果未圆，可惊可怖，可悲可怜 2915

数点梅花亡国泪　二分明月老臣心 2916

江海拥三山，揽全吴胜　乾坤擎一柱，障百川东 2917

潮平两岸阔　江上数峰青 2918

有一刻闲，且勤我职　无十分屈，莫入吾门 2920

云带钟声穿树去　风吹帆影过江来 2922

慷慨志犹存，一瞑奚惜　名节事极大，十族何妨 2929

黄鹤飞去且飞去　白云可留不可留 2938

教小子如养芝兰，此日栽培须务本　愿先生毋弃樗栎，他年长大尽成材 2939

设为庠序学校以教　多识草木鸟兽之名 2942

与朋友共　近圣人居 2946

秋气满天地　春社开湖山

波涌湖光远　山催水色深

春水绿浮珠一颗　夕阳红湿地三弓 2948

野老门庭云亦懒　荷花世界梦俱香 2950

四大空中，独留云住　一江缺处，远看潮来 2951

水为龙世界　云是鹤家乡 2952

提笔四顾天地窄　长啸一声山月高 2953

古人忧乐关天下　何处江山非故园

行路最难，才数起水驿山程，稍安毋躁　入关不远，莫忙逐车尘马足，且住为佳 2954

一楼萃三楚精神，云鹤俱空横笛在　二水汇百川支派，古今无尽大江流 2956

上帝本好生，求我与以儿女，不求我亦与以儿女　下民须自爱，为善报在子孙，为不善尤报在子孙 2957

欲除后悔先修己　各有来因莫羡人 2959

江水东流，淘尽了千古英雄儿女　石城西峙，依旧是六朝烟雨楼台 2962

人唤莫愁，湖唤莫愁，天下事愁原不少　王宜有像，侯宜有像，眼中人像此无多 2962

两脚不离大道，吃紧关头，须要认清岔路　一楼俯看群山，占高地步，自然赶上前人 2965

扫尽烟云，现出庐山真面目　挽将逝水，认明禹甸旧源头 2969

所谓大臣，行己也恭，养民也惠　厥有成绩，荆河惟豫，淮海惟扬 2975

长与流芳，一片当年干净土　宛然浮玉，千秋此处妙高台

泉声常在耳　山色不离门 2976

三千里外一条水　十二时中两度潮 2977

短艇得鱼撑月去　小轩临水为花开

洞五百尺不见底　桃三千年一开花 2979

山光下溪静相好　云影挂树闲不流

静定一去惑　宽缓默不争 2980

户外一峰秀　窗前万木低 2982

异代不同时，问如此江山，龙蜷虎卧几诗客　先生亦流寓，有长留天地，月白风清一草堂 2986

要为天下奇，不爱钱，不怕死　参透个中旨，能学佛，能学仙 2987

绕郭有山，白云高妙　近水得月，清光大来

兴废总关情，看落霞孤鹜、秋水长天，幸此地湖山无恙　古今才一瞥，问江上才人、阁中帝子，比当年风景何如 2989

开门见山，遣兴无妨抚松竹　平地负篑，为高岂必因丘陵 2990

清风徐来，水波不兴，扶持自是神明力　行人安稳，布帆无恙，霄汉常悬捧日心 2992

恰好亭台驻烟月　可无觞咏对湖山 2993

今不异古，古不异今，天下同归，何思何虑　佛即是心，心即是佛，空山无侣，独往独来 2994

无事棋酒着酌　有时琴诗弹谈 2999

萍自在因根解脱　莲清净为藕空虚

山光扑面经新雨　江水回头为晚潮 3000

秦时明月　洞口桃花 3001

管百姓须爱百姓　要一钱不值一钱 3007

登高赋新诗　结庐在人境

江声夜沸　山气夕佳

有三分水，二分竹，添一分明月　从五步楼，十步阁，望百步大江 3013

只合任他顽，谁又来凿开浑沌　既然如此怪，我亦欲粉碎虚空 3016

乾坤两大吾身小　园林多趣终朝闲 3019

仰惊六宇宽，变成几多雨，几多露，几多雪，几多风和雷。时出时入，时往时来，多少神奇谁镇住

俯视众山小，看破一个嵩，一个衡，一个恒，一个泰与华。自西自东，自南自北，个中底蕴此平分 3020

不必定有梅花，聊以志将军姓氏　从此可通粤海，愿无忘宰相风流 3021

泉水澹无心，冷暖唯主人翁自觉　峰峦青未了，去来非佛弟子能言 3023

一代功名缺信史　千秋庙貌傍衙官

吕仙醉而醒，大醉非醉　君山流不去，狂流自流 3030

六月六日　秋雨秋风 3031

溪流无岁月　堤树有春秋

有水园亭活　无风草木闲

月光留客横拦路　花影瞒人斜过墙

长空有月明两岸　秋水不波行一舟 3032

诸天诸世界，诸星诸世界　一花一如来，一叶一如来 3033

干净地常来坐坐　太平时早去修修

十年河东，十年河西，切莫放年华虚度　一脚门里，一脚门外，可晓得脚步留神

若不回头，谁替你救苦救难　如能转念，何须我大慈大悲 3034

遵大路兮，自东自西，自南自北，为之范我驰驱，今天下车同轨　登斯堂也，如切如磋，如琢如磨，尔尚一乃心力，有志者事竟成 3038

见树木交荫，时鸟变声，亦复欣然有喜　待春山可望，白鸥翔翼，倘能从我游乎 3039

远山长江，朝晖夕阴，气象万千，大观备矣　良辰美景，赏心乐事，友朋二三，共尽此娱 3041

泉飞千尺，帝将用汝作霖雨　壁立万仞，人皆仰公若泰山 3043

老不白头因水好　冬犹赤脚为师高 3045

舍南舍北皆春水　山鸟山花吾友于 3046

人世大难开笑口　肚皮终不合时宜

藤杖一条，提得起才放得下　禅关两扇，看不破便打不开

窗虚五月六月寒，人在冰壶中酌酒　帘卷千山万山碧，客从图画里敲诗 3047

老吏何能，有讼不如无讼好　小民易化，善人终比恶人多

求则可得，慎勿放弃不求，但今日将求有功，先防有过　己所不欲，切莫横加异己，愿诸公以己之意，度人之心 3048

莫道是空门，要推来，须踏着实地　紧防有岔路，走错了，便坠入深坑 3049

雅集文诗酒　大年龟鹤松 3060

但愿和合百千万岁　为歌窈窕一二三章 3061

著以相思结不解　赠君一枝梅方华 3062

美人才子有情痴，女爱男欢，祝生女皆美人，生男皆才子　圆月好花无量寿，天长地久，愿地上花常好，天上月常圆 3063

三百篇之中，兴观群怨　十九年在外，险阻艰难 3073

遗世标格，寿世翰墨　出山大云　在山清泉 3076

无可颂扬，百姓脂膏，未当染指　有何欢喜，七旬夫妇，难得齐眉 3077

惟其通九万里以言语　故能读百二国之宝书

退而教授二三子所式　吞若云梦八九者以归 3080

醉即眠，醒即歌，是养生第一诀　书精品，画妙品，在吾侪有几人 3091

夫夫妇妇今日　子子孙孙他年 3093

贺新郎，同心结　将进酒，合欢杯 3097

不皇不帝不君不天王，总统万年，大如美利坚，小视戈司特　曰汉曰满曰蒙曰回藏，共和五族，东到日本海，西逾喜马山 3100

八旬举案夫偕妇　四世同堂子抱孙

佳儿佳妇玉成对　今日今时杯合欢 3101

读书空山，无过即寿　此老生日，有花皆香

食柑十年，遐不寿耇　种竹千个，比之封君 3104

一生好事无双日　百岁光阴及半时 3107

厚性情，薄嗜欲　直心思，曲文章

诚意正心，只四字学　读书静坐，各半日功

富贵贱贫，总难称意，知足即为称意　山水花竹，无恒主人，得闲便是主人

爱半文不值半文，莫谓世无知者　作一事须精一事，庶几心乃安然

此心不滞物物囿事事　于道求出天天入人人 3295

夏鼎商彝，秦碑汉瓦　刘略班艺，贾策扬经

静几明窗参太极　孤灯夜雨读离骚 3296

花开当折直须折　君问归期未有期

花开当折直须折　相见时难别亦难 3297

事到万难，必须放胆　理无两可，总要平心

看透人情知纸薄　经多时事觉山平

随缘穿衣吃饭　切实作事为人 3298

处远居高，何时而乐　投闲置散，乃分之宜 3300

自问何能，只不着一丝假　有事即办，怎肯偷半日闲 3301

处争竞世界　作完全国民 3303

慎交游，勤耕读　笃根本，去浮华

要大门闾，积德累善　是好子弟，耕田读书 3305

读书好，耕田好，跟好学好　创业难，守成难，知难不难

一心常念波罗密　三祝惟求福寿男 3306

大抵浮生若梦　姑从此地消魂

月月相思三十日　卿卿低唤万千声 3307

五事貌言视听思　七音宫商角徵羽

四时春夏秋冬　五声平上去入 3314

好古探周孔　嗜奇窃汉碑 3315

三闾大夫胡为至于此　五柳先生不知何许人 3318

汲水浇花，亦思于物有济著　扫窗设几，要在予心以安

春从天上至　水由地中行 3319

幸有两眼明，多交益友　苦无十年暇，熟读奇书 3320

半日读书，半日静坐　一亩种菜，一亩栽花 3321

规模不妨狭隘　教育务求精神

纵尽时间，横尽空间，几多教育家政治家宗教家，谁是完全人格　客观内籀，主观外籀，一有文字想经济想功名想，已非真正自由 3322

山好好，水好好，开门一笑无烦恼　来匆匆，去匆匆，下马相逢各西东 3323

靠山吃山，靠水吃水　种豆得豆，种瓜得瓜

养满腔慈爱，便储满腔吉祥，到处风揽德辉，麟游仁宇　任一分性情，即平一分机械，相逢石皆玉润，荆亦花香

智欲圆而行欲方，胆欲大而心欲小　正其谊不谋其利，明其道不计其功

培土须从方寸起　留花莫到十分开

天下奇观看尽，不如书本　世间滋味尝来，无过菜根

山地种菜，水乡捕鱼，无穷生计　本色清言，寻常茶饭，此地人家 3324

千古英雄浪淘尽　天下名山僧占多 3325

读万卷书，行万里路　综一代典，成一家言 3326

大处着眼，小处着手　群居守口，独居守心 3328

想行路出门难，但得居家便是福　除读书写字外，别无生计所由穷 3329

没世难忘知己感　平生甘被小人欺

侠骨岂沉沦，耻与蛟龙竞升斗　人事日握促，莫抛心力贸才名 3331

孤山独庙，一将军横刀匹马　两岸夹河，二渔叟对钓双钩

海到无边天作岸　身登绝顶我为峰 3332

好儿不要爷田地　打架还须亲弟兄

为大英雄当如克林威尔　具真魄力何惧乌德斯山 3333

尚贞尚忠尚文，通其变，便民不倦　育体育智育德，立乎教，为国之基

人谁无过，小事糊涂，大事不糊涂，是亦足矣　我非爱财，来得明白，去得更明白，吾何慊乎 3334

几曲栏干文结构　一园花木画精神

出天天大道本自然，自然根天然　后乐乐终身有忧处，忧处即乐处 3335

觅地殖民，亚洲见哥仑布　涸湖生谷，巴蜀祠李阳冰 3336

古往今来只如此　淡妆浓抹总相宜 3338

谁为袖手旁观客　我亦逢场作戏人 3340

身行万里半天下　眼高四海空无人 3341

交满四海，乐道人善　胸罗万卷，不矜其才 3343

博览增智识　寡交无是非 3344

不打通义利关头，且莫轻言学问　能参透圣贤语默，还须实力躬行 3344

得过且过日子　半通不通秀才 3345

虚己只知求我益　坦怀不厌受人欺 3347

为名忙，为利忙，忙里偷闲，吃杯茶去　劳心苦，劳力苦，苦中作乐，斟碗酒尝 3348

山横前榭瓦都绿　日射榴花楼映红 3349

士可杀不可辱　兵贵精岂贵多 3350

半市半乡，半读半耕，半士半医，世界本少全才，故名曰半　闲吟闲咏，闲弹闲唱，闲斟闲酌，人间尽多忙客，而我独闲 3351

利锁名缰，普天下人都为缚束　晨钟暮鼓，有慧根者从此唤醒 3352

浊酒聊自适　鼓腹无所思

须十年读书，十年养气　可半日接客，半日看山

有酒曾呼市侩饮　无钱莫对俗人言 3353

一切有为，作如是观，作如是想　众生得度，与佛有因，与佛有缘 3355

闭门思过重思过　对酒无言匪无言 3356

愁什么，信步行将去　歇也罢，丢肩放下来

那条窄路儿，且须让一步，他过不去，你怎过得去　这种重担子，也要任几分，我做弗来，谁又做得来 3357

冠盖满京华，斯人独憔悴　江山留胜迹，我辈复登临 3360

月中渐见山河影　天上新承雨露恩 3361

积累譬为山，得寸则寸，得尺则尺　功修无幸获，种豆是豆，种瓜是瓜 3362

也不设藩篱，恐风月畏人拘束　可大开门户，就江山与我品题 3368

玩人丧德，玩物丧志　多见阙殆，多闻阙疑

口莫多言，情莫多妄　名可强立，功可强成 3369

观山得其静　临水倍自清

勤慎亦在习　仁义本何常

诸恶誓莫作　读书以自娱 3372

时时有地可游乐　事事听天无妄为 3373

无狂放气，无道学气，无名士风流气，方称儒者　有诵读声，有纺织声，有小儿啼笑声，才算人家

克己最严，须从难处去克　为善必果，勿以小而不为 3375

读古人书，须设身处地以想　论天下事，要揆情度理三思

暗室中须问心得过平地处亦失足堪虞 3376

枳敢言材，能免斧斤终是福　园何必大，不分畛域自然宽

茅屋八九间，钓雨耕烟，须信富不如贫，贵不如贱　竹书千万字，灌花酿酒，可知安自宜乐，闲自宜清

田园一蚊睫　书卷百牛腰

愁无了期，遇愁时休只管愁去　乐难整段，得乐处且零星乐些 3377

四时春夏秋冬景　一个东西南北人 3378

花长好，月长圆，人长寿，国之福　树欲静，风欲宁，子欲养，天必从 3379

得地自收风月景　替天多植栋梁材 3382

盛衰何常，吾人于热闹场中看惯了　贤愚同尽，大家从鱼龙队里混过来 3383

既已上台，不怕大家在旁边看戏　自能了局，何劳诸位替古人担忧

到什么地方，说什么话　穿何等衣服，像何等人

报应莫嫌迟，开场即是收场日　施为休弄巧，看戏无非做戏人 3384

佛说富贵贫贱，原平等相　一切悲欢离合，作如是观 3385

壁立千仞，犹恐未免俗　胸包九流，而后可谈经 3387

槐花黄，举子忙　文选烂，秀才半

挂冠自昔曾骑虎　用力于今好画龙 3389

万事从来风过耳　一年几见月当头

花长好，月长圆，人长寿　车同轨，书同文，行同伦 3391

案头小石白于玉　池底莲根横似船

垂手乱翻雕玉佩　前身应是杜兰香 3393

地球一周绕日　爆竹万户更新

痛吾母终天倏半岁　又地球绕日交一周 3401

民可静不可动　兵贵精非贵多 3404

借公债以弥私亏，人人恨入骨髓　引旧学而办新政，事事袭其皮毛 3408

赵子龙一身是胆　左丘明两眼无珠 3409

娃托蛙出瓦　妈骂马吃麻 3411

墨笑儒，韩笑佛，司马笑道，侬惟自笑也　舜隐农，说隐工，胶鬲隐商，伶亦可隐乎 3412

洪水横流，淹没汉满蒙回藏　患章文武，尽是公侯伯子男 3415

男女平等，公说公有理，婆说婆有理　阴阳合历，你过你的年，我过我的年 3416

两朝元老　千古罪人 3423

子将父作马　父愿子乘龙 3426

省长卷款，督军弃城，这才算文官要钱，武官怕死　敌来则逃，兵溃则抢，大都是下水思命，上水思财

罢学救亡，罢市救亡，我两界挺身先起　民心不死，民国不死，愿诸君努力进行 3429

复辟著奇勋，海内同声称武圣　屠民成大业，湘中众口颂勋臣 3430

遍地是回，大回小回，让你一回两回，且看下回分解

满天皆汉，东汉西汉，任尔背汉反汉，惟有老汉倔强 3432

世事如此艰危，新国会心恋地盘，食客三千难解散　民生虽极困苦，旧议员手拿饭碗，月薪五百不甘抛

树绩毫无，只知藏垢纳污，细流同归于海　勋名安在，除却贪财好色，其余不足以观 3433

铲地皮借公肥私，穿一件狐皮褂　昧良心趁火打劫，用几个狼心钱 3435

夜月光辉宇宙　春霄威震乾坤 3436

君恩深似海矣　臣节重如山乎 3437

天不怕，地不怕，就是老婆也不怕　杀何妨，剐何妨，即便岁考又何妨 3439

似洞非洞，适成仙洞　无门有门，是为佛门 3457

灵峰峭拔疑无路　岩谷幽深别有天

何处著此身，弹指现空中楼阁　会当凌绝顶，昂头吸天上星辰 3460

天气晚来秋，东边日头西边雨　夜色凉如水，北斗栏干南斗斜

槛前一带沧江，不古不今图画　帘外数声啼鸟，非丝非竹笙歌 3461

山色惯迎逃世客　水声常送渡溪僧 3462

云中辨江树　花里弄春禽 3463

客心洗流水　荡胸生层云 3464

天浮一鼋出　山狭（挟）万龙趋 3470

客中客入画中画　楼外楼看山外山

登楼始悟浮生梦　久坐惟闻落叶声 3471

人间岁月如流水　镜里云山似画屏 3472

花枝入户朝含润　泉水侵阶夜有声 3474

青松影里天常寂　翠竹林中月亦香 3478

飞瀑半天晴亦雨　寒潭终古夏如秋 3481

多景楼中，对酒卷帘邀明月　曲水池上，杖藜徐步转斜阳 3482

骏马秋风蓟北　杏花春雨江南

柴米油盐酱醋茶烟，除却神仙少不得　孝悌忠信礼义廉耻，没有铜钱可做来 3486

无边风月供嘲弄　有主江山属剪裁

园成公界，当具公心，望游人护花系铃，务使长春不老　楼以寿名，允宜寿世，愿来者纪筹延算，同为大陆真仙 3489

连峰紫翠看皆好　乔木风烟画不如

独携天上小团月　来试人间第二泉 3491

我费尽慈悲心，抱孩赠汝　你多行方便事，积德保他 3492

人来曲径疏篱外　秋在轻烟细雨中 3493

孔夫子，关夫子，万世两夫子　修春秋，读春秋，千古一春秋 3503

三分天下四川地　六出祁山五丈原 3512

学以致道，致尧舜禹汤文武周公孔子之道　堂以明伦，明君臣父子夫妇昆弟朋友之伦 3527

遵道而行，学者必以规矩　诲人不倦，焕乎其有文章 3530

夜眠人静后　早起鸟啼先 3534

宝贵不能淫，贫贱不能移，威武不能屈，所存者神，所过者化　好学近乎智，力行近乎仁，

知耻近乎勇，虽愚必明，虽柔必强 3535

读律即读书，愿凡事从天理讲求，勿以聪明矜独见　在官如在客，念平日所私心向往，肯将温饱负初哀

日照月临，天有难逃之眼　民穷财尽，地无可剥之皮 3538

好民所好，恶民所恶　宁人负我，毋我负人 3539

二酉旧藏书，访岩洞遗踪，断简已无人宛在　一琴新治谱，看山川生色，凭栏遥见鹤归来

逞着性子这里来，官虽恕，法不恕　留点功夫那头干，耕固高，读尤高 3542

安得广厦万千，种竹权为留客地　倚遍回栏十二，惜花仍是爱才心 3545

见州县则吐气，见道臬则低眉，见督抚大人茶话须臾，只解得说几个是是是　有差役为爪牙，有书吏为羽翼，有地方绅董袖金赠贿，不觉的笑一声呵呵呵 3546

山中昼永看花久　树外天空任鸟飞 3550

尽尔辈使阴谋，放开大肚皮容物　凭自家寻乐境，便取笑面孔对人 3552

举杯依岭邀明月　拂纸临江绘古诗 3555

绝壑云扶将坠石　豁崖风勒下奔泉

风岩昼激诸天雨　阴壑寒生万树涛 3557

云间树色千花满　竹里泉声百道飞 3558

水如碧玉山如黛　凤有高梧鹤有松 3559

去无所逐来无恋　月自当空水自流 3560

清风出林，万籁俱寂　明月在地，一尘不生 3563

你眉头着什么焦，但能守分安贫，便收得和气一团，常向众人开笑口　我肚皮这般样大，总不愁穿虑吃，只讲个包罗万物，自然百事放宽心 3564

洲边草绿　江上峰青 3571

想当年，那假情由，未必如此　看今日，这般光景，或者有之 3573

为善最乐，岂望报乎　积德必昌，将有兴者 3576

名儒名将名相　寿身寿国寿民

图画麒麟名第一　精神龙马日方中 3577

将相经纶儒气象　英雄肝胆佛心肠 3583

好花四时，明月千里　远山一角，奇书满床 3584

天生是为社稷　人望之若神仙 3587

牛衣洒泪　马革裹尸 3593

一门忠孝节义　千秋俎豆馨香 3596

居官清慎勤　持躬孝友顺 3600

两手撒开尘世事　一身跳出利名场 3611

虽无真学问，赖祖宗根基，未曾出丑　也有恶心思，留子孙地步，不敢轻为

且稍从容，万事皆由忙里错　莫图便易，好人都自苦中来

宝善数家珍，有训辞，无玩好　读书成国士，先器识，后文章 3623

光阴迅速，便朝夕读书写字，能得几何，必毋怠毋荒，趁早年

埋头用力　时世艰难，即寻常穿衣吃饭，已非容易，须克勤克俭，免后来仰面求人

光阴迅速，纵认真读书写字，还恐蹉跎，亟宜振刷精神，趁此埋头用力　稼穑艰难，若但知吃饭穿衣，何来生活，休染因循习气，贻羞仰面求人

君子淡交，还是淡中交可久　好人难做，须从难处做方成

为政戒贪，贪利贪，贪名亦贪，勿务声华忘政本　养廉惟俭，俭己俭，俭人非俭，还从宽大保廉隅

随时随地，留心积善　惜寸惜分，发愤读书

莫谓自由便可作恶　须知幸福也要良心 3624

老屋数间，祖宗基业　破书几本，子孙诒谋

欲除后悔先修己　各有前因莫羡人

读书即未成名，究竟人高品雅　修德不期获报，自然梦稳心安

欲高门第须为善　要好儿孙必读书

观天地生物气象　学圣贤克己工夫 3625

言思忠，事思敬　智欲圆，行欲方

学破愚，俭养廉，勤补拙　居处恭，执事敬，与人忠 3626

养胸中正气　学天下好人

静坐常思己过　闲谈勿论人非

事不再思终有悔　气能一忍可无忧

书是良田，传世休言无厚产　仁为安宅，居家何用有华堂 3627

吃苦是良谋，度苦日，用苦功，费苦心，苦境终归乐境　偷闲非善策，说闲话，好闲游，理闲事，闲人即成废人

百炼此身成铁汉　三缄其口学金人

融尽性情上偏私，斯为真学问　消得家庭内嫌隙，便是大经纶 3628

想行路出门难，但得居家便是福　除读书写字外，别无生计所以穷

受人以虚，求是于实　所见者大，独为其难

女无不爱，媳无不憎，愿世上翁姑，推三分爱女之情以爱媳　妻易于顺，亲易于逆，望汝曹人子，减半点顺妻之意而顺亲 3629

图史两间楼，便是老来行乐地　江湖多暇日，补读平生未见书 3630

阿兄酒色鸡冠紫　乃弟烟容鸭蛋青 3631

自古谢家多宝树　从来周子爱莲花 3634

到此皆洁己士　相对乃忘形交

为名忙，为利忙，忙里偷闲，吃杯茶去　谋衣苦，谋食苦，苦中作乐，拿碗酒来

斯品几生修得到　此君一日不可无 3635

白发萧然，见他人儿女夫妻，十分恩爱　黄金尽矣，奈今日油盐酱醋，百计安排

岁朝春同人萃泰　元旦雪大有恒丰

青草池塘，迩日鸣蛙正聒耳　黄梅时节，今年大雨尤惊心 3636

游子春来折杨柳　故乡人到问梅花 3666

恨我来迟鹤已去　怪人到早诗先传 3667

山势西分巫峡雨　江流东压海门潮

海上生明月　山中有白云

平池分占东湖水　小阁留栖南海云 3671

往事重论，怀古谁含出世想　昔贤不见，听泉我爱在山声 3679

冷泉佳话　风月清谈

爽借清风明借月　动观流水静观山 3680

大江流日夜　西北有高楼

上方月出初生白　下界尘飞不染红 3686

官须守正做来，苟事事瞻顾因循，纵免刑章终造孽　民欲持平待去，看个个流离颠沛，忍将膏血入私囊 3697

苦心未必天终负　辣手尝思人不堪 3701

犯法只坐尔身，还须念妇哭儿啼，徒荒了田间耕凿　起衅皆由细故，若忍却一言半语，何苦在杖下呼号 3705

王法不容私，愿四民各务修勤，莫向庭前争曲直　宰官非易做，有一事或存偏袒，断难屋漏对神明 3710

勤补拙，俭养廉，更无暇馈问送迎，来往宾朋须谅我　让化争，诚去伪，敬以告父兄耆老，教诲子弟各成人 3711

为过去古人重写照　看将来吾辈亦登场 3720

莫谓孤寒，多是读书真种子　欲求富贵，须从伏案下工夫 3729

昔时未读五车书，雅量清心，温如玉，冷如冰，是大将实是大儒，使天下讲道论文人愧死

此日竟成千载业，忠肝义胆，重于山，坚于石，忘吾身不忘吾主，任世间寡廉鲜耻辈偷生 3734

江淮河汉思明德　精一危微见道心 3751

义道配成仁者勇　险夷不避大而刚 3752

大德曰生，愿众生生生不已　至诚无息，求嗣息息息相通 3753

百战妙一心运用　两言决千古太平 3754

神惠无疆，雨旸寒燠风时，五者各以其序　氏依有赖，水火金木土穀，六府惟曰孔修 3755

天下有道，我黻子佩　空山无人，水流花开 3761

看下方扰扰红尘，富贵几时，只抵五更炊黍梦　溯上界茫茫浩劫，神仙不老，全凭一点度人心 3766

天网虽疏，从不见一丝漏过　人心难测，何曾有半点便宜 3767

酿五百壶酒，装三十车书，此生足矣　制千丈大裘，造万间广厦，何日能之

潇湘听雨，岱岳看云，鹿梦醒来讹，还向诗书寻乐地　秋月窥檐，春波拍岸，鸥盟随处证，不妨丝竹遣中年 3772

居安思危，省躬克己　实事求是，学问行知

负耒横经，从吾所好　吟风弄月，与天为徒 3784

志不求荣，满架图书成小隐　身虽近俗，一庭风月伴孤吟 3787

庆喜升平开酒国　仙居日月驻壶天

大酒肥鱼豪士兴　缸花杯影美人风 3791

春秋多佳日　园林无俗情 3794

动心忍性，反求诸己　察言观色，薄责于人 3795

心无挂碍　身其康强 3967

头场刘，二场宋，宋进去，刘出来，彼此同乐　知府管，知县张，张得开，管不紧，上下皆松 4049

要吃甲鱼汤，杀鳖　反穿皮马褂，装羊 4061

地冻马蹄声得得　天寒驴嘴气腾腾 4110

君子之交淡如　醉翁之意不在 4137

屋北鹿独宿　溪西鸡齐啼 4149

师姑田里挑禾上　美女堂前抱绣裁 4150

钻研新得殖民地　报告须防旁听生 4171

陈亚有心终是恶　蔡襄无口便成衰 4208

阿兄门外邀双月（朋）小妹窗前捉半风（虱）4216

一二三四五六七　孝悌忠信礼义廉 4253

公门桃李争荣日　法国荷兰比利时 4262

因隅曲而见大道　化臭腐以为神奇 4281

戊戌同体，腹中只欠一点　已巳连踵，足下何不双挑 4300

内无德，外无才，并无好无恶，无是无非，更无点些些产业，直弄到无米无柴，五十载光阴荏苒　老有母，长有兄，并有妻有女，有子有孙，还有个小小功名，也算得有福有寿，两三代骨肉团圆

移椅倚桐同玩月　点灯登阁各攻书 4313

无风烟焰直　有月竹阴寒

月移竹影侵棋局　风递花香入酒樽 4330

无山得似巫山耸　何叶能如荷叶圆

无山得似巫山耸　何水能如河水清 4333

金水河边金线柳，金线柳穿金鱼口　玉栏干外玉簪花，玉簪花插玉人头 4335

大肚能容，了却人间多少事　满腔欢喜，笑开天下古今愁 4357

虽然毫末生意　却是顶上工夫 4363

日晒雪消，檐滴无云之水　风吹尘起，地生不火之烟 4365

吃的是老子，穿的是老子，一生到老，全靠老子　唤不灵天尊，拜不灵天尊，两脚朝天，莫怪天尊 4379

因火为烟，若不撇开总是苦　言义成议，傥无党见即完人 4386

音亦可观，方算聪明无二用　佛何称士，须知儒释有同源 4392

独立小桥，人影不随流水去　孤眠旅馆，梦魂曾逐故乡来 4406

尤郎中直脚便为犬　史先生脱口不成人 4408

议论吞天口　功名志士心 4411

甚么人家，全靠两条大腿　有何衣禄，只凭一口低田 4419

四口心思，思父思母思妻子　寸身言谢，谢天谢地谢君王 4422

郊原雨足云归岫　台阁风清日在天 4438

梅花点地鱼鳞薄　柳叶上天龟壳厚 4702

四万万同胞　一个个昏蛋 4723

方针直射中心点　压力横施大舞台

不破坏安有进步　大冲突方生感情 4726

踏破磊桥三块石　分开出路两重山

夕夕多良会　人人从夜游 4728

及时雷雨龙舒甲　得意风云马快蹄 4737

沈石田踏雪寻梅，寒酸之士　史西村对日吃饭，温饱之家 4740

有甚心儿须向别处去　无大面子莫到这里来 4741

水车车水水随车，车停水止　风扇扇风风出扇，扇动风生 4778

平湖湖水水平湖，未厌所欲　无锡锡山山无锡，空得其名

总统府，新华宫，生于是，死于是　推戴书，劝进表，民意耶，帝意耶 4824

花无百日红，紫薇独占　松有万年青，罗汉常尊 4827

西水驿西，三塔寺前三座塔　北京城北，五台山上五层台 4829

胆瓶斜插四枝花，杏桃梨李　手卷横披一轴画，松竹梅兰 4833

君子知微知彰，知柔知刚　小人不耻不仁，不畏不义 4851

紫紫红红，处处莺莺燕燕　风风雨雨，年年暮暮朝朝 4867

先生夫子，丈夫夫子，夫子夫子　秀才相公，宰相相公，相公相公 4873

上巳之前，犹是夫人自称曰　中秋而后，居然君子不以言 4891

山童采栗用筐承，劈栗扑簏　野老卖菱将担倒，倾菱空笼 4893

俭是医贫药　勤为建业方 5064

后　记

呈现于读者诸君面前的这本小书，是在我的博士毕业论文《文化语言学视野中的对联研究》（2004）基础上修改增补而成的。改补过程中，我自然也重读了论文的后记。读着这些文字，自己再一次被文化和师德所感动，因此原封不动照录如下：

作为一个从小就在汉语环境下长大的少数民族，面对着当前全球一体化的趋势，面对着因经济竞争而引发的激烈的语言竞争和文化竞争，深感中国汉语的处境其实也存在一种危机。汉语使用人数虽然很多很多，但实际上同样经受着强势语言的压力。汉语的危机感从上个世纪初就已经出现了，到今天虽不那么凸显，但只要看看现在一般在校大学生对待汉语和外语的不同态度，我们就很难摆脱这种感觉。作为一个文化语言学的学生，总想为弘扬汉语文化做点什么。中国的传统文化不能因为要改革开放，要发展经济，而受到轻慢，遭到削弱。文化是民族的根，失去了自己的文化，就会不知道自己是谁，就会丢失了自己。

中国传统文化博大精深，而笔者独钟情对联，因为笔者和对联有缘。

从记事起，每年除夕吃年夜饭之前，都要帮着父亲贴他写好的那十几副春联。耳濡目染，慢慢知道了对联的一些规矩。此其一。上高中时，曾看见表哥一位朋友邻居家的溷中竟有一块木刻的对联挡板，使笔者知道了原来对联还有用木板雕刻的。笔者实在是欣赏以至钦羡那刻在木板上的书法，故每次出恭也就变成了一次享受。此其二。2000 年始，跟随张公瑾先生学习文化语言学，多次听到先生论及汉语的对称特点，论及对联，更加激发了笔者对对联的兴趣。此其三。

基于这种缘分，尤其是基于张先生的引发，笔者最终把自己的学位论文锁定在了对对联的探讨上。

对于笔者来说，论文的写作过程，是一个学习的过程，是一个不断深化对对联、语言文化、民族文化的认识过程。论文是建立在先行者的相关研究基础之上的。因此，笔者向所有为论文提供了思想观点和资料素材的前辈学者和同仁朋友们表示衷心感谢，并对他们为发展学术事业，弘扬民族传统文化所作出的不懈努力和巨大贡献表示深深的敬意。

在论文粗成之际，笔者要特别感谢导师张公瑾先生。几年如一日的教诲，非寥寥数言可尽，在此不表。只说对于笔者的这篇拙文。从论文写作思路的渐次厘清，到写作提纲的几度正订，到资料线索的详细提供，到经常不断的督促鼓励，到文字斟酌，到标点符号使用，到行文规范，到引文核对，等等，巨细无遗，耳提面命，不厌其烦。谆谆之言，至今犹响耳边，并将永铭心中。在为我论文最后把关的时候，虽然今年的天气成了“热得快”，仲春酷似炎夏，但先生仍是一丝不苟，一如既往，倾注全力。因此，对于笔者来说，论文写作的过程，也是一个集中领略和感受前辈师长高洁师道、严谨学风和博雅睿智的过程。

尽管不乏帮助和点拨，但由于笔者生性顽钝的原因，文章中不当之处尚多，还祈方家同道指正。

这几行文字，正如大家所见，充其量只是对一次综合性作业的简单说明。在本书出版之际，我想补充两点感触。

第一，本书的出版是幸运的结果。我觉得自己是幸运的，因为我有两位让人敬仰的导师：张公瑾先生和史有为先生。张先生不仅如论文后记中所提到的，对我的论文形成起了关键作用，而且在我通过论文答辩毕业后仍然一如既往地关心我指导我，并且一再鼓励我把论文加以修改完善正式出版。当我终于拿着书稿告诉先生“即将出版”时，先生再次以满腔的热忱对我的拙作进行了认真的审阅，逐一指出存在的问题，并再三嘱咐我要仔细地修改订正。当我冒昧求序时，先生又欣然惠允。学生知道，先生赐序，主要并不是表示对学生成果的肯定，而是表达一种对后学的激励。我想，不辜负先生的希望，或许就是对先生的最好报答。史先生作为我的硕士导师，无论是在我就读期间还是在我毕业之后，无论是身在国内还是身在国外，无论我长进还是不长进，都始终如一关心我的成长，不抛弃不放弃，给予了我无微不至的关心和指导，这本书中的不少观点就是直接受史先生启发而来的。

需要特别指出的是，两位恩师不仅在学业上给予了我精心的指教，在为人处事的勤勉认真上更是给我以巨大的榜样力量。他们虽年纪上已届古稀，但给我们这些学生的印象是退休不退岗，仍然心系学生，不忘对学生加以指导。两位先生为了让我这个不成器的学生安心于学，甚至在生活上也给予了我许多无私而慷慨的帮助，使我度过了许多困难的时刻。说到这，我又不由得想起两位让我尊敬的师母，她们既是现代职业女性，但同时又都秉承了中国女性、中国母亲的传统美德。学生总觉得，两位师母与两位先生之间的和合美好关系，不仅是两位先生家庭的福气，也是我们这些后辈学生的幸福。两位师母的热心、细腻、包容和慈爱，一直温暖和感动着我，使我不断改正自身的毛病努力向善向上。每当自己在学习中有了一点点收获，先生和师母的扶持之情便会清晰地浮现在学生的心中。可以这样说，如果不是有幸得到先生和师母的指点、鼓励、关心和帮助，就不会有这本书的出版。

说幸运，还有一个原因就是我有幸供职于一个好单位——中央民族大学继续教育学院。是单位领导的远见与开明，是单位所提供的良好环境和大力资助，使本书现在就能够出版。感谢我的单位和单位的领导。感谢中央民族大学出版社的编辑老师，他们对书稿提出了许多宝贵的建设性意见，向我展示了令人钦佩的专业精神，是他们的不断督促，使得本书得以尽早面世。

我还要感谢参加我博士论文答辩的曾思齐教授、黄行研究员、吴安琪研究员和邢莉教授（她也是我大学从教最初的指导老师）。他们对我的论文进行了认真细致的评议，指出了其中的不少问题和缺点，让我知道了自己的努力方向，为本书的出版打下了基础。

文章不是无情物；水有源，树有根。实事求是，不必避嫌；我想读者诸君也一定能够理解我上面的这些真情表白。

第二，本书还存在很多不足，我应向大家表示歉意。虽然本书“底本”的出现已有六年时间，期间得到了大家的许多指点，自己也一直留意收集相关材料并进行相关思考，不少地方产生了修改完善的想法，但由于各种原因，主要是自己怠惰的原因，一些想法尚未得到完全落实，以致呈现于各位面前的还是一件不成熟的产品，有待今后进一步修订。

杨大方

2011 年 9 月 28 日